广视角·全方位·多品种

权 威 · 前 沿 · 原 创

北京蓝皮书

BLUE BOOK
OF BEIJING

北京市社会科学院／编　谭维克／总编　戚本超／副总编

北京文化发展报告
（2010~2011）

主　编／李建盛

ANNUAL REPORT ON CULTURAL DEVELOPMENT
OF BEIJING(2010−2011)

社会科学文献出版社
SOCIAL SCIENCES ACADEMIC PRESS (CHINA)

法 律 声 明

　　"皮书系列"（含蓝皮书、绿皮书、黄皮书）为社会科学文献出版社按年份出版的品牌图书。社会科学文献出版社拥有该系列图书的专有出版权和网络传播权，其 LOGO（ ▓ ）与"经济蓝皮书"、"社会蓝皮书"等皮书名称已在中华人民共和国工商行政管理总局商标局登记注册，社会科学文献出版社合法拥有其商标专用权，任何复制、模仿或以其他方式侵害（ ▓ ）和"经济蓝皮书"、"社会蓝皮书"等皮书名称商标专有权及其外观设计的行为均属于侵权行为，社会科学文献出版社将采取法律手段追究其法律责任，维护合法权益。

　　欢迎社会各界人士对侵犯社会科学文献出版社上述权利的违法行为进行举报。电话：010 - 59367121。

社会科学文献出版社

法律顾问：北京市大成律师事务所

摘　要

2010 年是"十一五"计划的最后一年和规划"十二五"计划的关键之年。本书以 2010 年度北京文化发展和建设、管理为基本内容；适当回顾"十一五"时期的北京文化规划与发展；从文化战略与文化政策、文化经济与创意产业、文化事业与公共文化服务、文化遗产与文化保护、文化交流与文化传播等方面，总结首都文化的现状和趋势，分析问题，提出对策和建议。

第一部分"总论"，简要回顾"十一五"时期北京的文化建设，概述 2010 年北京文化的新发展，在立体多维和国际化的文化视野中探讨加强首都文化软实力的发展战略问题。

第二部分"文化发展战略与首都文化建设"，以北京文化发展战略和文化体制、文化政策、文化管理为基本内容，以中国特色世界城市和人文北京建设为基本背景，阐述首都文化软实力建设发展的新成就、新路径、新方向。

第三部分"文化创意产业与文化经济"，以北京文化经济和创意产业的发展为基本内容，探讨电影、动漫、设计、会展、文艺演出、创意农业、旅游、艺术品交易等文化创意产业各行业和各领域的现实特征、发展态势，提出针对性的对策建议。

第四部分"文化保护与文化传播"，以北京的文化遗产、文化交流和公共文化领域为基本内容，考察在历史文化名城和文化古都视野下的文化资源现状及其利用，凸显北京在文化交流、文化传播方面的新动态、新维度。

Abstract

The year 2010 is a decisive year which marks the end of the Eleventh Five-year Plan period and the arrangement of the Twelfth Five-year Plan. This annual report is focused on the administration and development of Beijing's cultural industries and issues in the year 2010, with a review of the cultural achievements during the whole period of the Eleventh Five-year Plan. Concerning about cultural policies, cultural creative industries, public cultures, cultural heritages preservations and cultural communications, this report summarizes the status and tendency of capital culture, discuses the problems and puts forwards countermeasures and suggestions.

The first part is a general report, which reviews the development of Beijing's culture during the period of the Eleventh Five-year Plan, summarizes the achievements of Beijing's culture in the year 2010 and discuses the problems of how to strengthen the cultural Soft-power of the capital.

The second part of the report is focused on "the Strategies of Cultural Development and Capital Cultural Construction". It consists of Beijing's cultural strategies, cultural system, cultural polices and cultural administration. Taking the blueprint of *World-city Beijing* and *Humanistic Beijing* into account, it reports on the achievements, paths and orientations of capital cultural Soft-power.

The third part is about the "Development of Cultural Creative Industries". It reports on the statements and tendencies of Beijing's cultural creative industries such as film industry, carton industry, design industry, MICE, performances, creative agriculture, tourism and art auction. It also discuses their problems and countermeasures.

The last part is "Cultural Preservation and Cultural Communication", which reports on the status of cultural heritages, cultural communications and public culture in Beijing, with a focus on the preservation and exploitation of historical culture resources of the old capital Beijing. It also reveals new orientations and dimensions of Beijing's cultural communications.

目 录

B I　总论

B II　文化发展战略与首都文化建设

B III　文化创意产业与文化经济

B Ⅳ　文化保护与文化传播

B Ⅴ　附录

皮书数据库阅读 **使用指南**

CONTENTS

B I   General Report

B II   Strategies of Cultural Development and Capital Cultural Construction

北京蓝皮书·文化

ℬⅢ Development of Cultural Creative Industries

ℬⅣ Cultural Preservation and Cultural
Communication

BIV Appendix

总　论
General Report

B.1
从建设中国特色世界城市高度，
提升首都文化软实力

李建盛　徐　翔*

摘　要：2010 年是"十一五"计划的最后一年和规划"十二五"计划的关键之年。总论从深化文化体制改革、加强首都文化建设的角度，简要回顾"十一五"时期北京的文化建设发展；从北京建设世界城市、增强首都文化软实力的层面论述世界城市建设的文化问题；从文化体制改革、文化创意产业发展、公共文化服务体系完善、历史文化保护和文化交流五个方面，概述 2010 年北京文化建设的新发展；最后，根据以上三个层面的分析，提出北京文化建设和发展需要进一步思考的战略问题和当前需要解决的重要问题。

关键词：世界城市　文化体制改革　文化软实力　首都文化　文化发展战略

* 李建盛，博士，北京市社会科学院研究员、文化研究所所长，主要从事美学、艺术理论和文化研究；徐翔，博士，北京市社会科学院助理研究员，北京市社会科学院首都网络文化研究中心副主任，主要从事文化理论、文化传播与城市文化研究。

2010 年是第十一个五年计划的收官之年，也是谋划第十二个五年计划经济社会文化发展的关键之年。北京市委、市政府提出，要从建设中国特色世界城市的高度努力提高首都科学发展水平，加快实施人文北京、科技北京、绿色北京发展战略。建设具有国际影响力的中国文化中心，是北京建设世界城市的重大理论和实践课题。2010 年，北京市继续深化文化体制改革，大力发展文化创意产业，加强历史文化名城保护，完善公共文化服务体系，首都文化的各个方面取得了可喜的成就。从建设中国特色世界城市的高度，提升首都的文化软实力，建设具有国际影响力的中国文化中心，既标志着北京的文化建设和发展将进入一个新阶段，也意味着其将成为未来北京文化建设和发展的战略性目标。

一 深化文化体制改革，加强首都文化建设

"十一五"时期，是我国进一步深化文化体制改革，繁荣和发展社会主义文化的时期。在"十一五"期间，北京市全面落实科学发展观，不断深化文化体制改革，加强首都文化建设，首都文化建设的各个领域取得了长足发展，为"十二五"时期首都的文化建设和发展奠定重要的基础。

2006 年是"十一五"的开局之年，中国文化体制改革进入更加深化的时期。2006 年 1 月，中共中央、国务院颁布的《关于深化文化体制改革的若干意见》指出，要充分认识文化体制改革的重要性和紧迫性，增强责任感和使命感，抓住重要战略机遇期，深化改革，加快发展，为建设社会主义先进文化注入强大动力。2006 年 3 月召开的全国文化体制改革工作会议，进一步深入贯彻落实中共中央和国务院关于文化体制改革的指示精神。2006 年 9 月发布的《国家"十一五"时期文化发展规划纲要》提出要深化文化体制改革，明确了"十一五"期间 4 大类共 18 项文化建设和发展的内容。2007 年 6 月，中共中央政治局召开会议，提出要加强公共文化体系建设，着力提高公共文化产品供给能力。2007 年 8 月，中共中央办公厅印发《关于加强公共文化服务体系建设的若干意见》。2007 年 10 月，中共十七大召开，胡锦涛在中共十七大报告中指出，要大力推进文化创新能力，增强文化发展活力，要实现文化大发展大繁荣，激发全民族的文化创造力，提高国家文化软实力。2008 年 3 月，温家宝在十一届全国人大一次会议上指出，要进一步落实和完善文化体制改革政策措施，推动文化创新，加强文化

建设，推动文化大发展大繁荣。2008 年 4 月，文化部召开部务会议，贯彻落实党中央、国务院对文化工作提出的新的更高要求，传达和学习全国文化体制改革精神，提出了推进文化体制改革思路的六项措施。2009 年，中国的文化体制改革进入了全面攻坚阶段，颁布了一系列深化和推进文化体制改革的措施。2009 年 9 月颁布了我国第一部文化产业专项规划，提出文化市场主体要进一步完善，文化产业结构要进一步优化，文化创新能力要进一步提升，现代文化市场体系要进一步完善，文化产品和服务出口要进一步扩大，大力推进中国文化产业的发展。

2010 年是"十一五"的最后一年，中央提出，要进一步加快和深化文化体制改革，提升国家文化软实力。2010 年 7 月 23 日，胡锦涛总书记在中共中央政治局第二十二次集体学习会上强调，要加快文化体制机制改革创新，按照创新体制、转换机制、面向市场、增强活力的要求，加快经营性文化单位转企改制，稳步推进公益性文化事业单位改革，构建统一开放、竞争有序的现代文化市场体系，加快推进文化管理体制改革。

"十一五"期间，北京市全面落实中央关于文化体制改革和文化建设发展的精神，努力推动首都文化的建设发展。2006 年 3 月，北京市文化创意产业领导小组正式成立。刘淇强调，要从落实科学发展观的高度，积极推动北京文化创意产业的发展。2006 年 6 月，北京市常委会召开会议，强调要认真贯彻中央关于深化文化体制改革的精神，积极推进北京市的文化体制改革，解放和发展文化生产力，推动首都经济、政治、文化和社会建设四位一体协调发展。会议通过并颁布了《关于深化北京市文化体制改革的实施方案》，提出了文化体制改革的六个重点方面，强调"十一五"期间要全面促进文化事业和文化创意产业的新发展。2006 年 8 月，《北京市"十一五"时期服务业发展规划》公布。该规划提出，要"优先发展以文化创意产业为代表，体现知识时代产业发展新趋势，有利于丰富首都经济内涵、加快首都经济结构调整的新兴服务行业"。2006 年 10 月发布的《北京市"十一五"时期文化事业发展规划》强调，要调整和完善北京市文化事业布局，大力推进首都文化事业发展，增强公共文化产品有效供给，提升公共文化服务质量，基本建成覆盖城乡、惠及全民的公共文化服务体系，形成有利于满足人民群众文化需求、增强城市文化实力、维护国家文化安全的首都文化事业发展新格局。

  "十一五"期间，北京市积极落实中央关于加强公共文化服务体系建设的精神，贯彻中共中央办公厅印发的《关于加强公共文化服务体系建设的若干意见》。2008年3月北京市委常委会召开会议，讨论通过了《关于加强北京市公共文化服务体系建设的实施意见》，提出要加强首都公共文化服务体系建设，构建社会主义和谐社会首善之区。近年来，北京市公共文化服务体系的建设以政府为主导、以公益性文化单位为骨干，鼓励全社会积极参与，不断完善覆盖全社会的公共文化服务体系。"十一五"期间，首都的公共文化事业取得了重要的发展，加强和完善了公共文化服务体系的投入机制，充实了公共文化服务体系建设的人才队伍，基本建成全市及各区县、街道、社区（行政村）四级公共文化服务体系，实现了北京市农村基础文化设施全覆盖的目标。

  "十一五"期间，北京市积极发展文化产业，在已有的文化产业概念和文化产业发展基础上，北京市提出要大力发展文化创意产业。2006年初，北京市委、市政府把"抓紧实施首都创新战略，努力建设创新型城市"作为"十一五"期间的首都经济和社会发展的重大任务，确立了大力发展文化创意产业的战略构想和目标。2006年10月，北京市委宣传部、市发改委联合发布《北京市文化创意产业投资指导目录》。2006年11月，北京市委、市政府发布的《北京市促进文化创意产业发展的若干政策》，从准入、原创、知识产权、资金、交易、聚集、人才、落实等八个方面对文化创意产业的发展进行扶持。2006年12月，刘淇在北京市文化创意产业领导小组第三次会议上强调，要认真贯彻落实中央经济工作会议精神，以科学发展观为统领，推动首都文化创意产业的发展；同月，北京市财政局颁布《北京市文化创意产业发展专项资金管理办法（试行）》。从2006年起，北京市政府每年安排5亿元，采取贷款贴息、政府重点采购、后期赎买和后期奖励等方式，对符合政府重点支持方向的文化创意产业产品、服务和文化创意产业项目予以支持。同时，北京市统计局、国家统计局北京调查总队发布中国内地第一个《北京文化创意产业分类标准》。北京市文化创意产业领导小组办公室举行了"北京市第一批文化创意产业集聚区"授牌仪式。2007年9月，北京市发布的《"十一五"时期文化创意产业发展规划》提出，要大力发展文化创意产业，实现北京经济社会全面协调可持续发展，增强自主创新能力、建设创新型城市，推进北京产业结构升级和经济增长方式转变，并明确了"十一五"期间发展文化创意产业的十个方面的重点工作，力争到2010年，文化创意产业增加值占全市地区生产总值的比重超过12%。从2006年起，北京市先后四次认定了北京的文化创意产业集聚区，到2010年11月，北京文化创意产业集聚区达到30个，实现了《北京市"十一五"时期文化创意产业发展规划》提出的"2010年市级文化创意产业集聚区力争达到30个"的工作目标。由此，北京市文化创意产业在规模上、产业结构和增长方式上都取得了迅速的发展。2004~2009年，北京市文化创意产业增加值从573亿元增加到1489.9亿元，占地区生产总值的比重从9.5%提高到了12.3%。2010年上半年，北京市23个文化创意产业集聚区实现收入同比增长24.4%。北京市的文化创意产业已经成为第三产业中仅次于金融业的第二大支柱产业。北京市的文化创意产业圆满地完成了"十一五"发展规划提出的任务和目标。

北京是世界著名的历史文化名城，加强历史文化名城的保护和建设是北京城市现代化进程中的重大战略任务。"十一五"期间，北京市认真贯彻《国务院关于加强文化遗产保护的通知》，积极开展历史文化名城和各项文物保护工作。2006年，北京市文物保护工作启动了"人文奥运文化保护计划"的17个项目，完成了一系列抢险加固和修缮工程。同时向社会公布了《北京市"十一五"时期文物、博物馆事业发展规划》，明确了"十一五"文物工作的目标和任务，起草了《北京市文物建筑修缮保护利用中长期（2008~2015年）规划》。另外，北京市贯彻落实国务院关于非物质文化遗产保护工作的意见，积极开展北京市非物质文化遗产的保护工作。2006年，北京市政府下发《关于加强本市非物质文化遗产保护工作的意见》。该意见指出，北京是世界著名的古都，在长期的历史发展进程中，不仅保存了大量的物质文化遗产，而且保留了极其丰富的非物质文化遗产。2006年，北京市政府下发的《关于公布第一批市级非物质文化遗产名录的通知》，公布了9大类共50项第一批市级非物质文化遗产的名录。2007年北京市政府下发的《北京市人民政府关于公布第二批市级非物质文化遗产名录的通知》，公布了10大类共105项第二批世界非物质文化遗产名录。非物质文化遗产的保护，进一步扩大了北京历史文化保护的范围，深化了历史文化名城保护的内涵，对于历史文化名城的保护和发展发挥了积极的作用。2007年，北京文物保护事业以备战2008年奥运会为中心推动北京文博事业的发展，圆满完成了北京市的"人文奥运"修缮项目。2007年12月，北京市政府批准北京市规划委员会、市文物局共同组织编制完成的《北京优秀近现代建筑保护名录》，71座建筑被列入第一批北京市优秀近现代建筑保护名录。2007 年 11 月，北京市规划委公布的《北京市"十一五"时期历史文化名城保护规划》提出，要加大旧城保护力度，着重保护旧城整体风貌、保存真实历史遗存。2009 年，北京市文博事业以"保护文化遗产，促进科学发展"为主题，以"关爱文化遗产，建设人文北京"为口号，加强了历史文化保护的力度。北京市文物局制定了《文化遗产保护科学与学术研究规划（2009～2011 年)》，提出要以文化遗产保护需求为导向，全力推进北京城市发展史、北京历史文化名城保护、文物建筑合理利用、大遗址保护、世界文化遗产保护和管理、非物质文化遗产保护等十项专项研究，以探索更有效的历史文化名城保护措施和路径。2010 年，为实现保护北京文化资源的战略转移，在综合考虑北京城市发展的基础上，北京市政府对北京城市的文化保护作出了新的重大部署，并出台了《关于大力推动首都功能核心区文化发展的意见》，提出核心区的文化发展要着力打造"一核"、"一线"、"两园"、"多街区"，通过突出特色和加快发展，充分体现功能核心区的文化魅力，使之成为中国文化和古都风貌的展示区。该意见将为北京历史文化资源的保护和历史文化名城的发展，发挥更加积极而有效的作用。

二 站在世界城市建设高度，加强文化软实力建设

世界城市是国际城市的高端形态，是全球经济、政治和文化体系和网络的主要节点，是世界城市体系中高度集中的经济、政治和文化的指挥和控制中心。城市的整体文化实力和文化软实力，在世界城市体系和要素结构中具有举足轻重的地位，没有文化表现力、文化影响力和文化控制力的城市，难以成为世界城市。

关于北京建设世界城市的问题，2005 年 1 月 27 日国务院批复的《北京城市总体规划（2004～2020)》（以下简称《总体规划》）就把"世界城市"确定为四个未来发展目标之一。《总体规划》提出，要"以建设世界城市为努力目标，不断提高北京在世界城市体系中的地位和作用"，强调要充分发挥首都在国家经济管理、科技创新、信息交通、旅游等方面的作用，进一步增强城市综合辐射带动能力的同时，《总体规划》还从城市文化建设和发展角度提出，要"弘扬历史文化、保护历史文化名城风貌，形成传统文化与现代文化交相辉映、具有高度包容性、多元化的世界文化名城，提高国际影响力"。《总体规划》的城市发展目

标定位，实际上包含了通常所说的城市"硬实力"和"软实力"两个关键层面。

在进入"十一五"最后一年之际，中共北京市委书记刘淇在中共北京市委十七次会议上的讲话中提出，"从世界城市的高度提高首都科学发展水平，加快实施人文北京、科技北京、绿色北京发展战略"。北京建设世界城市成为北京城市高端形态的发展战略目标，北京城市的文化建设与文化软实力的提升，成为北京建设世界城市的重大理论和实践问题。2010年2月5日，刘淇提出，文化是北京建设世界城市的重要特色，要"加快增强首都文化软实力"。2010年8月13日，刘淇提出要切实增强"首都文化软实力和国际竞争力"，努力建设具有国际影响力的中国文化中心。2010年12月，刘淇在北京市十届八次全会上提出，要积极推动文化体制改革，进一步发展文化生产力，推动首都文化的大发展、大繁荣，为"增强国家文化软实力服务"。2010年，首都文化的建设和文化软实力的提升，成为北京世界城市建设的重大课题。

为建成具有中国特色和国际影响力的"世界城市"奠定坚实的基础，北京市委、市政府组织编制的《人文北京行动计划（2010～2012年）》于2010年4月6日向社会公布。"人文北京"建设的远景目标是，到2020年，在全面推进民生发展、文明发展、文化发展和和谐发展的基础上，把北京建设成为"最具人文关怀、最具文明风采、最有文化魅力、最为和谐宜居的世界城市"。近期目标是，到2012年，围绕改善民生、弘扬文明、繁荣文化、构建和谐四大支柱，重点实施十大工程，把"人文北京"建设提高到新的水平。在首都文化建设和首都文化软实力的提升方面，该计划提出要使北京作为国际文化中心的地位更加稳固。通过进一步深化文化体制改革，有效保护和利用历史文化遗产，进一步弘扬优秀传统文化，不断完善公共文化服务体系，进一步发展各项文化事业；通过不断完善文化创意产业发展政策和服务体系，使文化市场更加有序，文化特色更加明显，文化影响力更加凸显。文化事业和文化创意产业"双轮驱动"，全面提升北京的文化软实力，巩固北京作为国际文化中心的地位，着力打造文化中心的世界影响力。《行动计划》规划了2010～2012年三年内着力实施的十大工程，其中社会主义核心价值体系建设工程、繁荣发展哲学社会科学事业、历史文化名城保护工程、公共文化服务体系建设工程、文化创意产业发展工程等，都是提升首都文化软实力和增强国际竞争力的重大工程，也是北京建设世界城市的基础性工程，同样是提升首都文化软实力和增强世界影响力的重要支撑性要素。

"文化软实力"建设的问题,是 2010 年北京市委、市政府关于首都文化建设的关键概念和着力点,也成为首都学术界关于北京世界城市文化建设问题的关注热点和焦点。学者们为北京世界城市的文化软实力建言献策。学者们提出,世界城市的文化建设,既要有世界性的眼光,也要立足于北京城市的历史传统和文化传统;既要有与世界城市接轨的现代文化和商业文化,也要充分挖掘、利用和提升传统的历史文化资源。在北京世界城市的建设中,尤其要充分尊重北京的传统文化特色。作为历史文化名城的北京,正面临着城市现代化和同一化的挑战,中国特色世界城市的建设,不能模仿和复制已有世界城市的模式,必须发挥具有中国特色和北京特色的文化软实力作用,在全球化和城市化过程中保持北京城市的独特文化风貌和文化精神气质。文化创意产业是当今世界城市文化生产力和文化软实力的重要体现,北京要从世界城市建设的高度,大力推进文化创意产业的发展,打造具有世界影响力的中国文化创意产业中心。学者们认为,世界著名城市都善于运用自己的特色文化资源,创造性地塑造城市的文化符号,中国特色世界城市建设也应当充分挖掘具有自身独特风格、独特魅力的文化资源,提炼和创意能够彰显文化价值和文化精神的城市象征符号,塑造北京作为文化中心的中国形象和国际形象。

北京建设世界城市战略目标的提出,体现了北京市委、市政府从未来发展的战略高度提出的建设国际高端城市形态目标的全局性问题,同时也对北京城市文化的总体建设发展和首都文化软实力的增强和提升提出了更高的目标和要求。

"文化软实力"的问题,是 2010 年北京建设世界城市文化问题中的热点和焦点问题。当然,对于北京世界城市的建设来说,这远不止是一个年度热点和焦点话题,更是未来北京文化建设的重大理论课题和宏大实践课题。

三 2010 年北京文化的新发展

2010 年,北京市在努力为中国特色世界城市建设奠定基础的指导思路下,继续深化文化体制改革,进一步发展首都的文化事业和文化创意产业,"双轮驱动"首都文化事业和文化创意产业的发展,北京市文化建设的各领域取得了明显的进展,首都的文化软实力得到进一步提升。

（一）文化体制改革为北京文化发展提供良好的制度环境

2010年，北京市文化体制改革承续"十一五"以来的工作和任务，进一步推进和深化文化体制改革，创新文化发展机制，突出重点，攻克难点，提出了新的改革思路，出台了新的发展措施，为北京市的文化发展提供了良好的政策环境、资本环境和市场环境。

1. 深化体制改革，重塑市场主体

2010年，北京市积极采取措施，加大"转、并、调、撤"等文化事业单位改制力度，激发文化生产的市场活力，深化文化主体的所有制调整，保障文化事业和文化产业的顺利发展。

（1）转企改制成效凸显。

2009年以来，文化事业单位的转企改制和所有制的结构调整，逐步转向改革攻坚、加速铺开的新阶段。2010年，北京市继续加速推进出版、发行、电影、文艺院团等全额拨款或差额拨款事业单位的转企改制，鼓励非公资本进入，采用股份制、合资、合作等形式，丰富和调整国有文化单位的所有制结构，促进政事分开和政企分开，落实文化管理体制改革和政府职能转变。转企改制的深入进行，在市场参与机制下有效激发了文化单位的运营活力，取得了良好的成效。

（2）有效撤销、兼并、重组、优化文化单位。

"十一五"期间，北京市撤销了广和剧场、吉祥戏院和西单剧场等一批单位的编制。将北京市少年儿童图书馆等9个全额事业单位合并重组为3个，降低了运营成本，增加了产业集中度、提高了规模效应。2009年6月，北京市政府在中国杂技团有限公司、中国木偶艺术剧院有限责任公司、北京市演出有限责任公司、北京对外文化交流公司、北京儿童艺术剧院股份有限公司等9家转企改制文化企业的基础上，组建大型国有的北京演艺集团，并在2010年入选全国"文化企业30强"。通过一系列优化重组的举措，北京市努力实现文化企业的效益改善、提升和做大做强，并使国有资产的社会影响力和文化主导力得到优化。

（3）多种机制激活运营活力。

对未进行改制或资产重组的事业单位，例如京剧、昆曲、交响、评剧、河北梆子、曲剧等文艺院团，在保证人员基本收入的情况下，提升其业务收益支配权，增加鼓励其事业发展的配套资金，引导这些单位面向市场，降低成本，改善

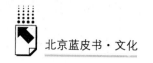

经营，推出优秀的文化产品。这些举措的探索，有力提高了北京市事业性文化单位的经济效益和社会效益。

2. 推动投融资服务体系新发展

2010年，中央和北京市对文化发展的投融资服务和金融支持力度，出现了新的发展。3月19日，中宣部、中国人民银行、财政部、文化部等九部委，联合发布了《关于金融支持文化产业振兴和发展繁荣的指导意见》，明确鼓励、改进和完善对文化产业的金融支持。早在"十一五"前期，北京市就已开始强调文化金融服务的重要性。2010年，在国家宏观政策的推进下，北京市进一步拓展和深化投融资平台建设，积极促动金融资本与文化产业的有效对接。

（1）推进文化产业投融资平台建设。

2007年，北京市提出文化创意产业投融资服务体系建设方案并付诸实施。北京市文化创意产业促进中心等单位，每年举办中国北京文化创意产业投融资论坛，到2010年已举办第四届，该活动平台促成了数百亿元的文化项目融资。2010年1～11月，北京文化创意产业投融资服务平台组织召开项目推介会21场，累计推介文化创意企业融资项目近400项，达成意向融资额近17.75亿元，为74个项目成功融资4.89亿元。

（2）加强文化与金融资本的战略联动。

北京市文化局、北京市文化创意产业促进中心及北京的文化产业孵化园、文化行业协会与联盟、文化企业等单位与机构，加速实施与金融、资本市场、银行机构的战略合作。2010年1月12日，北京市文化创意产业促进中心与中国工商银行北京分行举行战略合作签约仪式，中国工商银行每年为北京文化创意产业企业贷款设立100亿元专项授信额度。1月14日，北京市文化局与北京银行达成《支持文化创意产业发展全面战略合作协议》，北京银行将在未来3年内意向性向动漫、网游、艺术品等文化创意企业提供100亿元专项授信额度。2010年1月8日，全国首家金融服务文化创意产业专营机构"北京文化创意产业金融服务中心"在北京正式挂牌运行。截至2010年9月末，北京市银行系统对文化创意产业的贷款余额达到236亿元，同比增长42%；累计放款达到155亿元，同比增长接近90%。不断完善的金融支持体系，为北京市的文化发展提供了有力的资金杠杆和保障。

（3）加大政策扶持和资金支持力度。

北京市通过贷款贴息、项目补助、补充资本金、奖励、税收优惠等方式，加大财政对特定文化领域的资金资助和扶持。"十一五"期间，北京市政府每年安排5亿元文化创意产业发展专项资金，对符合政府重点支持方向的文化产品、服务和项目予以扶持。2010年，北京市相关部门先后发布实施一系列扶助措施和支持项目，对文化创意产业和文化遗产保护等领域，安排专项资助和扶持资金。东城、石景山等区县，也对文化创意产业的特定领域、园区或行业，给予有力的专项扶持或奖励基金。北京市及各区县选择性地对一些有重要影响的文化活动、公共文化产品进行奖励、资助。目前，北京市已经投放文化创意产业专项资金20多亿元，支持重点产业项目365个，带动社会资本200多亿元，有效地调节和激发着特定文化领域的发展。

3. 健全各种文化交易市场和传播平台

2010年，北京市努力促进文化产品和生产要素的合理流动，加快构建统一开放、竞争有序的现代文化市场体系，促进首都文化市场持续健康发展。

（1）文化产权市场和交易平台。

近年来，北京市着力打造了一系列综合性和专业性的文化产权交易市场。以北京产权交易所为依托，建立了北京文化产权交易所。2007年成立了北京国际版权交易中心，建立了分工明确、功能完善、体系健全的综合性版权服务体系和资本要素市场，目前已成为具有全国影响力和国际水准的国家级版权投资和交易中心。2009年成立的雍和国际版权交易中心，已初具规模和影响力。2010年，中国设计交易市场正式启动。通过文博会等活动窗口，积极构建文化交易和项目交流平台；大力推动传输快捷、覆盖广泛和具有规模效应的文化产品传播渠道和设施建设；发展文艺演出院线，推动城市演出场所连锁经营，支持文化票务网络建设。打造北京项目推介平台，选择优秀文艺演出向国外演出商和艺术节集中推介。

（2）文化服务组织和传播渠道。

北京市充分重视文化贸易和推广、自我内部协调的中介组织建设，重视演出中介组织和艺术经理人的培养。近年来，北京市相继成立了电影发行放映、演出、音像制品分销、影视动画、动漫游戏产业联盟等16个一级行业协会。发挥北京国际文化创意产业联盟、北京设计创意产业联盟、网络出版产业联盟、中关村创意产业联盟、中关村手机动漫产业联盟等组织，在产业链合作、项目孵化、资源共享、成果转化、产权保护、市场推广等方面的积极促进作用。各种文化服

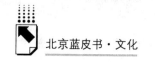

务组织、推介机构、行业协会、产业联盟等，既是北京推动文化市场健康、自律和良性发展的重要方式，也是加快文化产品和生产要素流通的有效途径。

（二）大力发展和优化文化产业，推进创意之都建设

2010年，北京市加大文化创意产业的行业发展力度，调整和优化产业结构，提高创意水平，增强产能，提高效益，推动首都文化创意产业发展繁荣和创意之都建设。2009年，全市文化创意产业实现增加值1497.7亿元，占全市GDP的12.6%，提前实现了"十一五"规划提出的12%的目标。2010年上半年，北京文化创意产业实现增加值804.3亿元，增长15.7%。经过"十一五"期间的发展，北京市的文化创意产业已经成为北京第三产业中仅次于金融业的第二大支柱产业。影视、动漫、设计、会展、出版发行、文艺演出、文化旅游、艺术品交易等诸多行业领域，呈现积极做大做强的良好发展态势。

1. 产业集聚区呈现快速发展

产业集聚发展是北京发展文化创意产业的重要举措和重要经验。创意产业集聚区为文化企业搭建了有效的技术、信息、培训、展示、交易的服务平台，提供了税收政策、金融服务、基础设施、土地使用等方面的优惠条件和孵化环境。在已有23个北京文化创意产业集聚区的基础上，2010年11月，北京文化创意产业集聚区再添7个新成员：八达岭长城文化旅游产业集聚区、北京古北口国际旅游休闲谷产业集聚区、斋堂古村落古道文化旅游产业集聚区、中国乐谷-首都音乐文化创意产业集聚区、卢沟桥文化创意产业集聚区、北京音乐创意产业园、十三陵明文化创意产业集聚区。北京文化创意产业集聚区达30个。2010年上半年，北京市文化创意产业集聚区新增各类文化创意产业达到227家，累计土地开发面积超过8千亩，完成各类政府投资25亿元，吸引带动社会投资20亿元。2010年全年投资总额超过50亿元。北京市各种文化产业基地、产业集群、产业街区集群式发展的产业格局已基本形成，文化创意产业集聚发展渐趋完善，产业集聚区向产业功能区转化的态势逐步显现，文化创意产业结构更加合理。

2. 保持优势领域，凸显中心影响力

"十一五"以来，北京的文化创意产业在艺术品交易、电影制作放映、会展创意等领域，保持国内优势，甚至产生了重要国际影响，体现了中国首都的文化中心地位。

北京作为全国艺术品市场中心的地位得到彰显和巩固。北京古玩城、潘家园古玩艺术品交易区、琉璃厂文化产业园区、宋庄原创艺术集聚区的建设进一步提升和完善，各种艺术品销售展示区和当代艺术品市场得到大力扶持，艺术品拍卖市场迅猛发展。截至 2010 年底，北京有 78 家艺术品拍卖企业，雄踞全国之首，远超第二位的上海（37 家）和第三位的浙江（28 家）。2010 年，北京 78 家艺术品拍卖机构共举办各种类型的拍卖会 499 场次，成交总额为 285 亿元。北京艺术品交易市场成为全国乃至国际艺术品交易市场的重要影响力量。据统计，在 2010 年度排名前十的全国拍卖公司中，北京占到 7 家；北京保利全年成交额突破 91.5 亿元，列全球艺术品拍卖企业首位，彰显着在京艺术品交易机构举足轻重的地位。

2010 年，北京市在终端影院建设、电影放映和发行、影片制作等方面，继续保持全国领军地位。截至 2010 年 11 月底，北京市 2010 年新增影院 15 家，银幕 110 块，影院总数达到 99 家，银幕总数达到 483 块。2009 年北京影院放映电影 60 万场，北京人均银幕数约为 4 万人一块，远超上海、广州等城市，居全国首位。2010 年，截止到 11 月份，北京地区票房收入已达 9.9 亿元，比 2009 年全年票房还高出 1.8 亿元。在影片生产制作上，北京市占据了全国的重大比重，2010 年中国内地故事影片产量达到 526 部，其中北京地区影片出品量占到 260 部左右。

北京作为国内会展业起步最早、发展最快的城市之一，2009 年以来，北京的会展经济规模和效益稳步提升。2009 年，北京有超过五百座的大型会议室 179 个；商务展览场馆达到 15 个，数量居全国之首。2009 年，北京接待会议数达到 22.4 万个，实现收入 72.54 亿元，其中大型国际会议 5174 个；接待展览 1216 个，实现收入 51.90 亿元，其中国际展览 246 个，实现收入 21.37 亿元。近几年，越来越多的世界顶级会议在北京市举办，体现着北京作为会展重镇和国际交往中心的重要维度。2009 年度由国际大会及会议协会成员组织的高端会议，在京举办的占全国的 39.2%。2010 年，国际大会及会议协会（ICCA）公布的国际会议目的地城市最新排名中，北京是中国唯一入选前十名的城市。2010 年最新统计数据显示，北京市共有 21 个展览通过国际展览联盟（UFI）认证，占全国的 26.6%。

出版发行和版权贸易的中心地位随着各种专门化集聚园区和交易平台的建设

而得到进一步强化。2007 年，北京市成立北京国际版权交易中心。2009 年成立的雍和国际版权交易中心，截至 2010 年 9 月，交易额已超过 2 亿元，一系列重大版权项目先后在雍和园落地，形成初具规模的版权产业。2010 年 6 月，首批 32 家企业签约入驻中国北京出版创意产业园，其中有 6 家数字网络出版企业，体现了首都在网络出版方面的新发展。2010 年 11 月 19 日，在北京正式开通的国家版权交易网，成为国内目前作品类型最齐全的版权交易网上平台。

一批大型演艺集团逐步形成，演出设施和演出网络进一步加强，创作和生产了一批经典作品和演艺品牌，初步显示了北京演艺领域较强的竞争力。2010 年，全市从事营业性文艺表演的团体共计 202 家，演出票房总收入达 10.9 亿元。2010 年上半年，全市 49 家主要剧场共演出 5000 余场，同比增长 17%，观众近 250 万人次，同比增长 9%，演出收入 2.4 亿元，同比增长 12%。2010 年全市 82 家营业性演出场所，票房的总收入达 10.9 亿元，比上年增长近 1 亿元；共演出 19095 场，比上年增长 16.45%。2010 年，北京的文艺演出成为重要的文化消费领域，文艺生产和文艺消费均呈现持续发展态势。

3. 新兴领域发展态势良好

2010 年是北京设计创意产业发展的重要一年。北京 DRC 工业设计创意产业基地、751 时尚设计广场等新兴产业集聚区发展迅速。2010 年 6 月 2 日，北京市委审议通过《全面推进北京设计产业发展工作方案》，将全面实施"首都设计创新提升计划"，以申报"世界设计之都"为核心，全面推动设计产业发展，利用 2~3 年时间，培育设计产业 50 强企业，建设 3~5 个设计产业集聚区，推动北京成为全国设计核心引领区，把设计产业打造成为北京"世界城市"的新文化名片。2010 年 6 月 29 日，中国设计交易市场（简称 CDM）在北京德胜科技园揭牌，这标志着国内首家设计交易市场正式启动建设，是北京向建设世界创意之都迈出的重要步伐。

2009 年 9 月国家发布的《文化产业振兴规划》中，动漫产业被列为我国重点发展的八大文化产业之一。北京将动漫产业列为亟须强化的文化创意产业重要增长点。海淀园中关村创意产业先导基地、石景山动漫游戏产业基地、雍和园文化创意产业集聚区等，为北京动漫产业的发展提供了良好的孵化土壤；相关扶持政策为北京动漫产业的崛起提供了有力的政策保障。2010 年前 11 个月，北京原创动画 49 部，占全国总数的 8.60%；总时长 41368.9 分钟，占全国总时长的

7.24%。两项指标都处于全国第五位，显示着北京在动漫领域仍有较大的增长空间。未来3～5年，中国动漫游戏城等项目走上正轨，北京动漫产业将迎来新的增长点。

"十一五"期间，都市型现代农业文化和创意农业在北京取得了显著的发展，已经成为北京发展文化创意产业的一个新向度。据不完全统计，到2010年，北京有创意农产品30余种；有一定规模的创意农业园113个（其中农业主题公园50多个），年均接待人数达505.6万人次，收入达6.16亿元；有一定影响力的农业节庆活动60多个，实现综合收入16亿元。以创意农业为核心、以民俗旅游为亮点的北京农业创意产业取得了良好的发展，2010年前3季度，全市观光农业园接待游客1150.5万人次，同比增长13.5%；收入10.6亿元，同比增长18.4%；民俗旅游接待游客1141.7万人次，同比增长14.9%，实现收入5.4亿元，增长21.8%。北京的创意农业推动着乡村文化旅游和生态宜居城市的建设。在未来的发展中，北京农业创意产业和乡村文化旅游将成为首都创意产业的重要组成部分。

4. 文化对外贸易持续改善

文化产业的蓬勃发展还体现在北京的对外文化贸易和文化输出上。过去的几年，我国大力提倡文化"走出去"，北京作为中国的国际交往中心，在对外文化交流上有着得天独厚的优势。近年来，北京着力落实鼓励、支持文化产品和服务出口的机制，重点扶持具有民族特色的文化艺术、展览、电影、网络游戏、出版物、民族音乐舞蹈等产品和服务的出口，在市场化、商业化、产业化的对外文化交流合作上得到显著改善。2010年1～8月，北京文化贸易额为85.8亿美元，同比增长36%。在《2009～2010年度国家文化出口重点企业和重点项目目录》中，共评选出国家文化出口重点企业211家，文化出口重点项目225个，其中，北京地区重点企业为56家，占26.54%，重点项目为102个，所占比重高达45.33%。北京在文化出口的总量和质量上均占据优势，发挥了北京作为全国文化中心和国际交往中心的优势作用。

（三）加强文化事业建设和完善公共文化服务体系

"十一五"期间，北京市在大力发挥文化创意产业，推动文化产业经济迅速发展的同时，着力加强首都文化事业建设，不断完善公共文化服务体系。2008

年，北京市通过《关于加强北京市公共文化服务体系建设的实施意见》，提出要努力建设覆盖全社会的公共文化服务体系，使首都的公共文化建设水平走在全国前列。2010 年 8 月，北京市委常委会召开会议，提出要建立健全公共文化设施网络，创新公共文化服务运行机制，加快完善公共文化服务体系，广泛开展公益性文化活动，促进基本公共文化服务均等化，不断提高人民群众的幸福指数等目标。截至 2010 年，北京市"十一五"以来的文化事业发展规划和公共文化发展目标得到了很好的落实与实现，在公共文化服务覆盖率、公共文化设施建设、基层文化活动等方面实现了有效提升。

1. 大幅提升公共文化服务体系覆盖率

"十一五"期间，全市形成了以市群众艺术馆、区县文化馆、街道（乡镇）文化站、社区（村）文化室为主体的四级服务网络。其中，群众艺术馆和区县文化馆 20 个，实现覆盖率 100%；街道、乡镇文化站 310 个，实现覆盖率 98%；社区文化室 2293 个、行政村文化室（文化大院）3702 个，实现覆盖率 95.5%。五年来，建成了 3859 个集电影放映、文艺演出、读书看报等多种功能于一体的行政村多媒体综合文化中心，实现了农村地区文化设施全覆盖。2010 年，北京市基本实现了农村乡镇综合文化设施覆盖率达 98% 的规划任务。公共图书馆提前实现了市、区县、街乡、行政村 100% 全覆盖的四级服务网络；截至 2010 年底，全市已建成 1020 个益民书屋，益民书屋覆盖全市所有行政村。

2. 加强公共文化设施服务能力

北京市大力加强公共文化设施的建设，增强公共文化设施的服务能力。目前，北京全市有 26 个奥运文化广场，20 个市、区县文化馆，1 个市级公共图书馆、23 个区县馆（含少儿馆），均免费向公众开放；13 个露天景观剧场常年举办公益文化活动；40 余家市属博物馆免费开放。为乡镇文化站配备了 182 套灯光音响设备、182 辆数字电影放映车和 3859 套数字电影放映设备。2010 年，为基层服务点提供电子书刊 53000 余册，其中电子图书 50069 册、电子期刊 3000 册。公共文化设施的完善和服务能力的提供，为市民提供了良好的公共文化空间，丰富了市民的精神文化生活，体现了满足多层次需要的公共文化设施服务体系的新发展。

3. 不断丰富基层文化活动，落实重点文化惠民工程

丰富基层文化活动，落实文化惠民工程，是北京市多年来推行的一项文化共享政策和行动。2010 年度，北京市的"文艺演出星火工程"已扩大到全市 13 个涉农区（县），覆盖了居住人口在 300 人以上的行政村，年均演出 8000 余场。面向郊区百姓实施"周末场演出计划"，并把"周末场演出计划"覆盖到城区。2010 年，通过各种形式为基层服务点提供文化讲座 100 场。2010 年 4 月 25 日，"我的北京 我的家"北京市群众文化年系列活动启动，该活动一直持续到 12 月，这项群众性文化活动以群众自主参与为主体，发挥群众的参与性、主动性和创造性。此外，北京市还充分利用大型城市文化公共空间，创建群众性文化活动品牌。如北京奥运文化广场的文化活动已成为基层文化的品牌活动，取得显著成效，2010 年摘得文化部第十五届群星奖公共文化服务项目奖。

（四）加大文化保护力度，推进文化名城建设

北京作为著名的历史文化名城，其保护和建设工作在日趋现代化和国际化的城市进程中显得尤为重要和艰巨。"十一五"期间，北京市为保护物质文化遗产和非物质文化遗产制定了具有指导性的规划、政策，采取了一系列具有可操作性的措施，文化保护取得了可喜的成效。2010 年北京市提出了建设世界城市的发展目标，历史文化名城保护意识得到进一步提高，保护措施也有所增强。

1. 积极加大文化遗产保护投入

"十一五"以来，北京市财政一共投入 12 亿多元，并引导社会资金 50 多亿元，用于古都风貌保护，取得了较好效果。在政府的大力投入和重视下，目前北京已逐渐形成了"三个层次（文物保护单位、历史文化保护区和历史文化名城的保护）、两个拓展（优秀近现代建筑和工业文化遗产的保护）、一个重点（旧城整体保护）"的全面协调可持续的保护体系。2005 年以来，北京市每年投入大量专项资金用于非物质文化遗产保护，至 2008 年专项资金已达 2000 多万元。2010 年 6 月 12 日，北京市颁布《北京市非物质文化遗产保护专项资金管理暂行办法》，明确了保护项目补助经费、市级代表性传承人保护传承补助经费和非物质文化遗产实物征集经费的专项资金，为更好地保护和传承非物质文化遗产提供了切实的保障。

2. 合理规划，注重整体集聚保护

"十一五"期间，北京市制定的一系列保护规划和措施，不断加强整体保护、区域保护和单位保护的力度，北京历史文化名城保护，尤其是整体保护的意

识和措施得到了加强。2010 年 4 月公布的《"人文北京"行动计划（2010～2012年)》强调，要不断健全历史文化名城保护工程，坚持"保护为主，抢救第一、合理利用、加强管理"的方针，坚持城市发展规划与历史文化名城保护相协调，积极创新体制机制、方式方法、传播手段，进一步完善各项政策、法规，使历史文化名城保护进一步走上良性发展轨道。2010 年 11 月，北京市发布的《关于大力推动首都功能核心区文化发展的意见》提出，核心区文化发展着力打造一核、一线、两园、多街区，突出特色、加快发展，充分体现核心区的文化魅力。其中，涉及以紫禁城为核心的皇城文化区，以孔庙、国子监为中心的国学文化展示区，以天桥为中心的演艺文化区，以前门、大栅栏、琉璃厂为中心的民俗文化展示区，以安徽会馆、湖广会馆为中心的会馆文化传承区等。这些措施无疑都有助于北京历史文化名城的整体保护和功能核心区的集聚性建设，从而有力提升历史文化名城的整体形象和文化风貌。

3. 重视非物质文化遗产的保护体系和宣传、开发

"十一五"期间，北京市大力开展非物质文化遗产的保护和宣传、开发，进行了一系列积极而有成效的探索。首先，完成非物质文化遗产的普查和整理、登记工作。2007 年底，北京市非物质文化遗产普查工作基本完成，普查到的项目共计 12623 项。截至 2010 年，北京市已编纂《北京市非物质文化遗产普查项目汇编》20 卷，收入非物质文化遗产项目共计 3223 项。其次，加大非物质文化遗产工作的组织保障。市编办于 2009 年底正式批准成立非物质文化遗产处；2010年 6 月 12 日，北京市非物质文化遗产保护中心挂牌成立；全市各区县也依托文化馆相继成立了区（县）级非物质文化遗产保护中心。再次，高度重视对非物质文化遗产的宣传、展演和开发利用。2010 年初，北京市组织 38 个国家级、市级项目，举办"北京市非物质文化遗产传统技艺展"。2010 年的"文化遗产日"，全市开展了 119 项非物质文化遗产主题活动。截至 2009 年 8 月，北京市已建成非物质文化遗产专题博物馆、民俗博物馆、传习所共 76 个。此外，北京市积极利用多媒体技术、电子商务等平台，以多种媒介形式推动非物质文化遗产的数字化展演和商业开发。

（五）发挥国际交流中心作用，推动首都文化交流发展

国家《"十一五"文化发展规划纲要》提出要充分利用各种资源，创新文化

"走出去"的形式和手段，吸收借鉴世界各国优秀文化成果，提升我国文化产品的影响力和竞争力，拓展对外文化交流和传播渠道，积极推动中华文化面向世界和走向世界。北京市《"十一五"时期文化事业发展规划》提出，要积极实施文化的"走出去"战略，促进对外文化交流。具体措施包括：举办宣传北京、宣传奥运的系列文化活动，实施国际艺术节海外推广计划，提升北京品牌文化活动的国际知名度；选择重点国家和地区办好北京文化节、北京文化周活动，用好奥运机遇，促进中国文化走向世界，树立北京良好的国际形象。"十一五"期间，北京市在对外文化交流方面，文化外交与文化交流的结合方式更加多样化；"引进来"与"走出去"相互协调，相辅相成；文化交流的管理和经营机制转换进一步深入，运作更为成熟，与市场、国际接轨更为密切；努力创建文化交流品牌，搭建世界性文化交流的平台，形成国际都市的开放气象。

2010 年，北京市基本完成"十一五"的规划目标，尤其是借助 2008 年北京奥运会千载难逢的机遇，积极组织各种文化交流活动，宣传北京、宣传中国，展示中国形象和北京城市文化形象。2010 年，北京市提出要从世界城市的高度推进首都文化的发展，本年度北京市积极加强文化交流活动，扩大首都的文化影响力，举办了一系列大型文化交流活动，例如中印文化节、波兰文化节、京台文化节、北京国际旅游博览会、北京国际青年戏剧节等重大和重要文化活动。丰富各种文化活动层级和扩大相关文化活动领域，不断提升首都文化艺术传播能力、加强文化人才互动、扩展文化项目交流，无论在数量和门类上，还是在质量上都有较大提升。发达的文化交流平台在"后奥运"时代仍然是体现首都国际文化交往中心地位的重要维度。2010 年 11 月，北京市委十届八次全会通过的《中共北京市委关于制定北京市国民经济和社会发展第十二个五年规划的建议》强调，要继续加大文化领域对外开放力度，积极参与国际重大文化交流活动，着力打造具有北京风格、中国特色、世界品位的文化交流品牌，深入实施文化"走出去"战略，全方位、多层次、宽领域地开展对外宣传活动，提升首都文化的国际影响力。

四 需要进一步研究和实践的文化问题

北京市委、市政府提出从建设中国特色世界城市的高度努力提高首都科学发展水平，加快实施"人文北京、科技北京、绿色北京"发展战略，意味着北京市要在世界城市体系中和世界城市坐标上探索和实践北京城市的总体建设目标及发展战略。首都北京的总体文化建设发展和首都文化软实力的提升，在北京世界城市建设中将具有更高的地位并发挥更重要的作用。从建设中国特色世界城市的高度，从中国国家首都的文化发展战略高度，进一步深化文化体制改革，大力发展北京的文化事业和文化创意产业，加强历史文化名城保护和建设，仍然是未来北京城市建设和首都文化软实力提升的重要理论和实践课题。

（一）在国际世界城市体系的文化格局中思考和研究北京的文化发展战略问题

2010 年，北京建设世界城市的文化问题成为一个年度热点问题。首都文化的高质量全面发展，是北京建设世界城市和走向世界城市的必要维度，建设具有国际表现力、竞争力和影响力的文化中心，是北京建设世界城市的重要使命。因此，北京建设世界城市的文化问题，从根本上说，就远不止是一个年度热点问题，也不仅仅是一个年度焦点问题，而是一个长期的文化发展战略问题。北京世界城市建设中的文化发展问题，既是一个在国际世界城市的文化体系中思考中国首都文化发展的战略问题，也是一个站在中国特色世界城市的战略高度探讨世界城市文化建设的问题。

由于这个问题的复杂性，这里只提出几个需要深入思考和研究的基础性重大问题。

首先，要深入系统地考察、比较、梳理和研究当今世界城市乃至世界著名首都城市的文化发展历史、城市文化现状、城市文化格局，深入探讨国际世界城市的基本文化结构、基本城市文化要素、基本城市文化品牌、基本文化产业结构，尤其是国际世界城市已经形成的文化体系和总体的文化发展战略，即要对国际世界城市的文化问题和文化发展战略问题进行系统、全面、深入的把握和战略探讨。

其次，要在国际世界城市的文化体系中深入思考我们自身的文化问题和文化发展战略问题，在国际性的比较视野中系统、全面、深入地分析、梳理、研究我们自身的文化资源和文化实力，在比较研究的视野中提炼、突出、强化、弘扬和发展北京世界城市建设中的中国文化精神、北京文化特色和城市文化品格，找出北京在国际世界城市体系中的文化差距和文化差异性，从而确立中国特色世界城市的文化建设和文化发展的战略定位与战略目标。

最后，要辩证思考和探讨北京世界城市建设的文化"世界性"和文化"中国性"问题。我们既要从世界城市的文化"世界性"来思考中国特色世界城市的文化问题，也要站在中国特色世界城市建设的文化"中国性"角度来思考我们的文化发展问题。因此，世界城市的文化问题既是一个文化包容性的问题，也是一个文化差异性的问题。"包容性"让中国特色世界城市的文化具有"世界性"，"差异性"让中国特色世界城市的文化具有"中国性"。

对于建设中国特色世界城市来说，尤其是在当今以西方文化价值体系为基础的世界城市文化体系中建设中国特色世界城市的文化，北京世界城市建设的中国国家首都的文化发展战略问题显得尤其重要。正如西方学者 Neil Brenner 和 Roger Keil 所指出的："世界城市必须被看做是一种文化盟主权的工程，因为它创造了一种意识形态的和物质的领域，这个领域是以西方文化形态的支配地位为基础的。确实，在许多方面，就其明显地以西方文化形式和知识范式为基础而言，世界城市研究本身就被文化帝国主义所渗透。"① 也就是说，我们既要融入国际世界城市的文化体系，又要在这个世界城市文化体系和世界文化价值格局中凸显自身，突出自己的特色，突出自己的文化身份、文化形象和文化精神，不能在世界城市中丧失"独特性"。

（二）在立体多维的文化发展视野中思考和探讨首都文化软实力建设

中共十七大报告提出，文化是民族凝聚力和创造力的重要源泉、综合国力竞争的重要因素，要实现文化大发展大繁荣，激发全民族的文化创造力，提高国际文化软实力。自此，如何提升文化软实力的问题，便成为中国文化建设、创新、发展、繁荣的重大理论和实践问题。"十一五"期间，北京市进一步深化文化体制改革，大力建设和发展首都文化，文化软实力得到了有力提升。2010 年，北京市领导在多次会议讲话和北京市的相关文献中提出，要着力加强首都文化建

① Neil Brenner and Roger Kell，"Introduction：Global City Theory in Retrospect and Prospect"，*The Global Cities Reader*，Neil Brenner and Roger Keil（eds.），London and New York：Routledge Tayler & Francis Group，2006，p. 309.

设，提升首都文化软实力。2010 年，"文化软实力"成为首都文化建设和世界城市文化建设中的关键概念和焦点话题。

与世界城市文化建设的问题远不止是一个热点和焦点问题一样，首都文化软实力的问题也不止是一个关键概念、热点问题和焦点问题，更重要的是一个中国国家首都文化总体建设目标和发展战略的问题，一个为中国特色世界城市建设奠定坚实、雄厚的文化基础的问题。一般认为，所谓"软实力"就是世界各国制定文化战略和国家战略的重要参照系之一。哈佛大学教授约瑟夫·奈提出，一个国家的综合国力不但包括由经济、科技、军事实力等表现出来的"硬实力"，而且包括以文化和意识形态吸引力体现出来的"软实力"。在国家竞争力中，软实力与硬实力发挥同样重要的作用。"软性的同化权力与硬性的指挥权力同样重要。如果一个国家可以使其权力被他国视为合法，则它将遭受更少对其所期望的目标的抵制。如果其文化与意识形态有吸引力，其他国家将更愿意追随其后。"①

在这里，文化的概念和意识形态的概念，对于一个国家来说，文化所体现的是一个总体概念，一个总体的文化实力、总体的文化影响力和吸引力问题。从当今国际世界城市的文化价值观念和文化价值导向来说，作为软实力的文化问题在某种深刻的意义上，也是一个意识形态的文化价值导向问题。

北京作为中国的国家首都，既有着深厚博大的历史文化传统，也正在建设现代性的城市文化。致力于"传统文化和现代文明交相辉映"、具有高度包容性、多元化的世界文化名城建设，加快首都文化建设，全面提升首都文化软实力，必然是一个历史性和实践性的工程。

北京文化软实力的建设和提升，需要依据北京城市的总体发展目标定位，对首都文化软实力问题，要在立体的、多维的文化发展视野中进行思考、探讨和建设。正确处理好中国特色首都城市文化与世界城市文化的关系、正确处理现代城市文化建设与传统历史文化传承的关系、正确处理文化事业与文化产业的关系、正确处理重大文化建设工程与惠民共享公共文化体系建设的关系，辩证探讨中国特色世界城市的文化"世界性"和文化"中国性"的战略问题，全方位发展首都北京的文化事业、文化创意产业，是北京文化软实力建设的重要理论和实践课题。在着力加强首都文化建设和提升首都文化软实力过程中，遵循国家首都的发

---

① 〔美〕约瑟夫·奈:《硬权力与软权力》，门洪华译，北京大学出版社，2005，第 107 页。

展定位目标，建设具有全国辐射力的文化中心；依托世界城市的发展目标定位，创建具有国际影响力的中国文化中心；立足文化名城的发展目标定位，塑造具有北京历史文化特色和文化质感的世界文化名城；契合北京作为全国的首善之区的目标和职能，创建具有价值导向性和垂范性的先进文化之都；对应宜居城市的发展目标定位，发展满足多层次结构需要的公共文化服务体系。这是全面提升首都文化软实力，建设有国际吸引力、影响力的中国中心的综合性、系统性和全面性的重大理论和实践问题。

（三）首都文化发展需要考虑和解决的问题

2010 年 11 月 30 日，中共北京市委十届八次全会通过的《中共北京市委关于制定北京市国民经济和社会发展第十二个五年规划的建议》提出，"十二五"期间，要大力推进首都的文化大发展大繁荣，更加深入地加强社会主义核心价值体系建设，进一步提高市民文明素质和城市文明程度，有效保护、挖掘、传承和利用首都历史文化资源，迅速发展文化创意产业和文化事业，公共文化设施与服务质量达到世界先进水平，显著提升城市文化软实力和显著增强全国文化中心功能。

基于"十一五"期间和 2010 年北京文化发展的考察和分析，针对目前的现状和存在的不足，提出如下需要思考和解决的问题。

1. 着力平衡城乡、阶层之间文化不对称问题

中央和北京市都多次明确，要将"公共文化服务的均等化"作为文化体制改革、文化建设的重要目标。"十一五"时期，北京市虽然在加强农村、城乡结合带、基层等薄弱环节的文化服务方面给予了高度重视，进行了大量投入，但是这种不平衡的文化格局仍然没有得到很好的解决。在今后的发展中，需要采取各种保障措施，克服社会发展中的"文化鸿沟"和"知识鸿沟"，推动普遍共享的文化消费和文化产品传播的发展，加大惠民共享文化工程的建设。

2. 恰当解决文化产业的经济效益和社会效益之间的矛盾

文化产业具有文化和产业的双重属性，应当兼顾文化产业的经济导向和价值导向，"双轮驱动"首都文化的全面发展。中共十七届五中全会关于"十二五"规划的建议中提出："坚持一手抓公益性文化事业、一手抓经营性文化产业，始终把社会效益放在首位，实现经济效益和社会效益有机统一。"因此，必须注意

文化产业的经济效益和社会效益之间潜藏的矛盾，努力实现文化产业的经济属性与价值属性的有机统一，在突出强调文化产业经济效益的同时，加强文化价值导向性，强化中国特色社会主义先进文化之都建设的方向性引导。

3. 进一步加强文化体制改革和创新公共文化服务体制机制

"十一五"期间，北京市公共文化服务取得了很大进展，但是仍然存在文化服务内容和文化服务方式上的薄弱性，缺乏高品位、高质量的公共文化服务。各种文化惠民工程、基层文化设施建设，相对于文化创意产业所提供的档次高、质量高的文化产品和文化消费，未能很好地满足群众多层次、多形态的文化产品需求。因此，需要进一步创新公共文化服务的理念，创新公共文化服务体系的体制，实现首都公共文化服务体系建设，从注重量的覆盖进一步转向注重质的丰富和提升。

4. 加快文化生产的业态升级和更新问题

文化与高新技术的有机融合，文化创新体系的形成，新型文化业态的更新，需要充分挖掘和利用文化资本、智慧资本、技术资本和产业资本，走综合创新、复合创意、独创品牌的道路。在未来的文化产业和文化创意产业的发展中，北京应依托首都创意产业和高新科技发展的良好基础和有利契机，大力推动各种新型媒体和娱乐产品、休闲消费业态的发展更新，加快物联网、移动互联网等高新技术在文化产品和文化消费体验中的融合度，积极推进电子书、数字出版、设计创意等的跨越式发展，推动北京"创意之都"的建设发展。

5. 进一步做大做强文化骨干企业

"十一五"期间，北京积极促进和培育大型文化骨干企业的发展，取得了明显的成效。但目前，在具有世界影响力和全国领军性的文化骨干企业的建设上，还存在较大的发展空间。2010 年，北京市有四家企业入围全国"文化企业 30 强"。但是，无论在数量上还是企业的规模和影响力上，北京的文化企业都尚未达到足以与国际性文化名城相匹配的水平。如何优化组合骨干文化企业的资本，创建国际城市体系中的知名文化品牌，是提升北京的文化生产能力、增强文化输出能力和建设中国文化中心的重要路径。

文化发展战略与
首都文化建设

Strategies of Cultural Development
and Capital Cultural Construction

$\mathbb{B}.2$
北京世界城市建设的文化问题

李建盛

摘　要：北京提出建设世界城市的战略发展目标，不仅意味着北京城市的总体建设发展将进入一个新的阶段，而且意味着北京的文化建设需要更高的理论视野和更大的实践力度。本节概述 2010 年度北京市委、市政府在世界城市建设目标背景中提出的文化战略新思路，扫描学术界对作为世界城市建设的文化问题的热切关注，分析作为年度文化讨论焦点的文化软实力问题，并提出今后需要系统深入研究和探讨的重大理论和实践问题。

关键词：世界城市　首都文化　文化软实力

世界城市是国际城市的高端形态，是全球经济、政治和文化体系的主要节点，是世界城市体系中高度集中的经济、政治和文化指挥和控制中心。"20 世纪后期和21世纪初城市化的全球化已经推动了一种新的城市类型，即全球或世界城市。这些概念首先是指一整套指挥和控制中心，它们以跨国性的经济的、人口学的和社会文化关系的网络阶系联系在一起。"① 在世界城市的体系框架中，文化作为世界城市的总体要素构成中具有举足轻重的地位，并发挥着文化表现力、文化控制力和文化影响力的重大作用。

2005年国务院批复的《北京城市总体规划（2004～2020）》确定了北京未来发展的四个主要发展目标定位，其中之一就是"世界城市"。2009年12月，北京市委书记刘淇在中共北京市委十七次会议讲话中提出，"从世界城市的高度提高首都科学发展水平，加快实施人文北京、科技北京、绿色北京发展战略"。北京建设世界城市成为北京城市高端形态的发展战略目标，北京城市的文化建设与发展问题也成为世界城市建设的重大理论和实践问题。在北京市委、市政府提出建设世界城市的目标中，也更加强调和重视首都的文化建设与发展，首都学术界和理论界对世界城市的文化问题给予了热烈的讨论，世界城市建设的文化问题和首都文化软实力问题也成为2010年重要的热点和焦点之一。

一 政府决策与北京世界城市建设的文化新目标

北京作为中国的首都和历史文化名城，文化的建设和发展必然是北京建设世界城市不可忽视和缺少的关键性维度。北京市建设世界城市的战略目标的提出，站在更高的世界视野为文化的建设发展提出了更高的战略要求。2010年，首都文化软实力和北京建设世界城市的文化问题成为北京市委、市政府的重大政策性议题和战略性课题。

"世界城市"作为北京城市的发展定位目标之一，在《北京城市总体规划（2004～2020）》已经提出。该《规划》在综合分析了世界特大城市，特别是首都城市的政治经济、城市文化、生态环境等方面发展趋势的基础上，根据北京的现实条件，确定了北京未来四个主要发展目标定位：国家首都、世界城市、文化

---

① Neil Brenner and Roger Kell, "Introduction: Global City Theory in Retrospect and Prospect", *Global Cities Reader*, Neil Brenner and Roger Kell (eds.), London and New York: Routledge Tayler & Francis Group, 2006, p. 5.

名城和宜居城市。在这四个发展目标定位中，城市文化问题、首都文化发展问题、文化名城建设问题都得到了突出的强调。在北京城市发展目标和主要职能中明确提出要"以建设世界城市为努力目标，不断提高北京在世界城市体系中的地位和作用"。在城市文化发展上，提出要"弘扬历史文化、保护历史文化名城风貌，形成传统文化与现代文化交相辉映、具有高度包容性、多元化的世界文化名城，提高国际影响力"。与以前的北京城市总体规划相比，《北京城市总体规划（2004～2020）》对于北京的城市文化发展具有总体的战略视野，并在此后指导和推动了北京城市文化体系的建设。

2009 年 12 月 24 日，北京市市委书记刘淇在市委、市政府理论中心组学习（扩大）会议上，提出要从建设世界城市的高度，努力提高首都科学发展水平，加快实施人文北京、科技北京和绿色北京发展战略，这标志着首都的现代化建设进入了新的发展阶段。这是有着客观依据与实践条件的科学发展规划。世界城市建设是以北京成功举办 2008 年北京奥运会、新中国成立 60 周年庆祝活动和成功应对国际金融危机为标志，首都的现代化建设进入了新的发展阶段的条件下，提出的新发展战略目标。在首都文化发展方面，北京市按照"人文北京"的要求，积极推动首都文化的发展和繁荣。近年来，北京市进一步深化文化体制改革，大力发展文化事业，积极推动文化创意产业和加强公共文化服务体系建设，体现了北京新的城市发展目标定位下首都文化的新进程。针对北京建设世界城市的目标和实施"三个北京"的发展战略，北京市提出要"着力加强首都文化建设"，具体体现为加强宣传思想工作、着力加强"人文北京"建设、深化文化体制改革、加强公共文化服务体系建设。

2010 年 2 月 25 日，刘淇在市委、市政府理论中心组学习（扩大）会议上提出要全面贯彻落实中央精神，加快首都经济转变方式，要从国家和民族发展的高度加快增强首都的文化软实力。"文化是国家和民族的灵魂，是北京建设世界城市的重要特色，也是在新的阶段首都发展的重要战略资源和决定首都影响力、竞争力的重要支撑因素。"这高度突出了文化在北京建设世界城市中的重大作用。它不仅是北京建设世界城市的特色，而且是首都发展中的战略资源，是世界城市体系产生影响力和竞争力的重要支撑因素。2010 年 8 月 13 日，刘淇再次强调，要认真学习贯彻胡锦涛总书记的重要讲话精神，按照建设中国特色世界城市的要求，切实增强首都文化软实力和国际竞争力，努力建设有国际影响力的中国文化中心；积极推进文化体制机制的创新，不断增强文化发展的生机活力；大力发展文化创意产业，增强首都文化的竞争力和影响力；切实加强文化产品生产的引导，努力推出更多更好的优秀文化产品，并且要求高度重视文化人才队伍的建设。

2010年8月23日，中国国家副主席习近平到北京市中关村国家自主创新示范区、北京金融街、北京商务中心区进行调研时指出，要努力把北京打造成国际活动聚集之都、世界高端企业总部聚集之都、世界高端人才聚集之都、中国特色社会主义先进文化之都、和谐宜居之都。2010年10月20日，北京市委召开扩大会议，传达、学习、贯彻中共十七届五中全会精神。刘淇强调，要认真学习、深刻领会、坚定贯彻落实好党的十七届五中全会精神，努力在建设中国特色世界城市的进程中取得新进展。要切实加快首都经济发展方式的转变，以更高的标准实施人文北京、科技北京、绿色北京发展战略，以建设国际活动聚集之都、世界高端企业总部聚集之都、世界高端人才聚集之都、中国特色社会主义先进文化之都、和谐宜居之都为着力点，努力在建设中国特色世界城市的进程中取得新进展。

2010年11月29~30日，刘淇在中共北京市委十届八次全会上再次强调要积极推进文化体制机制创新、加快完善公共文化服务体系，大力发展文化创意产业，加强历史文化名城保护，抓好重点文化展示区的规划建设，打造首都历史文化品牌，展示首都历史文化的魅力。切实加强对文化产品创作生产的引导，创新精神文化产品创作生产体制机制，加强引导优秀文化产品的创作和生产。郭金龙在谈到"十二五"时期发展社会事业和改善民生的主要任务时指出，要加强首都文化软实力建设、社会主义核心价值体系建设、全面提升公共文化服务水平，加强文化创意产业的支柱地位。2010年12月24~25日，北京市召开经济工作会议，总结2010年和"十一五"时期的经济工作，部署2011年各项任务，会议进一步指出要加快首都文化软实力建设，通过深化文化体制改革，进一步推动市属经营性出版单位转企改制，深化文艺院团内部机制改革，积极推动有条件的文化企业上市；大力发展文化创意产业，实施重大产业项目带动战略，打造一批特色街区和经典文化旅游项目；加强文化要素市场建设，完善文化投融资服务体系。研究制定支持版权输出、新媒体等产业发展的扶持政策，积极开展对外合作；加快完善公共文化服务体系，创作更多优秀精神文化产品，加快公共文化基础设施建设，提高公共文化服务质量和水平。

北京市对首都文化建设和文化软实力的高度重视，充分体现了北京市站在国家首都、世界城市、文明名城、宜居城市的发展目标定位，在新的发展阶段努力建设具有世界影响力的文化中心和先进文化之都的战略要求。尤其是建设世界城市的发展目标，把北京城市的文化事业建设、文化创意产业发展、公共文化服务体系完善、历史文化保护提到了新的广度、新的高度和新的深度。

为全面提升北京科学发展的水平，增强北京的文化软实力和国际竞争力，2004 年 4 月 6 日，北京市委、市政府组织编写的《人文北京行动计划（2010 ~ 2012 年）》正式向社会公布。对于人文北京建设和首都文化建设来说，这是一项计划目标明确、内容翔实、具有指导性和可实施性的计划。该计划提出，要深入贯彻落实科学发展观，坚持以人为本、以文化人，大力弘扬人文精神，促进人的全面发展，持续改善民生，不断发展繁荣文化，构建文化和谐环境，显著提高首都的人文向心力、文明竞争力和文化感召力，为建设繁荣、文明、和谐、宜居的首善之区，建设有中国特色和国际影响力的世界城市奠定坚实的基础，其建设目标是"把北京建设成最具人文关怀、最显文明风采、最优文化魅力、最为和谐宜居的世界城市"。该计划提出了 2010 ~ 2012 年三年中要着力实施的十大工程，其中社会主义核心价值体系建设、繁荣发展哲学社会科学事业、历史文化名城保护、公共文化服务体系建设、文化创意产业发展这五项工程，从根本意义上讲，都是增强北京文化软实力和国际竞争力的重大工程，这些都是北京建设世界城市必须具有的文化维度，无疑也是北京建设世界城市的基础性条件，是增强首都文化软实力和世界文化影响力的支撑要素。

二 学术视野与北京世界城市建设的文化新热点

《北京城市总体规划（2004 ~ 2020）》虽然把世界城市建设作为北京城市发展定位目标之一，但就世界城市建设和建设世界城市的文化问题并没有引起多少关注。2009 年 12 月北京市提出要"从世界城市的高度努力提高首都科学发展水平"之后，世界城市的问题得到了首都学术界积极的关注和热烈的讨论。这一年，首都学术界举办了各种关于北京建设世界城市的论坛，有关学者发表了一些关于北京建设世界城市的论文，甚至出版了关于北京建设世界城市的著作。在北

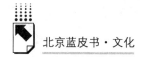

京建设世界城市的讨论中,文化建设和发展问题也成为 2010 年北京建设世界城市议题中的热点问题。

2010 年,第一次引起广泛关注的北京世界城市建设论坛是 3 月召开的"北京世界城市国际论坛",此次论坛会聚了来自驻华使馆、跨国公司、国际组织、政府官员和专家学者等近 400 人,就世界城市建设的内涵和目标进行了热烈的理论研讨和交流。这是北京市政府部门以论坛的形式大规模要求专家为北京建设世界城市建言献策而举办的学术论坛。此次论坛上,北京建设世界城市的文化问题,尤其是文化软实力问题受到了探讨和关注。有学者提出,北京世界城市建设必须高度重视历史的、现代的和市场经济条件下的文化建设和发展。北京的世界城市建设不仅是一个认识问题,而且是一个文化问题和文化软实力问题,因此打造首都北京的文化软实力极为重要。世界城市是世界性与民族性的统一,而城市特有的人文内涵即城市的历史性和文化性便主要体现在世界城市的民族性上。同月,由首都女教授协会举办的"智慧·奉献·共享——北京世界城市建设"论坛,以女学者的特殊视角对北京建设世界城市的问题进行了讨论,她们关注北京绿色生态文化的建设理念,阐述绿色生态文化的内涵,倡导共建生态教育平台,推进世界城市的文化建设。

2010 年 6 月,北京市社会科学联合会等单位举办了"世界城市:北京发展新目标"论坛,来自北大、清华、人大、北师大、首师大等单位的学者和市委市政府各相关职能部门、北京市社科联所属相关学会代表等,就如何借鉴世界城市的经验、如何在世界城市目标下搞好北京城市规划、北京世界城市建设中的主导产业发展、世界城市建设的空间模式,以及文化北京、人文北京和首都文化建设等问题进行了理论研讨。在北京世界城市建设的文化问题上,学者们就当代城市的文化转向与文化建设的重要性、北京城市发展与历史文化保护、公共文化体系建设与文化影响力、文化独立性与包容性、文化资源利用和文化创意产业发展等问题提出自己的观点与建议。2010 年 7 月举办的"首都统一战线 2010 年北京发展论坛",以"共谋首都发展、共建世界城市"为主题,从包括文化建设的不同领域和不同角度对北京世界城市的问题进行分析,并提出了富有建设性的建议。同月举办的"2010 年北京文化论坛——建设世界城市与提升首都软实力"论坛,着重讨论的是北京世界城市建设的文化问题,即如何根据北京世界城市建设这个首都未来发展的新目标,围绕"三个北京"建设,重点提升和发展首都文化软实力，增强和激发文化生产活力，把北京建设成为名副其实的世界城市等问题。2010年8月举办的"世界城市与北京"论坛中，来自首都高校和科研机构的专家学者们围绕什么是世界城市、北京要建设怎样的世界城市、北京建设世界城市面临的机遇和挑战等重要问题进行探讨。学者们尤其强调，对于历史文化资源丰富的北京来说，文化是构筑北京成为世界城市的首要选择。北京的文化是世界其他国家的文化不能替代的，因此，文化资源是北京进入世界城市行列的最大资源，我们应当把对文化的认识提高到时代和国家的意义层面，努力形成能够影响世界的文化力量。

2010年9月举办的"首届世界城市全球论坛"，从知识资本、创意产业和创新模式等重要方面对世界城市建设问题进行探讨和交流。学者们强调，要建设知识资本化的城市，以增强北京在未来发展中的核心竞争力；要建设产业高端化的城市，推动北京成为世界设计之都，建设世界城市品牌；要发展创新性的城市，培育战略性的新兴产业，以创新推动北京经济又好又快发展。在文化发展、文化创新和经济业态上，文化创意产业已经成为现代产业发展的高端形态，北京应大力发展文化创意产业。2010年9月举行的"2010·北京发展论坛"上，来自美国、日本、英国等国的华人专家学者，围绕北京世界城市建设的相关问题进行讨论。论坛特别关注北京的软环境建设，他们以比较性和世界性的学术视野切入北京世界城市建设问题。有华人学者提出北京要建设世界城市应当在提高环境竞争力、法制竞争力、政府公共服务竞争力、市民素质竞争力和文化竞争力上作出更大的努力。同月举办的"世界城市与精神文明建设"论坛上，学者们提出，建设世界城市不仅需要雄厚的物质基础，更需要精神文明的软实力。精神文明是塑造城市文化品格、展示良好形象的核心要素，是城市软实力的重要组成部分，同样也是北京建设中国特色世界城市的重要内容。论坛就如何认识精神文明建设在世界城市建设中的地位和作用、世界城市对市民文明素质和公民素质的要求、公共文明建设在世界城市建设中的地位、社会主义核心价值体系建设等问题进行交流研讨，并提出了一些建设性的思路和对策。2010年10月召开的"人文北京与世界城市建设——2010年北京国际学术研讨会"上，来自加拿大、美国、法国、日本等国家和台湾、香港等地区的专家学者以及内地专家学者百余人参加此次研讨会，与会者从不同角度、不同层面、不同方面讨论了"人文北京与世界城市建设"所涉及的相关问题。论题广泛讨论了城市文化的模式、首都城市的文明

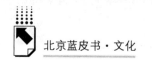

价值、北京建设世界城市的文化难题、北京世界城市建设的文化创造力和影响力、名人故居的文化保护、城市历史文化的保护与发展等问题。

2010年11月在北京举办了多场关于北京世界城市建设的论坛，可以说，这些论坛把本年度关于北京世界城市建设的讨论推向了高潮。11月5日，就在北京举办了三场关于北京世界城市建设论坛。"2010北京论坛"吸引了来自40多个国家和地区的300多位知名学者，学术论坛以"文明的和谐与共同繁荣——为了我们共同的家园：责任与行动"为主题，并设立了"构建和谐世界城市"分论坛，来自海外的专家学者以英国、日本、韩国等国的大型城市为例，围绕世界城市建设的重大问题进行讨论。在世界城市建设的文化问题上，海外学者提出北京拥有悠久的历史和灿烂的文化，是北京世界城市建设的特色化优势，因此，世界城市的建设必须保留北京和中国的本土特色。"北京论坛"提出，北京世界城市建设不能简单模仿或复制已有世界城市的形态和发展路径，要在提高世界影响力的同时，突出中国特色和首都特点。不仅要在经济发展中发挥引领作用，而且更要发挥文化上的引领作用。同月7日，由北京自然辩证法学会举办的"北京建设世界城市软实力——教育、科学、文化"论坛召开，学者们针对世界城市的标准进行讨论，认为北京的软实力不仅包括科技、文化、教育，而且包括生态文明、绿色理念和宜居城市等问题。在北京的城市文化建设方面，有学者就如何打造北京城市主题文化，建立立体化多结构的城市文化体系，加强北京世界文化遗产保护，宜居城市的文化建设、世界城市的建筑文化、世界城市文化的理想路径等提出了理论分析和学术探讨。

11月12日，当代北京史研究会举办了"迈向世界城市的北京：回顾与展望"论坛，与会者围绕世界城市的建设规律、北京当前城市建设所置身的发展阶段，世界城市建设的方向等问题进行研讨。在比较当今全球公认的世界城市与北京所具有的优势基础上，学者们认为北京的世界城市建设应在借鉴现有世界城市发展的成功经验基础上，结合自身实际，通过加快转变经济发展方式，建设中国特色的新型世界城市。北京建设世界城市，不能单靠北京这一座城市，而要把北京与周边城市的发展结合起来，形成首都圈发展战略。从吸纳和聚集资源、人才等转向充分发挥对周边城市的辐射和带动作用，从对周边城市的帮扶支援、生态合作转向建立紧密的产业联系。同日，为深入了解和认识北京的历史、现状和未来，深化对人文北京、科技北京、绿色北京的认识，深化对中国特色世界城市的认识，为北京"十二五"期间的发展和建设世界城市贡献力量。北京市政府参事室、市政府研究室和北京市社会科学院联合举办"迈向中国特色世界城市——北京的昨天今天明天"专题研讨会。与会专家围绕北京建设世界城市进程中的历史文化、人口资源、生态环境、能源战略等重大问题进行主题演讲和深入探讨，为促进北京在当前和今后一个时期的可持续发展和世界城市建设建言献策，以更高的标准实施人文北京、科技北京、绿色北京的发展战略，在建设中国特色世界城市的过程中取得新的进展。11 月 26 日，由国家人力资源和社会保障部中国博士后科学基金会等单位联合举办的"北京 2010 博士后学术论坛——世界城市战略"在京召开，各领域的专家学者共 300 多人参加了此次论坛。论坛主题和内容涉及世界城市战略发展的各个方面，其中许多演讲和讨论如"北京需要世界视野的城市战略"、"城市化与城市发展"等，都与北京建设世界城市的文化问题有着密切的关系，有的学者还从哲学层面讨论了世界城市建设的文化问题和文明形象问题。

2010 年 12 月 17 日，北京市社会科学联合会和北京师范大学联合主办的前沿学术论坛拉开序幕，主论坛的主题为"科学发展：世界城市与人文北京"，并由此拉开了由北京市社会科学界联合会所属学会承办的涵盖哲学社会科学各主要学科的 23 个分论坛。学者们围绕论坛主题，就"世界城市建设的哲学思考"、"北京构建世界城市与政府治理创新"、"世界城市法治"、"中国发展道路：本土实践与国际经验"、"城市与城市化"等问题进行广泛研讨。尤其是主论坛，学者们紧紧围绕"世界城市与人文北京"的科学发展问题开展前瞻性的学术探讨。学者们提出，人文北京的建设要通过制度创新、文化创新、思维创新、观念创新乃至生活方式创新，提升文化软实力与国际竞争力。21 世纪是国际化大都市特别是世界城市间大竞争的世纪，是世界城市带动的都市圈作为全球经济中心并日益成为文化中心的大竞争的世纪。北京建设世界城市，所选择的是参与当代新形势下国际化大都市之间高端竞争的发展，北京建设世界城市要更深入地了解世界和应对世界。城市软实力的问题同样在此次论坛得到了关注，有学者提出，在北京建设世界城市进程中，文化软实力建设是必不可少的重要维度，并从城市文化符号和文化价值等角度阐述了世界城市建设中的北京文化符号塑造和文化象征体系的重要性。

2010 年，北京不仅举办了关于北京世界城市建设的各种论坛，并高度关注世界城市建设的文化问题。首都学术界撰写和发表了关于世界城市建设方面的许多论文，出版了一些著作。它们从不同层面，如北京的文化包容性与世界城市建设、世界城市的文化特征与发展规律、北京建设世界城市的文化意义和价值等方面对世界城市建设的文化问题进行研究。关于北京世界城市建设方面的著作，则主要有金元浦主编的《北京：走向世界城市》和北京市社会科学联合会编的《科学发展：人文北京与世界城市》，它们对于世界城市建设的文化问题所给予的关注，同样构成了 2010 年度北京的文化热点的重要内容。

三　软实力与北京世界城市建设的文化新焦点

2007 年 10 月，中共十七大报告把文化作为民族凝聚力和创造力的重要源泉、综合国力竞争的重要因素，提出要实现文化大发展大繁荣，激发全民族的文化创造力，提高国际文化软实力。自此，文化建设和文化软实力问题成为中国文化发展的战略问题。"十一五"期间，北京市在文化体制改革、文化创意产业、历史名城保护和公共文化服务体系建设等方面，取得了长足的发展。2010 年，北京市委、市政府不断强调要加强首都文化和文化软实力建设。文化软实力建设的问题，不仅是北京市委、市政府关于首都文化建设中的关键性概念和强调的重点，而且北京市委、市政府对首都文化软实力建设的强调，都与北京建设世界城市的发展目标密切相关，是北京建设世界城市的重要组成部分。文化软实力的问题，不仅被提升到一个城市文化建设的高度，而且被提升到国家首都文化建设的高度，提升到世界城市建设的高度，提升建设具有国际影响力的中国文化中心的高度。

2009 年 12 月 24 日，刘淇在中共北京市委十届七次全会上的讲话，从世界城市建设的高度，提出要进一步加强宣传思想工作、着力抓好"人文北京"建设、深化文化体制改革、加强公共文化体系建设，着力加强首都文化建设。2010 年 2 月 5 日，刘淇提出文化是北京建设世界城市的重要特色，要"加快增强首都文化软实力"，要以世界城市建设的眼光，把增强"首都文化软实力"作为推动经济发展方式的重要方面。2010 年 8 月 13 日，刘淇提出要按照建设中国特色的要求，切实增强"首都文化软实力和国际竞争力"，努力建设具有国际影响力的中国文化中心。刘淇在 2010 年 12 月召开的北京市十届八次全会上的讲话，从文化体制机制创新、公共文化服务体系完善、大力发展文化创意产业等方面，强调要抓住机遇，积极推动文化体制改革，进一步发展文化生产力，推动首都文化的大发展、大繁荣，为"增强国家文化软实力服务"。同月召开的北京市经济工作会议，再一次强调要加快首都"文化软实力"的建设。《人文北京行动计划（2010～2012 年）》规划了"人文北京"建设的十大重点工程，以深入推动"人文北京"建设和加强首都文化软实力建设。2010 年，首都文化建设问题成为北京世界城市建设的重大课题，首都文化软实力的建设问题也成为本年度关于北京世界城市建设的文化新焦点。

"文化软实力"建设的问题，不仅是北京市委、市政府关于首都文化建设中的关键概念和着力点，而且也是首都学术界关于北京世界城市建设的文化问题的焦点。学者们在强调北京世界城市建设的硬实力的重要性的同时，高度关注北京世界城市建设的软实力、尤其是文化软实力的问题。学者们认为，与现有的被公认的世界城市相比，文化软实力是北京世界城市建设中最大的资源和优势，是北京世界城市建设的核心要素。他们从不同的角度、不同的层面、不同的维度，关注和讨论北京世界城市建设的文化软实力问题。

首先，北京世界城市建设的文化软实力，要从多维度的文化层面来思考。北京世界城市的建设既要有世界性的眼光和高度，也要体现北京城市的历史性和现代性，同时，世界城市的文化还要体现先进性与多样性。龙永图在 2010 年 3 月举办的"北京世界城市国际论坛"上提出，北京要建设世界城市不仅要有一流的经济力量，但更重要的是要提高北京独特的文化软实力。他从历史的城市文化、现代的城市文化和商业的城市文化三个方面，阐述了北京建设世界城市的文化软实力建设问题，即北京世界城市建设要使历史的城市文化具有民族特色和国际影响力；现代的城市文化要反映当代国际社会普遍公认的价值观念，形成北京独特的文化名片；城市的商业文化要打造具有世界知名度的高端商务区，发挥现代商业高端文化载体的作用。王伟光提出，北京建设世界城市不仅发挥世界性的经济社会发展功能和作用，而且要体现城市的历史性和文化性，文化软实力是世界城市的核心。中国的世界城市建设要借鉴已有的路径和经验，要遵循共性和规律的同时突出个性和特色，探索中国式的世界城市建设创新模式，打造具有中国特色、中国风格、中国气派的世界城市。牛文元认为世界城市的建设，要站在人类文明与世界进步的前端，体现文化的先进性、继承性和多样性。黄江松在2010 年 5 月召开的《北京：走向世界城市》研讨会上，从世界影响力的角度强调了北京世界城市建设中的文化软实力和国际影响力的重要性。他认为软实力作为影响力，主要体现在一个城市文化在全球的意识形态上的影响力。北京文化的历史积淀与纽约、伦敦、东京相比有很大的优势，但是，北京的文化远远没有在世界上产生影响力。从影响力来说，北京距离世界城市也是有很大差距的。

其次，北京世界城市建设要尊重北京的传统文化特色，加强历史文化名城的保护力度。学者们认为，厚重的文化积淀是北京建设世界城市强大的软实力保障，丰富的北京的历史文化资源是北京世界城市建设的重要基础。有学者指出，北京旧城的保护对于北京建设世界城市来说是一个非常重要的问题。丰厚、独特的历史文化资源，兼容并蓄、沉稳大气的文化磁力是北京进军世界城市的雄厚资本。但是，必须高度重视的是，今天的北京历史文化保护问题在全球一体化的现代经济浪潮中面临着严峻的挑战。在世界城市建设的文化问题上，北京必须保持自己的特色、个性、魅力和风格，不能追求纽约、东京的面孔，必须努力打造具有自身特色的文化凝聚力和文化影响力。如何让古都的历史文化发挥作用，如何保护好历史文化遗产和历史街区，如何保护地上和地下的文物，是北京世界世界城市建设的文化软实力和世界影响力的重要课题。

再次，北京世界城市建设要大力发展文化创意产业，从世界城市建设的高度推进北京文化创意产业的发展。朱永新从文化软实力的角度，对北京文化创意产业的发展提出了五点意见和建议：北京的文化体制改革应成为全国的楷模和标杆，重点处理好文化事业与文化产业、政府与市场的关系；加快文化创意产业与其他产业的融合，提高文化创意产业的综合实力；合理规划和调整文化产业发展布局，充分发挥首都文化资源优势；针对文化创意产业的发展需求，为人才脱颖而出创造条件。在制定人才引进政策的同时，建立创新型人才评估标准与评估体系，提升文化创意产业的软实力；增强核心竞争力，延长产业链条，加快文化产品"走出去"步伐，用文化创意产业推动首都文化软实力的快速、高端发展。吴锡俊在2010年10月第四届北京文化创意产业投融资论坛媒体通气会上认为，文化创意产业要建立以中国文化为中心的大区域，推动中国文化产品走出去。文化创意产业是实现文化软实力和文化经济实力的重要因素，北京的世界城市建设不仅要有硬实力，而且要有政治和文化的影响力。

最后，如何充分挖掘、利用北京的历史文化资源，创造性地提炼北京历史文化中的文化符号，塑造北京文化形象，也是2010年北京世界城市文化软实力的焦点之一。王一川在 2010 年 12 月举办的"科学发展：世界城市与人文北京"中，从文化符号系统、文化传媒系统、文化制度系统、文化价值系统四个方面分析了文化软实力的内涵，并着重探讨了北京的历史文化资源和文化符号系统在北京世界城市建设中的重要作用。他认为北京文化符号的作用集中体现在，以潜移默化的方式有力地塑造着居民的文化性格，特别是个人对北京城市文化中最内隐的生活价值系统的独特体验。北京在迈向"世界城市"进程中，不仅要加强对已有的城市文化符号的维护和传播，而且要更有意识地新建一系列能够代表北京的"世界城市"特征的新型城市文化符号，尤其是北京应当尽力挖掘现有城市生活中蕴藏的潜在的文化符号资源，让它们生长为北京城市的象征性文化新符号。

此外，2010 年首都学术界关于北京世界城市建设的文化软实力的讨论，还涉及首都精神文明建设、公共文化服务体系、城市公共文明、首都文化形象等问题。

2010 年关于北京世界城市建设中的文化软实力的讨论，大多数是以"论坛"发言的形式出现的，虽然不乏独到的视角和精辟的见解，提出了众多可以进一步思考和讨论的问题和主题，但由于多为即兴发言，北京世界城市建设的文化软实力问题实际上并没有得到很深入系统的分析和探讨。因此，"文化软实力"问题确实是本年度北京世界城市建设中的焦点问题，也将是未来首都文化软实力建设中需要进一步深入探讨的理论和实践问题。

四　结语

世界城市建设是北京向世界高端形态的城市发展的战略性目标，北京建设世界城市目标的提出，意味着北京城市建设发展将进入一个新的历史发展阶段。首都的文化和文化软实力的建设同样是北京世界城市建设历程中持续而深远、艰巨而重大的理论课题和实践任务。"文化作为实践，文化的讨论、文化政治学、文化生产和文化产品，所有这些都是、而且一直是世界城市和全球城市构成的有机组成部分。"① 如何站在世界城市建设的高度、深入系统地研究世界城市建设的

---

① Neil Brenner and Roger Keil，" Introduction to Part Six "，*The Global Cities Reader*，Neil Brenner and Roger Keil（eds.），London and New York：Routledge Tayler & Francis Group，2006，p. 307.

文化问题，如何以世界城市建设的战略目标发展和建构北京的城市文化问题，是北京建设世界城市过程中的系统性、全局性和战略性的工程。

自从《北京城市总体规划（2004～2020）》公布和实施以来，北京城市的建设有了更系统明确的发展目标定位，北京城市的文化定位更加明确，文化建设的措施和力度更大。2010 年，世界城市建设的文化问题和首都文化软实力建设成为了新的发展目标、新的热点和新的焦点。至于如何站在北京建设世界城市的高度，从人文北京、科技北京和绿色北京的发展战略出发，立足首都、重视本土、辐射全国、观照国际，高标准、立体多维地发展首都北京的首都文化事业、文化创意产业，遵循国家首都的发展定位目标，建设具有全国辐射力的全国文化中心；如何依托世界城市的发展目标定位，创建具有国际影响力的中国文化中心；如何立足文化名城的发展目标定位，塑造具有北京历史文化特色和文化质感度的世界文化名城；如何契合北京作为全国的首善之区的目标和职能，创建具有价值导向性和垂范性的先进文化之都；如何对应宜居城市的发展目标定位，发展满足多层次结构需要的公共文化服务体系……这一切，既是北京世界城市建设的理论课题，更是北京世界城市建设的实践课题。

B.3

2010 年北京文化体制改革的新进展

杨 震*

摘 要：本节介绍本年度北京市文化体制改革的新思路和新政策，从文化事业单位的转企改制、文化创意产业的发展、公益性文化事业的深入以及国际文化交流的加强等方面，研究、总结 2010 年北京市文化体制改革的主要成就，并就北京市如何进一步深化文化体制改革提出建议。

关键词：文化体制改革 转企改制 文化创意产业 文化事业

2010 年是"十一五"规划的最后一年，北京市继续深化文化体制改革，提出了许多新思路和新政策，有力推动了整个文化事业和文化产业的发展；经营性文化事业单位的转企改制走出了试点阶段，释放出较大的经济、文化活力，取得了良好的经济社会效益；文化创意产业的发展得到了政府政策的进一步支持，尤其在瓶颈性的投融资问题上面有了新的突破；公益性文化事业加大了投入力度，尤其是文化相对落后的农村地区文化建设得到普及和深入；国际文化交流和文化"走出去"战略得到进一步重视和实施。这些改革成就为"十二五"规划的制定和实施创造了良好条件。

一 新思路和新政策

（一）新思路

2010 年，中央和北京市政府在文化体制改革方面提出的新思路主要体现为：

---

* 杨震，博士，北京市社会科学院文化研究所助理研究员。

对文化体制改革的重要性和迫切性作出强调；突出了文化体制改革由点到面，全面深入展开的必要性；把文化体制改革和文化"软实力"二者的重要性结合起来；把社会效益放在首位。

1. "三个加快，一个加强"

中共中央政治局于 2010 年 7 月 23 日上午就深化我国文化体制改革研究问题进行了第二十二次集体学习，胡锦涛总书记在主持学习时，提出了"三个关系"以及"三个加快，一个加强"。"三个关系"是针对文化体制改革的重要性提出的，强调深入推进文化体制改革，促进文化事业全面繁荣和文化产业快速发展，关系全面建设小康社会奋斗目标的实现，关系中国特色社会主义事业总体布局，关系中华民族伟大复兴。"三个加快，一个加强"是具体指示，一是要加快文化体制机制改革创新，二是要加快构建公共文化服务体系，三是要加快发展文化产业，四是要加强对文化产品创作生产的引导。

2. 全面、深入推进

全国文化体制改革工作会议于 2010 年 8 月 13 ~ 14 日在青岛举行，中央相关领导对会议作出了批示，强调当前文化体制改革正处于全面推开、攻坚克难的关键阶段，各地区、各部门要深入学习胡锦涛在学习会议上的讲话精神，以更加扎实、有力的措施深入推进文化体制改革。

8 月 19 日下午，北京市委常委会召开会议，研究贯彻落实全国文化体制改革工作会议精神和本市文化体制改革等事项。市委书记刘淇主持会议。会议强调，要从战略高度深刻认识文化的重要地位和作用，以高度的责任感和紧迫感，顺应时代发展要求，深入推进文化体制改革，推动社会主义文化大发展大繁荣。本市要继续深化文化体制改革，在加快文化事业和文化创意产业发展上发挥带头作用，下大力气把北京建设成有国际影响力的中国文化中心。

3. 增强软实力

2010 年 8 月 14 日，北京市委、市政府理论学习中心组举行学习（扩大）会，邀请中宣部副秘书长、全国宣传干部学院常务副院长李伟教授作了《学习胡锦涛总书记重要讲话精神　深化文化体制改革研究》的辅导报告。市委书记刘淇在学习会上强调，要认真学习贯彻胡锦涛总书记重要讲话精神，按照建设中国特色世界城市的要求，切实增强首都文化软实力和国际竞争力，努力建设有国际影响力的中国文化中心。从而把北京市文化体制改革与提高首都文化"软实力"以及北京建设有中国特色世界城市贯通起来。

4. 社会效益放在首位

2010 年 8 月 19 日，中宣部、文化部、广电总局和新闻出版总署四部委负责人举行了文化体制改革专题新闻发布会，通报了文化体制改革取得的成效，介绍了进一步深化改革的举措。中央文化体制改革工作领导小组办公室主任、中宣部副部长孙志军在回答记者提问时指出：文化体制改革的目的是为了多出文化精品、多出人才、多出效益，在推进文化体制改革过程当中，要始终把社会效益放在首位，努力实现社会效益和经济效益的有机统一，绝不能为了追求经济利益而放弃社会责任，有损社会效益。这一讲话明确了文化体制改革过程中社会效益的优先地位。

（二）新政策

为了进一步推动文化体制改革，加强文化建设，促进文化发展，2010 年，中央和北京市制定了一系列新的政策措施。

1. 《人文北京行动计划（2010～2012 年）》

为深入贯彻落实科学发展观，推进文化体制改革，全面践行"人文北京"发展理念，进一步推进"人文北京"建设，北京市委常委会 2010 年 1 月 20 日召开会议，讨论通过了《人文北京行动计划（2010～2012 年）》。

人文北京建设的近期目标是到 2012 年，围绕改善民生、弘扬文明、繁荣文化、构建和谐四大支柱，重点实施民生保障与改善、社会主义核心价值体系建设、市民文明素质提升等十大工程，把人文北京建设提高到新的水平。远景目标是到 2020 年，在全面推进民生发展、文明发展、文化发展、和谐发展的基础上，把北京建成最具人文关怀、最显文明风采、最有文化魅力、最为和谐宜居的世界城市。

2. 《关于金融支持文化产业振兴和发展繁荣的指导意见》

为了进一步支持文化产业的发展繁荣，解决文化产业融资难问题，中国人民银行会同中宣部、财政部、文化部等国家九部委于 2010 年 4 月联合发布了《关于金融支持文化产业振兴和发展繁荣的指导意见》。

该意见的主要内容有：积极开发适合文化产业特点的信贷产品，加大有效的信贷投放；完善授信模式，加强和改进对文化产业的金融服务；大力发展多层次

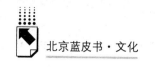

资本市场,扩大文化企业的直接融资规模;积极培育和发展文化产业保险市场;建立健全有利于金融支持文化产业发展的配套机制;加强政策协调和实施效果监测评估。

3.《全面推进北京设计产业发展工作方案》

2010年6月2日,北京市通过了《全面推进北京设计产业发展工作方案》。北京将向联合国教科文组织申报"世界设计之都",目前已成立"申都委员会",开始有关申报工作。正在实施的"首都设计创新提升计划"将利用3年时间,培育设计产业50强企业,建设3~5个设计产业集聚区,到2012年,设计产业服务收入将突破1300亿元,推动北京成为全国设计核心引领区。

4.《关于大力推动首都功能核心区文化发展的意见》

为全面实施"人文北京、科技北京、绿色北京"发展战略,加快首都功能核心区文化发展,2010年11月,北京市制定了《关于大力推动首都功能核心区文化发展的意见》。意见指出,首都功能核心区是政治、文化中心功能和重要经济功能集中体现的地区,也是历史文化传统与现代国际城市形象集中体现的重要地区。核心区文化发展着力打造一核、一线、两园、多街区,通过突出特色、加快发展,充分体现核心区的文化魅力,使核心区成为中国文化和古都风貌的展示区。

根据该意见:①本市将依据历史文化名城保护规划的要求,加大规划实施力度,充分挖掘文物景观、名人故居、四合院等历史文化资源;②本市将大力发展公共文化事业,按照种类齐全、结构合理、发展均衡、实用高效的原则,完善核心区公共文化设施,提升公共文化服务水平,建设一批重点文化工程,辐射带动公共文化事业发展;③本市将以丰富的历史文化资源为基础,发挥国际交流、科技、信息、人文等方面的优势,充分利用市场机制,积极推动文化创意产业发展;④本市将依托深厚的历史文化内涵,积极开展对外文化交流合作,强化国际交往职能。

二 新举措和新成就

(一) 文化事业单位改制全面落实

作为文化体制改革的核心,北京市文化事业单位的体制改革和转企改制,截至2010年,已经得到全方位的实施,并取得显著成就。

自从 2003 年文化体制改革试点工作开始，北京市文化局下属文化事业单位由 54 个减少到现有的 13 个，其余的都已经完成转企改制。改制一方面让文艺院团释放出创造力，积极面对市场，赢得了经济效益；另一方面，使得政府更集中精力，扶持、保护和发展了一批公益性服务性的文化机构和文化事业，赢得了社会效益。

总结起来，"十一五"期间，北京市文化局主管下的文化事业单位体制改革主要成就有如下几点。

1. 改制条件比较成熟的差额拨款事业单位和 1 个全额拨款事业单位，实施转企改制

北京儿艺等 4 个艺术表演团体相继完成了转企改制。北京儿童艺术剧院由北京青年报参与，转为北京儿童艺术剧院股份有限公司，形成了媒体控股的模式；北京歌舞剧院由首旅集团控股成立了北京歌舞剧院有限责任公司，实现了歌舞与旅游的成功对接；中国木偶艺术剧团转企改制为由民营资本控股的艺术院团，实现了体制上的重大突破；中国杂技团与中国银泰投资有限公司联合组建中国杂技团有限公司。全额拨款事业单位北京市演出公司转制成为由国有资本控股的演出公司。

北京儿艺的演出场次从以前每年的 100 场上升至 2010 年的近 700 场，年总收入从原来的 77 万元上升至 2010 年的约 9000 万元，比改制前增长了百倍之多。北京歌舞剧院 2008 年经营收入达到 4060 万元。2008 年中国木偶剧院改制仅两年，经营收入就达到了 2500 万元，比改制前一年增长了 6.6 倍。中国杂技团改制前年收入 1760 万元，2009 年收入 2600 万元；涨幅虽不大，可是小幅增长的背后毕竟意味着深刻变化。

2. 改制条件不成熟的差额拨款事业单位，暂时保留了事业体制，但实行市场化运作

这些单位主要是指京剧、昆曲、交响乐、评剧、河北梆子、曲剧 6 个文艺院团。他们目前还不能完全适应市场要求，传统戏曲消费市场本身也不成熟，如果过早实施转企改制，这些院团的生存会非常困难。因此保留了这些机构的事业体制，但逐步改变其运行机制来适应市场。这方面北京市文化局主要是通过改变公共财政的投入方式来推进的。

首先，院团的人员经费按 100% 拨款，确定一个基准数之后实行"减人不减

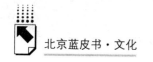

经费、增人不增经费"的原则，由院团全权决定人员使用规模；

其次，规定：院团按上一年度主营业务收入（包括演出收入、捐赠收入和剧目版权收入等）的35%预留发展资金，公共财政对其增加同等数额资金用于事业发展；其主营业务收入的65%可用于人员收入分配，提高演职人员的收入；

最后，对院团新创精品剧节目的生产经费，按其生产相关费用的35%另外进行资助。

在投入方式上的这三项改进，其优越性，一是在大原则不改变的条件下，由院团全权决定资金使用，保障了这些单位的市场主体地位；二是鼓励引导这些单位面向市场，进一步调动了它们的积极性；三是促使它们产生降低成本的自觉，同时又鼓励其不断推出新的优秀剧作节目。

改制取得初步成就，北京京剧院2009年收入达到1800万元，用于业务发展资金达到1160万元，新生产剧目得到政府35%资助。曲剧团2009全年演出400多场，收入达400万元，有280万元的业务发展资金；而其在2004年，全年才演出了11场，收入几乎为零；评剧院2009年收入900万元，业务发展资金达615万元；交响乐团2009年收入700万元，用于业务发展的资金为500万元。

3. 自收自支事业单位采取转企改制和撤并方式进行了改革。自收自支文化单位原有23家，已全部完成改革

首先，发展比较成熟的自收自支事业单位实行了转企改制。北京市对外文化交流公司转制成为由国有资本控股的有限责任公司。中山公园音乐堂通过引进北京保利影剧院管理有限公司的增量资本完成了改制工作。

其次，原有管理关系不顺畅和长期处于停业状态的自收自支事业单位被划转撤销。根据2003年中央关于进一步治理党政部门报刊的有关精神，《新剧本》编辑部和音乐周报社分别划转给了北京文化艺术基金会和北京日报报业集团。撤销了因拆迁停业近20年的广和剧场、吉祥戏院和西单剧场的事业单位编制。

4. 进行资源整合，组建北京演艺集团

2009年6月，经市委、市政府批准，中国杂技团有限公司、北京歌舞剧院有限责任公司、中国木偶艺术剧院有限责任公司、北京文化艺术音像出版社、北京市电影股份有限公司、北京市演出有限责任公司、北京对外文化交流公司、北京儿童艺术剧院股份有限公司、北京保利紫禁城剧院管理有限公司9家转企改制文化企业共同组建了北京演艺集团，注册资金1.5亿元人民币。

作为北京市政府直属的国有独资文化公司，北京演艺集团主要围绕整合资源、加强管理规划、搭建投融资平台等开拓业务领域，完善产业链条，扩充产业集群，逐步形成了以演出市场为产业链、多环节协同的规模效应，实现了人才、资本、技术和市场的有效整合。目前，北京演艺集团已成功推出儿童剧《北京传说》、歌剧《图兰朵》，并筹备了国家体育馆大马戏等项目。

5. 保留事业体制的文化单位得到压缩调整，降低公共财政投入成本

通过压缩合并，公共财政支持的全额事业单位由 9 个压缩成 3 个。北京市少年儿童图书馆并入了首都图书馆。北京市戏曲艺术职业学院、北京市艺术研究所和北京市文化艺术干部学校进行了合并。北京大型文化活动办公室和北京群众艺术馆得到重组，成立了北京文化艺术活动中心。首都图书馆和北京文化艺术活动中心增加了指导全市图书馆和文化馆（站）的建设规划和业务发展的专业行政职能；北京市文化资产管理中心调整负责范围，对文化局属事业性文化资产进行管理。

（二）文化创意产业长足发展

2010 年，北京市委、市政府从领导体制、政策保障、规划指导、资金支持、融资服务、交易平台、人才支撑七个方面，建立起北京文化创意产业支撑体系，推动了文创产业的发展。其中，资金支持和融资服务是 2010 年文化体制改革举措的亮点。文创产业对经济增长的贡献，则是其突出成就。

1. 投融资服务建设得到加强

"融资难"一直是制约文化创意企业发展的瓶颈。由于中小企业居多，资产和信用受限，核心产品或无形资产价值难以评估，文化创意产业难以获得金融支持。为了解决这一问题，北京市委、市政府采取了多项举措，如主办文创产业投融资论坛、用财政资金带动社会资金、促成银行对文化企业的信贷服务等。

（1）主办文创产业投融资论坛。

自 2007 年起，北京市文化创意产业促进中心、中国农业银行北京市分行、北京商报社等单位已经联合举办了连续三届中国北京文化创意产业投融资论坛，先后对于"怎样吸引私募基金进入文化创意产业"、"新形势下资本该怎样全方位介入文化创意产业"、"产业基金在文化创意产业中的角色定位"等热点、难点问题进行了研讨，推动了文化创意产业与金融资本对接，并促成了数百亿元项目的融资。

第四届论坛于 2010 年 10 月 28 日在北京召开，该届论坛以"文化金融年：改革与创新"为主题，结合国家的宏观政策背景和北京市近期释放的政策信号，会聚政府要员、顶级专家学者、投融资机构及文化创意产业界企业高管，深入探讨中国文化创意产业投融资的趋势、策略与机遇，解读政策，搭建中国文化创意企业与资本市场对接的平台，助推文化产业发展。

（2）投放文创产业发展专项基金。

自 2006 年起，北京市财政每年拿出 5 亿元文化创意产业发展专项基金，并出台针对性强的行业扶持办法和配套措施，重点支持演出等八个优势行业，尤其注重扶持体现北京特色、符合首都功能定位、具有快速发展潜力的优势产业和有支撑、带动作用的服务平台的项目。到目前为止，北京市已经投放文化创意产业专项资金 20 多亿元，支持重点产业项目 365 个，带动社会资本 200 多亿元。北京市政府投资与所撬动的社会资本的比例已达到 1∶10。

（3）加强对文化企业的金融信贷服务。

在北京市政策、措施的支持下，北京市银行系统对文创企业的授信、贷款额度极大提高，政府贴息和鼓励担保，也促进了对文创企业的贷款。

2010 年 1 月 8 日，中国首家金融服务文化创意产业专营机构"北京文化创意产业金融服务中心"在北京银行宣武门支行正式挂牌。北京银行打破常规，对其进行风险单独授权，简化文化创意企业贷款审批流程，并增加了多项配套服务措施。1 月 12 日，中国工商银行北京分行与北京市文化创意产业促进中心签署战略合作协议，每年设立 100 亿元专项授信额度。1 月 14 日，北京银行与北京市文化局签署战略合作协议，将在未来 3 年内提供 100 亿元专项授信额度扶持文化创意企业。

自从北京市文化创意产业办公室出台《北京市文化创意产业贷款贴息管理办法（试行）》以来，北京市运用全市文化建设扶持资金，为符合条件的文创企业给予贷款利息 50% ～ 100% 的补贴。截至 2009 年底，已支持贷款项目 54 个，支付贴息资金 7556.25 万元。

2009 年文创办出台《北京市文化创意产业担保资金管理办法（试行）》之后，北京市运用全市文化建设扶持资金，鼓励担保公司为中小文创企业提供贷款担保。2009 年全市规模排名前 20 名的担保公司，大约为文创企业提供了 9 亿元担保额，2010 年担保额达到 20 亿元。

截至 2010 年 9 月末，北京市银行系统对文化创意产业的贷款余额已达到 236 亿元，同比增长 42%，该增速已超过了金融系统的贷款余额平均增速；累计放款达到 155 亿元，同比增长接近 90%。

2. 文创产业的经济效益显著增强

2006～2009 年，文化创意产业增加值平均增长 21.9%，高于全市 GDP 增长率 7.5 个百分点。2010 年上半年，北京市文化创意产业实现增加值 804.3 亿元，占全市 GDP 比重的 12.6%，文化创意产业已经成为本市仅次于金融业的第二大支柱产业。与此同时，文化创意产业的规模效应、集群效应已初现端倪。截至 2009 年底，本市已有文化创意企业单位逾 5 万家，从业人员 114.9 万人。

3. 文创产业集聚区增加

近年来，北京出台了一系列政策，为集聚区的发展搭建了很好的平台；2006 年开始，先后 3 次认定了 23 个文化创意产业集聚区；继此之后，2010 年 11 月 19 日，北京新增了七个市级文化创意产业集聚区。它们分别为：八达岭长城文化旅游产业集聚区；北京古北口国际旅游休闲谷产业集聚区；斋堂古村落古道文化旅游产业集聚区；中国乐谷—首都音乐文化创意产业集聚区；卢沟桥文化创意产业集聚区；北京音乐创意产业园；十三陵明文化创意产业集聚区。到 2010 年年底市级文化创意产业区发展到 30 个，圆满完成"十一五"的发展目标。以覆盖 16 区县的市级集聚区为龙头，规模不等的产业基地、产业集群、产业街区和创意新村集群式发展的产业格局已基本建立，涵盖九大行业，汇集上万家企业，多元投资的北京市文化创意产业将全面进入快速发展期。文化创意产业集聚区正在向文化创意产业功能区转化的态势正逐步显现。

文化创意产业集聚区影响力也在快速提升，2010 年上半年全市文化创意产业集聚区新增各类文化创意产业达到 227 家，累计土地开发面积超过 8 千亩，完成各类政府投资 25 个亿，吸引带动社会投资 20 个亿，2010 年全年投资总额超过 50 亿元。

（三）公共文化服务稳步提高

1. 文化设施得到全面建设

截至 2010 年，北京市共投入 18 亿元设施设备经费，建成了 3859 个集电影放映、文艺演出、读书看报等多种功能于一体的行政村多媒体综合文化中心，实现了农村地区文化设施全覆盖；建成共享工程分中心、区县支中心和基层服务点近4300个；为乡镇文化站配备了182套灯光音响设备、182辆数字电影放映车和3859套数字电影放映设备。这些设施的建成和设备的配备，为丰富基层群众的文化生活提供了必要的条件。

全市26个奥运文化广场，20个市、区县文化馆，1个市级公共图书馆、23个区县馆（含少儿馆），均免费向公众开放；13个露天景观剧场常年举办公益文化活动；40余家市属博物馆免费开放。此外，全市共建有各级文化信息共享工程分中心、区县支中心和基层服务点4295个，提前两年完成共享工程行政村基层服务点的全覆盖。

如今，本市已经构建起包括文化馆、图书馆、博物馆和文化演出、出版、广播、电视、电影等在内的市、区县、乡镇（街道）、社区（行政村）四级公共文化服务体系，保障人民群众基本文化权益的实现。

2. 文化惠民工程大力实施

2010年，北京市实施的文化惠民工程主要有全国文化信息资源共享工程、农村演出星火工程、周末演出计划、针对城乡社区的百姓周末大舞台等，还有让低收入人群进剧场看戏等文化惠民工程，使城乡居民享受到了政府提供的公共文化服务。

由市委宣传部、市新闻出版局主办的"读书益民"工程，自2005年实施以来，全市共投入5400多万元用于益民书屋的建设、管理和使用。截至2010年底，全市已建成1020个益民书屋。益民书屋覆盖全市范围内所有行政村。

作为广播电视发展的"一号工程"，北京市从1998年开始实施广播电视"村村通"工程。截至2006年完成了1069个行政村、854个自然村"村村通"覆盖任务，解决了30多万户、90多万农民群众收听广播、收看电视节目难的问题，提前4年完成国家"十一五"规划目标。此外，2006～2009年，本市完成627个村运行10年以上"村村通"系统升级改造和浅山区村电视信号弱问题，使18万多户、53万多人收视质量得到改善和提高。如今，居住高度分散、自然条件较差的山区群众，每村每户都看上了中央电视台和北京电视台等8套以上电视节目。

3. 逐步完善公共文化服务的投入机制

北京市政府这几年不断加强和改善公共文化服务体系的相关经济政策和投入机制，一方面是各级政府加大对公共文化的财政投入力度；同时鼓励和吸引社会力量参与投资，兴办公共文化实体，建设公共文化设施，提供公共文化服务，初步形成了以政府投入为主、社会力量积极参与的公共文化投入机制。据统计，2006～2009 年，北京市市级财政先后投入 89.9 亿元资金用于公共文化服务体系建设，年均增长约 16%。

4. 加强公共文化服务队伍建设

北京市采取各种措施吸引各类有专长、有愿望的优秀人才进入北京公共文化服务领域，鼓励高校毕业生到基层从事公共文化服务，培育了一批专兼职文化骨干。比如，2009 年成立了北京市文化志愿者服务管理中心，18 个区县成立了分中心。2010 年，北京市已有注册文化志愿者 6000 名、团体会员 10 个，非在册的约有 3.7 万人，两年来共开展了 62 个服务项目，近 4 万人次文化志愿者参与服务，近 200 万名各界群众享受到了服务成果。2010 年，北京文化志愿服务体系荣获文化部第十五届群星奖项目奖。

（四）进一步推动国际文化交流和文化"走出去"战略

党的十七大报告明确提出，要"加强对外文化交流，吸收各国优秀文明成果，增强中华文化国际影响力"，这是在新形势下党和政府对于中华文化"走出去"战略的新要求，也是关系到新时期新阶段，如何在国际上提高我国文化软实力的关键问题。

为配合国家外交战略大局，中央和北京市文化部门在推动中华文化"走出去"方面做了大量工作，并取得积极成效。

1. 中非文化交流深入

自从 2006 年中非合作论坛北京峰会确立了"政治上平等互信、经济上合作共赢、文化上交流互鉴"的中非新型战略伙伴关系，中非文化合作被提升到与政治、经济合作同等重要的地位。峰会上通过了《中非合作论坛——北京行动计划（2007 至 2009 年）》。中国与非洲多国的文化人员往来空前频繁，2007～2009 年，共有 3 个中国政府文化代表团赴非洲 9 个国家访问。根据北京行动计划，文化部积极支持并协调地方和民间参与对非文化工作，先后有 20 多个省市的艺术团共 734 人赴非洲 50 多个国家访问演出，参加了非洲国家举办的 27 个艺术节或庆祝活动，并在非洲举办了数十个艺术展。中方共邀请 21 个非洲国家的艺术团体共 370 人来华访问演出并参加中国举办的国际性艺术节，举办展览 20

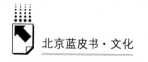

余次。

2010 年 5～11 月在北京等城市举办了"2010 非洲文化聚焦"系列文化活动，中非文化人员往来有了进一步的推进：中国文化部接待了卢旺达等 10 个政府文化代表团；2010 年 5 月，应喀麦隆总统比亚邀请，中国文化部部长蔡武作为胡主席特使出席庆祝喀麦隆独立 50 周年庆典；邀请毛里求斯等 8 个艺术团来华访演；派遣湖北等 6 个省市的艺术团赴贝宁等 15 国访演；邀请津巴布韦石雕艺术展来华展出；邀请莱索托等 5 国共 5 位画家赴深圳画院进行客座创作和交流；派遣专家赴卢旺达、马里、加纳开展培训。

2. 文博会成绩斐然

2010 年 11 月 17～21 日举行的第五届中国北京国际文化创意产业博览会，共有来自 26 个国际组织和 39 个国家和地区的 63 个政府和专业代表团组 600 多境外来宾参加了活动，境外参与为历届之最。在文化创意产业项目推广与资源开发推介会上，中韩动漫周边合作开发、马来西亚多媒体走廊等多个项目受到国内企业青睐。文博会的多场推介会为境内外文化企业合作搭建了桥梁，其中正大集团国际音乐制作中心与平谷区达成入住中国"乐谷"合作协议；世界著名品牌"迪斯尼"授权的生产制造商信实泰集团（香港）有限公司，与天津滨海新区仁永影视动画制作传播有限公司就大型原创动画片《草莓乐园》形象授权及衍生品开发实现成功对接；台湾展团展览现场和推介活动共签订订货、交易、代理、经销合作协议 1.5 亿元人民币，是上届的 3.7 倍。

3. 文化贸易逆差缩小

2009 年，中国境外商业演出团组约为 426 个，演出场次 16373 场，实现演出收益约 7685 万元，2009 年 1～11 月，中国核心文化产品出口 94 亿美元，图书版权进出口比例由 2003 年的 9∶1 下降为 2009 年的 3.4∶1。2009 年法兰克福国际书展上中国成为主订国，并实现版权输出 2417 项，大型功夫舞台剧《功夫传奇》等演艺节目顺利走出国门。

2010 年 7 月起，北京天创国际演艺制作交流有限公司在美国布兰森白宫剧院上演自己的品牌剧目《功夫传奇》，演出场次超过 300 场，《功夫传奇》当年在白宫剧院的演出收入达 510 万美元。在此之前，天创公司已经以 600 万美元购买了这座拥有 1200 个座位的剧院。

三 对于北京市进一步深化文化体制改革的几点建议

为了进一步深化北京的文化体制改革，强化首都文化软实力建设，扩大首都文化的影响力，需要注意以下问题。

（一）强化文化事业和文化产业之间的合作与交融，推动文化产业反哺文化事业

首先，北京市文化体制改革的当前重点在于将文化事业与文化产业剥离，释放文化创意产业的发展活力。这无疑是明智的、必要的。但是，对于文化事业和文化产业的共生、互利问题，尚重视不够。如果只重视文化事业对文化产业的配合与支持，就会忽视文化产业在盈利壮大之后，如何反哺文化事业的重要问题。其次，利用民间文化资本推动公共文化建设的问题，也是一个非常值得重视的问题，应当尽早提上议事日程。

（二）加大对未得纳入改制的文化事业单位的投入和支持，变适应市场为引领市场

转企改制后，北京市仍有 13 家院团属于文化事业编制，如北方昆曲剧院、交响乐团等。另外，还有众多博物馆、文化馆。这些文化事业单位，市场回报周期长，利润率低，更需要新的优惠政策和财政大力支持，以使之有能力成为名副其实的"公共"事业。

这些文化事业单位尽管不能获得成规模的即时性市场消费需求，政府仍有责任指导这些文化单位转换思路和视角，探讨如何引领市场，塑造需求。不能让这些文化单位始终处在被扶持、被动适应市场的境地。利用纯文化事业的优势提升大众文化品位，可以开创"反客为主"的局面，开拓一批"品位文化"新市场。

（三）公共文化建设，宜超越传统的城乡两分法，注重区分受众的层次

传统的城镇、乡村两分法，固然有其历史和现实依据，也在很长时间内为北京市文化建设提供了较大的可操作性，但是，随着时代的发展变化，这种两分法

已经不适应社会的文化现状了。现代社会，是一个信息化、网络化的社会，在网络、信息社会中，并不存在城乡差别，而只存在受众差别。另一方面，随着农民工进城和大学生下乡，居民之间文化程度差别已不再与城乡之间差别严格一致，城市里已经有大量的低文化人群，农村也开始出现高文化人群。这种情况下，公共文化政策的制定和施行，尤其应该针对不同文化层次的受众，而不是一味地按区域和区位来区分受众，以使公共文化服务变得更加细致、高效。

（四）鼓励文化"出去"，一个很重要的途径是欢迎文化"进来"

中央和北京市政府都在强调文化安全，强调中国文化、北京文化"走出去"的战略。这无疑是应对国际文化竞争的及时明智举措。同时，也应当辩证地看待这个问题，不宜把文化"走出去"和"请进来"对立起来，一边鼓励文化出口，一边忌惮文化进口。其实，只有各国文化走进来，我们才能更好地把握国际文化趣味、文化需求，有针对性地开发、出口我们自己的文化产品。为了使得我国的文化产业接受全球文化竞争的锻炼，学习国外先进的文化创意产业发展经验，应该开放国门，让"请进来"也成为文化产业发展一个重要维度。

参考文献

《北京市"十一五"时期体制改革规划新闻宣传参考材料》，北京市发展和改革委员会体改处，2006。

《北京市文化体制改革经验》，北京市文化局，2009。

柳斌杰主编《深入推进文化体制改革推动社会主义文化大发展大繁荣》，人民出版社，2010。

世界城市视域下的北京精神文明建设研究

白志刚 刘 波*

摘 要：纽约、伦敦和东京等世界城市在多样性精神文化产品供给、城市生态环境美化、人文素质提升等精神文明建设方面形成了独具特色的表征。北京精神文明建设应借鉴和吸收世界城市文明建设的成功经验，凝聚城市精神，强化公民"文明自觉"意识，建构市民精神上的认知共享，内化市民行为上的文明效能。

关键词：世界城市 精神文明 文化 城市文明 中央文化区

文明是人类调控意识活动的过程及其结果①，精神文明是文明的一种基本形态，与文明、文化的概念紧密相连。美国城市社会学家 R. E. 帕克曾说过，城市绝非简单的物质现象，绝非简单的人工构筑物，城市是同其居民们的各种重要活动密切联系在一起的，是人类属性的产物②。的确，在当今全球化深入发展的背景下，一些经济、金融、贸易发达以及位于世界交通枢纽的城市，都有机会成为世界城市，但这些城市难以形成城市的人文特色、人文精神，因而难以发展为"世界城市"。其实，德国诗人歌德在18世纪后叶就提出了"世界城市"这一概念。歌德依据城市的人文精神素质和文明发展状况两个层面，将当时世界上文化文明最发达的两个城市罗马和巴黎称为世界城市。可以说，城市的精神文化是一

---

* 白志刚，北京市社会科学院外国问题研究所所长、研究员；刘波，博士，北京市社会科学院外国问题研究所助理研究员。

① 赵继伦、李焕青、孙友：《精神文明的时代审视》，人民出版社，2004，第5页。

② Park，R.，Burgess，E.，and Mckenzie，R.，*The City*，USA：The University of Chicago，1968。

个城市的精神象征、本质表征和核心价值，"没有与城市物质文明协调发展的城市精神，城市的现代化终将成为不可能"①。本文通过对纽约、伦敦和东京等世界城市文明发展特征的分析，认为首都精神文明建设要从宏观上的社会、中观上的政府、微观上的个人三个层面进行统筹协调，以社会环境建设为重点凝聚城市精神；以政府文明服务为前提塑造城市文化价值；以市民文明素质提升为基础强化公民"文明自觉"意识。

一 纽约、伦敦和东京等世界城市文明发展特色

资本的涌入、GDP的增长可以带来一个城市一时的发展，但难以形成城市持续发展的源泉，更难以形成城市的人文特色和人文精神。纵观当今世界公认的真正有魅力的国际性大城市纽约、伦敦和东京，它们的城市文明都达到了很高水平，尤其是在文化多元包容性、文明自觉意识、公德素质、创新参与精神、行业文明等方面表现尤为突出。

（一）世界城市文化多元包容性强

纽约是国际移民城市，移民所带来的多元文化具有极强的包容性，造就了纽约城市的商业精神，推动了纽约城市人口结构的优化，塑造了公平竞争、不断创新、自由平等和多元包容的城市精神。"一为经济中心，二为移民中心；正是这两个最重要的方面，赋予纽约城市文化最基本的底色，形成了纽约城市文化历史的积淀。在此基础上，纽约文化与政治、经济、地理各方面的因素交互影响，形成了具有多个特质、多种内涵、多个层面的城市文化系统。"② 这种多元文化特征是纽约经济繁荣的重要保证，也是纽约能够成为全球性城市的重要因素之一。同样，移民也是伦敦城市的一种生活方式，每一次新移民潮都加强了伦敦作为全球城市的地位。移民城市、人口多元化使伦敦人慢慢养成了一种宽容精神。伦敦人已经学会去接受文化差异。伦敦没有洛杉矶、巴黎或柏林那么紧张的种族问题。城市中心已摆脱了20世纪60年代充斥着犯罪和污秽的形象，取而代之的是

① 鲍宗豪：《世界城市与人文精神》，《公共行政与人力资源》2003年第3期。
② 乔治·J. 兰克维奇：《纽约简史》，辛亨复译，上海人民出版社，2005，第24页。

高档的城市设施、快速的交通、更多的工作机会和娱乐方式，这些都颇受新生代的青睐①。

（二）世界城市的市民自治参与和文明自觉意识高

街区民俗、社区自治是推动纽约城市发展的文化动力，纽约的非政府社会自治组织是其政治体系的重要组成部分，市政府的决策形成以及实施都离不开它们的参与。纽约市民基于自治参与的文化精神，社区居民和广大的社区工作者为了争取更清洁的生活环境、更多的公共空间以及消除不平等、提高社会生活质量、捍卫自身权益而组织的各类基层社区运动十分活跃。纽约社区居民自治参与的文化精神对于纽约社会发展与文化建设都发挥着重要的作用②。通过政府与非政府组织的良性互动，纽约的社会民主程度不断提高，社会环境日趋和谐，为世界城市建设提供了保障。无论纽约、伦敦，还是东京，市民文明自觉意识普遍较高，市民已经把关注身边不文明行为、减少不文明现象、摒弃不文明行为、提高城市的文明程度和树立良好的城市形象的意识内化为一种自觉的行动。这种文明自觉既是市民在城市发展历史的实践中所形成的理想、信念、价值观和行为方式的集中体现，也是市民对自己喜爱的城市生活与文化样式的自主建构。正是这种文明自觉，才使得世界城市在文化个性、文化魅力和文明素质等方面具有竞争优势。

（三）世界城市的市民素质比较优秀

东京既具有东方历史文化传统，又受西方文化文明影响。东京市民的公德素质教育从幼儿园抓起，从小就开始培养良好的个人素质和行为礼仪规范。男性出门工作多是西装革履，女性出门梳妆打扮、仪表优雅。人们之间的对话总是彬彬有礼、温文尔雅。在大型商场等公共场所，所有的人在上下电梯时都会自觉地站在电梯的左侧，把右侧一个人的空位留给有急事需紧急上下楼的人们（日本人习惯左侧通行）。东京的交通秩序井然，这与驾驶员的礼貌和文明素养有直接的关系。东京政府采取强化垃圾分类回收，广大市民主动积极配合，使得家电、电脑、家用轿车等报废后获得了重新再利用，大大改善了城市生态环境。伦敦

---

① 鲍宗豪：《"全球城市"的精神文化》，《社会发展论坛》2009年第16期。

② 奚洁人等：《世界城市精神文化论》，学林出版社，2010，第97页。

"公德"观念的发展较早较成熟。伦敦最有名的公德首推排队，排队堪称一项英国传统。伦敦人排队和守规矩的习惯从幼年就开始受到训练，甚至可以说凡有英国人在的地方，就有排队的现象。伦敦下班高峰时间，地铁车站里人也很多，但没有见过一哄而上的。据2009年3月一项调查显示，英国人每月平均花费53分钟等待每周超市采购后结账，43分钟等车，35分钟在酒吧买酒，33分钟在商场为商品"埋单"。其他时间"杀手"包括银行或邮局排队、取款机取钱、堵车、上公厕等，平均每人每月为这些事情排队大约2.5个小时①。

（四）世界城市的创新精神比较突出

伦敦是世界文化名城，有着深厚的文化底蕴。20世纪中期以后，英国在国际体系中的地位和作用日益下降，在这种背景下，伦敦凭借其悠久的历史、全球统一的语言、宽容的城市精神，以及在服务业上的比较优势，以文化创意为突破口，成功保持在世界城市的顶级位置。2004年伦敦拟定了城市第一个文化发展战略。该战略确定了四个重要目标：发展优秀文化、发展创意文化、发展公众接受的文化、发展有价值的文化。文化创意产业一个最重要特点，就是其多样性，能够满足各类市民群体不同精神文化需求。另外，提倡创意概念，能够调动广大市民的参与积极性，培养市民的创意生活和创意环境，发掘大众文化对经济层面的影响，让每个市民都有机会参与精神文化创意活动。同样，纽约作为全球知识和信息交流中心与创新中心，集聚了大量的科技创新资源。纽约的创新精神文化特色在于其大众化、民间化、实践化，遍布于纽约大街小巷的各个社区居民都会非常积极参加城市的精神文化创新活动，这种参与互动形成了纽约有活力的、开放性的城市精神文化。

（五）世界城市的商业比较诚信

纽约作为美国最大的金融、商业、港口和文化中心，是最早迈入全球性城市之列的城市之一。纽约的行业文明高度发达，做到诚信经营，为顾客营造放心的消费环境，保证服务质量，保障消费者合法权益。在纽约，各百货公司、超市、小商铺和购物网站都有独立的退货政策。一般而言，它们都会向顾客提供30天

---

① 黄敏：《电子时代英国人不爱排队》，2010年11月12日《经济参考报》。

内"无条件退货"服务，有的甚至允许 60 天或 180 天内退货。只要在规定的"无条件退货"期限内，消费者随时有权利改变主意。即使超过了"无条件退货"期限，消费者如果能作出合理解释，部分商家也接受退货。此外在纽约逛商店不用存包，不管你逛大超市，还是逛小商铺。逛商店不存包，它使顾客体会到商店对自己的尊重、信任和友好。商业文明一方面体现为诚信经营，另一方面也表现为体制完善。比如，伦敦在 1878 年就建立了英国伦敦城市行业协会，1884 年就成为面向全国的职业教育和资格等级考试、发证的机构。伦敦行业协会这样的非政府组织在指导监督各行各业开展文明经商方面发挥了重要作用。

二 世界城市建设为北京精神文明建设提供的新机遇

当前，北京进入一个新的发展阶段，按照建设世界城市的标准和三个阶段要求，加快推进首都精神文明建设既是北京建设世界城市规划的必然要求，也为首都精神文明建设展现新面貌、实现新跨越提供了新契机。

第一，世界城市建设为北京精神文明建设提供了更为广阔的发展空间。建设世界城市，为首都北京的发展增添了强大动力，也为首都精神文明建设构建了新舞台。世界城市的发展定位和城市空间布局，需要北京在历史传统、文化底蕴、市民文明素质、生态环境、城市标志等方面加大建设力度，需要调整完善提升市民素质和城市文明程度的目标体系和考评机制。这些方面都与精神文明建设息息相关，都为精神文明建设提供了新的发展契机。

第二，进一步落实科学发展观对精神文明建设提出了新的要求。世界城市建设是落实科学发展观的重要体现。精神文明是经济社会发展的重要内容和重要支撑。一个国家或地区如果单纯重经济增长、轻精神文明建设，经济发展是没有后劲、不可持续的；如果不能实现精神文明与物质文明协调发展，发展是不全面、不科学的。这就迫切要求我们以建设世界城市为契机，进一步深入贯彻落实科学发展观，推动精神文明建设又好又快发展，努力实现精神文明与物质文明的协调发展。

第三，加快转变经济发展方式，迫切要求我们进一步发挥精神文化的重要支撑作用。国际金融危机对我国经济的冲击，表面上是对经济增长速度的冲击，实质上是对经济发展方式的冲击。我国很多城市发展方式是建立在巨大的资本投入、庞大的劳动力供应、出口导向、经济增长优先的战略基础上的，其代价是能源消耗过大、环境恶化、社会建设滞后等。精神文明建设中精神文化产业是转变经济发展方式的新亮点和重要抓手。从世界城市的发展情况来看，精神文化在优化经济结构上发挥着重要作用。2009年，纽约、伦敦和东京等世界城市精神文化产业增加值占GDP的比重已超过40%，尽管北京精神文化产业增加值居中国首位，但也只有10%左右，远低于世界城市水平。这就迫切需要我们充分发挥精神文化产业的优势，将其打造为新的经济增长点和重要支柱产业，大力推动经济发展方式转变。

第四，世界城市建设为首都精神文明建设借鉴吸收国外先进城市文化文明发展理念提供了契机。北京发展城市文化，开展精神文明建设工作，离不开对世界优秀文明成果的吸收，离不开对其他国际城市在丰富市民精神文化生活方面的经验借鉴。世界是丰富多彩的。世界上各个国家、各个民族、各大都市在各个历史时期，都为人类文明的发展作出过贡献。他山之石，可以攻玉。世界城市的提出，将会推动未来的北京更多地参与到全球化发展的大潮之中，北京与其他国际城市文化交流机会空前增多，与世界先进文明的对话、交流渠道将会更加畅通，这为首都精神文明工作研究和借鉴世界城市的文明成果，吸收它们在文化文明建设发展方面的先进理念，提供了更多的机会。

第五，北京精神文明建设进入历史发展最好时期。文化的大繁荣大发展迫切要求加快首都精神文明工作，更好满足人民群众的精神文化需求。随着北京经济社会的发展和物质生活水平的提高，群众精神文化需求迅速增长。国际经验表明，人均GDP在1000~3000美元时，是消费结构提升、精神文化消费活跃的阶段；人均GDP达到3000美元时，精神文化消费将会快速增长；接近或超过5000美元时，文化消费则会出现井喷。2010年，北京人均GDP已达1万美元，正处于精神文化消费井喷阶段。但北京目前的精神文明工作无论在内容上，还是形式上都不能充分满足市民的精神文化需求。这种矛盾迫切要求我们进一步推进精神文明建设工作，切实保障人民群众的基本文化权益，满足不同群体的精神文化需求。

三　北京建设世界城市精神文明建设面临的挑战

虽然近年来北京在精神文明建设方面取得了巨大成绩，但如果瞄准建设世界城市的高端形态目标，从世界城市的文明评价指标体系，来审视北京的精神文明建设，来评价北京市民的文明素质，依然有很多地方需要进一步提高和完善。

第一，精神文明建设的国际视野不够开阔。在全球化的今天，世界城市意味着这个城市广泛的国际影响力以及城市市民开阔的国际视野。目前，首都在精神文明建设方面缺乏开阔的国际视野，不能认识到中国目前的发展与世界发展的紧密关系，无法与世界发展的新潮流新事物达到有效的结合。缺乏足够的国际视野，必然不利于首都精神文明建设与世界文明的进一步融合。站在世界看中国，站在中国看世界，世界文明与首都文明建设必须做到兼容并包，只有这样首都精神文明工作才能够有效地助推世界城市建设。

第二，世界城市建设增强了首都精神文明工作的紧迫感、责任感、使命感①。提升市民思想道德素质始终是精神文明工作的宗旨和目标。世界城市建设背景下，北京融入世界的步伐将进一步加快，北京与世界其他城市的思想文化交流、交融、交锋将更加频繁，广大市民思想活动的独立性、选择性、多变性、差异性将日益增强，这些新变化使得首都精神文明工作需要进一步解放思想，更新观念，转变思维方式，改进工作方法，跟上世界城市建设的发展步伐。精神文明工作的创新发展体系、目标任务体系、责任分解体系、组织运行体系、监督反馈体系等都需要适应新形势，进行相应调整。

第三，世界城市要求具有多元并存、开放包容的都市人文精神。文明的多样性和包容性是一个国际性城市最重要的文明特征，纽约、伦敦和东京等世界城市的发展历程也充分表明，具有宽松、包容的文明环境，是一个城市各类人才集聚的重要条件，也是国际大都市形成的重要文明条件。精神文明建设的一个重要内容就是，提升公民的文明素质，树立开放、包容的城市形象。北京尽管在2009年10月北京市统计局有关"京、津、沪、渝四大直辖市城市包容度调查"中，62.9%的被调查者认为是中国最具有包容性的城市，但如果依据世界城市评价指标体系来衡量，北京在城市包容性方面还有一些问题和差距。据《北京社会发展报告（2009～2010）》统计数据显示，有超过34%的市民认为，"外来人口给北京带来了许多问题，需要严加控制"。包容就要求社会平等地对待外来人口，

---

① 金元浦：《走向世界城市——北京建设世界城市发展战略研究报告》，北京科学技术出版社，2010，第390页。

宽容地接纳亚文化群体。首都精神文明工作需要大力提高工作水平，推动首都在城市包容性、城市综合素质等方面新发展。

第四，世界城市建设要求首都拥有更高的市民素质，使人们从心理、态度和行为上，都能与各种现代形式的经济发展同步前进，相互配合①。当前北京城市居民的人文素质和文明程度远没有达到世界城市的标准，城市居民中仍然存在着一些常见的不文明状况，如不爱护公共卫生、不遵守交通秩序等（见图1）。尤其是服务行业窗口人员的素质有待进一步提高，这部分人员相对于普通群众来说能够接触到更多的外国人士，其素质的高低直接影响到北京的城市文明形象。抽样调查数据显示，首都社会道德风尚和公共文明行为的改善率只有79.8%。

第五，纽约、伦敦和东京等世界城市市民文明素质集中体现在市民对城市文明的自觉意识、自觉活动和自觉创造。北京世界城市战略的确立和实践，对首都精神文明建设提出了新的更高要求，首都精神文明建设必须大力提高软环境建设，增强文明发展竞争力，形成群众参与创建的"文明自觉"。据2010年《首都文明创建活动助推世界城市建设》抽样调查数据显示，首都文明创建活动培训参与率是79.9%，而文明创建活动认知率只有74.9%。参加知识讲座、培训、座谈会等深度形式的多为机关事业机构人员（含居委会人员）和退休人员，覆盖面较窄。这一方面反映了北京市民文明程度现状，另一方面也反映了精神文明建设创建活动的形式不够新颖，没能吸引群众主动参与。

四　北京精神文明工作助推世界城市建设的路径探索

北京建设世界城市是一个持续渐进的过程，要在尊重现实、把握规律的基础上，分步骤、分阶段地有序推进。依据世界城市文明发展要求，加快推进首都精神文明建设工作应重点抓好以下几方面的工作。

（一）加快推进服务型政府建设

城市服务管理理念是城市管理文化的核心和灵魂②。完善政府社会管理和公

---

① 黄志秋：《走向文明的中国：精神文明建设引论》，中央编译出版社，1997，第13页。
② 饶会林：《城市文化与文明研究》，高等教育出版社，2005，第132页。

共服务职能，为世界城市建设提供强有力的体制保障，从精神文明建设的角度来说，就是要通过各类机关单位精神文明建设积极推进服务型政府建设，营造浓厚的创新精神，充分发挥政府在自主创新中的推动作用。大力推动政府服务文化，积极提升服务质量和水平。健全完善"文明窗口一站式"服务、信守承诺、限时办结等制度。转变服务理念，增强文明服务意识，积极主动为广大市民和基层提供优质服务。可以通过专题讲座或座谈会的方式，对政府工作人员进行政府服务文化宣传工作，提升工作人员的服务意识。继续推进政务公开，以公开促公正、以公开促效率、以公开促廉政。创新政务公开形式，不断加强载体建设，加强政府与市民互动，充分保障群众的知情权、参与权、表达权和监督权，全面提高政务公开水平。加强党政机关的作风建设，探索建立作风评议制度，建立作风考评体系，加大奖惩力度；推动干部进一步解放思想，加强政治理论学习；全面落实领导干部收入申报制度。加快建立更加透明、廉洁、高效、便捷的行政服务平台，推进标准化、便捷化的审批程序。

（二）营造良好法制环境

世界城市建设和发展离不开稳定的社会秩序，必须为首都的发展营造一个良好的法制环境。因此，需要继续发挥精神文明建设在维护社会秩序稳定方面的作用。继续突出抓好公共卫生、公共秩序、公共交往、公共观赏、公共参与等5项公共领域的文明行为规范（见图2和图3），加强文明规范的宣传工作，推动社会公共秩序的改善。创建文明安全小区。探索更加合理的小区安全综合治理模式，建立群防群治的工作机制，落实基层领导维稳责任制。加强基层工会在精神文明建设中的作用，使其充分发挥维护工人利益的作用，争取在短时间协调解决企业内部所存在的问题。推动精神文明法制化建设，既能推动自身精神文明建设的稳步发展，也是对精神文明建设方向的有益尝试。要按照法制统一与创新突破、世界城市经验与北京实际相结合的原则，不断完善首都的法制服务环境。

（三）不断深化文明城区创建活动

积极适应形势的发展变化，按照世界城市文明建设的需要，修改《首都文明城区综合评价指标体系》，突出以市民为主体、以社区为基础、以提高市民文明素质和城市文明程度为目标，努力创造优美环境，建立优良秩序，搞好优质服务，完善优化管理。城市社区是现代城市的细胞和基础。城市社区的发育程度，直接制约着整个城市化的进程和现代化城市的发展与社会的进步。纽约、伦敦和东京在城市规划制定之初，就广泛动员基层社区参与，吸收公众的关注。抓好文明社区创建工作有利于精神文明建设的进一步深化，也有利于世界城市的建设。要着力推动构建民主法制健全、基本社保均衡、公共服务完善、社会安全稳定、生活环境良好、邻里互助友爱的新型社区。要创新形式，以弘扬社会主义和谐文化为重点，进一步推进学习型社区建设，力求在精神文化生活方面满足社区居民更高层次的需要①。要积极开展文明单元、文明楼栋、文明家庭等创建主题实践活动，举办家庭花卉展，节能知识竞赛，评选绿色家庭，支持以足球、篮球等为主的社区社团全民健身活动，营造社区良好的文化体育氛围，促进广大群众参与健康的体育娱乐活动。要以解决群众生活需要为切入点，进一步推进服务型社区建设。大力开展邻里互助、敬老爱幼、扶残助残、扶贫济困等活动，着力培育"友爱、互助、奉献、进步"的社区精神，把社区建设成为市民物质生活和精神生活的双重美好家园。

（四）切实提高文明行业优质服务水平

世界城市不仅拥有优美的城市景观，而且城市服务水平也高度发达。北京世界城市建设与北京各行各业，尤其是窗口行业的服务形象息息相关。北京的每一个窗口行业都是一张展示北京形象、中国形象的"名片"，而每一个从事窗口行业服务的工作人员，都是北京建设世界城市形象的"窗口"。切实加强思想政治工作，按照"抓班子、强队伍、谋发展、促和谐"的要求，开展领导班子创"四好"活动；通过组织开展知识竞赛、演讲比赛、学习《公民道德建设实施纲要》和《企业文化手册》等形式，进一步加强员工职业道德、社会公德、家庭美德教育，着力提高员工思想道德觉悟，培育敬业乐业精神，增强勤业精业意识。积极开展创建文明处室、文明班组，争当文明职工活动，继续搞好"五好基层党组织"、"优秀单位"等创评工作。为打造世界城市，进一步推进学习型机关创建工作，提倡公务员和窗口服务单位人员学习外语，创造世界城市语言环境和多元文化发展的社会氛围。要以实现"优美环境、优良秩序、优质服务"、

---

① 文军：《社区文化与社区精神文明建设》，《岭南学刊》1999 年第 5 期。

提高人民群众满意度为目标，以窗口行业、行政执法部门窗口单位为重点，积极开展优质服务活动、行风评议活动、共铸诚信活动、万店无假货活动、文明风景旅游区活动、文明机关活动等创建活动，改善服务环境，优化服务手段，创新管理方法，进一步提升服务质量和水平。行政服务窗口要从优化依法行政、诚信高效的政务环境入手，规范行政服务行为，实行政务公开，简化办事程序①。经营服务窗口要诚信经营，要营造放心消费环境，保证服务质量，保障消费者合法权益。

（五） 加快生态文明环境建设，打造城市新形象②

生态文明，或称绿色文明、环境文明，是依赖人类自身智力和信息资源，在生态自然平衡基础上，经济社会和生态环境全面协调发展的文明③。生态文明环境作为精神文明的重要补充，只有将其放在精神文明建设的高度来加强建设，才能使广大市民积极参与环境保护和建设。要培育生态文化，加强生态道德教育。建立"生态文明宣传小组"，加强生态文明宣传；通过各种方式加强生态道德教育，重点培养未成年人的生态道德观和行为习惯，鼓励各级学校在内部开展各种形式的生态道德教育活动；开展"生态家庭"、"生态高科技企业"和"生态社区"的评比活动，弘扬生态文化，倡导低碳生活。"低碳生活"不仅仅是指减少二氧化碳排放量的生活作息习惯，更是一种促进人与自然和谐相处的生活态度。在精神文明建设的过程中倡导低碳生活，一方面能够体现保护环境，促进社会可持续发展的诉求；另一方面能够吸引最具活力的青年人群体参与到精神文明建设的进程中，拉近政府行为与民众的距离，达到事半功倍的效果。继续推进绿化建设。要转变绿化建设的思路，从以提高绿化覆盖率为主导向维护和提高绿化管理水平为主导转变。努力加强城区的绿化管理水平，探索城区绿化管理市场化，推行城市绿地管理的社会化和市场化运作；完善园林绿化法律法规体系，积极进行爱绿、

---

① 中央文明办主编《群众性精神文明创建活动概论》，学习出版社，2007，第 128 ~ 130 页。

② 一个城市的品牌形象是城市整体形象传播过程中，全面塑造城市品牌质量，创造知名度、美誉度和满意度的集合。北京在世界城市建设过程中，应依托生态文明建设，充分注重其深厚的历史文化资源，发挥经济文化双重优势，开拓创新，体现特色，打造出具有城市独特魅力的城市文化品牌，树立城市的形象，增强城市的吸引力和竞争力。

③ 李良美：《生态文明的科学内涵及其理论意义》，《毛泽东邓小平理论研究》2005 年第 2 期。

护绿宣传，使其家喻户晓，深入人心，增强公民绿化意识，保护园林绿化成果；继续积极组织开展各项创建活动和评比表彰工作，形成全民办绿化的良好局面。

（六）建立中央文化区

城市文化是人类文化的一种特殊形态，是人类文化发展到一定阶段的一种结果①。世界城市既要有高技术区、商务区等经济活动专门区域，还应有比较集中的供人们进行精神文化消费的地方。北京建设世界城市，不仅是为了满足广大市民群众的精神文化需求，让普通民众轻松享受文化生活、得到积极健康向上的文化熏陶；同时也有利于提高首都的文化活力和魅力，营造浓郁的文化氛围，促进北京文化产业的蓬勃发展②。北京应探索打造一两个具有首都特色的大型文化节活动，学习"巴黎国际时装节"、"伦敦铁人三项赛"、"慕尼黑啤酒节"、"巴西圣保罗狂欢节"、"西班牙斗牛节"等，通过规模和形式的创新，使其既有北京特点又有国际影响力。

（七）发挥社会组织的作用，培养精神文明建设新的增长点

非政府组织和非营利组织在提高城市的发展和推动城市的全球影响力、推动城市的文化多样性等方面发挥着独特的作用。纽约、伦敦和东京等世界城市在规划制定之初，就尤为注重吸收非政府组织（NGO）的意见。精神文明工作，同样需要发挥非政府组织的基础性作用。应该创造一个有利于非政府组织发展的城市环境，要以世界城市所具有的包容性来面对非政府组织、非营利组织的第三方声音。而鲜活的权利个体和自由宽松的公民社会，能够推动广大市民积极参政议政，建言献策，培养政府"为公众全方位服务"的施政理念。培育公民社会应该说是解决目前精神文明建设群众参与度不够的根本性措施，有利于精神文明建设的进一步深化，也有利于世界城市的建设。政府应通过举办听证会、座谈会以及其他有效措施来促进公民参与到市政建设中来，这既能吸取来自民间的智慧，也能提高公民自主参与城市建设的意识；鼓励公民社会组织的发展，支持民间组

---

① 陈立旭：《都市文化与都市精神》，东南大学出版社，2002，第3页。
② 白志刚：《国际视域中的"人文北京"建设》，《人文北京、科技北京、绿色北京研究文集》，北京出版社，2009，第120~121页。

织参与社会服务、行业服务、调查研究，尤其是私立学校和医院等公共治理领域，利用公民社会组织的公共服务和政策倡导两大功能，减轻政府的执行负担，加强政府政策的执行力；培育宽松的首都公民社会环境，北京应站在打造世界城市的高度来探索公民社会的培育措施，建立合理、有效和可持续的制度体系。

（八）完善精神文明建设统筹协调机制

建设世界城市，提高城市文明程度，是一个系统工程，需要社会、政府和个人共同协作，完善统筹协调机制，制订规划和行动计划。应建立一个由首都精神文明建设委员会牵头，宣传、教育、文化、团委、市容等委办局参加，各种社会组织和广大市民广泛参与，市文明办具体落实执行的联席工作协调小组。文明办要每年通过定期召开协调小组会议、不定期召开专题联席会议和情况通报会等方式，联系协调相关部门，作出统筹规划，进行全面部署，提出工作意见及建议；要加强信息沟通，及时了解掌握工作进展态势；加强督促检查，确保文明委的规划部署的贯彻落实。建立公共文明指数发布机制，定期向社会公布市民文明素质、公共秩序、公共卫生等公共文明指数，把地区公共文明考核结果纳入街道、区县政府主要领导干部考核体系之中。增加经费投入，定期检查工作落实情况和实际效果，使精神文明建设更好地助推世界城市建设。

附图：

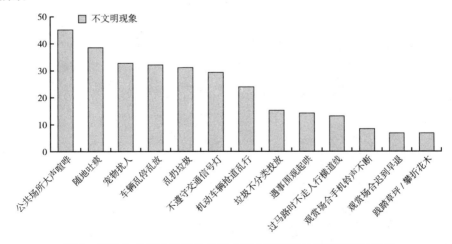

图1　2010年北京市民在公共场合不文明现象抽样调查统计数据

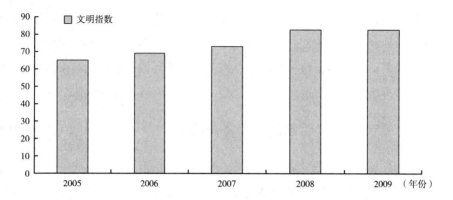

图2　北京市民公共行为文明指数总体比较

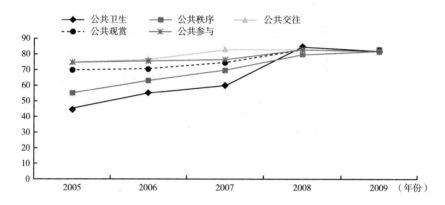

图3　2005～2009年公共文明五项分级指标数据比较

B.5
"人文北京"建设的回顾与展望

尤国珍*

摘 要："十一五"时期，"人文北京"建设取得较大成就，在推进城乡一体化建设、开展社会主义核心价值体系教育、完善公共文化服务体系方面都取得了较大进展。但是，在解决民生问题、提高城市文明、建设世界城市等方面还存在一些问题。"十二五"时期，"人文北京"建设要在加强以民生为重点的建设、提高市民素质和城市文明、完善公共文化服务体系方面继续努力。

关键词：人文北京 世界城市 公共文化 城市文明

2010 年是"十一五"规划的最后一年，也是谋划"十二五"计划的关键一年，处于承上启下的阶段。"十一五"时期，人文北京建设取得了较大成绩，社会发展呈现出安定和谐的良好局面。在即将到来的"十二五"时期，首都经济社会发展将进入全面建设现代化国际大都市的新阶段。面对国情国力和我国国际地位的新变化，北京市委于 2010 年 4 月发布《人文北京行动计划（2010～2012 年）》，该行动计划把人文北京放在建成具有中国特色和国际影响力的世界城市的高度来予以强调，"指导思想明确，目标高远"①。2010年之后的"人文北京"建设，要大力发展以改善民生为重点的社会事业，增强首都文化软实力，进一步提升市民文明素质和城市文明程度，使首都建设发展与国家和人民的需求相适应，形成推动首都经济社会又好又快发展的强大合力。

---

* 尤国珍，博士，北京市社会科学院科学社会主义研究所助理研究员。

① 金元浦：《建设人文北京的新起点》，《前线》2010 年第 5 期。

一 "十一五"时期"人文北京"建设的成就

"十一五"期间,北京市加快推进城乡一体化建设,关系群众切身利益的实际问题不断得到解决;大力开展社会主义核心价值体系宣传教育工作,群众精神文明建设进展良好;首都公共文化服务体系不断完善,社会发展呈现出安定和谐的良好局面。

(一)推进城乡一体化建设成效显著,切实解决一些关系群众切身利益的实际问题

1. 城乡一体化进程加快

2009 年底,北京市委、市政府作出了实施城乡结合部城市化工程的重要决策。中心城内的城乡结合部,含朝阳、海淀、丰台、石景山四区中心城边缘地带以及与大兴、昌平相接壤地区,面积约 753 平方公里,有行政村约 227 个,涉及自然村落约 450 处,户籍人口约 62 万人,流动人口约 280 万人,现状宅基地占地 60 平方公里、村镇企业占地 65 平方公里。

2010 年,按照"城乡统筹、一村一策、先难后易"的原则,先期启动 50 个市级重点村的建设。50 个市级重点村中,位于中心城地区的 38 个,位于新城地区的 12 个。户籍农业人口约 14.2 万人,户籍居民约 4 万人,涉及流动人口约 100 万人。另外,同步实施的自然村还有约 20 余个,户籍人口约 5 万人。

2. 就业规模逐步扩大,就业结构进一步优化

"十一五"期间,就业工作坚持"劳动者自主择业、市场调节就业、政府促进就业"方针,深入实践科学发展观,紧紧围绕社会经济发展,不断完善市场就业机制,强化援助就业困难群体,着力统筹城乡就业格局,就业规模不断扩大、就业结构日趋合理、就业局势基本稳定。

2009 年,建立城乡平等的就业制度,帮扶 10.8 万名就业困难人员实现就业、10.2 万名农村劳动力转移就业,零就业家庭实现动态脱零。①

---

① 本部分是"十一五"期间工作回顾,采用郭金龙市长《2009 年政府工作报告》相关数据,以下同。

市政府先后出台促进高校毕业生就业的 15 条政策，实施大学生村官和社工计划，增设 1 万多个基层社会管理、公共服务和教学科研岗位，高校毕业生就业率达到 96.4%。

3. 保障性安居工程得以实施

"十一五"期间，全市规划建设政策性住房约 3000 万平方米，其中，经济适用住房 1350 万平方米，廉租住房 150 万平方米，"两限房" 1500 万平方米。2006 年至今，全市规划建设各类政策性住房约 3000 万平方米（含定向安置用房），提前完成"十一五"政策性住房规划建设的任务要求。2009 年，除原有廉租房外，集中规划建设了约 52 万平方米的公共租赁房，加强了除"低保"范围之外的中低收入群体的住房保障。

4. 教育状况不断改善

"十一五"时期，首都教育在总体上基本完成了"率先基本实现教育现代化"的目标。主要表现在：教育普及水平进一步提高，受教育机会不断增多；教育发展质量全面提升，各级各类教育进一步协调发展；教育改革继续深化，教育活力进一步增强；城乡教育差距持续缩小，教育结构和布局不断优化；有效应对各项重大任务和事件，教育服务支撑功能与贡献能力进一步增强。2009 年受教育居民 840.8 万人，即全市 50.5% 的居民接受市民教育；创建区县级学习型机关 262 个；市级学习型学校 30 个、区县级 338 个；市级学习型企业 22 个、区县级 312 个；区县级学习型社团 177 个；区县级学习型家庭 80672 户；市级学习型区县 14 个；市级学习型街道、学习型乡镇 22 个、区县级 129 个；区县级学习型社区、学习型新村 983 个。

（二）大力开展社会主义核心价值体系宣传教育

1. 大力加强爱国主义和时代精神教育

充分发挥教育场馆的作用，举办了大量教育纪念活动。截至 2009 年底，全市共有市级爱国主义教育基地 122 家，其中 18 家被中宣部公布为"全国爱国主义教育示范基地"，42 家已实现免费向全社会开放，年均接待各类观众超过 2000 万人次。2005 ~ 2010 年间，改建、扩建和新建了 24 家教育基地场馆，其中，原址扩建了北京焦庄户地道战遗址纪念馆、平西抗日战争纪念馆等 17 家，移址扩建了首都博物馆、北京市水生野生动物救治中心、北京市禁毒教育基地 3 家，新建了中国电影博物馆、没有共产党就没有新中国纪念馆等 4 家。以中国人民抗日战争胜利 60 周年、红军长征胜利 70 周年、中国人民解放军成立 80 周年等重大纪念日为契机，举办了《伟大胜利》、《伟大壮举 光辉历程》、《我们的队伍向太阳》等大型主题展览。

2. 文明礼仪教育实践活动成效显著

深入开展"讲文明、树新风"活动，加强对市民的文明礼仪教育和行为引导。以贯彻落实《公民道德建设实施纲要》和迎奥运、迎国庆等重大活动为契机，持续开展文明礼仪教育实践活动，兴起全民参与的热潮。先后涌现了周宪梁、周波、孙茂芳、谢亮、李素丽等一大批道德模范，累计评选"社区文明之星"两万多名。

持续推进涉及公共卫生、公共秩序、公共交往、公共观赏、公共参与的"五大文明引导行动"，在提升市民的文明素质方面取得了显著效果。北京市民的公共行为文明指数由 2005 年的 65.21，上升到 2008 年的 82.68。

（三）完善首都公共文化服务体系

"十一五"期间，北京市重点在演出、电影、文化活动和图书馆服务等领域加大投入。提高建设标准和投入效益，提升服务能力和服务水平，兼顾城乡之间、区域之间的协调发展，形成了结构合理、发展均衡、服务优质、覆盖全社会的比较完备的公共文化服务体系。

1. 增加公共文化建设财政资金投入

"十一五"期间，市财政不断增加对基层的文化资金投入。2006 年投入公共文化建设资金 2.22 亿元，2007 年投入 4.37 亿元，2008 年投入 5.1 亿元，2009 年投入 6.32 亿元，四年累计投入资金合计 18.01 亿元。

2. 加大历史文化名城的保护力度

"十一五"期间，北京市认真贯彻《北京历史文化名城保护条例》，文博事业繁荣发展，创建了文物安全长效工作机制，积累了丰富的文物保护经验，提升了博物馆服务保障水平，繁荣了文物艺术品拍卖市场。截至 2009 年底，北京共登记注册博物馆 151 家，其中有 36 家对公众免费开放。北京地区博物馆数量和免费开放数量、馆藏品数量和质量、展览展示活动和服务接待水平不仅走在全国最前列，而且具有重要的国际影响力，是文物艺术品和文化遗产等公益文化活动最为发达的地区之一。

3. 加强文化设施建设，提高服务水平

"十一五"期间，全市形成了以市群众艺术馆、区县文化馆、街道（乡镇）文化站、社区（村）文化室为主体的艺术辅导、群众文化阵地活动四级服务网络。其中，群众艺术馆和区县文化馆20个，实现覆盖率100%；街道、乡镇文化站310个，实现覆盖率98%；社区文化室2293个、行政村文化室（文化大院）3702个，实现覆盖率95.5%；2010年基本实现了农村乡镇综合文化设施覆盖率达98%以上的规划任务。"十一五"期间，北京市公共图书馆事业进一步改善，提前实现了市、区县、街乡、行政村100%全覆盖的四级服务网络。

二 "人文北京"建设面临的形势和存在的问题

虽然，"十一五"时期的人文北京建设取得了较大成绩，但面对即将到来的新形势和新任务，2010年后的人文北京建设仍然面临着严峻的形势。

（一）解决关系群众切身利益的民生问题还需要加大力度

温家宝总理指出："我们所做的一切都是要让人民生活得更加幸福、更有尊严，让社会更加公正、更加和谐。"[①] 保障和改善民生是北京发展经济的最终目的，也是实施扩大内需战略和推动经济发展方式转变的重要举措。当前，北京市城乡之间、区域之间发展差距依然较大，统筹各区域协调发展的力度还不够强；城市抑制房屋价格过快上涨，加大保障性住房建设力度，老城区危旧房改造的任务依然十分繁重；加快构建完善的高校毕业生就业工作体系，引导和鼓励毕业生到基层就业服务体系仍需完善；大力促进教育公平，加大对学前教育的财政投入，缓解入园压力，确保农村学生、城市困难学生、流动人口子女等群体享受基本义务教育，推动义务教育均等化的力度仍需加大。

（二）人口结构复杂、市民素质参差不齐，增加了从整体上提升市民文明素质的难度

北京市人口密集且结构十分复杂，人口总量处在高位运行、人口规模仍呈增

---

① 温家宝：《政府工作报告》，2010年3月16日《人民日报》。

幅态势。人口结构成分中既有各级党政军机关工作人员，也有基层干部群众；既有科研院所高级知识分子和技术人员，也有学历较低的普通职工；既有跨国公司、国有企业的高级管理人员和私营业主，也有收入较低的贫困阶层；既有世界各国驻华使节和工作人员，也有来自全国各地的务工人员。其中，流动人口涵盖全国 31 个省、自治区和直辖市，涉及 56 个民族。同时，社会老龄化趋势持续，65 岁以上的老年人口超过 15%。人口结构复杂、市民素质参差不齐，导致从整体上提升市民文明素质、提高城市精神文明建设水平任务非常艰巨。

（三）围绕建设世界城市目标，"人文北京"建设工作任重道远

面对新形势和新任务，北京要以建设世界城市的眼光，研究和制定与新阶段、新任务、新要求相适应的文化发展战略。为此，要加大历史文化名城的保护、发掘力度；加快公共文化服务体系建设，坚持把发展公益性文化事业作为保障人民基本文化权益的主要途径；进一步提升北京作为全国文化中心和文化创意产业主导力量的影响，增强文化创意产业创造社会财富和就业机会的能力；推进文化体制改革，努力在解决影响和制约文化发展的深层次矛盾和问题上实现新突破；大力推动社会公德、职业道德、家庭美德、个人品德建设，加强道德诚信建设，大力开展"爱首都、讲文明、树新风"活动，进一步提高市民文明素质和城市文明程度。

三 2011 年"人文北京"建设的重点任务

"建设'人文北京'，就是要在首都各项工作中全面落实'以人为本'的要求，尊重人民主体地位，发挥人民首创精神，真正做到发展为了人民、发展依靠人民、发展成果由人民共享。"① 2011 年是实施"十二五"发展规划的第一年，面对当前面临的形势和存在的问题，应着力做好以下工作。

（一）加强以民生为重点的社会建设

"十二五"时期，北京要加大"大民政"建设的力度，积极采取有效措施解

---

① 刘淇：《建设"人文北京、科技北京、绿色北京"》，《求是》2008 年第 23 期。

决直接关系群众生活的民生问题,使现代化发展成果更好地惠及广大人民群众。

1. 扩大就业规模,优化就业结构

大力推动统筹城乡就业,完善公共就业服务体系,逐步形成城乡统一的就业管理制度和就业促进机制,落实稳定和扩大就业的各项政策措施,不断稳定和扩大就业岗位,逐步扩大就业规模,引入就业评估机制,建立经济发展和就业扩大的良性互动机制;加快形成统一规范的人力资源市场,推进人力资源服务行业健康发展,提供良好的就业服务;大力开发人力资源,全面提高劳动者就业能力和技能水平;构建调控失业和稳定就业机制,有效应对失业风险;积极促进青年就业,加大城乡劳动者的培训和创业培训力度,重点实施一批创业带动就业项目,鼓励、扶持自主创业,引导大学毕业生到基层就业,引导农民就地就业,逐步形成以培训促进就业、以创业带动就业的良好局面。

2. 加大保障性住房建设力度

根据建设部《关于加快建设保障性安居工程,促进民生改善和经济发展》的要求,科学确定保障性住房的供应范围,既要让"双困"人群得到实惠,又要重视"夹心层"的住房问题,建立以廉租房、政策性租赁房为主的新保障住房体系,出台相关政策支撑,完善准入和退出机制,更有效地使住房困难的人群得到长期、切实的保障,使有限的政府公共资源得到更加有效的利用。

3. 完善基本医疗卫生制度

加快推进覆盖城乡居民的基本医疗卫生制度建设,完善公共卫生服务体系、基本医疗服务体系、基本药物供应保障体系和基本医疗保障制度;引导城市资源密集区的优质医疗资源向郊区县和新城转移,加强郊区县和新城区域医疗中心建设,实现按每30万~50万规划人口区域,建立一个由政府举办的非营利性区域医疗中心,为居民提供基本医疗服务;完善双向转诊与预约挂号制度,提高基层医疗卫生机构服务能力,创造条件使居民分级就诊、有序就医;推进基本公共卫生服务均等化,逐步扩大服务范围,提高居民健康水平;开展社区"24小时全天候服务"试点工作,方便群众就医。

4. 加强社会保障体系建设

完善社会保险制度,稳步提高保障水平。根据首都经济发展状况和各方面承受能力,不断提高各项社会保障水平,继续实施企业退休人员基本养老金水平调整制度,完善机关、事业单位退休人员退休金调整机制,逐步缩小城乡、不同群

体之间的待遇差距。实施城乡居民养老保险基础养老金和福利养老金正常调整制度。继续扩大基本医疗保险报销范围，不断提高报销标准。完善失业保险待遇调整机制。继续较大幅度提高工伤保险定期待遇水平。逐步提高城乡居民最低保障待遇标准。

（二）提高市民文明素质，提升城市文明建设

市民的文明素质是建设"人文北京"、提升软实力的重要参数。"十二五"时期，北京市要进一步推进人的现代化，实现文明城市建设与城市国际化同步发展，为世界城市奠定坚实的基础。

1. 培育文明的社会风尚

北京市要以礼仪、环境、秩序、服务、观赏、网络六大文明引导行动为载体，深入持久地开展"爱首都、讲文明、树新风——我参与、我奉献、我快乐"活动。大力倡导热情好客、礼貌友善的行为规范，持续开展礼仪文明引导行动。大力倡导讲究卫生、爱护环境的行为规范，尤其是解决好垃圾减量分类处理问题。继续完善"假日文明行动"机制，组织开展创建公共文明示范地区暨治理乱吐乱扔专项行动，对乱吐乱扔、乱涂乱贴小广告、公共场所吸烟等不文明行为进行劝阻、教育，引导市民群众，自觉践行社会公德、爱护公共卫生、维护市容环境。大力倡导排队礼让、遵纪守法的行为规范，持续推进秩序文明引导行动。加强对文明乘车引导员队伍的建设，不断提高文明引导水平。

2. 大力弘扬爱国主义，开展民族精神和时代精神教育

深入开展理想信念教育。一是通过举办讲座、报告会、座谈会、研讨会等形式，坚持不懈地开展国情、市情教育，不断深化广大干部群众对中国特色社会主义道路的认识。二是通过举办展览、组织实地参观体验等活动，坚持不懈地开展成就宣传，不断深化广大干部群众对社会主义建设成就的认识。三是通过举办知识竞赛、征文比赛、演讲活动、摄影展览、文艺会演和参观实践等活动，坚持不懈地开展主题宣传教育活动，让广大干部群众在参与中得到教育，满怀信心地投身到"人文北京、科技北京、绿色北京"的建设之中。

深入开展民族精神和时代精神教育。一是加强爱国主义教育基地建设，深入开展多种形式的爱国主义教育活动，定期开展市级爱国主义教育基地申报考评工作。二是以建党、建国、建军等重大纪念日为契机，举办大型主题展览或主题活

动。三是坚持开展传统节日系列主题宣传教育活动。四是不断加大先进典型宣传工作力度，围绕党和国家的中心工作适时推出各类先进典型，引领社会风尚。

3. 推进城市环境文明建设

大力构建城乡精神文明建设一体化新格局，充分发挥城市文明对农村文明的辐射带动作用，为农村精神文明建设注入新动力，实现城乡文明互动双赢、可持续发展。加快城乡结合部地区建设步伐，坚持农民是城乡结合部改造的主体，高标准规划、高水平建设好重点新城新区，基本完成重点村的改造整治；加大"城中村"改造力度，着力改善老旧小区、街巷胡同、平房区、农村地区的居住环境；结合北京市《促进城市南部地区加快发展行动计划》的实施，加大对南城五区精神文明建设的关注和倾斜力度；加大整治市容痼疾顽症力度，提高市民环保意识，形成城市环境秩序长效管理机制；进一步改善街容街貌，规范夜景照明、户外广告、牌匾标识、架空线等管理，研究确定一批户外公益广告阵地，建成一批代表北京环境建设水平的重点大街；继续优化无障碍环境，加强无障碍设施管理和监督；持续开展"城乡统筹，文明先行"主题社会实践活动，发动首都文明单位特别是标兵单位，结合自身工作实际，选择郊区村镇作为共建对象，力所能及地开展好城乡结对共建活动。

4. 提升窗口行业文明服务水平

大力提升首都窗口行业的经营品质，突出北京特色商业和老字号发展，实行品牌化经营，有效提高首都窗口行业经营品质。继续巩固"创文明单位、树行业新风"活动成果，在坚持长效管理的基础上，按更高标准开展争创首都文明行业优质服务活动，开展首都文明示范窗口、首都文明服务明星"双评"活动，提高窗口行业的群众满意度。不断提升窗口行业规范化管理水平，坚持文明服务、优质服务、规范服务，积极促使窗口行业员工树立爱岗敬业、诚实守信、办事公道、服务群众、奉献社会、扶残助残的职业道德。坚持在窗口行业和其他社会组织中广泛开展诚信建设活动，加强诚实守信教育，完善社会服务承诺制、生产经营信誉制等各项规范化服务制度，推动建立诚信监督信息系统平台，开展诚信评估，并将评估结果作为文明行业评选的重要依据。

（三）完善公共文化服务体系建设

根据北京城市总体规划确定的区域功能定位，通过加大政策扶持力度和资金

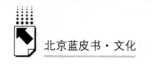

投入，基本形成结构合理、发展均衡、网络健全、运行有效、惠及全民的公共文化服务体系。

1. 加大重大文化惠民工程力度

继续提升"广播电视村村通工程"质量，全力推进高清交互数字电视应用工程；继续实施益民书屋工程（社区书屋），提升城乡出版公共服务的均等化，实现益民书屋在京郊农村的"全覆盖"，力争成为全国首个村村有书屋的地区。逐步开展社区益民书屋建设，让社区居民也能享受到书屋带来的好处。加大培育二级市场的力度，引导城市商业院线开展公益放映，逐步建立专业院线等。丰富公益放映的片源，加强乡镇固定放映厅管理维护，创新流动放映与固定放映相结合的市场化机制。实施公益演出惠民工程，以城区露天剧场为依托，把在京郊开展的周末场演出扩展到城区，实现年均演出1000场和基本覆盖全市的目标，不断满足农民的文化需求，提高农民参与程度。

2. 提高公共文化产品供给能力和服务水平

实施文化精品工程，以纪念中国共产党建党90周年和辛亥革命100周年、迎接党的十八大为契机，创作更多歌颂中国共产党和社会主义制度、反映人民主体地位和现实生活、群众喜闻乐见的优秀精神文化产品；加大对现实题材、农村题材、青少年题材作品的扶持力度，在创作上给予政策和资金的倾斜；实施重大节日工程，组织策划好传统节日系列文化活动。继承和发展富有浓郁特色的民间传统节庆内容，深入挖掘节日文化内涵，大力建设节日文化，充分发挥春节、元宵节、清明节、端午节、中秋节、重阳节等传统民族节日的作用，增强中华民族凝聚力，促进和谐社会建设。支持区县特色品牌文化活动。支持群众自办文化活动和文艺创作，建立群众文化优秀作品的创作、选拔和推广机制；设立公益性出版基金，支持精品出版，实施精品战略，支持重大优秀出版选题的策划出版。

3. 完善公共文化服务投入机制

切实保障实施重大公共文化工程、购买重要公共文化产品、开展重要公共文化活动所必需的资金；进一步完善支持公共文化服务的相关经济政策，吸引和鼓励社会力量投资兴办公共文化实体，建设公共文化设施、提供公共文化服务，形成以政府投入为主、社会力量积极参与的稳定的公共文化服务投入机制。

4. 加大文化市场监管力度

综合运用行政、经济、法律、科技、思想道德教育等手段管理文化市场。坚持日常监管和专项治理行动相结合，依法治理文化市场各类违法违规行为。深入开展"扫黄打非"，保护知识产权，打击侵权盗版，扫除文化垃圾，净化社会文化环境。加强网吧管理，严禁网吧接纳未成年人进入。规范演出、艺术品、境外卫星电视传播和文物流通市场经营秩序。强化文化娱乐场所安全生产责任制，确保经营场所安全。坚持属地管理和谁主管谁负责的原则，完善各部门齐抓共管、各负其责的工作机制，健全信息通报制度。规范审批、年检等制度，完善艺术品展览展示、出版物鉴定等法律法规和规范性文件。充分发挥行业协会的作用，促进行业自律。对企业经营管理人员进行定期培训，加强法制教育，提高守法经营意识。利用好文化市场监督员队伍，完善社会监督机制。

B.6
瞄准世界城市，更加积极地
扩大首都教育对外开放

桑锦龙*

摘　要：扩大教育对外开放是瞄准世界城市加速推进首都教育现代化的关键环节。北京是我国教育国际化程度最高的地区之一，教育对外开放工作在"十一五"期间取得了积极的进展。但面对建设世界城市对首都教育提出的更高要求，进一步提升教育对外开放水平的任务非常紧迫。要以落实《北京市中长期教育改革和发展规划纲要》为契机，进一步扩大首都教育对外开放，坚持把培养具有全球视野与民族自豪感的创新人才作为核心命题；把建设开放灵活的现代教育体系作为主要任务；把实现教育与经济社会协调发展作为根本目的。

关键词：世界城市　首都　教育对外开放

未来十年，是我国基本建成创新型国家、全面实现小康社会建设目标的关键时期，也是北京加快转变经济发展方式，建设"人文北京、科技北京、绿色北京"，努力在建设中国特色世界城市的进程中取得新进展的重要历史阶段。面对首都现代化建设对于教育改革与发展日益提高的要求，瞄准世界城市建设，推进更加开放的首都教育现代化已成为首都教育改革与发展的当务之急。

一　建设世界城市要求首都教育进一步扩大对外开放

世界城市是指国际大都市的高端形态，对全球的经济、政治、文化等方面具

* 桑锦龙，博士，北京教育科学研究院教育发展研究中心副研究员，主要从事教育社会学、教育发展战略与规划研究。

有重要影响力的城市，在全球化和区域化深入发展的 21 世纪，也是引领世界城市发展潮流、现代化程度最高、综合实力最强的城市。从建设世界城市高度审视首都教育发展，凸显了推进更加开放的首都教育现代化的重要性和紧迫性。

（一）从时代特征的把握中理解扩大教育对外开放对于首都建设世界城市的重大意义

"当今世界，经济全球化深入发展，科技进步日新月异，国际竞争日趋激烈，知识越来越成为提高综合国力和国际竞争力的决定性因素，人才资源越来越成为推动经济社会发展的战略性资源，教育的基础性、先导性、全局性地位和作用更加突出。"[①] 明确把建设世界城市作为新时期首都现代化的战略目标，是市委、市政府在科学认识和把握"时代特征"的基础上作出的重要战略选择，因此理解扩大教育对外开放对于首都建设世界城市的重大意义就不能脱离上述这一历史背景。换句话说，全球化的深入发展使整个世界的联系日益紧密，人类社会的相互依存性越来越高，同时也对世界各国的教育发展产生了深刻的影响[②]。如何培养学生适应持久而快速的政治、经济、社会和技术的变迁，如何形成有效的现代育人模式，如何通过教育自身的变革带动国家的发展和社会进步已经成为全球化背景下世界各国教育改革和发展迫切需要解答的问题，也成为提高各地教育竞争力的关键所在，而这迫切需要打破教育发展的封闭状态。

（二）从中国国情的把握中理解扩大教育对外开放对于首都建设世界城市的重大意义

"当前，中国正在全面推进经济建设、政治建设、文化建设、社会建设以及生态文明建设，努力建设一个富强文明和谐的社会主义现代化国家"[③]。首都

---

① 2007 年 8 月 31 日胡锦涛同志在全国优秀教师代表座谈会上的讲话。
② 美国学者丁胤·纽保尔曾对此做过深刻的阐述，他认为"从本质上看，全球化与当今世界的交换动力有关。全球化在社会财富不平等、工作方式的变化、知识经济对工作的意义和用户至上主义与在消费中的学习等方面深刻地影响着教育事实和实践的方式，且在未来的几十年中也将会塑造我们思考教育的方式"。参阅迪恩·纽鲍尔《全球化和教育：特征、动力与意义》，《教育研究》2009 年第 7 期；丁胤·纽保尔：《全球化、相互依赖与教育》，《北京大学教育评论》2006 年第 4 期。
③ 袁贵仁：《提高质量是高等教育改革发展的核心任务》，2010 年 5 月 31 日《学习时报》。

要加速推进世界城市建设，就必须抓住我国正在"加快从教育大国向教育强国、从人力资源大国向人力资源强国迈进"的历史机遇，深刻理解"强国必先强教。优先发展教育、提高教育现代化水平，对全面实现小康社会目标、建设富强民主文明和谐的社会主义现代化国家具有决定性意义"①，切实把教育摆在优先发展的位置，按照面向现代化、面向世界、面向未来的要求，全面推进教育现代化建设，而这必然要求北京瞄准世界教育发展先进水平，及时了解和把握国际教育发展最新趋势，大胆吸收和借鉴其他国家和地区的先进教育理念和办学经验，在重视学生民族自豪感培养的同时，更加重视学生国际视野的培育，更加重视学生创新精神和能力的形成。

（三）从城市性质的把握中理解扩大教育对外开放对于首都建设世界城市的重大意义

尽管有关世界城市的概念和认识还很不一致，但拥有高度发达、开放的现代教育体系却被公认为世界城市最重要的特征之一②，而这也对新时期的首都对外开放工作提出了新的更高的要求。

作为中国的首都，把北京的发展置于世界发展的背景下，用"全国领先、世界一流"的标准要求各项工作是中央对北京的一贯要求。早在改革开放初的1980年，中央在确定首都建设方针时就提出要把北京建成社会秩序、社会治安、社会风气和道德风尚最好的城市；最清洁、最卫生、最优美的城市；科学、文化、技术最发达，教育程度最高的第一流的城市，并且在世界上也是最发达的城市之一③。1999年《中共北京市委、北京市人民政府关于深化教育改革全面推进素质教育的意见》也明确提出，到2010年北京要率先基本实现教育现代化，教育水平要达到中等发达国家首都的教育水平。2004年发布的《首都教育2010年纲要》则更加清晰地描绘了首都教育现代化的发展蓝图，提出要"经过几个阶段的不懈努力，将北京建设成为在世界范围内教育思想先进、教育体系完备、教育质量上乘、教育环境优越，能充分满足社会需求、兼容并包、博大厚重、与时

---

① 《国家中长期教育改革和发展规划纲要（2010~2020年）》。
② 北京市教育委员会课题组：《瞄准世界城市目标建设教育之都》，2010年10月26日《北京日报》。
③ 徐锡安主编《北京教育发展战略研究》，红旗出版社，2003，第5~6页。

俱进、协调完善的全球性教育中心城市和充满发展活力的学习型国际都市。"简言之，建设世界一流的教育体系是北京教育现代化长期追求的目标。上述这些不同阶段有关首都教育发展目标的侧重点虽然不同，但都反映了中央、市委市政府对于北京瞄准世界先进水平，建设高度发达、开放的现代教育体系的重视，对于明确新时期首都教育发展与改革的思路具有重要的指导意义。

总之，建设世界城市是北京抓住全球化和区域化深入发展的时代特征、实现新一轮跨越式发展的重要选择，也是北京市进一步解放思想、全面落实科学发展观，建设"人文北京、科技北京、绿色北京"的必然结果。建设世界城市关键是立足北京的城市性质和发展实际，抓住全球政治、经济和教育秩序正在发生重大改变的历史机遇，瞄准国际化大都市的高端形态，清晰认识北京现代化建设存在的差距和优势，高标准规划新时期首都的改革开放，坚定不移地走中国特色社会主义现代化道路，而这对于首都教育进一步扩大对外开放提出了新的更高的要求。

二 对外开放：首都教育的进展与面临的挑战

经过多年的发展，北京已经成为中国教育与人力资源发展水平最高的地区之一。从教育事业发展状况来看，到 2009 年，我市九年义务教育完成率保持在96%，高中阶段教育毛入学率达到98%，高等教育毛入学率接近60%，新增劳动力平均受教育年限达到14 年以上，每十万人口中在校大学生达到6369 人。总体上看，北京已达到中等发达国家同期平均水平，部分指标甚至达到发达国家平均水平①。从人力资源发展水平来看，2006 年以来，北京6 岁及以上人口中高中及以上受教育程度者的比例一直维持在50% 以上，远高于全国及其他省市的水平。2009 年，北京6 岁及以上人口中有53.61% 为高中及以上学历，远高于上海的水平（48.86%）；有30.77% 为大专及以上学历，上海该比例仅为23.66%，而全国及江苏、广东的该比例尚不足10% （见表1）。

在教育对外开放水平方面北京始终走在全国前列。从全国来华留学生发展规模来看，相关数据显示，自20 世纪90 年代初以来，北京接收外国留学生规模一直在全国名列前茅，特别是占全国留学生数量的比例自1995 年起一直保持在30% ~

① 北京市教育委员会课题组：《瞄准世界城市目标建设教育之都》，2010 年10 月26 日《北京日报》。

表1 全国及部分地区6岁及以上人口受教育程度构成

单位：%

地 区	2006 年		2007 年		2008 年		2009 年	
	高中	大专及以上	高中	大专及以上	高中	大专及以上	高中	大专及以上
北 京	23.15	29.36	22.93	30.13	23.42	28.12	22.84	30.77
上 海	25.88	21.83	26.07	21.34	25.07	22.66	25.20	23.66
江 苏	15.20	7.24	14.95	8.12	15.75	7.04	15.25	7.76
浙 江	12.91	8.42	12.66	8.60	12.55	9.53	13.27	10.04
广 东	15.09	5.70	16.31	6.46	16.99	7.04	18.40	6.87
全 国	12.93	6.22	13.41	6.56	13.69	6.75	13.80	7.29

注：本表数据是2006~2009年全国人口变动情况抽样调查样本数据或根据样本数据计算得到，抽样比分别为0.907‰、0.900‰、0.887‰、0.873‰。

资料来源：《中国统计年鉴》（2007~2010）。

40%。截至2005年底，从《中国教育年鉴》公布的数据来看，北京留学生总数已达43329人，位居全国之首，是1991年留学生规模的13.7倍（见表2）。

表2 1991~2005年北京留学生规模

年份	全国留学生规模（人）	北京留学生规模（人）	比例（%）
1991	11972	2946	24.61
1992	14024	3160	22.53
1993	16871	4263	25.27
1994	25586	5505	21.52
1995	35759	14924	41.73
1996	41211	16589	40.25
1997	43712	17031	38.96
1998	43084	17896	41.54
1999	44711	17854	39.93
2000	52150	21635	41.49
2001	61869	23166	37.44
2002	85800	35361	41.21
2003	77715	29332	37.74
2004	110844	37041	33.42
2005	141087	43329	30.71

注：留学生为高等学校和其他教学、科研机构接收的各类来华留学人员，不含台湾省和香港特别行政区、澳门特别行政区。

资料来源：相关年份《中国教育年鉴》《中国教育统计年鉴》《北京教育年鉴》。

"十一五"以来，北京市高度重视教育对外开放工作，通过举办国际教育博览会、高水平国际学术研讨会、学术论坛、在境外举办教育展、兴办境外汉语培训机构和鼓励有资源优势的学校到境外办学等途径，积极搭建国际教育交流与合作平台，教育的国际影响力和吸引力不断扩大，来华留学生规模继续在全国处于领先地位。根据 2010 年 10 月公布的《北京市中长期教育改革和发展规划纲要（征求意见稿）》显示，到 2009 年北京市的外国留学生规模达到 7.1 万人次，约占全国 23 万人次的 30%。其中学历留学生数量达到 16984 人，约占全国 9.3 万人的 18%。相关数据还显示，"十一五"期间北京教育在吸引高层次外国留学生方面取得了积极的进展（见表 3、表 4）。

表 3　2005～2009 年北京市高等教育外国留学生情况

单位：人

年份	2005	2006	2007	2008	2009
博士	714	793	768	1074	1209
硕士	1193	1287	1443	1845	2425
本科	8389	10031	11198	12032	12618
专科	39	713	200	312	732
培训	15974	14853	15843	16449	13782
合计	26309	27677	29452	31712	30766

数据来源：《北京统计年鉴》（2006～2010）。

表 4　北京高等教育外国留学生情况

	2005 年		2009 年	
	在校生数(人)	占留学生总数比例(%)	在校生数(人)	占留学生总数比例(%)
按学历划分				
博士	714	2.71	1209	3.93
硕士	1193	4.53	2425	7.88
本科	8389	31.89	12618	41.01
专科	39	0.15	732	2.38
培训	15974	60.72	13782	44.80
按地区划分				
亚洲	20189	76.74	20747	67.43
非洲	540	2.05	1540	5.01
欧洲	2969	11.29	4768	15.50
北美洲	2098	7.97	2570	8.35
南美洲	203	0.77	704	2.29
大洋洲	310	1.18	437	1.42

续表

	2005 年		2009 年	
	在校生数(人)	占留学生总数比例(%)	在校生数(人)	占留学生总数比例(%)
按经费来源划分				
国际组织资助	34	0.13	65	0.21
中国政府资助	1765	6.71	4399	14.30
本国政府资助	489	1.86	555	1.80
学校间交换	717	2.73	1302	4.23
自费	23304	88.58	24445	79.45
合　　计	26309	100	30766	100

数据来源:《北京统计年鉴(2010)》。

首先,北京市的学历留学生规模增长迅速,从 2005 年的 10335 人,迅速增长到 2009 年的 16984 人,增幅达到 64%,年均增长率达到了 13.22%。其中博士所占比例由 2005 年的 2.71% 提高到 2009 年的 3.93%,同期硕士所占比例由 4.53% 提高到 7.88%,本科所占比例由 31.89% 提高到 41.01%,而非学历培训者所占比例由 60.72% 下降到 44.8%。

其次,生源地的优化趋势也很明显。2005 年,我市留学生的生源地主要是亚洲,大约占留学生总体的 76.74%,到 2009 年,虽然来自亚洲地区的留学生比例高居首位,但占留学生总体比例已经下降至 67.43%,而来自其他地区的留学生都有不同程度的增长,其中又以来自教育发达的欧洲的留学生增长最为显著,四年间提升了 4.21 个百分点。

再次,受中国政府资助的留学生比例大幅提升。突破"教育服务产业"思维的制约,从更为广泛的政治、经济、文化发展战略利益出发,"十一五"期间中央和北京市都提高对外国留学生的奖学金额度①,吸引优秀国际学生来华留学,这一变化在北京留学生规模变化中体现得尤为突出。从留学生经费来源看,2005 年受中国政府资助的留学生在北京留学生总体的比例只有 6.71%,到 2009 年这一比例上升到 14.3%,留学生人数从 1765 人增加至 4399 人,增幅近

---

① 为了吸引更多的优秀留学生来北京学习,北京市于 2006 年设立了"北京市外国留学生奖学金"。2010 年北京市外国留学生奖学金项目共投入 1.9 亿元,先后有 49 所高校获得奖学金支持,近 15000 名优秀外国留学生受益。参见北京市教育委员会官方网站 http://www.bjedu.gov.cn/publish/mainmain/1381/2010/20101209090637966194032/20101209090637966194032_.html。

150%。

另外，根据北京市教委网站提供的信息，目前北京通过复核的中外合作办学机构共有 17 个，办学层次涉及硕士、本科、高等专科教育、高等非学历教育、中等学历教育、文化补习和学前教育，共有中外合作办学项目 87 个，办学层次较高，其中硕士教育项目所占比重最大，达到 33.33%。

还需要指出的是，"十一五"期间北京市还以 2008 年举办奥运会和残奥会为契机，积极实施"奥运教育服务工程"，与世界 161 个国家和地区开展"同心结"、"姊妹校"等交流活动，使得全市 2200 多所学校、200 多万名师生积极参与到"奥林匹克教育"[1] 活动之中，极大地扩大了基础教育领域的国际交流与合作，拓宽了广大青少年的国际视野。

尽管北京市在教育对外开放方面走在全国前列，但面对建设世界城市对首都教育提出的新要求，特别是与中央进一步扩大教育对外开放工作的要求相比，首都教育的国际竞争力还不强，进一步提升首都教育对外开放水平还面临许多挑战：

第一，与经济科技发达的西方发达国家相比，我国教育的国际影响力还不强，从整体上对于首都教育进一步提高对外开放水平具有制约作用。伴随着我国对外交流的日益深入以及人民群众生活水平的提高，发达国家和地区教育对于我国青少年的吸引力日益增强，以至于民间有所谓"十年前看北大清华、五年前看港大港科大、现在看哈佛牛津"的说法，不断加深的留学低龄化的发展趋势值得关注。通过扩大教育对外开放，尽快缩小我国与世界先进教育水平之间差距的任务十分紧迫。根据美国国际教育研究所最新调查，2009～2010 年度美国学校共有 69 万名外籍学生，其中有近 12.8 万名中国学生在美国接受高等教育，是美国大学校园中外籍学生人数最多的国家。受到国际金融危机影响，来自许多国家的留学生人数都下降，但中国不减反升，比上一年增长了 30%。特别是就读大学本科的人数增长迅速，有 3.9921 万人，比 5 年前提高了 4 倍[2]。

第二，与当前的一些世界城市相比，北京的国际化程度不高，对进一步提高

---

① 其核心是人的全面发展及和谐相处，主要内容包括青少年的身体和道德教育、国际奥林匹克运动的教育以及关于国际理解和地球环境的教育。见耿申《北京奥林匹克教育的国际贡献》，《教育研究》2009 年第 7 期。

② http：//www.voanews.com/chinese/news/20101115-more-Chinese-students-studying-in-US-108140079.html.

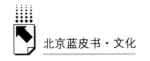

北京教育的国际化水平具有制约作用。据 2009 年统计，在北京居住时间超过 6 个月的外籍常住人口有 11 万，仅为城市总人口的 0.6%，与外籍人口的比例应达到常住人口 10% 以上的国际大都市指标相距甚远①。

第三，与当前的一些世界城市相比，北京教育尤其是高等教育的质量不高、特色不鲜明，从根本上制约着首都教育国际化程度的提高。以当前公认的世界城市为例，纽约拥有哥伦比亚大学、纽约大学等位列世界著名大学 100 强的高水平研究型大学，伦敦拥有伦敦大学、帝国理工学院（伦敦帝国学院）等进入世界 100 强的著名研究型大学，东京拥有东京大学、早稻田大学等世界著名大学。与之相比，我市虽然高等教育资源丰富，但创新人才培养能力、知识创新能力、国际竞争力还明显不足。

第四，我国发达地区都在积极推进教育对外开放工作，首都教育对外开放的传统优势地位正在诸多方面受到挑战。2010 年 7 月 29 日颁布的《国家中长期教育改革和发展规划纲要（2010~2020 年）》（以下简称《纲要》）明确提出，要通过加强国际交流与合作、引进优质教育资源、提高交流合作水平，扩大教育开放水平，随后印发的《留学中国计划》提出"到 2020 年，使我国成为亚洲最大的留学目的地国家……到 2020 年，全年在内地高校及中小学校就读的外国留学人员达到 50 万人次，其中接受高等学历教育的留学生达到 15 万人"。与此相应，我国对外开放程度最高的上海、江苏、广东等地区纷纷把扩大教育对外开放、提高教育国际化水平作为增加教育发展活力、提高教育发展水平的重要着力点，在培养国际化人才、扩大国际学生规模、积极推进中外合作办学、深化教育交流与合作等方面进行了战略部署（见表 5、表 6）。提高教育国际化水平已成为我国发达地区实现教育跨越式发展的重要增长点，这对我市继续保持教育对外开放的领先地位带来了挑战。当然，从首都教育对外开放工作机制来看，缺乏战略规划、制度不健全、队伍能力建设滞后、支撑保障体系不完善等也是制约首都教育国际化程度提高的重要原因。

总之，在新的历史时期，首都教育对外开放工作面临的形势是挑战与机遇并存，抓住机遇，深化教育改革，采取有力措施，更加积极地扩大对外开放已成为全面推进首都教育现代化，服务世界城市建设的关键环节。

---

① 2009 年 11 月 24 日《中国日报》（英文版）。

表5　我国部分发达地区2020年教育对外开放的目标与指标

地区	2020年目标	主要指标
上海	基本建成国际教育交流中心城市	普通高等学校在校生中留学生所占比例达到15%左右。
江苏	建成教育对外开放先进省份 建成境外人士在中国（内地）学习的重要目标省份	到2020年，高水平大学本科生中具有海外学习经历的学生比例达5%以上、其他院校达3%以上 到2020年，在苏学习的留学生达5万人左右，其中高水平大学研究生中留学生比例达5%以上。
广东	成为来华留学生的主要目的地	到2020年，重点引进3～5所不同类型的国外知名大学到珠江三角洲地区合作举办高等教育机构，

资料来源：《上海市中长期教育改革和发展规划纲要（2010～2020年）》，《江苏省中长期教育改革和发展规划纲要（2010～2020年）》，《广东省中长期教育改革和发展规划纲要（2010～2020年）》。

表6　面向2020年上海市教育对外开放重大举措

	重大举措
基础教育	设立若干所中外学生融合的学校 试点开设高中国际课程，鼓励有条件的中小学开设由外籍教师执教的课程 开展国际高中合作项目
职业教育	引进国际认可的职业资格标准，培养适应国际劳务市场需求的高素质劳动者
高等教育	采取多种方式，创办中外合作的高水平大学和二级学院，加强国际合作科研，建立若干国际联合研究中心 实施高等学校学生海外游学实习计划。设立大学生海外游学专项资金，每年资助本市2%的普通高校在校生到海外著名大学、跨国企业、国际组织游学、实习和见习
国际学生教育	引进先进、适宜的国际教育质量认证体系和标准，建立并实施上海国际教育质量认证制度 建设一批国际化的品牌学科专业和课程，建立全市统一的留学生课程库和学分互认制度 完善留学生奖学金制度和资助政策，探索建立留学生勤工助学和医疗保险等制度
其他	吸引国际教育组织落户上海 加强外籍人员子女教育体系建设，整合上海现有学校国际部的教育教学资源，为在沪外籍人员子女教育提供完善的服务

资料来源：《上海市中长期教育改革和发展规划纲要（2010～2020年）》。

三　以落实《纲要》为契机，更加积极地扩大首都教育对外开放

《北京市中长期教育改革和发展规划纲要（征求意见稿）》立足于未来10年首都现代化建设的总体战略，明确提出"到2020年实现教育现代化，建成公

平、优质、创新、开放的首都教育和先进的学习型城市,进入以教育和人力资源为优势的现代化国际城市行列"的战略发展目标,对进一步扩大首都教育对外开放提出了新的更高的要求。

《纲要》对未来十年首都教育的对外开放工作提出新的要求,强调要"适应建设世界城市的需要,瞄准世界教育发展变革的前沿,推动北京成为展示国家教育成果的重要窗口,教育合作交流的重要舞台,国际化人才培养的重要基地,外国学生留学中国的主要目的地,构建教育开放与合作的新格局"。在加强教育合作与交流、着力培养国际化人才、进一步扩大首都教育的国际影响力等方面做了许多制度安排和政策设计(见表7),提出要在未来3~5年实施"教育国际合作推进项目",力争使我市在中外合作办学、提升首都优秀学生的国际视野、扩大来京留学生规模、扩大汉语国际推广工作等方面取得积极进展。

表7 面向2020年北京市教育对外开放政策要点

	政策要点
总体目标	教育国际交流与合作进一步扩大,培养具有国际视野和国际竞争力人才的能力显著提升,在京外国留学生规模达到18万人次,教育在吸引和聚集国际化高端人才中的作用更加显著
加强教育合作与交流	积极引进海外优质教育资源来京合作办学 实施"留学北京行动计划"。加大外国留学生政府奖学金资助力度。建设一批国际化的品牌学科专业和课程 全面推进汉语国际推广,稳步发展境外合作办学
培养国际化人才	支持高校加强教育、教学、科研和管理队伍的国际能力培养,提高国际化课程比例,培养具有国际视野、通晓国际规则、能够参与国际事务的国际化人才 鼓励中小学开展多种形式的对外交流,积极拓展学生的国际视野和跨文化沟通能力,推进国际理解教育 支持职业教育借鉴和引进国际权威的职业资格证书体系、办学模式和考核标准,推进国际化应用技能型人才培养 实施首都学生留学交流计划,开展多种形式的学生互换交流活动 建立教师境外培训基地,加大选派重点课程教师和骨干教师出境培训力度,建设适应教育国际化要求的教师队伍
扩大首都教育的国际影响力	完善与外国政府和国际组织等教育高层工作沟通协作机制,重点加强与北京国外友好城市等政府间合作,注重发挥民间组织的优势,鼓励建立教育领域内的区域和校际合作 支持高端学术活动,积极举办和参加国际高水平学术会议和论坛,将北京国际教育博览会建设发展成为具有较高国际影响力的国际教育展会

资料来源:《北京市中长期教育改革和发展规划纲要(2010~2020年)》。

简言之，面对新的形势，我市在扩大教育对外开放工作方面采取了更加积极进取的姿态。伴随着这些政策措施的逐步落实，首都教育的对外开放工作必将迈上新的更高的台阶。但是，从建设世界城市的战略高度出发，必须以更为宽广和长远的视野看待首都教育对外开放，更加重视以下几个方面。

首先，坚持把培养具有全球视野与民族自豪感的创新人才作为扩大教育对外开放的核心命题。人的现代化始终是首都教育现代化的核心，也是首都扩大教育对外开放的核心命题。在全球化日益深入发展的趋势下，世界各国纷纷把培养具有全球视野，通晓国际规则、具有国际竞争力的人才作为教育发展的核心。日本早在 20 世纪 80 年代就提出"要培养世界通用的日本人"。日本临时教育审议会在对高等教育国际化的目标中提出，只有做一个出色的国际人，才能做一个出色的日本人，在国际社会中要想生存下去，除了牢固掌握日本文化外，还应该对各国的文化和传统加深理解。日本在教育国际化中还提出具体的培养目标：要求学生"懂技术、通外语、会经营管理，具有较强的国际意识，通晓国际贸易、金融、法律知识，能够适应国外工作和生活环境。"美国在 20 世纪 90 年代初制定的《美国 2000 年教育目标法》中也提出了明确的国际化人才的培养目标，即采用"面貌新，与众不同的方法，使每个学校的每个学生都能达到知识的世界级的标准。要通过国际交流，努力提高学生的'全球意识''国际化观念'"。① 英国尽管教育质量较高，但为了使学生学习外语，发展多元文化技能，扩展个人国际视野，有利个人就业和国家经济发展，英国政府也鼓励英国的本科生和研究生多多到海外留学②。北京作为中国的首都和近代中国东西方文化交汇的中心以及中国教育国际化程度最高的城市之一，在将建设"世界城市"作为城市发展战略目标的背景下，在努力实现教育现代化的过程中，要坚持育人为本，将培养具有全球视野与民族自豪感的创新人才作为教育现代化的核心，既要反对极端的文化相对论和文化守成主义，也要反对民族虚无主义以及一切照搬，走具有中国特色的教育现代化道路。

其次，把建设充满活力、更加开放的现代教育体系作为首都教育对外开放的

---

① 杨德广、王勤：《从经济全球化到教育国际化的思考》，《教学研究》2000 年第 4 期。

② http：//www. bbc. co. uk/ukchina/simp/uk_ education/2010/11/101118_ edu_ ukstudents. shtml? print = 1.

主要任务。世界先进国家的发展经验表明，面对一个全球化的世界和日益开放的社会，必须建立一个与之相适应的充满活力、更加开放的现代教育体系。伴随着科学技术特别是信息技术的迅猛发展，当前全球化进入了所谓的"3.0版本"时代，"全球的竞技场正在变平，世界正在变得越来越平坦"（the world is flat），全球化的主要动力已经从国家、公司让位于"个人在全球范围内的合作与竞争"，哪里拥有最丰富的人力资源和创新能力，全世界的企业和商机就会到哪里，哪里就是全球化中获益最多最具竞争力的地方。正是在这种背景下以追求教育卓越或优质化为根本宗旨，在教育发展上采取积极的开放主义态度，加强国家之间、区域之间、地区之间、不同部门之间在教育领域的交流与合作，成为当前许多国家（地区）采用的普遍做法。这种态势对于教育体系的开放性有着很高的要求，它不仅意味着要积极扩大教育对外开放，也要求加速对内开放；不仅要求教育系统向社会其他系统的开放，也要求在教育内部各个系统之间的相互开放，因而实质上这是一种分工合作和互利共赢的有效结合，是各国和地区在全球化背景下日益加深的相互依赖在教育领域中的体现，同时也是人类教育理念和发展模式方面日益获得共识的重要体现，是一种有利于创新人才涌现的教育发展模式。首都教育对外开放必须服从于构建开放灵活的现代教育体系的总体要求，在新的形势下要努力把形成与首都产业结构、职业结构相适应的上下衔接、左右融通、开放灵活、充满活力、以终身理念为核心的现代教育体系作为当前的主要任务。

再次，要把实现教育与经济社会的协调发展作为扩大首都教育对外开放的根本目标。在当代社会，"支撑教育与国际发展之间存在联系的信念的理由有两个。第一，把教育看做人力资本投资，这样会增加劳动者的生产力并促进社会层面的经济增长和发展。这个根本理由与科学、进步、物质福利和经济发展的全球标准紧密相连。第二个普遍理由是，把教育作为人权来建构，认为教育是人类更好发展、充分参与所处社会的经济、政治和文化的基本机制。而这又与公正、平等和个人人权的观念紧密联系。"①。与此相一致，扩大首都教育对外开放的主要目的主要也有两个相互联系的方面：其一为首都教育更好地满足社会经济发展不断提高和变化的对人才和知识创新的需求服务；其二，为首都教育更好地满足人

① 莫琳·T. 哈里楠主编《教育社会学手册》，傅松涛等译，华东师范大学出版社，2004，第217～218页。

民群众日益增长的多样化教育需求服务。简言之，不是为了开放而开放，不是囿于教育谈教育，要立足基本国情和市情，始终把实现教育与经济社会的协调发展作为扩大首都教育对外开放的主要目的，努力通过扩大首都教育对外开放，使首都教育在普及先进理念、加快人才培养体制改革、促进经济发展方式转变、繁荣城市文化、提升城市文明程度方面发挥基础性、全局性和先导性作用。

全球化是 21 世纪初叶人类社会发展最重要的特征，北京要真正实现从基本教育现代化阶段向全面实现教育现代化阶段的迈进，就必须立足国情和市情，走一条符合时代发展特征的以开放促改革、促发展的道路，正如 2009 年教师节前夕，温家宝总理在北京市第三十五中学看望师生时所言，"教育要符合时代发展的要求。我们说教育要面向未来、面向世界、面向现代化，归根到底就是要与时俱进，赶上时代发展的步伐，办出具有中国特色、中国风格、中国气派的现代化教育。这就要求我们必须放眼看世界，牢牢把握社会发展和科技进步的潮流，学习和借鉴人类优秀的文明成果。同时，也要深深地懂得中国，结合中国的实际和国情，扩大教育改革、优化教学结构、更新教学内容、改进教学方式。"①

---

① 温家宝：《教育大计 教师为本》，2009 年 10 月 12 日《北京日报》。

B.7
发展首都工业设计产业，
推进"世界设计之都"建设

宋慰祖　李怀方　叶振华　梁　山*

摘　要：设计产业是文化创意产业的重要组成部分，是北京"创意之都"建设的重要维度。2010年是北京实施"首都设计创新提升计划"，推进"世界设计之都"申报的关键一年。本文从北京工业设计产业的基础环境着手，对北京市工业设计需求以及工业设计在应用中存在的问题进行分析，并提出相应的对策建议。

关键词：工业设计　世界设计之都　设计产业　文化产业

当前，正值后国际金融危机时期，经济环境复杂，加快经济发展方式转变刻不容缓。从北京市目前的发展看，工业企业的创新意识和创新能力依然较弱；主要制造业技术和重大设备对进口依赖较大，缺乏核心技术和自主知识产权。为了加速推进新型工业化进程，推动创意产业、文化服务业的融合带动作用，必须大力发展工业设计产业。2010年，由工信部等11部门联合下发的《关于促进工业设计发展的若干指导意见》中指出："大力发展工业设计，是提升产品附加值的重要手段；是创建自主品牌，提升工业竞争力的有效途径；是转变经济发展方式的客观需求"。

一　北京工业设计产业的环境基础

"十一五"以来，工业设计得到从中央到地方各级领导的高度重视。胡锦涛

---

* 宋慰祖，北京工业设计促进会秘书长；李怀方，民盟北京市委专职副主委；叶振华，中国工业设计协会咨询工作委员会主任；梁山，民盟北京市委调研员。

总书记多次强调要发展研发设计，企业要通过工业设计提升竞争力，提高自主创新能力。"发展专业化的工业设计"被纳入国家的"十一五"规划。2010年7月22日，工业与信息化部、教育部、科技部、商务部、国家知识产权局、银监会、证监会等11个部委，联合颁发了《关于促进工业设计发展的若干指导意见》，对工业设计的发展予以政策细则保障。

北京作为中国首都，具有科技基础好、文化集聚、国际化水平高的得天独厚条件，发展工业设计优势明显，基础雄厚。科研设计院所、大专院校集聚，科技成果丰富，设计单位总量达到2万余家，院校112所。完整的设计院所体系，奠定了北京发展设计产业，服务企业运用工业设计，实现自主创新，转变经济增长方式的重要条件。北京市委、市政府十分重视工业设计的发展，高度重视设计产业、设计创意的发展对北京产业结构升级、创意之都建设的重要作用。

2010年6月2日，北京市委审议通过《全面推进北京设计产业发展工作方案》，开始全面实施"首都设计创新提升计划"，以申报"世界设计之都"为核心，大力推动设计产业发展，计划利用2～3年时间，培育设计产业50强企业，建设3～5个设计产业集聚区，推动北京成为全国设计核心引领区，使设计产业成为首都城市文化的新名片。2010年6月29日，国内首家设计交易市场——中国设计交易市场（简称CDM）在北京正式启动建设。北京的工业设计在良好环境下迎来了新的起飞契机。

二　北京工业设计的应用成效与典型案例

北京市委、市政府始终关注工业设计的发展，支持工业设计与制造业的融合，将工业设计作为促进科技创新转换的关键抓手。早在1995年以来，北京市就实施了国内第一个支持工业设计应用的科技计划——"九五"北京工业设计示范工程。"十一五"期间，自2007年起，连续三年实施了"设计创新提升计划"，支持工业设计与制造业、服务业融合发展。在应用工业设计实现科技成果实施与转化，促进高新技术企业成长，塑造自主品牌企业方面，形成了示范性和带动性，涌现出一批成功的范例，诸如联想集团、北京北广科技股份有限公司、汉王科技股份有限公司、北京观典航空设备公司、幻响神州（北京）科技有限公司，等等。

联想的成长之路可以反映工业设计在打造国际品牌企业中举足轻重的作用。联想集团发展到今天的大型跨国公司，工业设计在企业发展中的作用不可忽视。正如联想创始人柳传志讲的，"工业设计是联想发展的引擎"。在北京市科委"九五"工业设计示范工程的支持下，联想的设计师与北京工业设计促进中心合作，设计出了第一款有联想自身特色的品牌电脑——天琴。这一机型的设计从两点上体现了工业设计实现技术与艺术集成创新的特质。天琴电脑的设计引领了中国电脑工业设计的方向，使各企业看到了工业设计自主创新的核心价值。之后联想依托先进的工业设计平台，又连续设计了天秤、天鹤、天骄、天禧等机型。联想依托工业设计，不断自主创新，在北京深厚的设计和创意土壤上，实现了高新企业的跨越式发展。

再以北京北广科技股份有限公司（简称北广科技）的发展为例。该公司是中国最大的广播电视发射设备制造企业，但对本企业产品的品牌形象、品牌宣传以及产品的特色设计上关注度不够，使其产品处于非常不利的市场境地。为此，公司大力引入产品的创新与设计创意，"数字电视发射机系列产品创新设计"项目实施后，至 2009 年初，新设计产品已形成销售收入 5950 万元以上。北广科技充分认识到工业设计在增强企业竞争力方面的重要作用，继续与北京心觉设计公司进行合作，并且开始聘用更多的工业设计专业人才，在企业内部构建设计团队，企业发生了从"要我做设计"到"我要做设计"的变化。设计与创意使科技公司迈向了"设计转向"。

其他诸如北京欧博音响技术公司与派森 A-ONE 工作室之间开展的"设计对接示范工程"，将两者的优势互补；为欧博量身定做的"紫禁城系列音响产品"，其独树一帜的中国元素设计风格满足了市场对高端特色音响产品的旺盛需求，仅唱臂就获得多项国际专利，系列产品先后在"慕尼黑国际音响展"等国际专业展览上多次获得好评。2007 年，该系列产品荣获"中国创新设计红星奖"两项金奖。同年，欧博凭此产品也创造年出口总额近 800 万欧元的市场佳绩，并一跃成为世界第五大 Hi-Fi 高级音响制造商，充分显示了设计创意对消费需求的敏感反应和对文化需求的有效应对和利用。

在当今创意经济和文化产业大力发展的新时代，产品与创意、工业与文化的结合成为促进企业自主创新和提升产品创意水平的重要手段。让工业设计促进企业的创新主体地位得到提升，是转变经济方式，建设"创新性城市"的有效途径。大力推动工业设计在生产制造业的应用，有助于首都高科技行业与制造行业的更新升级，有助于借助创意提升企业的核心竞争力，有助于文化产业、创意之都建设在首都经济、文化发展中的带动效应的大幅增强。

三　工业设计需求分析

工业设计可以有效转变制造业的经济增长方式，促进城市经济结构升级，提升文化经济与创意经济在城市经济发展中的比重。一般说来，制造业企业在经济增长拉动方式上可分为四大类，而设计拉动型是其中一个重要类型，具有不可替代的独特优势。

（1）资源拉动型制造企业。如：钢铁冶炼、水泥石油化工、有色金属冶炼等。这一类企业重在依托资源，提供原材料产品。

（2）技术拉动型制造企业。如：造船、航空航天、汽车大型装备等。这一类企业是工业中的航母，发展年代长，重在集成技术，关注性能指标，处于提供可用产品为向导的阶段。

（3）加工拉动型制造业企业。就是在我国大量存在的 OEM 企业。这一类企业没有自主品牌，无需自主设计，是纯粹的加工厂，提供的是来样、来料加工的产品。

（4）设计拉动型制造企业。IT、通信、家电、医疗设备等高新技术企业居多，还包括大量的都市工业企业。这一类企业已在技术拉动的基础上，通过工业设计追求附加值，提供的是可用、易用，满足使用者的生理、心理需求的商品。更为重要的是，这类企业的发展对于转变经济增长方式具有重要作用。

从以上四类制造企业划分可以看出：设计拉动型制造企业是当今世界企业发展的方向。美国的苹果、耐克，日本的 SONY、三菱，韩国的三星、LG、现代，荷兰的 PHLIP，瑞典的宜家，德国的西门子等，都是这类企业的典型代表。而技术拉动型制造企业和加工拉动型制造企业的最终发展方向是设计拉动型制造企业。技术拉动型制造企业需要的是工业设计的导入，促进企业转变经济发展方式，在自主创新能力建设上提高一步，前进一步，使产品在可用的基础上达到易用、好用的效果。加工拉动型制造业则要实现革命性的发展，通过导入工业设计要上两步台阶转变企业的发展模式，成长为设计拉动型制造企业，一是创建自主

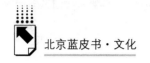

品牌，二是转变经营理念，依托多年形成的强大制造能力，实现自主创新，脱胎成为设计拉动型的制造企业。

北京未来经济的发展，可以依托工业设计的良好土壤，实现创意产业与现代工业的新结合，使得文化经济与制造业经济不再冲突。而充分利用设计产业，可以带动新型创意工业与创意制造业实现跨越式发展。

四　北京工业设计发展中的问题

（一）对工业设计实现科学、技术、文化、艺术、经济、标准的集成性认识不足

数十年来建立的工程设计体系，往往片面认为工业设计的作用仅仅是给工程设计添加艺术外衣。有观点称：技术是解决好不好用的问题，工业设计是解决好不好看的问题。这是严重错误的，曲解了工业设计的内涵。严格地讲，工业设计不等同于工程设计，后者设计的是产品，前者设计的是商品。商品不仅是对产品的消费，还包括对文化、审美、艺术、创意等方面的消费。工业设计是集成科学、技术、文化、艺术、社会、宗教、经济、标准等知识，创造满足使用者综合需求的商品的创新过程和创意过程。

（二）缺乏高水准的设计管理人才和专业设计创意人才

工业设计是以人的创意思维、创造能力为核心的创意服务业。从传统的技术集成应用，转向到以需求为导向的工业设计方法，实现多元化、个性化设计的过程。其核心是人的理念与意识的提高。而目前，高水准的设计管理人才、专业设计创意人才还相对缺乏。

（三）缺乏专项研究

由于我们市场经济体制建立较晚，企业已习惯于做他人的加工厂。对于如何能够尽快地吸取国际先进经验，站在巨人的肩膀上去与国际先进水平同步发展，我们的制造企业如何在产业结构调整和转变经济发展方式中，运用工业设计，实现自主创新，提升品牌价值，增长市场竞争力的专项研究上还是空白。

（四）科研设计机构的误区

科研设计院所大多囿于传统科技研发的框框，只注重成果研究，缺少对科技成果的集成与应用研究；工程设计又只关注解决已有产品、工程的设计实现，缺失创造性设计，往往会忽视工程设计仅是工业设计过程中的一个环节。

五　对策建议

（一）在市政府的统一领导与规划布局下，建立起政、产、学、研、群各司其职、合力推进的机制和制度

（1）工业设计与传统行业不同之处在于它是跨专业、跨领域的工作，政府的管理分属科技、经信、商务各个部门。市政府应以科技部门牵头，建立工业设计发展与应用的协调管理机构。下设管理全市工业设计的专业机构，负责统筹与实施。

（2）市政府应依托专业组织单位，制定《北京工业设计发展与应用的中长期规划》和"十二五"期间的发展计划，明确全市的发展目标和战略布局、实施路径、重点方面与项目、配套保障等，同时出台相应的指导意见。明确政、产、学、研、群的各自工作职责，明确各项工作的管理程序，明确政府的扶持优待政策。

（3）组建由工业设计专家学者组成的市政府工业设计顾问团，作为市政府的工业设计发展的资讯机构。形成市政府营造环境，统一规划企业、院校、研发设计机构转变观念，形成以企业为主体，运用工业设计方法，实现科技成果转化为商品的自主创新。

（4）建立设计要素市场。工业设计是技术开发和技术服务，应纳入技术合同登记的政策扶持范畴。同时建立专业化的设计合同登记审查机构，区别于一般的技术合同登记处，以便按其专业特性，实施审查管理，规范设计产权交易，形成设计要素市场，满足企业对工业设计服务对接的需求。

（5）充分发挥社会团体、中介组织的作用。既要充分利用社团联合行业面广的优势，实现政策传播、产业对接、资质认证等工作；同时又要控制类似社团的重复建设，避免形成社会管理的混乱。这是工业设计在企业自主创新中发挥作用的体制保障。

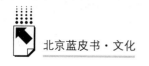
（二）依托市政府下属的设计促进机构，加强组织专项研究

如委托北京工业设计促进中心、北京工业设计促进会等，组织设计领域的专家、学者和企业家，联合开展建立工业设计创新体制的研究，提出办法，给出经验，并针对国内外工业设计的应用与作用开展研究，总结出我市制造企业在产业结构调整和转变经济发展方式中，运用工业设计，实现自主创新，提升品牌价值，增长市场竞争力和文化软实力的模式。

（三）转变科技管理工作方式

由于工业设计的核心是集成科技与文化、艺术、社会经济等要素创造商品的科学过程，关键点是技术集成应用与科技成果转化，因此，市政府在科技管理工作中应转变工作方式。

（1）政府科技资金应从支持科技成果研究为主，转向支持以应用为核心的工业设计为主。

（2）设立工业设计专项资金，以奖励扶持的方式，支持规模企业应用工业设计，转化一批科技成果，实现自主创新和转变经济发展方式，做大做强，参与国际竞争。

（3）扶持高增长型中小企业运用工业设计，实现技术与艺术的集成应用。在专业领域实现突破，做专做精，实现跨越式发展。

（4）鼓励、培育一批生产制造企业运用工业设计，实现高技术的应用转化，形成具有国际竞争力的自主创新商品的项目。目标是将这样一批企业培养成为工业设计型企业而非传统的加工制造型企业，切实跟上国际企业发展趋势，实现从生产制造型企业向服务创造型企业的高端形态转变。

（5）政府应将促进企业技改、扩大生产性扶持资金，向应用工业设计开展产品自主创新的企业项目倾斜。合力培育一批具有示范带动作用的工业设计型企业加强案例总结和分析，务实工作，不搞花架子，以此来引导全市制造业的升级、转型。

（四）培育规模化、系统化的设计产业集群

随着国际化产业大分工的新的趋势与格局，采购设计服务已成为工业设计型

制造企业的发展方向。因此，培育产业集群已成为各国产业结构中的主要工作。

（1）通过组织实施企业应用工业设计方法，开展自主创新的示范工程，提升企业应用工业设计提升自主创新能力。

（2）促进科研设计院所向研发工业设计服务机构转变，使工程设计向工业设计方法转化，最终实现从产品设计向商品设计的进化。

（3）发挥我市60年建立的科研设计体系的优势，将其打造成具有国际竞争力的中国工业设计服务业中坚，形成首都设计产业的主力军。

（五）培养和引进人才

工业设计是一个以人的创造能力、创意思维为核心的创新服务业。高水准的设计管理人才、专业设计创新人才的培养，是当前促进工业设计发展的关键。

（1）建立引进海外人才和专业设计人才的保护工程，将工业设计高端、专业人才的引进纳入北京市重点产业人才工程，享受相关的政策。

（2）改革现行的高等教学机制和内容。工业设计专业的人才培养，要从技巧培养，向方法培养转变；要从艺术创作型的人才培养，向知识全面实践能力强的方向转变。

（3）在中小学中开设启迪青少年创造性思维的设计教育课程。重点不是设计的技巧训练，而是培养中小学生观察问题、发现问题、提出问题、解决问题的能力。要提高全民的设计意识，关注未来设计人才的基础培养。

（4）强化职业教育和设计师的再教育，建立规范化、制度化的继续教育机制。

（5）鼓励行业协会、高校、科研院所与企业，共同研究与完善工业设计人才培养方式和机制。

B.8
世界城市背景下"人文北京"的朝阳实践

谢 莹*

摘 要： 朝阳区作为北京的经济大区和国际交往的窗口，具有独特的区位功能和优势。近年来，在首都建设世界城市的背景下，"人文北京"的朝阳实践取得了较大成绩，在政府服务、民生建设、城市文明等方面提升显著。但在增强文化软实力、加快城乡一体化等方面还存在一些问题。朝阳区要在提高政府服务水平、解决民生问题、加快城乡一体化、提升城市文明等方面继续努力。

关键词： 人文朝阳 世界城市 民生 文化创意产业 文明素质

朝阳区作为首都经济大区和国际交往的重要窗口，国际要素种类多、层级高、影响大，集中承载了首都的国际功能，有条件也有基础在首都世界城市建设中发挥引领作用。2010年4月30日，朝阳区委、区政府按照市委、市政府的要求，提出《关于加快推进"新四区"发展战略的意见》，力争成为"转变发展方式示范区、建设世界城市试验区、推进城乡一体化先行区和促进社会和谐模范区"。

一 世界城市视野下人文朝阳实践的新机遇

朝阳区以其特殊的功能定位在客观上成为首都建设世界城市的重要承载区。

---

* 谢莹，中共北京市朝阳区委常委、宣传部长。本文为中共朝阳区委宣传部和北京市社会科学院联合课题组的研究报告，课题组主要成员有：谢莹、苏民、郭春岭、王静、白志刚、杨松、尤国珍。

2005 年国务院通过的《北京城市总体规划（2004～2020）》对朝阳区的功能定位是：国际交往的重要窗口，中国与世界经济联系的重要节点，对外服务业发达地区，现代体育文化中心和高新技术产业基地。经过多年的快速发展，朝阳区已经初步建设成为国际化的资本流、信息流、人才流的聚集区，国际影响力与日俱增。

（一）朝阳现有的区位和功能优势

朝阳区位于北京市市区东部，面积 470.8 平方公里，现辖 23 个街道办事处，20 个地区办事处。2009 年末朝阳全区常住人口 317.9 万人，其中户籍人口 185.3 万人，外来人口 105.6 万人。朝阳区的辖区面积和常住人口均居北京各区县首位。

1. 商务中心区

朝阳 CBD 作为国务院批准建设的全国第一个商务中心区，其突出的辐射带动作用将成为北京世界城市的标志性区域。朝阳区作为国际功能的集中承载区，目前已经成为跨国公司总部高度聚集的地区。区域内聚集了 47 家跨国公司总部，占全市的 80% 以上，其中包括 17 家世界 500 强地区企业总部，占全市的近70%，GDP 增加值、社会消费品零售总额、区域税收均达到了朝阳区的 50% 以上，聚集发展和辐射带动作用十分明显。

2. 国际交往区

朝阳区作为国际交往的重要窗口、中国与世界经济联系的重要节点，外国机构和国际组织数量居全市首位。区内几乎云集了 100% 的外国使馆（除俄罗斯和卢森堡），共有 146 个；有 75 家国际组织、26 家国际商会，分别占全市的86.2% 、78.8%；外国驻京传媒机构和国际学校都占到全市 90% 以上。朝阳区是在京外国人居住最集中的地方，加强了国际化社区建设。

3. 文化展示区

朝阳是北京的文化展示区。朝阳区注重把先进文化"引进来"，使优秀文化"走出去"。2002 年北京朝阳区对外交流协会和朝阳公园联合承办了作为京城大型春节文化活动之一的"朝阳国际风情节"，至今已经成功举办 8 届，成为北京市文化创意产业的时尚品牌之一。北京国际旅游节已连续成功举办 10 届，成为北京的新名片。经过 20 余年的特色经营，朝阳剧场的杂技表演已形成"看杂技

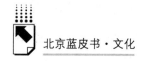

到朝阳"的文化品牌。三里屯街道把打造国际时尚文化街区作为目标，初步形成以时尚购物、异国美食为特色的国际文化品牌。

（二）朝阳可成为北京建设世界城市的实验区

1. 朝阳区的经济实力相对较强

朝阳区始终坚持规划引导发展、环境促进发展、管理规范发展，坚持发展的速度、结构、质量、效益相统一，实现全面协调可持续发展，经济实力显著增强。

朝阳区的经济实力在北京各区县中首屈一指。据 2009 年国民经济和社会发展的统计，朝阳区全年实现地区生产总值（GDP）2293.5 亿元，按不变价计算比上年增长 10.2%，总量位居城八区第一。2009 年朝阳区实现地方财政收入190.7 亿元，总量位居城八区之首，分别比第二位的海淀区、第三位的西城区高25.9 亿元和 38.5 亿元。

2. 朝阳区的教育事业发达

朝阳区的教育事业发达。据统计，2009 年末全区共有幼儿园 156 所，示范幼儿园比例为 21.2%；普通小学 141 所，在校生 40399 人；普通中学 72 所，在校生 37077 人，初中升学率 95.8%，高中升学率 90.9%，初中校硬件办学标准达标率 100%。高等教育中，中国传媒大学、对外经济贸易大学、中国音乐学院、中央美术学院、北京中医药大学等十几所大学都在朝阳，大学数量居北京各区县第二位。

3. 朝阳区具有独特的文化吸引力

这里有当代盛世的清明上河图——秀水街、北京最大的城市公园——朝阳公园、著名的温泉走廊——温榆河生态走廊。这里有闻名世界的体育殿堂——奥林匹克公园、繁华都市的开心地——欢乐谷、北京最现代的老地标——三里屯、影响世界的艺术盛会——798、全国人气最旺的古旧物品市场——潘家园旧货市场，显示了朝阳区独特的文化吸引力。

二 世界城市视野下人文朝阳实践的现状分析

近年来，朝阳区关系群众切身利益的实际问题不断得到解决；市民文明素质和城市文明程度大幅度提高；文化事业与文化产业协调发展；社会发展呈现安定和谐的良好局面，但也存在一些不可忽视的问题。

（一）人文朝阳实践的主要成绩

1. 政府决策更加科学、服务更加自觉

进一步转变政府职能。注重推进政企分开、政资分开、政事分开、政府与市场中介组织分开，深化行政审批制度改革，建立科学的政府绩效评估体系和经济社会发展综合评价体系，强化经济调节、市场监管、社会管理、公共服务职能。加快政府管理创新。加强政务公开制度建设，增强政府工作透明度。完善行政决策程序，健全重大事项的协商和协调机制，建立健全决策信息公开和重大决策听证制度、政府法律顾问制度，提高民主决策、科学决策水平。完善公共财政体系。根据政府职能定位，朝阳区优化财政支出结构，保障公共服务、社会管理、重点工程等方面的支出需要。

2. 民生问题高度关注，社会事业加快发展

统筹资源，全力解决关系群众利益的实际问题。2009年城市居民人均可支配收入2.76万元，同比增长8.1%；农村居民人均纯收入1.66万元，同比增长10.2%。就业保障工作扎实推进，成立就业促进中心，建立失业预警机制，制定实施一系列政策措施，千方百计促进就业，完善社会保障体系。教育事业稳步发展，推进素质教育，优化结构布局，促进优质、均衡发展。2009年完成54所小学规范化建设，初中主要指标达到市A级标准。全区基本养老和基本医疗、失业、工伤、生育保险体系服务网络趋于完善，社区卫生服务已经基本实现全覆盖，率先实现了养老保障制度城乡一体化。

3. 城市生态环境和人文景观大大改善

朝阳区注重完善城市基础设施建设。朝阳坚持适度超前、城乡统筹，围绕服务奥运和宜居、兴业，加强科学规划，加大建设力度，提高管理水平，增强基础设施承载能力，推进便民服务设施建设。完善社区服务设施，完善市政公用设施。改善小区居住环境，加强老旧居住小区改造，完善生活配套服务设施。城市绿化和环卫成绩显著。仅2009年，全年新增绿化面积200.6公顷；改造绿化面积558.6公顷，比上年增长1.2倍。

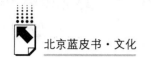

4. 市民素质进一步提升，秩序更加良好

围绕服务奥运，全面落实《人文奥运行动计划实施意见》和《人文奥运朝阳宣言》，深入开展"我为奥运争光、我为发展出力"主题实践活动，推进市民素质提升工程、文化建设推进工程、城市景观营造工程、社会动员志愿培训工程的逐步实施。思想道德建设开展良好。大力开展思想政治教育，加强国情教育，弘扬以爱国主义为核心的民族精神。加强市情、区情教育，引导全区人民强化首都意识，增强"知朝阳、爱朝阳、建朝阳"的自觉性。以开展国庆平安行动为核心，巩固平安奥运成果，深化平安建设，维护了良好的社会秩序。

（二）人文朝阳实践存在的主要问题

1. 按世界城市标准，民生问题还需要加大解决力度

温家宝总理指出："我们所做的一切都是要让人民生活得更加幸福、更有尊严，让社会更加公正、更加和谐。"当前，朝阳区抑制房屋价格上涨速度，加大保障性住房建设力度，老城区危旧房改造的任务依然十分繁重；引导和鼓励毕业生到基层就业服务体系仍需完善；加大对学前教育的财政投入，推动义务教育均等化；"大民政"建设的步伐仍需加快。

2. 按世界城市标准，文化软实力有待进一步加强

建设世界城市对朝阳文化软实力的提升提出了更新、更高的要求。目前，市民文明素质与城市文明程度仍有待提高；历史文化遗产的保护、传承与创新能力有待增强；公共文化服务设施完善与公共文化服务的质量和水平有待加强；国际文化交流有待推进。

文化创意产业发展迅速，但建设水平有待进一步提升。文化创意产业整体实力不强，相对于西方发达国家仍然偏弱；文化创意产业链化程度不高，产业网络体系经营格局相对单一，产业结构以中小企业为主，没有形成具有较强整合能力的跨行巨型企业或集团；文化创意产业的相关基础结构与机构有待完善，在第三产业中所占比重还比较低；文化政策和法规体系不完善，产业发展缺乏依据和保障。

3. 按世界城市标准，城乡一体化还要进一步加强

朝阳区的城乡一体化建设还存在着许多困难和问题，离世界城市标准有较大差距。具体体现在：农村城市化过程中，产业结构和布局需要进一步优化，农村产业结构发展水平还有待进一步提高，经济持续增长的动力不足，农民生活质量有待于进一步改善；基本公共服务不均衡，教育、卫生、基础设施等基本公共服务，在地区之间的差距比较大，个别地区的供需矛盾仍很突出，公共服务资源配置有待于进一步优化，制约农村城市化的深层次问题需要更加深入的研究解决；城乡就业压力依然较大，特别是土地储备过程中释放出来的农村劳动力安置问题亟待解决。

三 城市视野下人文朝阳实践的对策建议

（一）加速发展文化创意产业

全面贯彻落实《文化产业振兴规划》，进一步提升朝阳作为北京文化中心和文化创意产业主导力量的影响，增强文化创意产业创造社会财富和就业机会的能力，巩固文化创意产业在朝阳经济发展中的支柱地位。

加大对文化创意产业集聚区基础设施建设的投入，提高基础设施的服务水平。在基础设施建设方面，也要结合各地区的实际情况按需开展。以潘家园古旧产业群为例，现阶段根据其集聚区发展特性，除建立一个集文物鉴定、海关、保险、评估、金融等具有综合服务功能的古玩艺术品交易公共服务平台外，急需拓宽潘家园路，改造潘家园桥。政府要完善知识产权的保护系统，通过实现各部门的紧密合作，促进文化创意产业发展。

明确企业分工，整合产业链。一些文化创意产业集群存在"集而不群"的现象：空间集聚基本形成，应进一步形成清晰的产业链条。例如，北京798艺术区内共有上百家的工作室、画室、画廊、艺术中心，这些机构都是从事艺术创作，从事艺术经纪、艺术交流、餐饮的相关联机构仅有二十几家。产品和业务上高度的相似性，会加剧集群内恶性价格竞争，影响集群的良性发展。另外，要建立基于产业链条的文化创意产业战略联盟。优化文化创意产业的产业结构，培育一批拥有自主品牌和自主知识产权的世界知名企业和跨国公司，不断提升朝阳文化创意产业的国际竞争力。

（二）建立世界城市的中央文化区

中央文化区（Central Culture District，简称CCD），是指随着经济发展到一定阶段，位于城市中心地带，并具有城市一流生活素质、高尚人文内涵和完美生态环境的居住区域。在西方发达国家，中央文化区已经存在和发展了若干年。如作为世界城市，纽约有百老汇戏剧街，伦敦有特拉法特广场，巴黎有红磨坊文化区，东京有新宿文化城。

北京建设中央文化区，是建设世界城市的需要，而朝阳特殊的区位功能和优势决定着它必须承担起这一重任。朝阳虽然存在着一些文化聚集区，但离世界城市的中心文化区差距较远。要进一步加强与世界文化区的交流和合作，坚持引进来、走出去的方针，扩大文化影响力和国际知名度。可以考虑在潘家园地区建立以艺术品交易、文艺演出和餐饮文化为主要特色的北京中央文化区。这样既可以集中展示中华民族和北京地域的优秀文化，增强北京文化名城的特色魅力和国际吸引力，也可以获得相当可观的经济收益。中央文化区建筑的设计，应该进行国际招标，建筑样式要体现民族建筑的风格，材料要取自天然，建筑工艺最好也是传统的，一切都要精益求精，以确保建成精品，使之成为北京一个新的扬名国际的标志性建筑。

（三） 创设世界城市的公共文化服务设施体系

积极支持中央单位在朝阳建设公共文化设施，发展首都公共文化事业；大力推进奥运博物馆等市属重大公共文化设施建设，强化朝阳的文化中心功能和文化国际地位；着力改进公共文化设施布局，探索采取政府财政补贴的方式，在大型居住生活社区建设图书馆分馆和文化馆分馆，切实解决望京、回龙观等大型居住区缺少图书馆和文化馆的问题，满足居民对于文化生活的需求。

（四） 培育居民的文明素质

加强现代公民教育。完善市民教育三级网络，建立现代公民教育资源网络服务中心，发挥文明朝阳网站的教育引领作用。大力开展"四进社区"、"市民文化大讲堂"、"学习型家庭"和"文明家庭"评选等活动；在广大市民中倡导开展"读经典"全民读书活动，深化学习型城区朝阳模式。推动区情教育和主题实践活动，进一步培育具有奥运特质、区域特色的"朝阳精神"；积极发挥各类爱国主义教育基地作用。

（五） 推进城市的公共文明

创建优美城市环境。以城市整洁有序、绿化美化为重点，加大市政公用基础设施重大项目建设、改造力度，提升城市建设和管理水平；整治城市环境，推动市容环卫工作精细化、规范化管理；大力整治违章建筑，规范建筑垃圾清运；规范户外广告设置，推广公共场所双语标识标牌，优化国际化服务环境；整顿城中村，改善城乡结合部环境面貌；解决占道经营、乱摆乱放等问题，提升市场卫生环境质量；加大道路建设投入，优化路网布局，提高区域通行能力。创建优良公共秩序。广泛开展文明礼让宣传教育，健全公共场所文明行为守则，营造良好社会秩序。大力整顿交通秩序，加大市民行为引导、监管力度，强化对交通违章的教育管理，促进市民养成文明行车、文明乘车、文明通行等良好习惯。

文化创意产业与文化经济

Development of Cultural Creative Industries

B.9
以文化创意产业打造北京经济发展的新引擎

周小华*

摘　要：本节从文化创意产业对北京市经济发展的贡献，支持文化创意产业发展的政策体系的进一步完善，文化创意产业投融资服务的全面展开三个方面研究总结了"十一五"期间北京市文化创意产业发展的主要成就。文化创意产业已经成为北京市的支柱产业，得到政府、银行、投资者的关注，显示出良好的业绩与发展态势。

关键词：文化创意产业　经济支柱　体制　政策　投融资服务

根据北京"十一五"城市规划的定位，北京首先是首都，其次是全国的文

＊周小华，《北京联合大学学报》编辑部编审、主编。

化中心，然后是国际大都市以及宜居城市。而文化创意产业具有技术密集、产品附加值高、环境污染少、资源能源消耗低等特点，十分符合北京的资源特点和城市定位。北京作为中国的政治中心和文化中心，聚集了丰富的文化创意产业资源：这里有密集的国家级文化机构，深厚的历史文化资源，丰厚的科教资源，独特的人文底蕴，密集的人力资本，发达的软件产业等优势。北京"十一五"规划提出要把北京建设成"创新型城市"，要推进产业结构调整和增长方式转变，走高端产业发展之路，要重点支持发展文化创意产业。由此，北京市以前所未有的突进姿态，从"九五"和"十五"期间的文化产业发展战略转向了"十一五"发展文化创意产业战略，其规格之高、力度之大、势头之猛，为全国瞩目。在"十一五"收官的 2010 年，文化创意产业更以其强劲的势头，成为北京市经济发展的全新增长点和支柱产业，为"十二五"期间文化产业发展打下了坚实的基础。

一　文化创意产业对北京经济发展的支持与推动

北京作为全国文化中心，科教文化资源丰富，各类创意人才荟萃。20 世纪90 年代，北京市委、市政府就高度重视并率先提出发展文化产业，"十五"以来形成了文艺演出、新闻出版、广播影视、文化会展、古玩艺术品交易等优势行业，并呈现出向文化创意产业发展的明显趋势。特别是 2003 年以来，随着北京市文化体制改革的深化，市场主体日趋多元，初步形成了以公有制为主体、多种所有制共同发展的市场格局，文化创意产业发展步伐加快；文艺演出、影视节目制作、出版发行和版权贸易、广告会展、古玩及艺术品交易等传统行业优势进一步凸显；文化旅游、文化体育休闲、动漫网游、设计创意等新兴行业潜力巨大、前景广阔；一批文化创意产业集聚区正在形成，吸引相关文化机构和企业进行集群式发展。2005 年，北京文化创意产业总资产就已达到 5140.3 亿元，实现增加值 700.4 亿元，占全市地区生产总值的 10.2%，营业总收入 2793.6 亿元，实现利润 110 亿元，上缴税金 123.6 亿元；按现价计算，文化创意产业增加值比 2004年增长 14%，文化创意产业的支柱地位初步确立。2006 年，北京市成立了由刘淇挂帅的市文化创意产业领导小组，多次召开会议研究全市文化创意产业发展的重大问题，部署重大发展战略和重点工作，取得突破性进展。2006 年 11 月，经北京市委、市政府批准,《北京市促进文化创意产业发展的若干政策》(以下简称《政策》)正式颁布。《政策》的颁布,对于加快建设文艺演出、出版发行和版权贸易、影视节目制作和交易、动漫和网络游戏研发制作、广告和会展、古玩和艺术品交易、设计创意、文化旅游八大文化创意产业中心,巩固北京的全国文化中心地位,增强文化软实力,激发文化创造力,提升文化竞争力具有重要战略意义。从此,北京市文化创意产业的发展进入了一个新阶段。

2009 年,在全球金融危机的特殊情况下,积极发展文化创意产业成为应对经济危机的一种有效手段,文化产业对拉动内需、扩大消费、安排就业起到了积极作用。人们通常将占 GDP 比重 6% 以上的产业称为支柱产业,而北京市文化创意产业增加值占 GDP 比重连续七年都是两位数,在整个首都经济社会当中,文化创意产业增加值已超过批发零售业、房地产业、商务服务业、交通运输业等行业,仅次于金融业,在第三产业中位居第二。

目前,北京各区县文化创意产业发展迅速。海淀区集聚了新浪、搜狐、联众、金山等数字技术文化创意产业,占据北京文化创意产业的高端。朝阳区则聚集了 90% 以上外国驻京新闻机构,也把文化创意产业作为主导产业。其他各区县文化创意产业的发展也都各具特色。在"十一五"开局的 2006 年,北京市文化创意产业创造增加值 812 亿元,占全市增加值的 10.3%,同比增长 15.9%;资产总额达 6161 亿元,同比增长 19.9%;实现收入 3614.8 亿元,同比增长 29.4%[1]。2007 年,北京市文化创意产业资产总计 7260.8 亿元,比 2004 年增加 2624.1 亿元,实现利润总额达到 212.6 亿元,比上年同期增长 24.7 亿元。2004 至 2007 年增长幅度一直保持在 40% ~ 50%,其中广播电视电影、软件网络及计算机服务、设计服务和其他辅助服务等领域,利润增长幅度尤为显著,分别增长 22.1%、45.9%、106.9% 和 1353.2%。到 2008 年底,北京文化创意产业企业已经全面实现了盈利。[2] 2009 年,文化创意产业实现增加值 1497.9 亿元,占全市GDP 的 12.6%,成为仅次于金融业的第二大支柱产业,[3] 提前实现了《北京市

---

[1] 张泉主编《北京文化发展报告(2007~2008)》,社会科学文献出版社,2008。

[2] 杨怡静:《北京、湖南与云南:区域文化产业发展下一个十年的路线图》,《文化创意产业参考》2009 年第 8 期。

[3] 郑洁、刘妮丽、陈杰、董昆、熊潇雨:《蜕变与飞跃:2010 文化创意产业盘点》,2010 年 11月 15 日《北京商报》。

"十一五"时期文化创意产业发展规划》中提出的占全市 GDP 比重超过 12% 的目标。2010 年，北京文化创意产业规模达到 1610 亿元，占全市 GDP 的 12.8%，较 2009 年保持了 15% 的增长。根据北京市统计局的统计数据，2004～2010 年，北京市文化创意产业占全市 GDP 比重分别为 10.1%、10.2%、10.3%、10.6%、11%、12.6%、12.8%。[①] 预计北京市在"十二五"期间，文化创意产业可望保持 15% 的年增速，其规模将占全市 GDP 的 20%，超过金融产业，成为北京市三大支柱产业之一。

文化创意产业收入的增长，带来了上缴税金的大幅度增加。根据 2007 年的统计数据，北京市文化创意产业上缴税金 216.7 亿元，占全市的 7.3%，2004～2007 年文化创意产业上交税金年平均增长 22%。[②] 2010 年 1～9 月，北京市文化创意产业共缴纳税金 133.1 亿元，占第三产业纳税总额的 13.7%。文化创意产业的发展，带来从业人员的增加。2006 年北京市文化创意产业从业人员就达到 89.5 万人[③]；2007 年底达到 102 万人，比 2004 年增加 27.8 万人，2004～2007 年年均增长 37.2%；2007 年文化创意产业职工年平均工资达到 7.3 万元，是城镇职工平均工资的近两倍。[④] 2009 年底，北京市已有各类文化创意企业 5 万多家，其中规模以上企业近 8000 家，占全市规模以上企业总数的 13.7%。文化创意产业从业人员达到 102 万人。[⑤] 2010 年，北京的文化创意产业的规模效应、集群效应已形成，从业人员达 114.9 万人。

现在，文化创意产业已经成为首都经济的重要支柱和北京现代服务业的重要组成部分，成为首都经济增长的新亮点。

二　完善文化创意产业发展的政策体系

文化创意产业的发展离不开文化体制的改革。在这方面，北京市认真落实

① 王玲：《"扩内需保增长"：北京文化创意产业领跑全国》，http：//report. qianlong. com/33378/2009/02/23/225@4878040. htm。
② 车利侠：《金融资本加速注入京城文化创意产业》，2009 年 2 月 17 日《北京青年报》。
③ 张泉主编《北京文化发展报告（2007～2008）》，社会科学文献出版社，2008。
④ 杨怡静：《北京、湖南与云南：区域文化产业发展下一个十年的路线图》，《文化创意产业参考》2009 年第 8 期。
⑤ 王刘芳：《北京前 3 季度文化创意产业从业人员达 102 万》，2009 年 11 月 1 日《北京日报》。

《关于深化北京市文化体制改革的实施方案》，转变政府职能，强化市场主体地位，积极营造有利于文化创意产业发展的公开、公平、公正的市场环境。制定各项政策，推进经营性文化事业单位转制为文化创意企业。以结构调整、产业升级、优化创新为重点，大力发展文化创意产业。在推进文化创意产业发展中，北京市正确处理政府与市场、政府与企业、继承与创新的关系，把政府引导与产业主导、企业主体有机结合起来，把发展文化创意产业同推动产业结构调整、促进经济发展方式转变结合起来，特别是在为解决文化创意企业普遍存在的融资瓶颈这一问题上，北京市探索并建立了文化部门与政府经济工作部门、金融机构、担保机构的协调和沟通机制，综合运用银企合作、建立平台、贷款贴息、融资担保、培育上市、设立引导基金等多种行之有效的手段，鼓励和引导金融机构支持文化创意产业发展。北京率先通过金融手段，以政府财政资金做金融杠杆，扶持壮大文化产业，推动市场主体建设，并在此过程中培养出多元的市场主体。

2006 年 6 月 26 日，北京市下发了《关于深化北京市文化体制改革的实施方案》。在这个方案的指导下，北京市积极推动文化事业单位改革，积极稳妥地推进经营性文化单位转企改制工作和公益性文化事业单位内部机制改革，如成功完成北京出版社出版集团等经营性文化事业单位的转企改制工作，逐步深化北京儿童艺术剧院股份有限公司、北京歌舞剧院有限公司、朝阳区文化馆等改革试点单位的改革。重点推动北京出版社出版集团、北京市电影公司、北京文化艺术音像出版社、北京文化艺术人才服务中心等单位的转企改制工作，整合资源，组建北京演艺集团，推动转制企业建立现代企业制度，完善法人治理结构。加强宏观管理体制改革，转变政府职能。建立健全国有文化资产管理体制，加强对北京市宣传文化系统国有资产的登记、评估和监管，建立健全国有文化资产购置、验收、保管、绩效考评工作机制等，重塑文化市场主体。如北京儿艺与媒体联姻，由北京青年报社控股，北京儿艺借助北京青年报的策划、宣传能力，推广剧目，以"演艺＋媒体"的创新模式，实现了市场与观众的良性互动。改制当年就创收 2163 万元，是改制前的 18 倍。短短几年，先后推出了《迷宫》、《HI 可爱》、《福娃》、《安徒生》、《红孩子》等 15 部原创作品，取得了社会效益、经济效益的双丰收。

科学的政策体系是产业发展的重要保障。近年来北京市完善文化创意产业政策，为产业发展营造了良好环境，基本形成了"政府引导、市场主导、企业主体"的发展模式。制定支持文化创意产业发展的地方法规和优惠政策，打破行业垄断，鼓励资源重组，强化资金扶持，重点发展文化创意产业。2006年11月8日发布的《北京市促进文化创意产业发展的若干政策》（以下简称《若干政策》）遵循政府引导、市场配置，产业主导、企业主体，创新驱动、人才为本，内涵发展、盘活存量，分类指导、重点突破的原则，立足于巩固和提升北京作为全国文化中心的地位和功能，为北京文化创意产业又快又好发展创造良好环境。其亮点在于设立两大专项资金扶持首都文化创意产业：从2006年起，政府每年安排5亿元专项资金用于扶持符合重点支持方向的产品、服务、项目；设立5亿元文化创意产业集聚区基础设施专项资金，分3年投入。北京市还出台了一系列配套扶持政策，如同时出台的《北京市文化创意产业投资指导目录》，北京市统计局、国家统计局北京调查总队发布的《北京市文化创意产业分类标准》等，形成了北京文化创意产业的"1＋X"模式，"1"是指已经发布的《若干政策》，"X"是在此基础上出台的一系列配套政策及相关标准。

之后，最引人注目的要算2007年8月29日颁发的《北京市文化创意产业集聚区认定和管理办法（试行）》（以下简称《管理办法》），《管理办法》明确规定了集聚区的认定目的、认定条件和认定程序。北京市文化创意产业集聚区的认定目的是：规范和引导集聚区的建设，带动文化创意企业形成集聚规模，促进北京市文化创意产业又好又快发展。

按照《若干政策》和《北京市"十一五"时期文化创意产业发展规划》的精神，北京市针对市文化创意产业发展的重点行业和关键环节，研究制定相关行业政策和配套实施细则，确保北京文化经济政策体系发挥良好的引导作用。如为落实《国务院办公厅转发财政部等部门关于推动我国动漫产业发展若干意见的通知》，北京市新闻出版局研究起草了《北京市关于推动动漫游戏产业的若干政策》和《北京市鼓励版权输出若干政策》，启动了《动漫游戏企业认定办法》、《动漫游戏产业项目申报和管理办法》、《动漫游戏项目评审标准》等配套政策的研究制定工作。为推进工业资源的保护和利用，北京市工促局会同市规划委、市文物局制定了《北京市保护利用工业资源，发展文化创意产业指导意见》，促进工业领域文化创意产业的发展。为加强文化创意产业知识产权保护，北京市知识产权局会同市版权局和市工商局研究制定了《文化创意产业知识产权保护与促进意见》《北京市文化创意产业知识产权保护和促进办法》；北京市广电局会同市文化局研究出台了《北京市促进广播影视产业发展的相关政策》；北京市文化局出台了《北京市推动文艺演出行业发展的若干政策》；市商务局制定了《2007年商务部门促进文化创意产业发展的指导意见》。结合国家新修订的外商投资产业指导目录，完成了《北京市外商投资文化创意产业指南（2007）》的制定工作，积极引导外商投资文化创意产业。《北京市文化创意产业发展专项资金管理办法实施细则（讨论稿）》，对专项资金的补贴方式、支持范围、支持原则、具体申报流程及资金管理模式进行了进一步细化，明确了专项资金资助范围、资助方式、申报渠道和管理流程，界定了各方职责，将项目管理与预算管理有效衔接。2010年10月20日，北京市财政正式出台了《北京市文化创意产业发展专项资金管理办法实施细则》，对《北京市文化创意产业发展专项资金管理办法（试行）》进行了补充和细化。

为解决文化创意企业融资难，北京市出台了促进金融资本与文化创意产业对接的措施。如2008年4月出台的《北京市文化创意企业贷款贴息管理办法（试行）》、2009年3月9日发布的《北京市文化创意产业担保资金管理办法（试行）》以及2009年8月12日出台的《北京市文化创意产业创业投资引导基金管理暂行办法》等，促进了北京多元化投融资格局的形成。

在完善政策体系的同时，相关部门加强北京市文化市场立法和法规修订工作，积极推进文化创意产业立法工作。如《北京市信息化促进条例》的正式颁布实施，为文化创意产业的信息化建设提供了法制保障。目前正在总结梳理北京市文化创意产业政策实施情况，将北京行之有效的文化经济政策上升到地方法规的高度，适时启动北京市文化创意产业促进条例的起草工作。

北京市相关部门积极贯彻落实现有政策，支持文化创意产业发展。市工商局对经认定的文化创意企业实行注册登记绿色通道制度，凡经批准进入文化创意产业集聚区内的文化创意企业，优先办理登记注册手续。市国土局在2007～2010年土地供应中期计划中，明确计划指标优先支持和保障文化创意产业用地的供应，从计划源头上确保文化创意产业发展的用地需求。市地税局在整合现有政策基础上，编写了《文化创意产业税收优惠政策汇编》，有效推动文化创意产业税收优惠政策的落实。2004～2007年间，北京市国家税务局为符合文化体制改革试点要求的北京文化创意企业办理企业所得税减免税62113万元，惠及8个文化创意行业的 50 家企业；为新办文化创意企业减免企业所得税 19470 万元，惠及 15 个文化创意行业的 138 家企业。市地方税务局为符合文化体制改革试点要求的北京文化创意企业办理各项减免税近 4 亿元，惠及 4 个文化创意行业的 20 余家企业；为社会新办文化创意企业减免税收近 1 亿元，惠及 6 个文化创意行业的 100 家企业。

2010 年 4 月 8 日，央行、中宣部、财政部、文化部、广电总局、新闻出版总署、银监会、证监会和保监会九部委联合下发了《关于金融支持文化产业振兴和发展繁荣的指导意见》（以下简称《指导意见》），旨在进一步改进对中国文化产业的金融服务，支持文化产业振兴和发展繁荣。《指导意见》明确提出要积极开发文化消费信贷产品，扩大直接融资规模、培育文化产业保险市场，营造贷款贴息、保费补贴、投资基金、风险补偿基金、文化产权评估交易等配套机制。《指导意见》要求通过创新信贷产品、完善授信模式、培育保险市场、实施文化产权评估交易等具体举措，加大金融对文化产业发展的支持力度。《指导意见》对北京市文化创意产业的发展会产生重大影响。北京文化产业的发展需要金融资本的支持，北京金融资本市场化的健康发展也需要文化产业的支持。① 北京辖区内银行多管齐下，在深入研究不同发展阶段文化企业融资需求特点后，综合运用多种金融工具支持文化创意产业的发展，已逐步形成基本适合文化产业发展的金融服务体系。

三 构建文化创意产业的投融资服务体系

文化创意产业既是知识高度聚合的产业，也是资本高度聚合的产业。有时，一部大制作的电影，就需要上亿乃至数亿元的资本。针对目前文化创意企业规模较小、资金投入较大、投资回报周期长、价值评估难以确定、文化创意企业融资难问题，北京市采取了一系列举措，积极推进投融资服务体系建设，从加强与金融机构合作、开展贷款贴息、完善担保机制、搭建投融资服务平台等方面，营造有利于产业发展的良好环境。

---

① 魏鹏举：《我国进入金融资本与文化产业的互利时代——解读九部委〈关于金融支持文化产业振兴和发展繁荣的指导意见〉》，《投资北京》2010 年第 7 期。

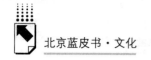

（一）加大政府资金扶持力度，创新投入方式，完善机制，进一步发挥财政资金对文化创意产业的引导作用

为了鼓励文化创意产业的发展，北京市出台了一系列资金扶持政策，从2006年起，北京市每年安排5亿元用于文化创意产业发展专项资金，支持文化创意产业发展。2006～2010年，按照突出重点、兼顾一般的原则，采取贷款贴息、项目补贴和奖励等方式，累计安排文化创意产业发展专项资金20亿元，支持重点产业项目365个，由此带动社会资金200亿元，有效发挥了专项资金的示范和引导作用。

为了支持金融机构参与文化创意产业发展，北京市文化创意领导小组办公室从北京市文化创意产业专项资金中，安排一定资金对符合文化创意产业发展方向的企业和项目给予银行贷款贴息。2008年4月出台的《北京市文化创意企业贷款贴息管理办法（试行）》提出，从北京市文化创意产业专项资金中安排专款，对已经形成一定规模、获得商业银行文化创意产业项目贷款、符合文化创意产业支持方向的企业，按照项目贷款利息总额的50%～100%给予贷款贴息支持。贷款贴息包括全额贴息、部分贴息等多种方式，引导银行信贷资金进入文化创意产业。同时，制定和实施贷款贴息专项资金管理实施办法，明确贷款贴息项目申报条件、审批程序。2009年以来，仅贷款贴息一项，北京市就已投入近6000万元。[①] 2009年8月12日，北京市又出台了《北京市文化创意产业创业投资引导基金管理暂行办法》，按照市场化的资本运作方式，以1:10的规模带动社会资金共同对文化创意产业项目进行股权投资，进一步促进北京形成多元化的投融资格局。

为推进文化创意产业发展，北京市的相关委办局对重点企业和重点项目也给予了相应的资金支持。北京市科委对文化创意产业重点领域的关键共性技术进行突破，在数字电视、设计创意、新媒体等领域启动了一批重大项目，仅2006～2007年，支持资金就达6800万元。

北京市每年都编制"北京市文化创意产业发展专项资金项目申报指南"，明确专项资金重点支持的行业。采取贷款贴息、项目补贴、政府重点采购和后期奖

---

① 王刘芳：《北京前3季度文化创意产业从业人员达102万》，2009年11月1日《北京日报》。

励等方式，对符合政府重点支持方向的文化创意产品、服务和项目予以扶持。完善北京市文化创意产业发展专项资金项目库管理系统。北京市文化创意产业领导小组办公室组织研究制定了项目评审标准，从项目的政策合规性、创新性、预期经济效益、社会效益及项目单位组织实施的能力与条件五个方面选定评分指标，规范专项资金项目评审工作。市工促局等相关委办局启动了行业评审标准的研究制定工作。市财政局研究制定了文化创意产业项目预算评审细则，建立了对文化创意产业财政扶持政策统一专项资金项目库管理系统，系统按照八大行业领域对入选项目进行分类，根据产业发展规划以及每年资金支持方向，实行滚动管理。按照《北京市文化创意产业发展专项资金管理办法》和《北京市文化创意产业集聚区基础设施专项资金管理办法（试行）》，实行对资金使用情况的监督检查、绩效考评并对文化创意产业发展专项资金支持项目的实施情况进行全面评估，加强对拨付资金项目过程的监管。

（二）为文化创意企业提供金融服务

北京文化创意产业投融资服务平台于 2007 年 11 月 10 日挂牌运行。平台设有企业股权交易中心、项目交易中心、信息中心、展示体验中心、技术服务中心、中介服务与中介管理中心、政策服务中心、交流中心八大功能中心，形成了文化创意企业多层次投融资服务体系，以期解决文化创意企业发展过程中面临的并购重组与融资瓶颈问题。以产权交易所为代表的第三方中介机构的介入，在聚拢资源、建立服务性机制、促进双向沟通等方面具有独特的优势。

北京市文化创意产业投融资服务平台启动后，每月组织一次北京文化创意产业投融资项目推介会，吸引社会资本投资文化创意产业，成为北京市大力加强投融资服务体系建设的一个重要组成部分，也是北京市为促进文化创意产业与资本市场对接的又一举措。2007 年以来，4 届中国北京文化创意产业投融资论坛的成功举办，为文化创意企业与资本市场对接创造了条件。据统计，自北京市文化创意产业投融资服务平台正式挂牌运行以来，平台针对现阶段文化创意企业的特点和需求，有效聚拢了包括文化创意企业、各类投资机构和相关中介服务机构在内的各方资源，建立起包括信息披露、投融资促进、登记托管、资金结算在内的投融资服务工作机制。至 2010 年，平台共组织近 30 场项目推介活动，累计为 460 多家企业提供了融资咨询服务，有 110 个项目成功融资 8.1 亿元，北京市文化创

意产业投融资服务体系建设初显成效。

2010 年，北京文化创意产业金融服务中心正式挂牌运行。这是全国首家金融服务文化创意产业专营机构，是北京银行对文化创意企业金融服务管理模式的创新。北京银行采用专业团队模式，利用风险与营销的有机结合，致力于将产品做专、服务做专。总行对"北京文化创意产业金融服务中心"进行风险单独授权，简化文化创意企业贷款审批流程，集中企业营销、审批和贷后管理，提高融资效率，同时为文化创意企业提供机构及个人理财等多项配套服务措施。在文化金融产品方面，将提供"创意贷"品牌下的 10 大类系列贷款子产品，包括文艺演出、出版发行和版权贸易、广播影视节目制作和交易、动漫游戏研发制作、广告和会展、古玩和艺术品交易、设计创意、文化旅游、文化体育休闲等特色产品。北京文化创意产业金融服务中心作为专门服务于北京文化创意企业的金融专营机构，将为北京文化创意企业提供快速的审批渠道和优质的金融产品服务方案，促进全市文化创意产业持续快速发展。2010 年 6 月 2 日，北京文化金融中介服务平台在北京东方雍和国际版权交易中心正式启动，4 家文化创意企业首批获得"影视贷"资金支持。在启动仪式上，北京银行与国际版权交易中心签署战略合作协议，北京银行将为国际版权交易中心金融信贷服务对象，即包括影视、出版、动漫等领域内的文化创意企业提供意向性专项授信额度 100 亿元，并优先对国际版权交易中心推荐的优秀版权企业和重点项目提供绿色通道。①

除了搭建投融资平台和建立服务中心外，北京市还积极支持文化创意企业从银行融资，北京市文化创意领导小组办公室联合金融机构在全市范围内推出文化创意产业专项贷款绿色通道。通过绿色通道，推出无形资产质押贷款试点，设立专项授信额度，建立快速审批机制，对重点企业及项目，由银行建立快速审批机制，优先给予信贷支持。同时，商业银行每年为文化创意企业增设一定规模的贷款授信额度，专项用于支持文化创意企业进行融资。截至 2009 年底，仅北京银行和交通银行北京分行两家就已累计为文化创意产业发放贷款 131 笔，放贷总额 24.8 亿元。2008 年，北京银行推出了"贷动文化 创意无限"文化创意金融产品，并于 2009 年再次推出了其升级产品系列——"创意贷"文化创意金融产品

---

① 郑洁、刘妮丽、陈杰、董昆、熊潇雨：《蜕变与飞跃：2010 文化创意产业盘点》，2010 年 11 月 15 日《北京商报》。

系列。在这些有针对性的金融产品中，北京银行先后举办了与华谊兄弟传媒签约协议（版权质押方式发放 1 亿元贷款）仪式、以"贷动文化　创意无限"为主题的文化创意产品推介会等，获得社会普遍好评。自签约日至 2008 年 11 月末，北京银行已累计发放文化创意企业贷款超过 50 笔，贷款金额超过 9 亿元。交通银行北京分行重点开展无形资产质押贷款试点，加快北京文化创意产业项目的发展。截至 2009 年 3 月末，北京银行文化创意企业贷款占金融机构发放总额的 90% 以上。① 2010 年是北京银行"文化创意年"，北京银行推出"创意贷"文化金融品牌，目前，该行已累计审批通过"创意贷"837 笔、124 亿元，支持了 600 户文化创意企业实现长足发展。②

2010 年，北京市文化创意产业的投融资十分活跃，文化产业与财政、银行、保险、风险投资基金、证券等的结合已经具有一定的基础，政策需求集中在财政、上市融资与贷款三方面。截至 2010 年 9 月末，北京文化创意产业贷款余额 236.7 亿元，同比增长 42.2%。同期各银行累计发放的文化创意产业贷款达到 155 亿元。2010 年 10 月，农行北京市分行再与北京市文化创意产业促进中心签署合作协议，每年向北京文创产业提供 200 亿元信用支持额度。至此，北京市各商业银行对文创产业累计授信规模接近 600 亿元。③

（三）逐步完善北京市文化创意产业贷款担保机制

资本介入文化创意产业，其核心就是建立全套的文化产业价值评估体系，由专业化的交易中介机构对项目的价格、盈利前景等进行评估。文化创意产业项目由于其特异性强、文化市场消费活跃度不够，投资者很难对项目的市场价值作出准确判断，从而难以看清其市场前景而导致融资失败。针对文化创意企业融资难问题，北京市出台多条有力举措，积极构建文化创意产业投融资服务体系。北京市在文化创意产业专项资金中安排一定资金设立文化创意企业担保专项资金，选择合适的担保公司对北京市文化创意企业申请银行贷款提供担保。2009 年 3 月，

①　《北京商报》记者：《北京拟设文化创意产业引导基金　已经进入审核程序》，2009 年 6 月 2 日《北京商报》。

②　《探索与跨越　文化创意产业 2010 上半年大事盘点》，2010 年 12 月 21 日《北京商报》。

③　郑洁、刘妮丽、陈杰、董昆、熊潇雨：《蜕变与飞跃：2010 文化创意产业盘点》，2010 年 11 月 15 日《北京商报》。

北京市发布了《北京市文化创意产业担保资金管理办法（试行）》，建立担保工作机制，将担保与再担保机制结合起来，采取对合作担保机构的再担保费进行补贴、对担保业务进行补助的方式，鼓励担保机构为文化创意企业贷款提供担保服务。担保资金管理办法的出台，借助担保平台或再担保平台，有效降低了企业融资门槛。同年8月12日，北京市又出台了《北京市文化创意产业创业投资引导基金管理暂行办法》，进一步促进北京形成多元化的投融资格局，成为文化创意产业发展的高效的融资通道。在上述政策措施的引导带动下，中影集团、万达院线、歌华集团、元隆雅图、华江文化、北京出版集团公司等一批文化企业成功获得金融机构支持。

文化创意企业和担保公司与银行的三方合作中，银行、担保公司和文化创意企业都能得到实惠。纯商业化运作的银行，主要靠贷款盈利；担保公司在为企业担保达到增加信用目的的同时，可以从政府那里享受再担保补贴和担保业务补助；企业得到了实实在在的资金支持，还能享受政府给予的贴息扶持政策。2009年5月27日北京市文化创意产业融资担保工作机制正式启动，北京光线传媒有限公司、派格太和环球传媒、北京土人景观与建筑设计研究院等9家文化创意企业与担保公司和相关银行分别签署担保协议和贷款协议，共获得融资担保资金1.02亿元。其中，光线传媒与北京首创投资担保有限责任公司和北京银行翠微支行分别签署了合作协议，在首创投资担保公司的担保下，光线传媒从北京银行再次贷款5000万元。①

北京市还在继续探索建立北京市文化创意产业风险投资的退出机制，支持引导风险投资进入文化创意产业。

四　文化创意产业发展的多元投资主体格局

在北京市文化创意产业投资政策的推动下，文化领域的改革步伐进一步加快，多元化的投融资格局已基本形成。以金融资本与文化资本对接为重点，构建起文化创意产业投融资服务体系；协调引导商业银行推出文化创意产业专项贷

---

① 《北京商报》记者：《北京拟设文化创意产业引导基金　已经进入审核程序》，2009年6月2日《北京商报》。

款；建立文化创意产业贷款贴息机制；设立文化创意产业融资信息服务平台、金融服务中心和金融中介服务平台；培育和支持一批文化创意企业上市。在改革配套政策方面，2004～2008年，北京市为转制文化单位和新设文化企业免除企业所得税23.7亿元，培育了适应文化创意产业发展的现代市场体系，优化了文化创意产业的投资环境。如2004年正式挂牌成立的北京数字娱乐产业示范基地，按照产业链要求，基地以运营、体验、竞技为重点，带动研究与开发，确定了"248"的发展思路。该基地分别获得科技部、市科委、市发改委的资金支持，石景山区政府也专门拨出政策性的资金支持。基地还获得科技部"863"计划支持，成为国家科技部"国家数字媒体技术产业化基地"和国家新闻出版总署"国家网络游戏动漫产业化基地"重要组成部分，"中国电子竞技运动发展中心"也落户基地。已入驻数位红、光宇维思、三辰动漫等业界颇具规模企业100余家。仅2006年1～5月，数字娱乐产业建设相关行业实现收入98.3亿元，上缴税金2.2亿元。

北京文化创意产业市场化程度进一步提高。据不完全统计，2007年北京文化创意产业总收入和总利润中，非公经济、混合经济的贡献率分别为77.6%和77.3%，多元投资主体格局已经形成。

随着产业开放程度的提高，文化创意产业正成为全市吸引利用外商投资的重要领域。2009年，北京银行的投融资信贷业务进入了外资在北京的投资领域。这些外资在京企业的投资范围涉及文化创意和中关村、CBD等创意产业园区。北京银行向北京市投资促进局提供的50亿元人民币的授信额度贷款，包括流动资金贷款、中长期贷款和外汇贷款等，提供的信贷资金包括以下三类：拟引进的投资项目的融资需求；已引进的投资项目的资金支持；并购项目的资金需求等。同时，北京银行明确提出5条便利措施以缩短贷款时间，为外资在北京的创意投资进行融资贷款提供了更便捷的服务。外商和民营资本投资文化创意产业高速增长，社会各界共同推进文化创意产业发展的多元投资主体局面已经形成。

根据北京市商务局的统计，截至2007年，北京市共吸引中影克莱斯德数字媒介、北京第一企划广告、北京中广世创传媒科技等447家文化创意外商投资企业入驻，总共吸收合同外资16.2亿美元，增长54.3%，实际利用外资达到8.8亿美元，同比增长62.9%。根据北京市统计局统计，仅2007年1～11月，非公有制及混合所有制单位实现文化创意产业收入2957亿元，占文化创意产业总收入的77.3%。规模以上的港澳台和外商投资的文化创意企业数量由2005年的622家增加到2007年的871家，2007年资产总额达到1248.5亿元，实现利润总额113.4亿元，比2006年同期增长49.9%。2008年金融风暴引起的经济危机席卷全球，国外企业纷纷收缩投资，但北京市文化创意产业在吸引外商投资方面依然呈现强劲的上涨势头。以朝阳区为例，2008年该区文化创意产业新设外商投资企业202家，吸收合同外资6.43亿美元，同比增长70.67%，实际利用外资1.28亿美元，同比增长84.26%。①

文化创意产业是首都经济文化建设的重要组成部分，是全面实施"人文北京、科技北京、绿色北京"战略，加快功能核心区文化发展，推进特色城市建设的重要抓手。发展文化创意产业，是北京市全面贯彻科学发展观、实现北京经济社会全面协调可持续发展的重要内容，是增强北京自主创新能力、建设创新型城市的有力举措，是调整产业结构、转变增长方式的重要着力点，是首都经济发展的新引擎。北京市在发展文化创意产业方面成功经验，也为全国文化创意的发展探索了成功的发展模式。

---

① 车利侠：《金融资本加速注入京城文化创意产业》，2009年2月17日《北京青年报》。

B.10
2010 年北京艺术品拍卖市场调研报告

陈玲玲　张兆林 *

摘　要： 2010 年，伴随艺术资本的强势介入和政府大力发展文化产业政策的出台，北京艺术品拍卖市场率先走出金融危机的阴影。拍卖会的成交总额、单季度成交额刷新纪录，单品交易价格频创新高，显示出高度的活跃和成熟度，艺术品的文化价值得到进一步发掘与认识。另一方面，由于市场反复炒作和相关法律法规不成熟，形成文物收藏的断裂带，也给艺术品交易市场造成了潜在的风险。

关键词： 艺术品交易　拍卖业　收藏　文物

北京作为全国的文化中心，其悠久的文化传统和文化资源使得其艺术品市场从诞生起就拥有较高平台。2007 年 8 月 29 日，北京市发展与改革委员会下发《关于印发〈北京市文化创意产业集聚区基础设施专项资金管理办法（试行）〉的通知》，专项资金规模为 5 亿元，分三年投入，用于支持北京市认定的文化创意产业集聚区内的环境整治、基础设施、产业服务平台建设等公共设施工程项目。同年 9 月 12 日，《北京市"十一五"时期文化创意产业发展规划》发布，明确了古玩和艺术品交易等十方面的主要任务。2010 年，中国政府对于包括艺术品市场在内的文化产业的扶持力度进一步加强。同年 4 月，中宣部、财政部、文化部、央行、广电总局、新闻出版总署、证监会、银监会、保监会九部委联合出台了《关于金融支持文化产业振兴和发展繁荣的指导意见》（以下简称《意见》），《意见》的出台对促进文化产权交易平台的成长具有重要意义。《意见》

* 陈玲玲，北京市社会科学院文化研究所副研究员；张兆林，中国书画收藏家协会碑帖研究委员会会员。

明确提到了国内已经成立的几家文化产权交易平台将要发挥的作用。这些政策的出台，有利于推进北京艺术品市场的市场体制建设、市场操作规范和远景发展规划，为未来的可持续发展提供了政策支撑。另一方面，由于股市和楼市带来诸多不稳定因素，刺激了艺术资本的强势介入，以北京为首的中国艺术品市场进入了前所未有的活跃期，文化价值也得到了深入挖掘。拍卖市场上"亿元级"、"天价"、"创新高"、"热钱流入"、"100%成交率"、"火暴"、"看不懂"、"没法玩"等字眼频频出现，2010年北京艺术品拍卖市场上的这些热门词标志着北京的艺术品市场率先走出全球金融危机的阴影，实现井喷式快速增长，取得全球瞩目的业绩。因此有专家称2010年为"资本元年"①。

2010年北京艺术品拍卖市场总体特点是：①北京作为艺术品拍卖的中心地位进一步加固；②北京艺术品拍卖机构经营思路不断拓展，频出新招；③拍卖总额、单季度成交额刷新纪录，单品频创拍卖纪录；④中国书画频创拍卖纪录，引爆艺术品市场，市场对珍罕拍品的追捧异常显著；⑤由于艺术资本的强势介入，藏家结构发生巨变，传统藏家及其购买力已经或者正在被快速地边缘化。与此同时，艺术品拍卖市场依然存在较大问题①艺术资本的介入固然推动了艺术品市场的发展，但"天价"艺术品将会带来流动性差、无法脱手的风险；②过分依赖单一门类拍品的持续走高，藏家"经典化"路线让购藏目标过于集中，给市场带来一定风险；③缺乏完善的市场监管，艺术品收藏市场"鱼龙混杂"，拍卖市场由于充斥着假画、假拍、真假"专家"乱人耳目等问题，滋生出扰乱市场健康发展的种种顽症。

一　北京艺术品市场的经营现状

（一）北京艺术品市场的中心地位迅速提升并得以巩固

根据中国国家文物局在2010年12月8日公布的最新消息，北京市有78家艺术品拍卖营业企业，其中有30家可以拍卖一、二、三级文物，48家可以拍卖

---

① 西沐：《中国艺术品市场正在"换血"与转型》，http：//news. artron. net/show_ news. php？newid = 135250。

二、三级文物，拍卖营业企业数量居全国之首（上海和浙江分列二、三位，上海的 37 家拍卖企业中，可以拍卖一、二、三级文物的是 16 家，可以拍卖二、三级文物的是 21 家；浙江的 28 家拍卖企业中，可以拍卖一、二、三级文物的是 10 家，可以拍卖二、三级文物的是 18 家）。英国艺术市场研究组织 Artprice 10 月左右发布了针对 2009 年 7 月至 2010 年 6 月的当代艺术市场报告。报告指出，在英国市场恢复稳定以前，中国市场已经成功地跃居世界拍卖额第二位；中国有三家拍卖公司跻身全球拍卖行十强，中国嘉德和北京保利分别排名第四和第五位（上海泓盛排名第八位）；从中国艺术品拍卖市场来看，2009 年，内地艺术品拍卖市场共分得了 77% 的市场份额，特别是京津地区占近 6 成，北京无可争议地成为中国乃至全球的艺术品拍卖中心。2010 年，中国艺术品拍卖成交总额 573 亿元，北京艺术品拍卖市场成交总额为 349 亿元，占全国拍卖成交总额的 61%。其中保利全年成交额累加突破 91.5 亿元，列全球艺术品拍卖企业首位；中国嘉德以年度成交总额 75.5 亿元紧随其后，预示着北京保利和中国嘉德的地位得到了全面巩固。在本年度排名前十的全国拍卖公司中，北京占 7 家。北京保持着巨大的市场磁力，正在吸引越来越多的文化投资者。

（二）北京艺术品拍卖机构经营思路不断拓展，频出新招

各大拍卖机构在激烈的市场竞争中，积极探索市场运营新模式。如中国嘉德和北京保利继续走精品路线、高价策略以及高端财富人群大规模宣传的同时，还主动到国外寻觅拍品，为回流消除了交通运输、结算等之虞。嘉德除了春秋两次大拍之外，还经营四季小型拍卖，同时开设在线网络交易平台，侧重以数量取胜。北京翰海"应对市场行情"，总结出本年度"五大市场热点"，即近现代书画、古代书画、当代工艺品、油画雕塑和古董珍玩，在春拍策划时，征集工作与这些热点进行了对接；同时关注"成长性品类"的古籍善本专场，并且将春拍的佣金收益给予捐赠，用于有关文物及拍卖的学术性研究、展览和出版，在秋拍中取得 19 亿元成交金额的同时，也收获了良好的社会效益。北京的雍和嘉诚跟画廊联手，以 798 作为支点，于秋拍中推出"当代艺术专场"，在给买家提供更大选择的可能的同时，也给年轻艺术家市场开辟了新的试验场。9 月 12 日结束的北京荣宝"迎中秋·庆国庆"苏州专场拍卖会，567 件作品共取得了 1.147 亿元的好成绩，成交率达到 93.68%。这是荣宝继南京、上海、重庆等异地拍卖取

得成功之后在苏州推出的首场拍卖。如此成功的异地拍卖，为荣宝在强手如林的北京注入新的竞争动力。北京匡时以书画起家，业绩卓著，与日本亲和拍卖合作，强化了其书画的优势地位。与拍卖相结合的展览推广活动渐趋活跃，受到社会广泛关注。拍卖行利用自身藏家的优势举办专题展览，在推广品牌的同时，也起到了美育普及作用，最终带来了更多的交易。这是拍卖机构进行市场推广的软实力。某些拍卖公司，如北京保利、北京匡时利用周年庆典纪念，利用好品牌，实现突围。业绩最突出的是北京保利，北京翰海在成立15周年的契机，征得了不少上乘拍品；北京匡时大打成立五周年之牌，于12月6日结束的秋拍中取得11亿的不俗战绩，21件拍品均过千万。北京长风、北京华辰等较小型拍卖公司在激烈的竞争中采取了压缩规模、提升服务等策略，北京长风针对火暴北京市场，取消在香港的拍卖，全部集中到北京；北京华辰走规范化和专业化之路，寻找差异性优势。北京永乐的秋拍首次出现古美术文献37种，拍品成交额超出估价的11倍，体现出收藏市场现阶段浓重的学术气氛和专业追求。

（三）成交规模剧增，市场连创新高

随着中国经济和全球经济在2010年度的持续好转，在中国书画板块的强势引导下，其他艺术品门类也异常活跃。2010年以来，古籍善本、名人手稿、红色书刊的收藏势头一直很火；到11月份，流通纪念币也迎来井喷式上扬行情；邮市的交易总额也创历史新高。总之，从上拍量、成交量、成交额和高价作品的数量上看，北京艺术品市各项指标均取得历史性突破。本年度北京78家艺术品拍卖机构共举办各种类型的拍卖会499场次，实现成交额349亿元人民币，比上年同期剧增238%（2009年北京拍卖市场成交总额为103亿元）。经过金融危机的洗礼，在国民收入不见显著增长而物价不断上涨的局面下，北京97%的拍卖公司于本年度创造了最佳业绩。在拍卖品成交额排行榜中，居于前十位的拍品中有8种是由北京拍卖公司拍卖的。17件过亿元的拍品中，有14件是由北京拍卖公司拍卖的。总成交额排名前十位的拍卖公司中，北京拍卖公司占7家。北京保利不仅刷新中国艺术品拍卖52.8亿元的单季成交纪录，而且成为全球艺术品拍卖企业之首。黄庭坚的《砥柱铭》以4.368亿元人民币成交，创造了中国书法艺术品成交新纪录；房大年与元文宗帝的《万岁山图稿本》由北京九歌拍卖，以3.3488亿元成交，创中国古代画新高；徐悲鸿的《巴人汲水图》以1.71亿元

成交价创造了近现代书画的新高；北宋宋徽宗御制清乾隆御铭"松石间意"琴为北宋宣和二年（1120）宫廷御制官琴，以 1.3664 亿元成交，刷新了世界乐器拍卖和古琴拍卖的纪录，同时也成为内地市场首次过亿元的古董器物类拍品；清乾隆御制紫檀雕云龙纹宝座（连脚踏）以 7168 万元成交，刷新内地家具拍卖纪录；清乾隆御制铜鎏金珐琅嵌宝石、料西洋式座钟以 4928 万元刷新清宫钟表拍卖世界纪录；明万历鲍天成制犀角雕仿古龙凤杯以 1120 万元刷新内地犀角拍卖纪录。

（四）中国书画频创拍卖纪录

本年度中国书画市场延续了上年强劲势头，依然是市场最为关注的热点。根据雅昌艺术网艺术品品类关注度信心调查统计，2010 年中国近现代书画统计为 52.31%，中国古代书画为 32.31%，早期油画为 20%，中国当代艺术为 26.15%，瓷器为 21.54%，玉器 23.08%，钟表珠宝为 10.77%。各拍卖机构竞争异常激烈，藏家专场、个人专场、海外回流专场和精品专场等共推中国书画拍卖；著录于《石渠宝笈》的拍品，以及张大千、李可染、齐白石、傅抱石等大家的精品名作仍炙手可热；中国当代书画领域，吴冠中作品最为抢手，其他当代书画家的精品名作也在此带动下市场价位得到不同程度的提高。中国嘉德将推出"翁氏藏画专场"、"碧湖山庄藏画"、"张汀藏画"专场、"诗画辞章——范曾精品集珍"专场等，其中，嘉德力推之作为王羲之《草书平安帖》高古摹本、郭熙（传）《双松图》、唐寅《野亭霭瑞图》、陈栝《情韵墨花》卷以及三件八大山人的作品，《古木双禽》、《群雁鸣集》、《仿倪山水》等古代书画，以及张大千《自画像与黑虎》、齐白石《樱桃》等近现代书画。北京保利于秋拍中推出了尤伦斯夫妇藏重要中国书画夜场、中国近现代十二大名家夜场、"虚怀斋"藏中国书画专场、"自得园"藏中国书画、台湾胜大庄藏中国书画、一代大师——吴冠中先生水墨精选、美国回流重要中国书画等重要专场，南宋宫廷画家笔下的《汉宫秋图》卷、宋末元初张达善的《索靖出师颂后跋》一卷、明代宫廷画家吕纪的《芦雁图》卷、周之冕的《百花图》卷等 12 件《石渠宝笈》著录拍品成为古代书画专场的"镇场之宝"。北京翰海、北京传是、北京华辰等其他拍卖公司也推出不少书画精品力作，翰海推出的日本浅野长勋家族旧藏的宋徽宗《水仙鹌鹑图》，及"庆云堂"书画夜场上拍的董邦达《山水》、华嵒《梧桐清音》、恽寿平《桃花》、叶恭绰上款的张大千《观音》和徐悲鸿赠叶浅予的《白马图》等；北京传是推出的黄琪翔、郭秀仪夫妇旧藏齐白石《鹤寿图》、李烛尘旧藏的齐白石《富贵双吉》和张大千的《清荷》等精品名作；北京华辰推出的弘一法师血书《以戒为师》。此外，油画及当代艺术市场复苏势头增强。嘉德今秋将推出的"开拓与奠基——二十世纪中国油画先驱专场"；北京永乐将推出"中国二十世纪与当代艺术精品"专场，其中包括"中国20世纪老油画"、"80年代中国写实经典"和"中国当代艺术新生代"三个板块。中国当代艺术市场领域，张晓刚、曾梵志、方力钧、岳敏君、刘野、蔡国强等艺术家佳作市场价位将进一步反弹和提升。装置、雕塑艺术市场一直活跃度不够，今秋许多拍卖公司在这一拍卖品类中作出了重要努力，如中国嘉德推出了"中国雕塑系列专场——京津雕塑"专场，作品涵盖新中国成立后的四代雕塑名家，滑田友、王临已、田世信、隋建国和展望等著名雕塑家作品云集，如滑田友在天安门广场上的人民英雄纪念碑浮雕《五四运动》组稿。

2010年北京共诞生470件1千万元到5千万元拍品和54件5千万元到1亿元的拍品；在14件超亿元的拍品中，有13件为书画作品；全年56%的书画上拍量，贡献了78.42%的书画拍卖成交额，均为史无前例。在成交价格前十位的拍品中，有8件为中国书画作品。在打开古代书画价格空间并提高了市场预期的同时，近现代书画也迭创高价。这一年，中国书画延续上年强势，引起全世界艺术品市场的关注，成为带动整个中国艺术品拍卖市场发展的重要动力。这些经典作品不仅具有较高的艺术性，而且体现了我国不同时代的文化价值和历史价值，能够代表中国文化精神。这一特点或许表现出在经济的强势带动下，中国文化的复兴势头以及大中华圈文化认同的进一步增强。瓷器进一步与书画争夺市场份额，而油画与当代艺术则在经历洗牌后价值大幅上涨。

（五）藏家结构发生巨变

2010年的股市、房产等其他投资渠道呈衰退趋势，而美元贬值导致输入型通胀，出口风险增大；另一方面，作为资本，艺术品能做到货币保值，同时由于艺术品无法按照收益权的方式评估，艺术品拍卖市场缺乏合理定价机制，这种需求就为游资提供了投机出路。个人竞拍、民间私募、机构投资等，这些新入场的游资已成为2010年拍卖市场越来越举足轻重的力量。据初步估计，新进场的收藏投资者大约是 30% ～ 40%，但是他们却创造了几乎是 70% ～ 80% 的成交量。根据《NO ART》公布的"中国最具影响力书画收藏家 TOP50"的数据，从地区特点看，新增收藏者除了来自台湾、香港，山西、江浙地带商人居多，主要来自金融、房地产、奢侈品等行业。无论是出于个人喜好而收藏，还是为了追求丰厚的利润，他们的介入都对艺术品市场的发展起到了推波助澜的作用。其投资特点是：根据房地产、股票规律，买涨不买跌，只买上升种类中的龙头作品，以短平快操作为主。

除了游资在市场中的表现之外，资金的机构化也成为现阶段艺术品市场的特征之一。具体表现在两个方面：一是机构的资金入场，主要指除政府采购之外的企业等法人机构的购买行为，其行业背景更趋广泛，如金融、房地产、制造、能源、建筑等；二是艺术投资基金的资金入场，包括私募和公募的不同类型。艺术基金作为机构投资者的面目出现，增加了艺术市场的资金量，将有可能在市场上起主导作用，利于管理。它对拍卖公司提出了很高的要求，更趋规范化管理和运作。而在严格的拍卖运作下，一旦艺术家的作品被基金所收藏，也意味着其艺术造诣被市场认可。资金的机构化在艺术品市场中的表现，首先反映在资金规模化的明显优势，而竞拍出价从数百万元到数千万乃至上亿元，已经将个人性购买行为迅速"边缘化"；其次是在操作目标和操作手段上的变化，由于机构收藏的体系化目标和投资基金以投资收益为目的的精确化选择，因此两者都聚焦于那些具有明确文化价值和社会共识的稀缺性艺术资源，从而造成"名家"尤其是"名作"的价格飙升。其风险在于：流动性极差，难以脱手。为此，艺术市场分析研究中心主任赵力提醒，介入者需要加强风险意识，不要追高，要看自己的购买能力，还要从自己的兴趣和爱好角度出发。他还指出，在选择作品上，在 2011 年可以考虑回避那些前期增长过快的作品类型，或者加强针对热门类型作品艺术价值的精确判断。①

从艺术品作为一个收藏归属的分散属性上看，机构投资者将作为过渡角色而最终将被个体的收藏人所取代，但从目前中国艺术品收藏及拍卖市场上来看，这需要经过很长一段时间。

---

① 《11 件书画作品迈过亿元大关　资本大亨成大玩家》，http://money. 163. com/10/1129/02/6MKEV1GI00253B0H. html。

（六）购藏追逐"证据"

新买家虽然拥有巨额资金，但是对自身鉴定能力和水平缺乏信心，判断作品的真赝对他们来说至关重要。于是他们把判断建立在拍品的出处来源、流传过程和名家鉴识题跋等外部"证据"之上。本年拍卖市场对清代宫廷著录《石渠宝笈》的迷信就是最典型的例子。近年屡创纪录的古代书画作品，几乎全部都有《石渠宝笈》的著录。2010年秋拍中像《平安帖》、《情韵梅花图》之类的拍品，原本应该放在古代书画专场上，这次却安排在宫廷艺术品拍卖专场中，也充分说明拍卖行对"证据"的极端强调。不少藏家专场的成交率之高，也说明买家对作品来源的重视。如中国嘉德的几个藏家专场中的4个专场，都是100%成交。而北京保利于秋拍中的拍品跨宋、元、明、清诸朝，其中很多书画作品多是《故宫已佚书画目》所载的清宫旧藏，或经近现代著名鉴赏家所藏。

二 北京艺术品市场面临的主要问题及对策

（一）市场管理不规范，拍卖市场有成为赝品的免责平台之嫌

尽管本年度北京艺术品成交额不断被刷新，正在成为全球顶尖级艺术品市场，但是大量赝品频繁出现，中国书画等拍品的保真问题也不断引起争议。有质疑者指出：《砥柱铭》全文407个字，竟有十余处差错，并且多处关键字有明显刮痕和修改痕迹，甚至认为，这件书法作品并非出自黄庭坚之手，而是明清仿品。拍出3.08亿元天价的王羲之草书《平安帖》，也有多位鉴定家称此帖实为明代摹本。另外，不少拍卖公司出品的拍品目录或是图录说明书常常存心误标、乱标，误导收藏者。还有的赝品，介于真品与假货之间，如假画真款等。如今流行一种造假方法，是请当代活着的书画名家在一些有疑问的赝品上题签，以蒙蔽收藏者。更为让人惊诧的是，现在的造假已经从过去的个体做假发展成为团体做假。从造假的原料（如纸张、笔墨）到设备、人才一应俱全，形成了规模化的一条龙服务，并且具有明显的区域性分工特色。如北京仿于非厂、齐白石等；上海仿陆俨少、程十发等；广州仿高剑父、高奇峰等，以至于人们惊呼，名家的藏品越卖越多，甚至出现某些庄家、书画家联手操纵拍卖的情况。

国内没有任何法律、条例保护藏家利益，买了赝品后，损失难以弥补。《拍卖法》第 61 条提出：拍卖人和委托人在拍卖前声明不保证拍卖标的真伪和品质的，不承担瑕疵担保责任，这就给拍卖公司拍假、假拍提供了保护伞。因此专业人士建议，拍卖行业的规范不能完全依赖法律的完善，而是应该有行业自律，通过税收透明化等手段，建立处罚机制和退出机制。本年度 7 月初颁布的《文物艺术品拍卖规程》虽然具有里程碑意义，填补了中国拍卖行业操作程序当中一个很大的空白，但是由于《拍卖法》对于文物拍卖的内容规定得非常少，而且程序拍卖也规定得不够细致，所以对于它如何在拍卖的实际操作当中更具有指导性，使其更具有可操作性，业内人士持怀疑态度。

（二）单一门类拍品持续走高，购藏路线过于经典化

中国书画成为二级交易市场的宠儿，是中国艺术品交易市场发展过程中的必然：一方面因其在世存量稀缺，另一方面社会财富日益膨胀。但同时，如果拍卖市场过分依赖单一门类拍品的持续走高，"经典化"路线使得购藏目标过于集中，价格会存在不理性等潜在风险，同时不利于二、三线艺术家艺术价值的挖掘和青年艺术家的培养。究其原因，有专家认为，这是艺术品资本在迫不得已的情况下，为了安全而去不断追捧最为靠谱的艺术品。在不能确保拍品安全的情况下，资本宁愿为这种看上去苛刻的"安全性"去付高价买单。其核心是避险：一是避市场混乱之险；二是避艺术家及其作品价值成长之险。[①] 这既是资本的无奈，又体现了资本的智慧。

（三）购藏群体过于看重经济利益，反复炒作，购而不藏，造成文物收藏的断裂

艺术资金的流入活跃了艺术品拍卖市场，但是对于不少投资者来说，追求利润是他们唯一的目的。购藏者购而不藏，拍品不断转手，做的是三五天的买卖，收藏界称其为"三五天的收藏家"。本年度的拍卖市场发生一件拍品出现于不同拍卖会的情况。每拍一次来回手续费要 20%，如果每次加价 50%，转手两次价

---

① 西沐：《聚焦"经典"是中国艺术品市场的一种避险行为》，http：//news. artron. net/show_news. php？ newid =136919&column_ id =11。

格就要翻一番。艺术品因频繁易手而实现的"炒作性增值"，并不能完全代表其本身价值；而价格增长过快，未来上升空间将会变小。另外，从瓷器杂项上看，如今的市场过于注重朝廷器、御用器，反复炒作，过于看重经济利益，形成了文物收藏的断裂。业内人士认为，收藏品最重要的还是要根据基本的收藏价值规律，合理地选择藏品，以藏养藏，保持收藏的持续性。

要缝合此断裂带，必须丰富鉴赏知识，要有长远的收藏心态。对收藏品市场价格的起伏要保持一份平常心，使藏品流传有序。

2010年北京艺术品拍卖市场的异常火暴，让人担心的是：①投机者制造的假象，会让文化资本浪潮卷起市场泡沫；②艺术品拍卖市场的火暴并非基于收藏热情，而是投资的驱动，文化观念非常不成熟；③通过拍卖行将古玩艺术品价格拍高用以洗钱，助长了投机热情，使得国家回流文物的成本大大提高。但不少业内人士对未来持乐观态度，认为现在北京乃至中国的艺术品拍卖市场距离泡沫为时尚早，中国艺术品市场经历了2005年秋季的价格调整以及2009年的市场巨变，如今更加规范化。尽管以上诸多问题助长了泡沫的出现，但最终决定价格的核心还是艺术品的真正价值。

在法规缺失、监管缺位、公信缺乏的情况下，不仅买方遭受损失，整个收藏、拍卖市场都将在投机狂潮退去之后一蹶不振，而最终将殃及国家的文化利益和文化安全。要想让艺术品收藏、拍卖市场成为一个文化传承的平台，做到良性发展，必须做到政府相关职能部门管理到位、相关法律法规完善、诚信交易、理性收藏。以资本打磨文化的同时，也要以文化来打磨资本。这样才能使艺术品的历史价值和文化价值得到充分体现，为传承中华文明作出努力。

附表1　2010年度中国过亿元拍品明细

单位：亿元

排行	作者/时代	作品名称	拍卖公司	成交额
1	黄庭坚	砥柱铭	北京保利	4.368
2	房大年与元文宗帝	万岁山图稿本	北京九歌	3.3488
3	王羲之	草书平安帖	中国嘉德	3.08
4	清乾隆	浅黄地洋彩锦上瓷器	HK苏富比	2.206
5	徐悲鸿	巴人汲水图	北京翰海	1.71
6	八大山人	岁寒三友图	北京九歌	1.68
7	南宋佚名	汉宫秋图	北京保利	1.68

续表

排行	作者/时代	作品名称	拍卖公司	成交额
8	沈周	松窗高士	北京九歌	1.52
9	王蒙	秋山萧寺图	北京保利	1.3664
10	宋徽宗	"松石间意"琴	北京保利	1.3664
11	马和之	诗经山水人物书	未来四方	1.344
12	钱维城	雁荡图	北京保利	1.2992
13	清乾隆	御制珐琅彩	HK 苏富比	1.228
14	八大山人	竹石鸳鸯	西泠印社	1.187
15	陈栝	情韵梅花图	中国嘉德	1.137
16	李可染	长征	中国嘉德	1.075
17	张大千	爱痕湖	中国嘉德	1.008

附表 2　2010 年拍卖品公司成交额排行榜

单位：亿元

排名	公司名称	成交总额	排名	公司名称	成交总额
1	北京保利	91.5	6	北京匡时	26.45
2	中国嘉德	75.5	7	北京九歌	14.5
3	HK 佳士得	46.8	8	西泠拍卖	12.12
4	HK 苏富比	43.71	9	北京传是	8.415
5	北京翰海	33.27	10	北京荣宝	6.735

B.11
"亿"时代北京电影业
发展特点及对策研究

周春霞　田丽艳*

摘　要：2010 年度，中国电影票房达到 101.72 亿元，全面进入"亿"时代，北京电影业在多条院线参与竞争下发展迅速，科技优势突显。如能合理安排档期、新建与改造影院同步进行、发挥地域优势、加强对外交流，票房仍存较大上升空间。

关键词："亿"时代　北京电影业　票房　院线

中国电影业在近几年一直保持着良好的发展态势，无论是电影生产、电影票房，还是观众人次与影院数量，都保持着较快的发展速度。2009 年下半年以来，《文化产业振兴规划》、《关于金融支持文化产业振兴和发展繁荣的指导意见》、《关于推进国有电影院线深化改革加快发展的意见》相继发布，2010 年 1 月国务院办公厅发布《关于促进电影产业繁荣发展的指导意见》。一系列政策的出台对促进电影产业的繁荣提供了政策保障。

2010 年的中国电影市场虽然有世界杯的冲击，但是仍然凭借《阿凡达》的骄人票房、国产片丰富的类型、多部精彩贺岁片、合理的档期安排、影院数量增加及服务提升，再次创下电影业的神话，前三季度创下月、周、日票房和单片、单场票房等多项市场历史纪录。据统计数据显示，截至 2010 年 9 月底，全国城市电影票房收入 75.8043 亿元，比 2009 年全年总票房还超出 13 亿元。其中，国产影片票房收入 38.3690 亿元，进口影片票房收入 37.4353 亿元，分别占

---

* 周春霞，博士，北京联合大学讲师，主要从事文化创意产业研究；田丽艳，北京联合大学讲师，主要从事艺术设计研究。

50.62%和49.38%。2010年前40周的时间里，有37周的票房在亿元以上，超2亿元的15周，超3亿元的3周。到2010年底，全国城市影院总票房达到101.72亿元，较2009年62.06亿元增长63.9%。以上数据充分表明，中国电影的"亿"时代已经来临。[①]

一 2010年电影发展概况

2010年整个中国电影市场呈现出淡季不淡，旺季更旺。1、2月份的电影市场凭借进口影片《阿凡达》及多部中国贺岁片，分别取得12.4亿元和10.5亿元的票房佳绩。而素来被认为是"平三淡四"的3、4月中国影市，由于国产贺岁片的推迟上市，以及进口批片的展映活动，分别取得了5.9亿元与6.5亿元的票房，打破了对影市淡旺季的传统认识。

暑期档的电影市场受到世界杯赛一定程度的影响，6月份5.2亿元票房收入显然不能令人满意。7月份随着《唐山大地震》的上映，影市开始火暴起来，取得了8.7亿元票房收入，仅《唐山大地震》一片在全国就取得了3.8亿元票房收入。8月份有19部中外影片上映，带来了9.4亿元可观票房收入。9月份的电影市场，因为有进口大片《盗梦空间》与张艺谋执导的主打"纯情"牌的《山楂树之恋》的上映，票房达到8.2亿元。

10月份的电影市场虽然有国庆黄金周的拉动，但是6.9亿元的票房收入显然不能令人满意。11月电影票房5.8亿元，仅高于6月份的票房收入。但是进入12月份之后，随着多部精彩贺岁影片如《让子弹飞》、《非诚勿扰2》、《赵氏孤儿》等的上映，贺岁档呈现出异常火暴的局面。到2011年1月2日，《非诚勿扰2》、《让子弹飞》、《赵氏孤儿》、《大笑江湖》的票房分别为4.07亿元、5.6亿元、1.9亿元、1.56亿元。全年票房过百亿的目标变为现实。

（一）国产片数量多，类型丰富

2010年全年故事影片产量达到526部，较2009年增幅达15%。2010年上半年的中国电影类型和题材更加多样和丰富。成熟的商业大片、创新力度加大的现

[①] 资料来源：除特别注明，本文所有数据均来自《中国电影报》。

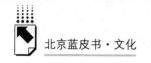

实主义影片，以及青年创作人才的大胆尝试，使得中国电影产业呈现出百花齐放、异彩纷呈的局面。

国产大片《孔子》、《叶问2》等除以精良的制作水准与优异的票房成绩展示中国电影生产的实力外，更加注重对中华文化的传承与展现、对民族精神的塑造与歌颂、对现实生活的关照与反思，越来越自觉地承担起文化责任与社会担当。《唐山大地震》运用以小见大的手法讲述了灾难之后重建精神家园的感人故事，为国产主流大片与现实主义精神相结合树立了新标杆，开辟了新道路。

主旋律影片注重贴近群众、以情动人。在主旋律影片的创作中，以《第一书记》、《村官普发兴》等为代表的一批作品，打破固有模式与创作窠臼，丰富了主流价值的表现形式，进一步拉近了影片与观众的距离。根据原安徽省凤阳县小岗村村委书记沈浩事迹改编的《第一书记》，在塑造先进模范的同时更加注重表现主人公的个人追求与内心矛盾，人物形象真实可信、栩栩如生，使影片具有独特的艺术张力与催人泪下的情感基调，成为近期主流现实题材影片中的上乘之作。

青年电影创作人制作的作品成批涌现，是创作方面的一大亮点。《东风雨》、《杜拉拉升职记》、《海洋天堂》、《80'后》、《决战刹马镇》等影片超越了以往青年电影作品的局限，主动贴近群众，努力让影片内容反映普通人的日常生活，与当代观众产生共鸣。青年导演作品集体进入城市主流院线，为电影市场注入了新鲜、强劲的活力。

（二）过亿大片排期均衡，淡旺季区别缩小

2009 年，电影档期运作出现了不均衡局面：一方面是上半年的冷热不均，各月票房差距悬殊，市场一度被进口片占领；另一方面是下半年贺岁大片云集，竞争激烈，档期紧张，传统的贺岁档票房呈现火暴局面。上半年的票房收入主要集中于 1～2 月的贺岁档与 5～6 月的进口影片票房，呈现出明显的哑铃走势，冷热不均现象明显。虽然暑期档、国庆档排片相对均衡，淡季不淡，但是进入 12 月份，又出现了多部贺岁片激烈竞争的局面。

与之不同的是，2010 年中国电影市场的淡旺季区别缩小，淡季不淡，旺季更旺，"平三淡四低九"的说法似乎正在成为过去。往年处于淡季的 3 月、4 月、9 月，2010 年的票房收入分别为 5.9 亿元、6.5 亿元、8.2 亿元。形成这种现象

的原因在于每月都有票房过亿的影片，大片与中小影片排期相对比较均衡。大片与中小片搭配上映，缩小了各月间的票房差距。2010 年各月份票房过亿的国产片分布状况见表1。

表1　2010 年票房过亿的国产片

月份	数量	影　　片
1	1	《孔子》
2	3	《锦衣卫》、《大兵小将》、《喜羊羊与灰太狼2》
3	1	《越光宝盒》
4	1	《杜拉拉升职记》
5	1	《叶问2：宗师传奇》
7	2	《枪王之王》、《唐山大地震》
9	2	《山楂树之恋》、《精武风云·陈真》
10	1	《狄仁杰之通天帝国》
12	4	《大笑江湖》、《赵氏孤儿》、《让子弹飞》、《非诚勿扰2》

资料来源：2010 年《中国电影报》每月电影票房统计。

总的来看，2010 年每月有新影片上映，且月月有票房过亿的影片在各大院线出现，打破了以往西方传统节日才是电影市场"旺季"的现象，这种情况标志着中国电影市场的稳步发展，中国电影产业化进程在逐步深化，制作、宣传、发行各环节日渐成熟。

（三）档期安排"避"与"撞"现象并存

2010 年的中国电影一直处于"避"与"撞"的状态中。年初是国内中小制作躲避国外大制作《阿凡达》，致使很多本应在贺岁档上映的影片推迟到3、4月份上映；暑期所有影片都避世界杯和《唐山大地震》，致使6月和8月影片密集上市，其中6月份就有 22 部影片集中上映，造成单片票房下降。

当所有影片都采取"避"的策略的时候，"撞"也随之成为一种不可避免的现象。大片下线之后的一段时间内，国内中小制作影片便集中上市，有人戏称中小影片密集上映现象为"群狼效应"。2010 年 3 月上映影片 20 部，其中 16 部是进口片，有人称这个月为"国际影展"，暑期档提前至6月，有 27 部影片在6、7 两个月排队上映。接下来，又有一些影片为了避开 7 月 22 日开始上映的《唐山大地震》而延后上映，又出现了25部新片拼杀8月的现象。年底的贺岁档尚未开始，市场已经硝烟弥漫，姜文导演的《让子弹飞》、冯小刚导演的《非诚勿扰2》、陈凯歌导演的《赵氏孤儿》都选择在贺岁档上映，无疑也是一场遭遇战。从2010年各影片的票房成绩来看，一味地避并不是上策。在档期安排上，还有许多文章可做，如在大片上映期间采取"差异"营销策略，在避开竞争激烈的成熟档期采取间隙营销策略，都可能取得票房佳绩。

二　2010年北京电影业发展现状与特点

北京地区共有九条院线，分别是：北京万达、中影星美、中影南方、上海联和、北京新影联、广州金逸、保利万和、时代今典、九州中原。从近年中国电影市场来看，北京电影票房一直居于国内领先地位：2009年北京地区电影票房达到8.1亿元，比2008年增加2.8亿元，增幅为52.8%，连续三年位居全国城市票房冠军；2010年上半年票房收入53790万元，仅次于广东，居全国票房第二位；到2010年11月，北京地区票房收入已达9.9亿元，比2009年全年票房高出1.8亿元。

2010年全国全年新增影院313家，新增银幕数1533块，平均每天新增4.2块银幕，城市影院银幕总数突破6200块。与全国影院增长速度相一致，北京地区的电影生产及终端影院建设始终保持着较快的发展速度。2010年北京地区影片出品量为260部左右。到2009年年底，北京已有影院84家、银幕373块、观影座位总数7.44万个。2009年北京影院放映电影60万场，人均银幕数约为4万人一块，远超上海、广州等城市，居全国首位。截至2010年11月底，北京市新增影院15家，银幕110块，影院总数达到99家，银幕总数达到483块。

北京地区电影业发展呈现如下特点。

（一）多条院线角逐共同做大市场

电影院线制实施8年以来，在多条院线参与竞争的形势下，中国电影市场一直保持着较快的发展速度。全国主流院线的票房收入从改革初期的9亿元增长到2008年的43.41亿元，2009年的62.06亿元，2010年前三季度的75.80亿元，票房收入成倍增加。在2010年上半年十大票房地区排行榜中，广东、北京、上海、江苏、四川、浙江、湖北、辽宁、河南、重庆等地区的院线多则十余条,少则五六条。多条院线在带来激烈竞争的同时,也使得市场异常活跃与繁荣。2010年上半年十大票房地区分别取得了8.17亿元、5.38亿元、4.56亿元、3.48亿元、3.40亿元、3.35亿元、2.17亿元、1.71亿元、1.59亿元、1.44亿元的骄人票房。这些票房的取得,与多条院线在这些地区的分布不无关系。

北京地区共有九条院线,其中新影联、万达、中影星美发挥着主导作用。在上半年票房收入前10名的电影院线中,万达院线以7.0622亿元登上冠军宝座,中影星美院线以6.0224亿元位于亚军,深圳中影南方新干线以4.7615亿元跻身三甲之列。其中万达、中影星美院线的总部都设在北京。北京万达作为全国最大的院线,在全国10大票房重地都建有资产联结的影院。

(二) 高科技保障票房科技优势突显

2010年公映的36部进口电影中IMAX电影多达10部,由此看出,电影市场出现一个新趋势,即高科技影院(主要是拥有IMAX的影院)成为能否取得高票房的关键。所谓IMAX,是一种能够放映比传统胶片更大和更高解像度的电影放映系统。IMAX影片的每格画面的感光面积是普通35毫米胶片每格画面的10倍、传统70毫米胶片的3倍,具有超凡清晰度与震撼力的画质,结合最先进的多声道数字环绕音响系统,将画面投射在特别设计的银幕上放映,可以创造出无与伦比的身临其境感受。全球热映的《阿凡达》、《爱丽丝梦游仙境》、《玩具总动员3》、《驯龙高手》以及《盗梦空间》的票房全都突破亿元大关,表明IMAX影片正在受到观众的青睐。

资料显示,2010年上半年票房收入前10名的电影院有:北京UME华星国际影城(5504万元)、上海和平影都(4190万元)、深圳嘉禾影城(4060万元)、重庆江北UME国际影城(3905万元)、首都华融电影院(3881万元)、北京石景山万达国际电影城(3301万元)、福州金逸影城(3239万元)、天津万达影城(3201万元)、武汉万达影城(3046万元)、上海永华电影城(3020万元)。在这里面,北京地区就有三个之多,究其原因,在于这些影院拥有的IMAX银幕吸引了相当多的观众。如北京最早拥有IMAX银幕的华星影城,自2009年6月跃居十大票房影院以来,一直保持着票房的领先地位,2010年以5504亿元的收入高居全国影院票房榜首,并向亿元影院发起冲击。拥有IMAX

银幕的北京万达石景山店从第50名迅速上升到第6名。IMAX电影的高品质、持续攀升的IMAX院线数量，成为电影票房节节高升的保障。

（三）影院建设持续升温

近几年，国内电影市场持续火暴，电影票房每年的增长幅度平均超过30%，业内人士预计，2010年全国票房达到101.72亿元，增长幅度达到63.9%，票房的持续攀升吸引着资金。另外，在电影生产方面，中国电影的数量也在逐年急剧增加，在客观上形成了对银幕数量增长的需要，电影市场需建更多的影院来满足影片的放映需要和观众的消费需要。目前北京人均银幕数约为4万人一块，居全国首位，但相比于美国平均1万人一块还有距离，影院建设仍然有很大的发展空间。

早在2005年，北京市文化局为了进一步改善市民观影环境，就出台了《北京市文化局支持新建改造多厅影院资金补助办法（试行）》，规定自2004年1月1日起至2008年12月31日以前完成新建或改造的多厅影院，都将根据影厅建设的星级标准获得每个影厅30万元到50万元的支持鼓励经费，每家影院最高奖励额度为250万元。在这一政策的刺激下，北京市的影院建设取得了长足发展。到2008年底，这项政策已投入5450万元，为星美国际影城、搜秀影城、枫花园汽车影院等34家影院兑现了影院建设、改造支持经费，并带动8.2亿元社会资本投入影院建设中来。①

随着电影市场的火暴，"终端为王"的理念已经深入人心。各院线票房的争夺最终演变成一场终端争夺战，谁占领更多影院谁就能笑到最后。截至2010年11月底，北京市新增影院15家，银幕110块，影院总数达到99家，银幕总数达到483块。②

由于《北京市文化局支持新建改造多厅影院资金补助办法（试行）》已经到期，目前北京正在酝酿出台新的相关政策。北京市广播电影电视局起草了《北京市多厅影院建设资助办法》，将根据影厅建设情况予以资金补助。此外，《北

---

① 韩云杰：《"中国城市电影市场观察系列"之一：北京城市电影市场观察》，2009年4月23日《中国电影报》。

② 中国新闻网：http://www.chinanews.com.cn/cj/2010/12-02/2696719.shtml。

京市电影产业繁荣发展促进办法》和《北京市电影作品和活动支持办法》基本制定完成。这些政策如能出台，将极大带动北京地区的影院建设。

三　北京电影业发展对策与建议

虽然中国电影业周票房进入了"亿"时代，但是纵观整个电影市场，仍然存在着一系列问题。这些问题如果不能解决，对于电影市场的进一步发展将起到很大的限制作用。北京电影业作为中国电影市场的重要组成部分，也存在一些普遍性问题，这些问题的合理有效解决将加快北京电影业的发展步伐。

（一）合理安排档期是取胜关键

虽然《阿凡达》的出现打破了有好档期就有高票房的说法，但是从全年电影市场来看，合理安排档期仍是取胜关键。2010年的电影市场，出现了两种有趣的现象：一是面对强大的竞争对手，国产小影片纷纷采取了躲避的策略；二是在躲避之外，出现了不同程度的"撞车"现象。如《狄仁杰之通天帝国》与《剑雨》在国庆档狭路相逢，作为类型相同、层次相似的两部影片，安排在同一档期上映，必然会出现"两虎相争，必有一伤"的局面。而在《唐山大地震》上映期间，两部中小制作影片《七小罗汉》、《我的美女老板》分得了一杯羹，其中《七小罗汉》以其不同的目标受众群，显示出档期安排与宣传定位方面的智慧。由此可见，要想在竞争激烈的电影市场中取得一席之地，合理安排档期仍然是取胜关键。

1. 不要迷恋贺岁档

"贺岁"观念在中国文化传统和文化心理中占据着很重要的地位，元旦、春节、正月十五这几个节日紧密相连，这里存在着一个巨大的、可供开发的文化消费市场，电影产业看到了这一潜藏的商机，纷纷推出贺岁电影，或者将影片放在贺岁档上映。这就出现了"电影贺岁化现象"：各家电影制作公司都看到了"贺岁片"巨大的利润空间和人们岁末消费的热情，纷纷制作贺岁电影，或者力争把电影上映时间挤进80天贺岁档。[①]《赵氏孤儿》、《非诚勿扰2》、《让子弹飞》

---

① 2010年2月22日《人民日报》（海外版）。

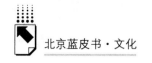
等多部名导执导的片子未到贺岁档就已经硝烟弥漫，不禁让人担心单部影片能否获得充裕的票房空间。

近年来，中国的贺岁电影越来越走向商业化道路，再严肃的历史题材都要加上明星大腕的票房效应，贺岁电影本来应该承载传扬中国传统文化、培育人民文化意识的任务，但是近年的贺岁电影却出现了"看之前很想看，看之后不耐看"的现象，反映出贺岁电影文化内涵的缺失。很多观众认为中国电影市场只有贺岁档，没有贺岁片。由此可见，贺岁档真正的繁荣不在于数量之多和扎堆播出，而在于文化内涵的丰富和深刻，在于深厚的文化内核与宣传的完美结合。如今的贺岁片一味搞笑的风格已经不被人们接受，共挤贺岁档也不是电影发展的长久道路，贺岁片如果希望赢得观众，赢得市场，还要通过高品质的制作和丰富的文化内涵。

2. 差异化营销

差异化营销指的是企业依据自己的技术和管理优势，生产出质量、性能等优于同类行业的产品，或者在服务上别具一格，或者推出独具特色的宣传活动、促销活动及优厚的售后服务，以求在消费者心中树立非同一般的良好形象。差异化营销的本质是营销创新，是一种人无我有、人有我优的营销运作策略。

从院线角度而言，随着中国电影产业市场化特点的不断明显，各大院线的不断增多，电影产业竞争日益激烈，从某种意义上说，赢得观众，就要和其他同行业院线有所差异，有了差异才能赢得市场，才能在强手如林的竞争中立于不败之地，差异化营销理论的运用就显得尤为可贵。

2010 年中国内地故事影片产量达到 526 部，每天都有新影片上映，市场留给每部影片的时间与空间并不多。在这样激烈的竞争中，所有影片都挤在成熟的档期上映，并不一定意味着会取得高票房。相同层次的电影如果形成差异化营销策略，形成各自独特的风格，所有的电影就不会集中在某个档期，形成你死我活、相互搏杀的场面。这就要求影片在发行时要充分了解同档期其他影片风格，充分挖掘自身特点，深入了解市场，了解观众，在营销中树立自身独有的风格。

（二） 新建与改造影院同步进行

近年来虽然北京影院建设呈快速增长趋势，但分布很不均衡，东部、北部影院密集，南三环外却几乎没有电影院，如中关村地区影院密布，而亦庄、八大处等聚居区却缺少影院，形成许多"空白点"，这给当地居民看电影造成很多不便。目前，已经有许多投资者看到了这一点，计划在这些空白区域投资建设影院。2010年计划新建6～7家影院。其中，将在五棵松建一家拥有16个影厅的影院，在四惠附近要建一家影院，亦庄也有新建影院的构想。新建影院对北京票房的提升将起到推动作用。

除了新建影院之外，改造老影院也是北京电影产业发展的一条重要途径。北京地区有相当多的老影院，如果能盘活这些资源，将为北京电影业的发展带来不可低估的作用。目前，红楼、大华、广安门、工人俱乐部等北京市民耳熟能详的影院，因设备老化等问题，生存很是困难。如何使老影院重新焕发活力，赢得市场，也是一个令人关注的问题。北京市广电局电影处2010年对北京地区的老影院进行调研，通过调研，摸清老影院的病脉，寻找新的出路。在这方面，领跑北京电影市场的北京新影联取得了一些成就。他们抓住电影产业市场化的契机，用一流的服务打造核心竞争力，使制片、发行、营销、票务等多元发展，先后对北京20多家影院进行改造、增厅、升级，同时通过首映式、见面会、包场等营销活动带动影院的发展，对北京电影市场的蓬勃发展起了很大的促进作用。

（三）影片类型多样化拉动市场需求

从2010年的电影市场来看，并非只有大制作、商业片才能取得高票房。投资成本不高的影片同样可以因为其类型的多样化，满足某些观众的观影需求而取得不错的票房收入。如《越光宝盒》、《杜拉拉升职记》、《山楂树之恋》在3、4、9月分别取得了过亿的票房收入，《人在囧途》、《80'后》、《决战刹马镇》等也因为定位于不同的目标受众而取得了不错的成绩。暑期档的《七小罗汉》，在其他影片纷纷避让《唐山大地震》的时候，打出中国功夫版"小鬼当家"的旗号，将目标观众定位为低龄儿童，从而杀出了《唐山大地震》的重围，取得了2310万元的票房。

各种各样的影片不仅丰富了中国电影市场，也标志着中国电影类型化的逐渐成熟。从2010年的中国电影市场看来，电影制作方已经注意到不同受众的观影喜好，进而创作出各种各样的类型影片。

（四）发挥地域优势加强对外交流

国务院办公厅《关于促进电影产业繁荣发展的指导意见》中明确提出，要

"努力增强国际影响力"，积极实施电影"走出去"战略，加快培育海外营销的市场主体，加大国产影片海外推广营销力度，拓展渠道，完善网络，探索建立国产影片海外推广营销体系，推动国产影片进入国际主流电影市场。正是在这一点上，北京占据了相当大的优势。北京拥有中国内地80％的制片机构、电影导演、演员、摄影等创作人才以及制片人才、管理人才和营销经纪人才，集中了中国内地大部分电影教育机构、科研机构和电影集团、电影博物馆等重要电影资源。在拥有如此丰富资源的前提下，如果能进一步加强和国外电影的交流，加强中外电影产业、电影机构、电影人之间的交流与合作，将会促进北京及中国电影产业提高水平、扩大影响、培育品牌，增强中国电影的整体实力和国际影响力。北京电影业正在进行"走出去"的尝试，如目前中国最大的民营电影发行商、曾投资拍摄了《伤城》、《门徒》、《投名状》、《白银帝国》、《窃听风云》、《十月围城》等影片的保利博纳，将于2010年12月9日正式在纳斯达克挂牌。在美上市之后，保利博纳会成为首家在美上市的国内影视公司。另外，北京将在2011年举办第一届北京国际电影季，到时将放映100部左右的国外新片，展现世界多元文化的魅力；还将邀请境外电影采购商、国际电影节选片人来京选购、选看中国国产影片。发挥地域优势，加强对外交流，是北京电影产业高速发展及全面国际化的一条重要途径。

B.12

北京市创意农业发展的实证研究

刘军萍　王爱玲*

摘　要：本报告从创意农业的概念出发，重点调查总结了北京创意农业的五种主要类型和七种开发模式，综合评价了发展现状和特征与作用，总结分析了北京创意农业产业发展的基本经验，并有针对性地提出了关于今后发展原则、发展重点和发展路径等方面的政策建议和措施。

关键词：创意农业　都市型现代农业　创意产业　农业节庆

文化创意产业是 20 世纪末在全球兴起的以文化开发为核心的新兴产业，正成为全球经济新的增长点。创意农业是文化创意产业与农业的交叉，是文化创意产业的重要部分，也是都市型现代农业的重要组成部分。北京市相关领导明确指出："要大力发展创意型农业，要搞好农产品的文化注入，面对高端消费群，完成农产品的工艺化过程，提高农产品的观赏性和附加值。"但无论是《北京市"十一五"时期创意产业发展规划》，还是《北京市促进文化创意产业发展的若干政策》的文件中，均没有涉及创意农业的内容，这无疑是北京创意产业发展的一个缺憾。

一　创意农业的界定

比照国内外对创意产业概念的界定，结合农业的自身特性，我们认为，创意农业就是对农业生产经营的过程、形式、工具、方法、产品进行创意和设计，从

---

* 刘军萍，副研究员，北京市农村经济研究中心调研综合处处长；王爱玲，博士，副研究员，北京市农林科学院农业综合发展研究所都市农业研究中心主任。

而创造财富和增加就业机会的活动的总称。它是指利用农村的生产、生活、生态"三生"资源，发挥创意、创新构思，研发设计出具有独特性的创意农产品或活动，以提升现代农业的价值与产值，创造出新的、优质的农产品和农村消费市场与旅游市场，以探索新型的农民增收模式，实现农业增产、农民增收、农村繁荣，构建农村创意生产方式、生活方式和生态方式。创意农业的兴起是现代农业发展的必然要求，是都市型现代农业的重要组成部分。

在浓厚文化底蕴的熏陶下，在巨大市场需求的拉动下，北京市通过科技、文化、服务和生态创意途径和艺术加工，创造出了具有文化附加值、生态附加值、科技附加值和服务附加值较高的，满足人们精神和文化需求的五种创意农业产品类型，涌现了七种典型模式。

二 北京创意农业的主要类型

（一）创意农业产品

通过包装创意、栽培创意、用途创意、亲情创意等手段，充分利用农业副产品和废弃物，改变农产品传统的食用功能和传统用途，使得普通农产品变成商品、纪念品，甚至成为艺术品，从而身价倍增，提高了附加值。已经涌现的典型创意农产品有：玻璃西瓜、麦秸画、豆塑画、蝶翅画、蛋壳工艺品、异型果、晒字果等。

（二）创意农业主题公园

通过对特定主题的整体设计，按照公园的经营思路，把农业生产场所、农产品消费场所和休闲旅游场所结合为一体，将具有相似功能的农作物、动物和农事活动集中展现，创造出特色鲜明的体验空间，使游客获得一气呵成的游览经历，兼有休闲娱乐和教育普及的双重功能。以某一种农作物文化开发为主题，建立专题公园，在京郊已有成功的范例。如丰台的花卉大观园，通州的南瓜公园，昌平的苹果主题公园，房山的磨盘柿主题公园、琉璃河秋子梨大家族主题公园，门头沟的妙峰山玫瑰园、樱桃园，大兴庞各庄的御瓜园、安定古桑园，怀柔的凤山百果园，密云的红香酥梨庄园，延庆里炮红苹果度假村等。

（三） 创意农业节庆活动

农业节庆是在农业生产活动中形成和开发出的一种体验式和消费式结合的农业创意产品，是"农业搭台、文化表演、经济唱戏"的一种创意，常常兼具吃、玩、赏、教、娱等多项功能。京郊现有的农业节庆有四类。

（1）农作物类节庆。主要为各类花卉节庆、水果节庆、蔬菜节庆、谷物节庆等，如海淀公园的京西稻收割节，昌平的苹果节，平谷的桃花节，大兴的西瓜节、梨花节，怀柔的栗花节等。这类节庆依农时而设，有强烈的季节性。

（2）动物类节庆。以某种农业动物为主题，开展农业节庆活动。如朝阳和通州的螃蟹节，密云的鱼王美食节，怀柔的虹鳟鱼美食节等。

（3）民俗文化类节庆。包括少数民族和汉族的节庆活动，传统的二十四节气演变的农业节庆和部分传统民俗节庆也属于此类，如满族传统节日"颁金节"、"添仓节"和"虫王节"等。

（4）综合活动开发类节庆。如房山、密云、朝阳的农耕文化节，大兴区的农民艺术节和顺义的农博会、平谷桃花节、昌平苹果节等。

（四） 创意融合产业

以农业为基础产业，向第二或第三产业延伸，使之具有多个产业的特征，从而提高农业的加工附加值、服务附加值、文化附加值和科技附加值。如农业与旅游业的融合（观光农业）、农业与加工业的融合（农产品加工业）、农业与医药业的融合（功能食品的开发）、农业与物流业的融合（农产品物流配送业）、农业与动漫业的融合（农业动漫）、农业与体育产业的融合（牲畜比赛）等。通过产业融合产生新的业态，创新农业产业内容，丰富了农业内涵，拓宽了农业的外延，产业融合是创意农业的最高形式。

（五） 创意农食文化

农业一直以来就是一个与饮食密切相关的产业。中国的饮食文化内容十分丰富。在北京郊区十分富有创意的饮食文化开发有：延庆县的南瓜宴、柳沟的"火盆锅豆腐宴"、怀柔的虹鳟鱼宴、大兴的西瓜宴、平谷的桃花宴、通州的田桑宴以及房山以野猪为主的药膳等，都极具中国文化特色，让游客既大饱眼福，也大快朵颐。

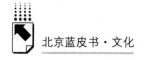

三 京郊创意农业的典型发展模式

(一)"紫海香堤"多元创意组合模式

"紫海香堤艺术庄园"位于北京密云县古北口镇汤河村,其核心区占地面积300亩,主要种植了熏衣草、紫苏、马鞭草、洋甘菊等200余种世界珍贵香草品种,是北京市规模最大、品种最全的香草种植园,是一个集养生、度假、休闲、体验、艺术创作、婚纱摄影、影视拍摄为一体的综合性都市型现代农业观光旅游区,也是集"现代都市型农业"、"情景式休闲度假"与"文化创意产业"三位一体的文化旅游模式。香草园以创意为切入点,以爱情为主题,浪漫为形式,通过对香草文化的包装和利用,极力塑造普罗旺斯式的浪漫氛围,打造"长城脚下的普罗旺斯",创造了种植、营销、功能多元组合的创意农业产业发展模式。

(二)"植物迷宫"景观农业创意模式

景观农业就是用美学价值表现来自农作物的观赏价值和农作物的特征结构,包括农作物收获的喜悦、农耕与田园、具有地方特色的乡村生活以及现代高科技农业带来的惊奇与对未来的展望,使得农业的生产性、可持续性同审美性结合起来,成为生产、生活、生态三者的有机结合体。植物迷宫是景观农业模式的一种。位于昌平区小汤山镇土沟村的四季蔬菜观光主题园——"京承碧园",利用四个温室设计了春意盎然踏青园、姹紫嫣红瓜果园、金秋十月赏菊园、寒冬保健菜园四个景观园和一个蔬菜迷宫。

(三)"波龙堡酒庄"产业融合创意模式

创意农业既是产业融合的产物,也是产业融合的表现形式。北京波龙堡葡萄酒庄、北京张裕爱斐堡国际酒庄、通州桑瑞生态园就是产业融合创意模式的代表,集一产种植(或养殖)、二产加工、三产旅游(或餐饮)为一体,通过产业融合,不断升级产品附加值空间,从而将利润放大,获得三次产业的综合收益。波龙堡酒庄位于北京市房山区八十亩地村,成立于1999年,由中法合资兴建,2009年成为中国第一个取得欧盟有机认证和美国有机认证的有机葡萄酒企业。

波龙堡葡萄酒庄借鉴了法国著名酒堡的建筑风格，采用了"四位一体"的经营模式，即在原有葡萄种植及葡萄酒酿造基础上，开发了葡萄酒主题旅游、专业葡萄酒品鉴、休闲度假三大功能，形成了一、二、三产业融合的发展模式。

（四）"平谷桃产业链条开发"创意模式

平谷区位于北京市东部山区，是桃的优势种植区域。20世纪70年代形成区域种植，80年代开始步入规模发展，90年代以后形成产业化发展格局。目前，平谷区桃种植面积稳定在22万亩，年产量2.8亿公斤。平谷区依托桃种植、桃加工、桃文化，从桃子开花到结果，从果实食用到桃树废弃物利用，贯穿了桃产业发展的整个链条，开发形成了"两节（春季北京平谷国际桃花节和秋季采摘节）、两品（文化桃和桃木艺术品）、三养生（桃花宴、桃食品、桃保健）"的系列产品，成为消费者心中不可替代的独特的"平谷鲜桃"区域农业品牌。

（五）"百里山水画廊"空间集群发展创意模式

这种模式是将多个创意农业项目集中在一起，形成创意农业项目空间集群，成为一个区或一条带。如延庆千家店的百里山水画廊、怀柔的凤山百果园区和雁栖不夜谷等，就是以沟域或交通廊道为单元，以其范围内的自然景观、文化历史遗迹和产业资源为基础，以特色农业旅游观光、民俗文化、科普教育、养生休闲、健身娱乐等为内容，通过对沟域或廊道内部的环境、景观、村庄、产业进行统一规划，建成内容多样、形式不同、产业融合、特色鲜明的具有一定规模的创意产业集群，以点带面、多点成线、产业互动。这种模式的优点是能够将小规模的创意农业项目通过集聚而放大，形成统一的品牌，增强创意农业品牌的竞争力。千家店镇是延庆生态涵养区的核心区，是首都重要的水源保护地，2008年按照"百里画廊，山水人家"的思路对黑河、白河两岸的农业生产、民俗乡村游项目统一调整、包装与建设，形成了"千亩葵海"，通过建设重要节点和农旅结合项目，建设创意独特的"山水一卷，百里画廊"，创新了沟域经济发展模式。

（六）"大兴农业"区域品牌开发模式

品牌创意也是农业创意的一种。在发展都市型现代农业过程中，各区县都十分重视农产品品牌建设，大兴西瓜、怀柔板栗、平谷大桃等农产品品牌在北京乃至全国已具有一定的知名度。以区域农业为整体进行品牌创意和包装的"大兴农业"区域品牌开发模式，集合了多种品牌创意，提升了区域农业的整体形象。这种模式的主要做法：一是创意区域农业品牌。2005年开始以区域农业为对象进行系统的品牌规划，形成了统一的"大兴农业"品牌标识。二是以品牌建设加快主导产业发展。通过将"大兴农业"品牌形象和品牌管理机制导入大兴梨、大兴西瓜和大兴甘薯、大兴桑葚产业，实现标准化生产管理和产品分级包装销售。三是以区域品牌建设培育龙头企业。大兴区将区域品牌导入龙头企业品牌管理体系，实现统一品牌下的个性化发展，提升了龙头企业的品牌，提高了产品附加值和效益。如圣泽林生态果业、乐平瓜果、大营宏光、绿康源等。

（七）"公园式农业"主题创意发展模式

作为新兴的农业旅游形态，农业公园兼具农业的内涵和园林的特征。它是按照公园的经营思路，在农业生产中融入城市公园元素，将农业生产场所、农产品消费场所和休闲旅游场所结合为一体，从而使农业具有旅游观光、科技示范、休闲购物、怡情益智等多种功能。通州的南瓜主题公园、昌平的香味葡萄园、北京特菜大观园、怀柔的城市农业公园等，都是这种模式的代表。

四　北京创意农业发展的主要特点与作用

（一）发展快速，类型多样，模式各异，分布广泛，成为北京都市型现代农业新的增长点

据不完全统计，截止到2010年，北京有创意农产品30余种，年产值1013万元；有一定规模的创意农业园113个（其中农业主题公园50多个），年接待人数达505.6万人次，收入达6.16亿元；有一定影响力的农业节庆活动60多个，实现综合收入16亿元。从种类和数量来看，农产品创意占主导地位，约占创意总数的50%；但从效益与影响来看，农业节庆创意占主导地位。据估计，全市农业节庆创意总收入约占创意农业总收入的71.9%。创意农业园以占全市观光农业采摘园9.2%的数量，接待了全市33.8%的旅游人次，实现了占全市45.3%

的收入。从分布与发展程度上看，区域不平衡，像香草园、红酒庄园、宠物公园等特色创意园在各个区县均有规模大小不一的项目。相对而言，丰台区、大兴区、通州区、怀柔区、平谷区、密云县、延庆县总体发展水平较高，类型较多，活动内容丰富。农业节庆活动项目各个区县异彩纷呈，有区县级的，有乡镇级的，也有园区自己搞的，平均每个区县有 4～6 个，基本上是依托当地的特色产业和优势产业开展的。

通过创意产业与农业的融合发展，发挥了北京科技、人才、信息、文化等软实力的优势，摆脱了硬资源约束的劣势，从而创新了农业发展模式，推动了郊区产业结构的升级，提升了都市型现代农业水平和可持续发展的潜力与能力，增强了北京农产品的市场竞争力，做到了"你无我有，你有我新，你新我优，你优我特"，彰显了农业与农村发展的经济活力与文化魅力，推进了新农村建设。

（二）融合性特征明显

创意是技术、经济和文化等相互交融的产物，创意农业的产品并非单指某一种产业，而是多学科、多知识、多技术交叉、渗透、辐射的物化形式，具有强烈的融合性，呈现出智能化、特色化、个性化、艺术化。在具体实践过程中，通过实现区域化、规模化、品牌化、文化化战略，开辟了新的都市型现代农业的建设路径，打造了一大批具有地域特色、内涵丰富、有一定品牌支撑的创意产品，初步实现了城乡的文化人才资金等要素的融合、产业推动的融合、营销理念方式的融合以及发展空间的融合。

（三）提高市民的幸福指数和农民增收致富的能力，促进城乡和谐

由于创意农业产业建设是以市场需求和资源禀赋为出发点的，做到了生产与消费的有机结合，客观上形成了满足与适应首都现代都市生活崇尚自然与时尚需求的项目建设环境，吸引了众多的投资者、生产者、经营者和消费者，从而实现共赢发展，使得市民和农民双双受益。单说农民的收益，平谷区大华山镇泉水峪胜泉康汇农产品专业合作社自 2004 年开始，利用 5 年时间，通过刻模、贴字等技术手段，已经成功开发出"生日"、"贺寿"、"喜庆"、"寿星"、"十二生肖"等晒字桃、异型桃系列产品。鲜桃图案丰富，寓意深刻，着色期只有短短的 10多天，却成了平谷桃农无限开掘文化含量的黄金期，产品深受广大消费者青睐，

取得较好的经济和社会效益。2008 年共生产"寿星老"造型桃 20 万个（折合 12 万斤），奥运福娃等贴字桃 210 万个（折合 126 万斤），经调查应用该项新技术生产的 146 万斤"生日礼品桃"，每斤销售价比普通桃提高 2 ~ 3 元，共增收 300 万元，当年被北京市政府命名为十大农产品创新之一。

（四）发展开发潜力巨大

目前京郊创意农业的产品还存在着突出的同质化现象，产业化程度不高、文化内涵不足，但北京的消费市场大，消费需求旺，消费能力强。依托北京拥有的文化、科技、人才等优势，再辅以政策支持，北京创意农业的开发空间和提升空间将更广更高。

五　北京发展创意农业的基本做法

（一）产业的高度融合化发展是创意农业建设取得成效的根本途径

创意农业是综合性产业，是以自然景观为载体，结合文化元素，运用科技实现作物品种改良，采取园艺、园林手法对农场、农庄、牧场进行创意设计，场景公园式、休闲娱乐式，将农业产业与当地自然、文化、生态、旅游资源进行创意性的配置组合。创意农业开发的关键在于构筑产业链，当创意产业的创意与产业两个部分实现了真正的有机连接，就能促进创意成果转化为产业的经营资源；当新形成的这些经营资源与传统产业相整合、渗透，并延伸拓展，进行深度开发，就能产生乘数效应，充分获取创意农业产业的效益。

（二）农业创意与市场形成互动是推动创意农业发展的驱动力

创意农业是由市场推动的，但反过来，创意农业也开拓了市场。如延庆的"百里山水画廊"、门头沟的"妙峰山玫瑰谷"、密云的"紫海香堤"，先是有创意，然后做项目，以独特的创意和景观吸引游客，开辟了新的观光市场。有了市场，这些创意农业项目又以游客的需求为导向，完善和改进创意项目，以达到吸引更多游客的目的。与市场形成互动，是创意农业发展的驱动力，也是其区别于其他农业的特点之一。

（三）文化性、体验性和差异性是创意农业项目建设的重要内容和生命力所在

继产品经济和服务经济之后，已经进入体验经济时代。如何创造性地为特定高端消费者量身打造独特而系列化的文化、体验、娱乐项目，丰富农业休闲的新产品，有效延长游客停留时间，进而刺激游客的消费欲望就成为非常重要的内容。门头沟有一个占地 15 亩的蝴蝶温室——"花露蝴蝶园"。主人邓友梅熟谙十多个蝴蝶品种的饲养繁殖之道，她把温室改造成蝴蝶访花区、食饵区、羽化区等蝴蝶观赏体验区，开发了蝶翅画制作、蝴蝶观光、科普教育、蝴蝶放飞等创意产业。现在她的蝶翅画已经小有名气，在 2007 年北京乡村旅游商品拍卖会上，一幅由一片片蝴蝶翅膀精心粘贴在一起的《红楼十二钗》拍得 1.6 万元的高价。过去不起眼或无利用价值的蝴蝶翅膀实现了由无用变有用、由普通标本到旅游商品、由商品到纪念品、从纪念品到艺术品的华丽转身，增加了蝴蝶的文化附加值和加工附加值，提高了蝴蝶园的效益。

（四）城市资源的注入是创意农业发育、发展和壮大的保障

以兴建于 2006 年的香草园为例，其建设主体是北京古北口盛阳旅游开发有限公司。该公司的投资人和经营者为广告策划人。他思想前卫，对美术、色彩学和营销宣传颇有研究，懂得创意，了解市场，把香草园经营得有声有色。香草园不是仅仅借助京承高速发展的交通系统、不是只把建筑建造完毕就可以成为"法国的普罗旺斯"，更需要众多专业人士与资源的注入，诸如首都的文化资源、资金优势、人力储备、国际化平台。充分挖掘和吸引社会文化创意领域的人、财、物投入到北京都市型现代农业建设之中，才能加速农业创意产业做大做强做优的步伐。

（五）注重创意品牌的塑造和建设，以品牌延伸价值空间

一些区县依托资源优势，改变传统观念，通过打造品牌，将优良的环境、优质的产品、优势的产业整合起来，形成消费者竞相追逐的不可替代的品牌产品。目前京郊已经拥有 200 多个"有影响、有潜力、有创新"的有一定知名度、市场占有率较高、能够覆盖当地主导产业的乡村农业品牌。这些品牌涵盖了北京都市型现代农业的各个方面，包括种养业、农产品加工业、商贸物流业、乡村旅游

业以及农村区域经济；这些品牌既有区域品牌，也有企业品牌，更多的是产品品牌，像平谷大桃、大兴西瓜等已经被列为国家具有地理标志的产品。品牌塑造与经营意识较强、成效突出的区县主要有大兴、平谷、通州、密云等。

（六）政府推动，政策促动，各方互动

这些年来，政府、协会和经营者发挥优势，共同行动，特别是 2006 年 8 月至 2007 年 9 月，在市农委的支持下，由北京观光休闲农业行业协会组织开展的"北京乡村旅游商品开发系列活动"掀开了政府支持农业创意活动发展的序幕，由此发现和引导了郊区农业创意产业的发展。市里无论是借助活动，还是在后来的产业发展资金的安排上均对获奖商品有所支持。该活动被北京市委书记刘淇称之为"开发特色农产品的休闲功能，挖掘农产品乡土特色，增加农产品附加值，是传统农业向现代都市型农业转变的重要方式和紧迫任务。把农村产业发展与文化创意产业发展结合起来，把传统商业与农村产业结合起来，是发展农村产业的有益尝试"。

六　对北京创意农业发展的对策建议

北京市正在从一个以供应为主导的经济转向以需求为主导的经济，发展创意产业将不断开拓新的消费空间，推动消费方式转变，培育出新的消费人群，从而提高消费需求，实现消费拉动经济增长。源于创意产业的创意农业，正是有效利用自然、文化、科技等资源，将传统农业发展为融生产、生活、生态为一体的现代农业的延伸。如何使创意农业真正成为首都郊区新农村建设和发展都市型现代农业的一条新途径，促进首都统筹城乡和谐发展、富裕郊区农民，针对目前创意农业发展中存在的问题，通过未来创意农业发展的 SWOT 分析，借鉴国内外创意农业发展对北京的启示，从发展原则、发展重点和发展路径上建议如下。

（一）发展原则

突出文化创意为主的原则，注重因地制宜的原则，发展融合产业的原则，保证农民增收的原则。

（二）发展重点

把握文化创意为重点途径，以农产品和农业节庆创意为主要类型，以产业融合创意发展为基本模式，以引导首都文化创意产业优势资源向农村和农业领域流动为着力点。

1. 梳理北京市特有的文化，为独特的北京农业创意寻找基础，开发北京特色农业文化

俗话说"十里不同风，百里不同俗"。每个区县、每个乡镇，甚至每个村，都有可能会有与众不同的风俗民情。另外，北京郊区还有 150 项区县级及以上的非物质文化遗产项目（截至 2007 年 5 月），这些非物质文化遗产共分十类，包括民间音乐、民间舞蹈、民间文学、传统戏剧、曲艺、游艺、传统体育与竞技、民俗、民间美术、传统手工技艺、传统医药。以民间舞蹈（37 项）、传统手工技艺（31 项）、民间文学（20 项）、民俗（19 项）为主体，占北京郊区非物质文化遗产总量的 71.33%。再者，北京是农耕文化和游牧文化交汇的地方，长期的民族文化融合，也会产生一些兼有农牧文化特点的融合文化。农业是人类生存的基础，人类依赖农业，渴望了解和感知农业，带有浓郁农业特色的创意，也一定是人们所喜爱的。北京特有的农业文化颇多，如燕山板栗文化、黄土坎鸭梨文化、红肖梨文化、京白梨文化、贡枣文化等。

2. 加大对农产品的创意开发

既包括对农产品的包装创意，也包括对农业废弃物的开发创意，更包括对农产品进行个性化和亲情等深度创意开发。像工业产品那样，创意农业产品也可以进行个性化订制。如刻上接受礼品者的名字的文化桃、文化苹果、文化西瓜，个人肖像的葫芦烙画等。通州区"葫芦张"已开发出葫芦人物肖像烙画，有十大元帅、美国总统、联合国秘书长等人物肖像烙画，市场前景很好。

3. 依托特色主导产业，深度挖掘农业节庆创意

以文化内涵挖掘为重点，提高农业节庆的文化品位，体现节庆活动的唯一性，突出农业节庆活动的参与性和互动性，最大限度地进行深度和广度开发，增加其经济性。

4. 扩大农业外延，促进多产业融合

着力开发农业与体育休闲产业的融合，努力开发农业与动漫、影视产业、网络游戏的融合，大力推进创意农业与旅游业的融合。

（三）发展路径

1. 提高认识，加强领导

发展创意农业是深入发展都市型现代农业的需要，是特色产业再开发的需要，是农民增收的需要，是扩大农业就业空间的需要，是提高北京农业竞争力的需要，是建设文化中心的需要，是北京市打造中国"创意产业之都"的需要。因此建议成立北京市创意农业发展办公室，纳入全市文化创意产业发展的大盘子之中，整合资源、聚焦资金、集成政策，出台指导意见与制定鼓励政策。

2. 编制创意农业发展规划

明确创意农业在北京的发展方向、优势区域和重点开发领域。在此基础上，尽快制订年度实施行动计划，做到有组织保障、有计划导向、有优先领域、有重点项目、有资金保证。

3. 加大财政支持，建立多元投资机制

通过设立创意农业发展专项资金，培育一批产业关联度大、带动能力强、与农民联系紧密、有较强市场竞争力的创意农业项目。同时探索建立以财政投入为导向、社会投入为主体，金融资本为依托的多元化创意农业投入机制，形成多种经济成分共同发展的创意农业产业格局。

4. 建立北京农业设计创意产业园

按照《北京市"十一五"时期文化创意产业发展规划》的总体要求，结合郊区创意农业发展的现状，以文化创意振兴农村经济，发挥产业功能集聚和重大项目带动的作用，在怀柔或密云建立1~2个北京农业设计创意产业园，为企业提供设计创新活动的公共设计技术平台，实现引领都市型创意农业发展的构想。

经认定的市级农业创意产业园环境整治、基础设施建设和公共服务平台建设等公共设施工程，市政府可在创意农业发展专项资金中安排资金予以支持。鼓励和引导区县结合各自区域功能定位和自身发展实际，建设农业创意产业基地，形成市区共建的基地建设管理体制和工作机制。

在创意农业产业园内，要重点培育三大创意农业产业基地。第一，民间工艺产业基地。扶持民间艺术家的集聚生产，构建以手工艺品博览会、拍卖会、工作室为特色的展示交易区、创作区等功能区，建成辐射全国、面向世界的综合型创意农产品的展示、交流、交易集散地。第二，研究、教育、培训产业基地。发挥驻京高等院校科研院所的资源优势，开展面向全国的教育培训。争取利用三到五年的时间建立起具有鲜明区域特色、在国内外发挥引领作用的新型教育培训基地，成为创意农业人才的高地。第三，原创农业动漫产业基地。基于现代人对于网络游戏的热衷，建成集动漫产业创作、生产、交易、运营为一体的综合性农业产业集聚区，并着力培养网络游戏、影视制作及衍生产品开发、数字广播影视、电子出版等高新文化产业。

5. 组建和培养专业创意农业开发团队和运营团队

创意农业是智力密集型产业，要大力培养农业创意开发的专业团队。从项目策划、价值分析、市场定位、设计建造、招商营运方面，为创意农业的发展提供智力支撑，建立健全创意农业建设的人才支撑体系。

6. 创新都市型现代农业工作机制与体制

从某种程度上说，发展创意农业是创新都市型现代农业运行机制与体制的催化剂。应成立或明确北京创意农业发展所需的研究、教育、咨询、培训与辅导机构，创新工作机制与体制，为创意农业营造良好的发展环境。比如组建北京创意农业发展联盟或者培育创意农业促进组织和中介机构、行业协会；加快不同产业融合发展的促进机制以及建立城乡互动互融的推进机制等。

7. 加大创意农业宣传与文化审美的引导

如建立"北京创意农业发展"网站，在电视台和京郊日报上开辟"创意农业"专栏、举办创意农业知识讲座等，激发全社会参与创意的热情。建议每两年举办一次"北京都市型现代农业国际设计周活动（或者农业创意设计大奖赛）"，借助政府、企业、学术机构等共建的沟通平台，引发专家学者进行广泛讨论、吸引公众对于创意农业、创意乡村、创意生活等的关注，共同参与探讨、共同创造与延伸设计创意的实际价值。

B.13

北京动漫产业发展状况分析

刘 瑾*

摘 要： 随着中央和北京市支持动漫产业发展的一批重要政策文件出台，北京动漫产业飞速发展。2010 年，北京市年动画产量在全国排名有小幅上升；动漫展会与论坛等交流活动有效展开；金融业大手笔扶持动漫成为产业亮点；中国动漫游戏城的建设将推动北京动漫产业的新发展。从产业整体分析，北京市与动画大省相比仍有一定差距。北京市需要加强动漫企业原创力，细化产品分级，提高营销能力和强化知识产权保护，继续完善投融资体系，开发应用新媒体平台等。

关键词： 动漫 创意产业 原创动画 动画产量

北京动漫机构数量众多，动漫软件人才云集。近些年来，各种扶持政策纷纷出台并得到有力实施，产业园区和产业基地的集聚效应显现，大型项目不断增长，原创动画发展势头良好，动漫产业的收益不断增加，动漫产业成为北京创意产业发展的一个重要增长点。

一 动漫政策扶持

新世纪以来，动漫产业的发展受到来自中央和各级政府的高度重视。各项推进产业发展、有利于产业运作的政策相继出台，为动漫产业的发展提供了良好的政策环境。随着政策体系的逐渐配套和健全，对动漫产业的方向性引导转向更详尽、更细致的操作性细则，出台了具体产业链环节奖励、金融支持等措施。尤其

* 刘瑾，北京市社会科学院文化研究所助理研究员，主要从事动漫产业与游戏产业研究。

是 2009 年之后，出台了一些重要的文件。

2009 年 9 月，国务院发布《文化产业振兴规划》，动漫产业被列入重点发展的八大文化产业之一，成为产业政策扶持的新亮点。2009 年 9 月 14 日颁发的《中央编办对文化部、广电总局、新闻出版总署〈"三定"规定〉中有关动漫、网络游戏和文化市场综合执法的部分条文的解释》中，确定文化部为动漫产业的主管部门，在动漫产业管理权限上进行了部门职责的清楚划分，避免了以往多头交叉重复管理的现象，使企业可以更高效地办理相关手续。

金融界在 2010 年对北京动漫产业的支持成为当年的业界亮点，一定程度上解决了文化创意产业融资难的问题。2010 年 3 月 19 日，中央宣传部、中国人民银行、财政部、文化部、广电总局、新闻出版总署、银监会、证监会与保监会联合下发《关于金融支持文化产业振兴和发展繁荣的指导意见》，明确鼓励各银行对动漫等文化产业发放融资租赁贷款，根据动漫等文化产业的特点开发新的信贷产品，加大有效信贷投放，完善授信模式，加强和扩大对动漫等文化产业的金融服务，鼓励保险业开发针对动漫等文化产业的保险产品和服务方式。2010 年 12 月 29 日，文化部与保监会出台《关于保险业支持文化产业发展有关工作的通知》，对 3 月份的《指导意见》进行政策细化和落实，推进保险业支持动漫等文化产业的发展。

北京市于 2009 年 10 月 14 日出台《北京市关于支持影视动画产业发展的实施办法（试行）》，对北京的动漫企业在研发制作、播出、发行、参展、衍生产品开发、产品出口等方面实施奖励和扶持政策。该《办法》第四条提出对本市立项的拥有自主知识产权的优秀原创作品给予实际投资额的 5% ~ 15% 的前期资助；第十一条的"北京电视台卡酷卫视频道播放本市立项生产的原创影视动画片 3000 分钟，且年首播影视动画片达到 3 万分钟，给予播出奖励 200 万元"的规定更是开创了奖励动画电视播出机构的先河。2010 年 3 月 10 日下发的《北京市促进软件和信息服务业发展的指导意见》，强调重点扶持新型软件业和信息服务业，重视互联网内容产业的发展。

二　原创电视动画生产情况

（一）动漫企业的认定

据统计，全国登记在册的从事动漫及相关产品与服务的企业目前有 10181

家。2009 年底，文化部公布了第一批通过认定的动漫企业。全国有 303 家国内动漫企业提出申请，其中有 100 家通过认定；北京地区有 39 家提出了申请，其中 26 家通过审核。2010 年 12 月，文化部公布了第二批通过认定的 169 家动漫企业，北京有 5 家。被认定的企业在提高自身品牌知名度上有了国家力量的保障，还可以享受 5 种税收优惠。从目前已经通过认定的动漫企业数来看，北京并没有明显优势，要超过其他几大动画大省还需要多方面努力。

在文化部 2010 年认定的 18 家重点动漫企业中，北京市属企业只有一家公司入选，湖南以 6 家企业入围而居榜首；文化部 2010 年认定的第一批 35 个重点动漫产品中，北京市只有一家公司的产品入选，由北京梦幻动画科技有限公司、北京电影学院、无锡广播电视集团、北京卡酷动画卫视等联合制作的《快乐奔跑》成为北京市唯一的重点产品。被认定的重点企业成为我国原创动画的龙头企业，其产品也成为我国原创动画作品中的核心产品，将获得来自国家的更多的产权保护、文化产业资金扶持、更优惠的税收政策、融资扶持和上市扶持等。

（二）原创电视动画产品产量

据广电总局统计数据，2009 年，全国生产原创动画片 322 部、171816 分钟；北京原创动画片 25 部，比上年的 12 部翻了一倍，占全国创作总数的 7.76%；年原创动画长度 9357 分钟，比上年增加约 27%，占全国总时长的 5.45%。北京市 2009 年的原创动画片部数和总时长都有增长，但在全国各省、直辖市原创动画片时长排名第 6，产量增幅没有超过全国的增幅水平。表 1 和表 2 反映 2009 年北京原创动画生产情况及其在全国所处的位置。

表 1　2009 年各省、直辖市（包括中央电视台及直属机构）原创动画部数排名

排名	省、直辖市	完成部数(部)	占全国总部数比例(%)
1	江苏	69	21.43
2	浙江	43	13.35
3	广东	40	12.42
4	北京	25	7.76
5	上海	19	5.90
6	湖南	18	5.59
7	福建	16	4.97
8	中央电视台及所属机构	15	4.66
9	辽宁	14	4.35

排名	省、直辖市	完成部数（部）	占全国总部数比例（%）
10	重庆	12	3.73
11	天津	10	3.11
12	黑龙江	10	3.11
13	安徽	9	2.80
14	山东	4	1.24
15	湖北	4	1.24
16	山西	4	1.24
17	河南	3	0.93
18	河北	2	0.62
19	广西	2	0.62
20	四川	1	0.31
21	内蒙古	1	0.31
22	陕西	1	0.31

注：部数相同的情况下，按照时长长短排顺序。

表2　2009年各省、直辖市（包括中央电视台及所属机构）原创动画时长排名

排名	省、直辖市	完成时长（分钟）	占全国总时长比例（%）
1	江苏	40314	23.46
2	浙江	32758	19.07
3	广东	23487	13.67
4	湖南	13063	7.60
5	辽宁	11211	6.53
6	北京	9357	5.45
7	中央电视台及所属机构	8478	4.93
8	福建	6299	3.67
9	重庆	5267	3.07
10	天津	4330	2.52
11	上海	3787	2.20
12	安徽	3736	2.17
13	黑龙江	3519	2.05
14	河南	1402	0.82
15	山东	1380	0.80
16	湖北	1373	0.80
17	山西	950	0.55
18	河北	682	0.40
19	广西	315	0.18
20	四川	60	0.03
21	内蒙古	30	0.02
22	陕西	18	0.01

（三）北京市企业生产情况

据北京市广播电影电视局数据，2009 年，北京卡酷动画卫星频道有限公司领跑整个北京市动画生产企业，年产量 4465 分钟，占全国总产量的 2.6%，在全国原创电视动画片生产机构中排名第九。这家 2006 年 10 月注册成立、由北京电视台出资建立的国企，在生产的部数、种类、时长方面都大大超过北京其他动画制作公司。全国原创电视动画片 2009 年产量排名第一的杭州漫奇妙动漫制作有限公司，年生产时长达到 12945 分钟。北京电视台从 90 年代起，就一直在国产动画制作上属于领军人物之一。2000 年以前，中央电视台、北京电视台和上海美术电影制片厂形成国产动画制作界的"三足鼎立"。2004 年开始，这种局面慢慢被打破，许多省份制作公司开始崭露头角，其制作能力逐年增强并超过老牌制作队伍。从 2005 年开始，北京市动画原创由北京电视台一枝独秀的局面被北京名生天元文化传播有限公司、北京志虹文化传播有限公司、海润影视制作有限公司的参与而打破。但是，北京并没有出现广东、浙江、湖南、江苏那样的动漫企业产量"井喷"情况，一直有亮点，但不温不火地发展。表 3 和表 4 分别说明北京的动漫企业发展状况及其在全国同类企业中的地位。

表 3　2009 年北京市动画企业原创动画片生产表

排名	企业名称	生产部数（部）	生产时长（分钟）
1	北京卡酷动画卫星频道有限公司	11	4465
2	北京科影国际影视策划有限公司	1	1300
3	北京联盟影业投资有限公司	1	1144
4	北京禹田文化艺术有限责任公司	1	572
5	北京张琦动画制作工作室有限公司	1	490
6	北京汇佳卡通影视制作有限公司	1	429
7	北京密帖厦国际影视传媒有限公司	2	388
8	北京妙音动漫艺术设计有限公司	3	352
9	北京汇佳卡通影视制作有限公司	1	143
10	北京水晶石影视动画科技有限公司	1	40
11	北京百穗文化传媒有限公司	2	34

表4 2009 年全国前十位原创动画片生产企业排名

排名	生产企业	部数（部）	时长（分钟）	占全国总时长比例（%）
1	杭州漫奇妙动漫制作有限公司	10	12945	7.53
2	央视动画有限公司	15	8478	4.93
3	无锡亿唐动画设计有限公司	8	7720	4.49
4	浙江中南集团卡通影视有限公司	10	6474	3.77
5	湖南宏梦卡通传播有限公司	9	5050	2.94
6	深圳华强数字动漫有限公司	8	5032	2.93
7	沈阳非凡创意动画制作有限公司	2	5000	2.91
8	宁波水木动画设计有限公司	6	4770	2.78
9	北京卡酷动画卫星频道有限公司	11	4465	2.60
10	湖南蓝猫卡通传媒有限公司	4	4365	2.54

（四）原创电视动画精品情况

广电总局推荐播出的 2009 年度优秀原创动画电视片中全国有 52 部，总时长 31417 分钟。其中，北京市有 3 部，在部数排名上与广东并列第十，占全国优秀原创动画的 5.77%。作品分别是北京联盟影业投资有限公司制作的《武林外传》、北京张琦动画制作工作室有限公司的《小鼠和大象的创意》和北京禹田文化艺术有限责任公司的《魔角侦探》，三部总时长为 2206 分钟，占全国优秀作品 7.02%，排名第六。由此看出，北京市仍然缺乏创作稳定、既有数量又有质量、有品牌塑造力和影响力的动漫原创企业。2010 年，广电总局推荐的前三批优秀国产动画片 51 部，时长 34391 分钟；其中，北京有 4 部，时长为 2368 分钟。

在 2009 年广电总局进行的国产原创动画作品及创作人才扶持项目评审中，北京市动画原创企业虽然有几项提名，但最终无缘最佳编剧奖、最佳导演奖、最佳动画形象奖、最佳动画歌曲奖、最佳动画短片奖、最佳动画中篇奖、最佳动画长篇奖、最佳动画企业奖、最佳动画播出机构奖等奖项。

在 2009 年广电总局评审的少儿节目精品及动画精品结果中，北京卡酷动画卫视频道获得优秀少儿频道、动画频道一等奖。北京联盟影业投资有限公司的《武林外传》获得优秀国产动画片二等奖，北京张琦动画制作工作室有限公司的《小鼠和大象的创意》获得优秀国产动画片三等奖。

表5　2009 年全国原创动画精品数量排名

排名	地　　区	动画部数（部）	部数比例（％）	时长（分钟）	时长比例（％）
1	浙　　江	9	17.31	8036	25.58
2	江　　苏	9	17.31	4828	15.37
3	中央电视台	6	11.54	4245	13.51
4	辽　　宁	4	7.69	2547	8.11
5	湖　　南	5	9.62	2250	7.16
6	北　　京	3	5.77	2206	7.02
7	广　　东	3	5.77	1525	4.85
8	上　　海	1	1.92	1320	4.20
9	福　　建	5	9.62	1062	3.38
10	天　　津	2	3.85	1028	3.27
11	河　　南	2	3.85	726	2.31
12	重　　庆	1	1.92	624	1.99
13	安　　徽	1	1.92	520	1.66
14	山　　西	1	1.92	500	1.59

（五）电视动画题材备案情况

2010 年 1～11 月备案的电视动画片中，江苏、广东、辽宁、浙江四省的备案部数依然保持全国前四名，动画大省的实力没有减弱。全国共有 570 部备案动画，总时长 571757.7 分钟。北京备案片 49 部、占全国部数 8.60％；北京总时长 41368.9 分钟，占全国总时长 7.24％；在排位上小步前移，表明北京市属动画机构整体制作能力保持稳定且有一定提升。每年的排名中，各省的生产能力通常都是正增长。在排名表中，每年都有越来越多的省份加入到全国的动画创作浪潮中，一些西部城市的加入表明它们也打造自己的动漫产业链。

表6　2010 年 1～11 月全国各地区原创动画片备案公示部数排名

排名	地　　区	部数（部）	占全国总部数比例（％）
1	江苏省	107	18.77
2	广东省	95	16.67
3	辽宁省	59	10.35
4	浙江省	58	10.18
5	北京市	49	8.60

排名	地　区	部数（部）	占全国总部数比例（％）
6	福建省	40	7.02
7	安徽省	26	4.56
8	中央电视台	22	3.86
9	黑龙江省	14	2.46
10	天津市	14	2.46
11	重庆市	13	2.28
12	上海市	12	2.11
13	河南省	11	1.93
14	山东省	8	1.40
15	湖北省	7	1.23
16	河北省	6	1.05
17	湖南省	6	1.05
18	陕西省	5	0.88
19	吉林省	4	0.70
20	广西壮族自治区	2	0.35
21	江西省	2	0.35
22	内蒙古自治区	2	0.35
23	中央直属单位	2	0.35
24	贵州省	1	0.18
25	海南省	1	0.18
26	宁夏回族自治区	1	0.18
27	山西省	1	0.18
28	四川省	1	0.18
29	云南省	1	0.18

表7　2010年1～11月全国各地区备案公示原创动画片时长排名

排名	地　区	总计时长（分钟）	占全国总时长比例（％）
1	广东省	127964	22.38
2	江苏省	110881.5	19.39
3	辽宁省	97926	17.13
4	浙江省	68311	11.95
5	北京市	41368.9	7.24
6	中央电视台	26788	4.69
7	福建省	15473	2.71
8	安徽省	13758	2.41
9	黑龙江省	11412	2.00
10	重庆市	9948	1.74
11	天津市	7330	1.28

续表

排名	地　区	总计时长（分钟）	占全国总时长比例（％）
12	河南省	6570	1.15
13	湖南省	5217.3	0.91
14	上海市	5023	0.88
15	山东省	4348	0.76
16	湖北省	3836	0.67
17	陕西省	3538	0.62
18	河北省	3373	0.59
19	内蒙古自治区	2500	0.44
20	吉林省	2106	0.37
21	江西省	1404	0.25
22	广西壮族自治区	1398	0.24
23	中央直属单位	320	0.06
24	四川省	312	0.05
25	宁夏回族自治区	234	0.04
26	贵州省	168	0.03
27	云南省	140	0.02
28	山西省	90	0.02
29	海南省	20	0.00

在2010年1～11月备案的原创动画片中，北京制作历史题材动画片较多，比如《热血三国》系列、《大明王朝》系列等。北京是一座历史文化积淀深厚的城市，北京的动画制作人对历史题材一直很偏爱。在全国生产最多的童话类型上，北京没有突出表现。

表8　2010年1～11月全国原创动画片备案公示题材分类部数表

题　材	全国总计部数（部）	北京总计部数（部）	其他地区（部）	北京占全国比例（％）
历　史	47	15	32	31.91
童　话	189	11	178	5.82
教　育	139	9	130	6.47
科　幻	68	5	63	7.35
神　话	32	2	30	6.25
现　实	36	0	36	0.00
特　殊	0	0	0	0.00
其　他	59	7	52	11.86
总　计	570	49	521	8.60

表9 2010年1～11月全国原创动画片备案公示题材时长表

题 材	全国总时长（分钟）	北京总时长（分钟）	其他地区时长（分钟）	北京占全国比例（%）
历 史	81859	10480	71379	12.80
童 话	201359	11284	190075	5.60
教 育	117855	10254	107601	8.70
科 幻	67924	3218	64706	4.74
神 话	29874	1942	27932	6.50
现 实	26880.3	0	26880.3	0.00
特 殊	0	0	0	0.00
其 他	46006.4	4190.9	41815.5	9.11
总 计	571757.7	41368.9	530388.8	7.24

（六）原创动画产品播出情况

北京地区有中央电视台各频道、北京电视台各频道和各区县广播电视台以及数字电视、付费频道，是国内拥有比较多的收视资源的地区。动画片播出数量不断增长，收视率不断提高。尤其是北京卡酷动画卫视成长迅猛，已成为行业认可的收视人口众多、落地范围广、影响力强的专业性动漫卫星频道。该企业在刚结束的2010年中国动画学会奖中获得"最具影响力动画媒体奖"，在广电总局2009年度少儿节目精品及动画精品评审中获"优秀少儿频道、动画频道"一等奖。每个动画频道平均年购买动画片超过四万分钟，每个少儿频道购买国产动画片超过三万分钟。我国目前有33家少儿频道和5家动画频道，动画播放需求量大。2009年10月12日，广电总局发出了《关于进一步加强电视动画片播出管理的通知》，要求从2010年1月1日起，国产动画片每晚17：00～21：00的黄金时段播放时间延长为17：00～22：00，进一步通过播放来拉动内需。政策上的保护性规定和各种频道的建立，保证了国产动画片的播放渠道。

随着新媒体动漫的出现与繁荣，除了电视、电影，国产动画也在开拓手机、网络等新的播映渠道。据工信部2010年1～11月数据，全国移动电话用户达85028.7万，互联网宽带用户达到12488.9万，拨号上网用户进一步减少。庞大的用户群和不断升级的硬件设备使得中国动画产品有着巨大的市场前景。

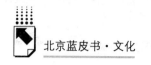

三　北京动漫展会与交流

2010 年北京动漫展会主题集中于挖掘青年动漫人才及优秀作品,论坛定位于产业高端思考、金融支持等方面,为产业人士的思想交流、作品交流起到了推动作用。

主要展会、论坛有:2010 年 1 月 17 日的"中国市场秩序网第三届动漫大赛";2010 年 6～11 月的"2010 年中国学生原创动漫作品大赛";2010 年 5～10 月的首届"北京市大学生动漫设计竞赛";动漫盛典"2010 亚洲青年动漫大赛"作品征集;2010 年 6 月 2 日的"新媒体动漫公共技术服务平台授牌仪式暨新媒体动漫产业高峰论坛";2010 年 6 月 11 日的"中关村多媒体创意产业园动漫节";2010 年 10 月 15～17 日的"2010 年动画艺术教育国际会议";2010 年 10 月 28 日的"第四届中国北京文化创意产业投融资论坛";2010 年 11 月 12 日的"第五届中国北京文博会动漫游戏产业发展国际论坛";2010 年 11 月 17 日的"数字动漫游戏创意产业交易会";2010 年 6～12 月举行的"2010 年北京青少年科普动漫嘉年华主题活动"等。

四　中国动漫游戏城的建设

中国动漫游戏城规划面积 83 公顷,选址首钢二通厂,北至吴家村、南至梅市口路、东至小屯路、西临张仪村路。该项目已于 2009 年 10 月 14 日启动,先行启动的二通铸钢清理车间厂房改扩建工程已经完成,其他工业厂房改造工作相继展开。动漫城规划入驻 300～500 家企业,内设主题公园、公共商务服务、数字化办公和酒店、流通贸易、产学研孵化、住宅及生活配套服务。目前,洽谈合作的企业有 600 多家,其中的 236 家已经先期入住石景山区,涉及注册资金 8.2 亿元。

该国家级动漫游戏产业园区落户北京,是《文化部、北京市人民政府关于推动首都文化建设的战略合作框架协议》的成果。它的建成不仅是北京动漫游戏史,更是全国动漫游戏发展史上的一个里程碑。在中央确定了文化部主管动漫网络游戏后,文化部便和相关部门在北京打造这座中国动漫游戏旗舰园区,以带动北京市的动漫游戏产业及其他文化产业的发展，提升北京的动漫产业地位，更好地展示北京的文化之都形象。动漫城规模大、功能全、扶持政策体系化，其优势是国内其他基地与园区无法企及的。动漫城既是文化部的重点项目，享受国家优惠政策，具有推荐参与国家大型活动的资格；也是北京市的重点项目，除了享受北京市文化创意产业园区的优惠政策外，还有专门配套的《北京市关于支持中国动漫游戏城发展的实施办法（试行）》和每年1亿元的专项建设发展基金。随着中国动漫游戏城项目走上正轨，北京动漫游戏产业必将迎来新的市场增长点。

五　北京动画产业发展的主要问题和对策

（一）动漫企业原创力亟须提升

近几年来，北京市属动画企业发展迅猛、产量激增，在全国的产业排名也有一定提升，北京的动漫产业处于一个高速发展期。就目前的产品来看，数量激增非常明显，但是仍然缺乏品牌明星产品。市场上并没有出现北京创造的流通力强的卡通形象和动画片。造成这种现象的原因是多方面的，创作力有待提高是其中之一。

在动画产业链中，前期的内容创作是核心，故事的创意和剧本的策划是重中之重。优秀动画产品需要大众喜闻乐见的动画形象和娴熟巧妙的剧情安排。作品的生产者除了根据设定标准进行创作，构建一个承载幽默、思考与娱乐的载体外，更需要考虑到图像叙事文本接受者的接受方式和接受规律，思考和应用流行文化的基本特征，通过文本形成生产者和接受者的互动，将生产者的感动以最好的方式传达给受众。

北京市属动画企业在动画片类型上需要重新定位。如果使用动画手段进行历史题材、教育题材创作，对于文化的传承、历史的认知固然大有益处，但是这类题材，在故事创作上因循历史或遵循生活常道，动漫产品本身的新奇度、多变性、多元新颖性不够，不具备竞争优势，会影响动漫整体形象和发展前景。

动画主体的形象设计需要简单、特点突出并具有大众流行元素。在诸多国际动画大片中，中国元素被频繁使用，说明中国风依然流行。如何用中国人自己熟

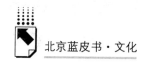

悉的东西讲出一个好的故事、打造出品牌产品和明星动漫偶像，是整个北京动漫产业需要认真思考的课题。比如美国的动漫作品《功夫熊猫》，熊猫和几位师兄弟形象及风格都偏中国化，武术的叙事也是中国观众所喜爱的方式，这部动画自然在中国有了流行的基础；影片承载的小人物实现大梦想的主题是典型的美国梦精神，欧美观众不会陌生，能悄然地打动观影者的心，自然有了在全球市场大获成功的基础。

（二）动漫产品需要分级

目前的动漫产品在消费对象和消费市场上没有细化，没有明确的各年龄段针对性消费产品，这不利于培养目标消费群体，不便于消费群体便捷找到适合自己的产品。在全年龄收视范围上，应该划分成年人和未成年人级别；未成年人里，婴儿（0～3岁）、学龄前儿童（3～6岁）、小学生（7～12岁）、初中生（13～15岁）、高中生（16～18岁）在动画消费习惯和行为上也不尽相同。如果把需要一定文化知识背景才能更好观赏的《秦时明月》呈现给4岁以前的低幼儿，他们不会有太大兴趣；取而代之提供观赏《巧虎宝宝版》，他们则会非常专注。产品的分级也有利于低幼儿童的监护人为其挑选合适产品，有利于培养开发巨大的成人动画市场。

（三）动画营销能力的加强和知识产权保护

大多数动画企业集中人力财力进行作品创作，在前期无暇顾及后期产品运营，更无从谈起对公司品牌的推广。动画片是以一分钟投入3000～5000元成本创作出来，但电视台以几百元甚至更低的价格收购、播放后就销声匿迹，被市场抛弃。因此，没有前期的品牌推广战略部署，产业链后期操作就会无法执行。北京市可以健全和完善交易平台，帮助企业进行产业链下游操作，带领更多的产品走出去。

产品被市场接受后，产权保护尤为重要。中国的盗版足以将历尽千辛万苦推出流行作品的厂商置于死地。如何维权、有力打击盗版、建立一个良好的市场氛围，需要政府和社会的支持。

（四）多元化新媒体平台的应用

电视渠道在中国目前的动漫产业链中发挥重要作用，在中央电视台播放有获得最广受众的可能。但是全国厂商一起过这一独木桥则非常困难。新媒体动漫的推广和应用是有益的新渠道，将会促进动漫的立体式消费模式发展。手机动漫和网络动漫的兴起，将会释放更多的作品与消费者见面，是未来北京动漫企业需要着力开发的领域。

（五）动漫与游戏更为有效的区隔

动漫与游戏是两个不同但又可以互通的行业领域，在中国归口文化部，文化部下设两个处对动漫和网络游戏进行针对性管理。北京市没有将两个产业进行区隔划分，在扶持、统计上常常放在一起处理。当前的市场实际是一种重游戏轻动漫的环境，不利于动漫的发展。北京市需要对产业进行细分和宏观调控，制定产业各自的发展规划，有的放矢地引导、培植和监管企业，培育骨干企业，打造北京品牌。

（六）继续完善投融资政策

动漫企业大多是中小企业，动漫产业是一个极其烧钱的产业，每分钟3000元以上的制作成本需要前期启动资金的保证。如何在项目启动初期予以投融资扶持，积极辅助动漫企业上市，都需要出台相关配套政策。

B.14
北京旅游业发展现状与
"十二五"时期展望

荆艳峰*

摘　要：本文分析北京旅游产业目前的发展环境，总结 2010 年北京旅游市场发展现状和"十一五"时期旅游业发展成就。提出"十二五"时期在旅游管理体制改革、旅游新业态培育、旅游营销模式创新和旅游公共服务体系建设等方面的发展建议。

关键词：旅游业　首都功能核心区　旅游管理　文化旅游

2010 年是"全国旅游服务质量提升年"，在《国务院关于加快发展旅游业的意见》引导下，在北京市建设"有中国特色世界城市"进程中，北京旅游产业活力进一步增强，旅游消费保持繁荣，产业结构持续优化，服务质量不断提升，在向战略性支柱产业和人民群众更加满意的现代服务业建设中稳步前行。前三季度，北京旅游总人数达 1.34 亿人次，同比增长 10.3%，旅游总收入 2106 亿元，同比增长 16.2%，双双创历史新高①，发展势头良好。

一　北京旅游产业发展环境

（一）旅游业成为世界最大的产业

从 1994 年起，国际旅游收入在世界出口收入中所占比重达 8.25%，超过石

---

*　荆艳峰，北京联合大学旅游学院副教授，博士在读。

①　王玥：《北京前三季度实现旅游总收入 2106 亿元》，http://www.yicai.com/news/2010/10/571904.html。

油出口收入的 6.5%，汽车出口收入的 5.6%，机电出口收入的 4.6%，成为全球最大的创汇产业。据世贸组织一项预测，2010 年全球旅游人数将突破 12 亿，旅游国际收入将超过 1.6 万亿美元①。旅游业进入潜力巨大的爆发性增长时期。

（二） 发展旅游业上升为国家战略

2009 年底，国务院《关于加快推进旅游业发展的意见》出台，要把旅游业培育成"国民经济的战略性支柱产业和人民群众更加满意的现代服务业"。

2010 年 7 月 28 日，国务院办公厅印发《贯彻落实国务院关于加快发展旅游业意见重点工作分工方案》。

2010 年 9 月 28 日，《北京市人民政府关于贯彻落实国务院加快发展旅游业文件的意见》中，提出"着眼世界一流，努力将旅游业培育成为首都经济的重要支柱产业和人民群众更加满意的现代服务业，实现'旅游资源多样化、服务便利化、管理精细化、市场国际化'，力争 2015 年实现'一、十、百、千、亿'的发展目标，即创建一流旅游城市，旅游产业增加值占全市 GDP 的 10% 以上，年入境旅游收入超过 100 亿美元，入境游接待量超过 1000 万人次，国内游客达到 2 亿人次"的实施意见。

（三） 北京建设有中国特色世界城市

2005 年国务院批准《北京城市总体规划（2004～2020）》，提出建设世界城市的要求。2009 年北京市委十届七次全会再次提出"要从建设世界城市的高度，审视首都的发展建设，提高科学发展的水平、规划建设的档次和服务管理的水准"。世界城市的建设是提升首都科学发展水平的重要决策。世界城市的要素应该包括跨国企业总部基地、国际金融中心、全球产业中心、全球性信息中枢、交通运输枢纽（吕斌，2008）。

北京建设世界城市已经具备良好的发展基础，这些都是发展高端都市旅游的核心资源。此外，旅游也是文化的传播载体，北京通过接待海外游客、召开国际大型会议、发展现代都市休闲产业，对外展示首都良好的人文和投资环境，对跨

---

① 张慧光：《旅游业的严冬已经过去　春天还会远吗？》，http：//www. china. com. cn/travel/txt/2009－12/18/content_ 19093898. htm。

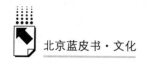

国公司和国际金融巨头形成强大的号召力，提升城市的软硬件设施，为产业聚集和现代服务业发展提供新的机遇。

（四）首都功能核心区文化建设提上日程

2010 年 11 月 4 日，《关于大力推动首都功能核心区文化发展的意见》发布。核心区文化发展着力打造一核、一线、两园、多街区，通过突出特色、加快发展，充分体现核心区的文化魅力。其中涉及的以紫禁城为核心的皇城文化区，以孔庙、国子监为中心的国学文化展示区，以天桥为中心的演艺文化区，以前门、大栅栏、琉璃厂为中心的民俗文化展示区，以安徽会馆、湖广会馆为中心的会馆文化传承区，以什刹海、南锣鼓巷为中心的四合院休闲文化区，以龙潭湖为中心的体育文化区等都与旅游业发展密切相关。

伴随北京市经济发展水平的不断提升，在利好政策因素的影响下，北京市旅游产业迎来跨越式的发展阶段。

二　北京市旅游业发展现状

（一）旅游接待人次及旅游收入持续增长

2010 年前三季度，北京接待国内游客 1.3 亿人次，比 2009 年同期增长 10%；国内旅游收入 1843 亿元，同比增长 15.5%。前三季度北京接待入境过境旅游者 366.5 万人次，比去年同期增长 22.1%。比金融危机前最好的 2007 年同期增长了 14.3%，创历史新高。旅游外汇收入 38.63 亿美元，同比增长 21.9%①。

全年预计境内外旅游总人数达到 1.76 亿人次，同比增长 5.3%；旅游总收入 2615 亿元，同比增长 7.1%。

（二）旅游节假日市场保持繁荣

2010 年元旦 3 天假期，北京旅游总人数和总收入达到 116 万人次、6.1 亿元②。

---

① 王珺：《北京前三季度实现旅游总收入 2106 亿元》，http://www.yicai.com/news/2010/10/571904.html。

② 北京旅游局信息中心：《北京旅游元旦开门红》，http://www.bjta.gov.cn/xwzx/xwyl/288589.htm。

春节黄金周期间，市旅游局举办"千人年饭大团聚、千场大戏演京城、千套客房大派送、千万网民大抽奖、百万门票大赠送、百家媒体大宣传"等系列举措，旅游总人数达 765 万人次，比上年同期增长 5.1%；旅游总收入达 29.18 亿元，比上年同期增长 11.8%。同时，旅行社组织出京游人数同比增长 25%，出境游人数同比增长 7.4%，各旅游咨询站共发放资料 171966 份。全市乡村民俗户接待游客 58 万人次，同比增长 7.4%①。

"五一"小长假，全市共接待国内旅游者 436 万人次，同比增长 17%；旅游总收入 14.2 亿元，同比增长 11.8%②。

国庆节和中秋节期间，突出"生态北京、文化北京、美食北京、购物北京"四大特色，北京推出节庆游园联欢、京郊生态旅游、美食北京、购物北京等八大系列活动，有效拉动了国庆黄金周旅游市场。据统计，黄金周 7 天，北京共接待国内旅游者 930 万人次，比上年 8 天假期增长 13.7%，日平均接待量同比增幅达到 30%；旅游总收入 60.3 亿元，同比增长 21.7%，日平均收入同比增长 39.1%③。假日经济保持了良好的发展势头。

（三）旅游业态趋于丰富

2010 年乡村旅游业态更为丰富。

首先，汽车露营地发展迅速。目前，怀柔区怀北汽车露营地和平谷区物泽天美汽车露营地均已建成并投入使用，北京房车博览中心落户房山区长阳镇，朝阳区蟹岛国际汽车露营港、房山区十渡和大石窝两个露营地以及昌平区银山汽车露营地正在加快施工，预计年底前开业。司马台（国际）房车营地项目基本完成基础设施建设工作。延庆县千家店汽车露营地、大兴三海子汽车露营地、怀柔区白河湾汽车露营地、门头沟区苇甸山水汽车露营地、康庄镇马营国际赛车露营基地、石京龙滑雪场汽车露营地、野鸭湖汽车露营地、通州潮白河房车营地、第五季农业博览园房车小镇规划已经完成或正在编制④。

---

① 北京商报：《数说北京 2010 春节黄金周》，http://finance.jrj.com.cn/2010/02/2511107011386.shtml。

② 杨汛：《五一小长假北京旅游业收入 14.2 亿元》，2010 年 5 月 4 日《北京日报》。

③ 北京市旅游局办公室：《"金秋十月·美丽北京"火暴北京国庆旅游市场》，http://www.bjta.gov.cn/xwzx/xwyl/296923.htm。

④ 《第三届中国露营旅游论坛在北京召开》，http://www.bjta.gov.cn/xwzx/xwyl/297325.htm。

其次，生态节能小屋的建设促进了京郊旅游产品升级换代，具有极大的示范作用和品牌效应。目前，已有怀柔区的怀北国际生态木屋休闲谷、渤海镇怀沙河6号休闲旅游度假区、红螺慧缘谷绿色生态节能木屋，密云县的"千畦农庄"原生态农业文化园、"紫海香堤"香草庄园，平谷区的温渡生态节能木屋，房山区的玫瑰休闲港产业园等七个项目正在开展中。

此外，会展旅游市场受到足够重视，一批生态休闲旅游度假区、北京国际啤酒节等新兴业态也在建设中。

（四）旅游区域合作日渐加深

区域合作是带动旅游产业发展的必由之路。2010年以来，北京市旅游局积极与各国和国内各省（市）旅游政府管理部门和企业加强合作交流，取得了显著成效，开展区域合作不仅带来更多的来京游客，同时也促进了出境旅游市场。

在国际合作方面，北京市旅游局先后与日本札幌、登别市、日本观光振兴恳话会、JTB集团、全日空销售公司、韩国大邱市文化体育观光局、瑞士国家旅游局、赞比亚旅游资源部、阿布扎比旅游局等开展国际交流和合作，探索区域合作新模式。

在国内，在京津旅游合作的基础上，北京与周边11座城市联手打造春节旅游市场，启动环渤海（5+3）省区市旅游合作机制，联合开展"京承旅游合作推介会"、"青海感恩首都旅游推介活动"、京吉区域旅游合作等活动，把跨区域合作扩大到周边旅游城市、全国著名旅游城市和亚太区域。

（五）重大会议和活动影响力提升

2010年，国际自盟场地自行车世界杯赛、中国北京国际商务及会奖旅游展览会（CIBTM）、北京国际旅游博览会、北京旅游饭店服务技能大赛、第二届SITE中国分会年会、第十二届北京国际旅游节、北京市导游电视大赛决赛、北京首届世界武博运动会、第十届世界旅游旅行大会、中国北方旅游交易会、第5届中国（北京）国际餐饮食品及供应商博览会等大型活动和赛事相继召开，提升了北京市的旅游目的地形象和城市的国际影响力。

（六）服务质量和管理水平不断提高

在"全国旅游服务质量提升年"的旅游发展主题下，北京不断完善公共服务体系，实施旅游集散体系规划建设，不断推进旅游语言无障碍工程，旅游咨询工作取得飞跃式发展，旅游信息化水平不断提高。

一个以"北京旅游信息网"为核心，以18个区县网站为基础，以遍布城乡的旅游咨询站为前沿，以"北京欢迎您"短信提示为先导，以"北京旅游服务热线"为配合，以700个数字北京信息亭为补充的北京旅游信息服务体系正在形成和完善。

与此同时，通过开展"新标准、新起点、新形象"优质服务竞赛和全员培训，咨询服务质量不断提升。"北京市A级旅游景区服务质量义务监督员"通过社会聘请持证上岗，加强了对服务工作的督导作用。

三 "十一五"时期北京旅游产业发展成就

（一）产业地位提升

由于旅游业在全球金融危机中表现出色，使得旅游产业地位得到从国家到地方的充分尊重和认可，并被确立为"战略性支柱产业"。旅游业发展带动了商贸、餐饮、演艺、休闲娱乐和文化创意等其他相关产业的发展，有效促进了社会就业，提高了经济效益和社会效益。

（二）发展环境优化

2008年北京奥运会的召开，有力推动了景区标志牌、无障碍设施、安全设施等基础设施建设与配套设施的建设，为游客创造了更加完美的旅游体验。对旅游服务质量建设的重视不断加强，日常市场巡视，专项整治联动，部门联合执法制度化、规范化，为旅游业的跨越式发展奠定了重要基础。

（三）市场开发有力

旅游宣传、市场开发和营销手段不断翻新，从单一宣传向立体营销模式转

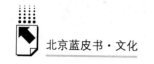

北京蓝皮书·文化

变，目的地营销出现多种形式，节庆营销、影视营销、体育营销、教育娱乐营销、整合营销、网络营销、绿色营销、高科技的导游导览系统、二维码电子票馈赠等多种新的营销手段综合使用，政府旅游主管部门的营销意识和营销水平不断提高。

（四）产业体系完善

除了传统的"食、住、行、游、购、娱"六要素外，一些新的文化和创意元素开始引入旅游产品开发和产业链条搭建。旅游业逐步向商业、休闲、餐饮、娱乐、文化、体育、国学、中医药等产业延伸，各种文化主题旅游产品不断涌现。

（五）人才培养创新

2009 年，北京市旅游应用型人才培养模式创新试验区在北京联合大学旅游学院设立，2010 年招收第一届实验班学生。试验区拟实行"三个结合"的创新人才培养模式。"三个结合"即大类培养和个性化培养相结合、校内学业导师培养和校外职业导师培养相结合、课堂学业养成和社会应用养成相结合，旨在培养未来北京旅游业跨越式发展急需的创新人才。

四 "十二五"时期北京旅游业发展建议

（一）改革旅游管理体制和机制

体制和机制创新是北京旅游业在"十二五"期间实现"跨越式"发展的原动力。"十二五"期间北京旅游业需要解决的主要体制和机制问题：一是旅游业与其他产业之间的融合机制；二是旅游主管部门与其他政府部门之间的配合机制；三是产业政策导向机制。

主要改革和创新方向体现在以下几个方面。

首先，建立北京市旅游委员会，协调相关部门联合制定旅游业发展规划、产业发展政策和意见，扶持新业态、新领域的发展，争取旅游用地优惠政策、市民旅游优惠政策，争取在北京实行过境免签政策，争取在纽约、巴黎、东京、香港等世界旅游城市设立旅游办事处，推动和引导旅游企业和旅游景点实行现代企业制度运作。

其次，旅游行业协会与旅游局管理职能分离，完成旅游行业协会与政府管理部门脱钩。旅游行业协会应具有在规范市场秩序、维护行业形象、协调各方利益、提供公共服务等方面的功能。建立旅游行业管理标准和自律机制。

再次，定期举办旅游要素交易会，促进休闲旅游服务要素和土地、资金、信息、人才、技术等资本要素的充分流动和优化配置，促进旅游业与文化创意产业、商业、娱乐业、金融业等相关产业的联动。整合旅游资源、推动投资发展、构建市场化运作模式，搭建国际化、规范化、透明化的投资服务平台，培育产业聚合力。

（二）培育发展旅游新业态

在保持大众观光旅游可持续发展的前提下，"十二五"期间，北京旅游业应鼓励产业融合，丰富高端旅游业态。整合统一平台，完善旅游产业链条。政府应通过统一媒介（如定期举办区域旅游发展论坛、专项旅游主题会议、旅游博览会等形式）将包括旅行社、交通部门、餐饮、酒店、景区景点、旅游商店、旅游车船以及休闲娱乐设施等旅游核心企业等链上要素，园林、建筑、金融、保险、通信、广告媒体、政府和协会组织等辅助产业和部门，以及泛旅游业要素充分集聚，促进相互结合和相互交易，搭建旅游产业的前向和后向关联机制，打造完整的旅游产业链，构建可持续发展的旅游要素生态圈。

首先，鼓励旅游业与文化产业融合，开发"文化深度游"产品。结合历史文化街区整体保护和逐步恢复旧城历史风貌的要求，充分利用四合院、胡同、博物馆、名人故居等独特的建筑遗存，结合中国传统的国学、国医、国粹、国艺等文化精髓，以特色文化接待为主题，加强基础设施的升级改造；应用现代科技手段和文化创意进行深度开发，打造各类主题精品酒店、主题精品餐馆、主题精品茶园、主题精品酒吧、主题精品会所、主题精品养生精舍等高端旅游接待业态，提升服务能级，鼓励管理创新和服务创新。政府搭建平台，促进旅游业与演艺文化、艺术品鉴赏、非物质文化遗产展示、工业旅游等产业相互融合，打造新的旅游产品组合，开发新的旅游目标市场，大力发展文化深度旅游。

其次，鼓励旅游业与商业融合，开发高端商务和奖励旅游产品。政府鼓励和扶持会议、奖励旅游等高端业态发展,引导星级酒店进行商务主题营销,利用商业设施和商业氛围,共享高端产品的客户,打造品牌节庆活动,鼓励国外商务人士、商务团体进行商务交流与合作,打造高端商务产品,开拓国际商务旅游。积极利用中央部委单位和北京市政府单位以及各大型企业的总部资源,通过关系营销,提供定制化的产品和服务。

再次,鼓励旅游与工业及非物质文化遗产融合,开发会奖与修学旅游产品。将传统手工业、非物质文化遗产、传统民俗等体现中华古老独特文化的元素纳入旅游产品系列,开发专项修学旅游产品和奖励旅游产品,与专业的旅游商品制作公司联手合作开发旅游纪念品,配合会议产业发展,吸引高端客户群。

(三) 探索新的营销模式

首先,探索协同营销模式。在旅游产业与会展产业发展过程中,政府与企业积极合作,进行协同营销。政府的营销功能主要是整合社会资源、推动投资发展、构建市场化运作模式,搭建国际化、规范化、透明化的投资服务平台,在旅游、会议产业发展中发挥管理、协调、扶持、服务等作用,在产业的政策引导、资源整合、产业推进等方面提供公共服务产品。企业在政府营销中扮演推动者和双赢受益者的角色。高端旅游品牌建设实施"政府部门打造区域品牌,旅游企业打造服务品牌"的协同运作方式,提高经济和社会效益。

其次,探索关系营销模式。积极利用部委单位和北京市政府单位以及各大型企业的总部资源,通过关系营销,提供定制化的产品和服务,促进会议、商务接待等团体的高端消费。推动国内外大型旅游旅行集团、行政机构、品牌节庆等落户北京,开展市场宣传促销工作。

再次,探索节庆营销模式。利用北京市发展核心区文化产业的建设契机,用市场化运作方式包装,举办具有国际影响力、中国传统文化与现代时尚相结合的大型品牌节事活动。与社区、企业、文化部门培育旅游节庆活动体系,合理分布节庆的时间性布局,减少旅游经济的季节性波动。

(四) 完善旅游公共服务体系

"十二五"时期,北京市旅游业应以政府为主导、以国际化为导向,打造"友好化、网络化、便利化、精细化"的旅游公共服务体系。

首先，注重旅游设施与环境的"友好化"建设。加强文化休闲街区、文物古迹、胡同院落和郊区道路交通的标识系统的建设，进一步深挖文化旅游和生态旅游内涵，满足主要旅游客源国游客语言需要，统一规范与景观相协调的标识牌、说明牌、解说牌，形成语言道路友好的设施建设；鼓励酒店和其他接待场所进行数字化改造，引导四合院和农家乐进行主题化经营，实现错位竞争，提升服务能级；顺应旅游市场国际化趋势，在试点基础上，建立多语种景（区）点标识系统、发放多语种旅游宣传资料、建设多语种旅游网站、配备多语种旅游咨询人员、发送多语种自助导览信息，树立语言友好的旅游服务软环境，增加国外游客旅游体验感，树立世界城市窗口形象。

其次，注重旅游公共服务的"网络化"建设。建立多语种版本的以旅游集散为功能、集"旅游咨询、信息推广、旅游购物、公共服务、游客互动"等功能为一体的一站式旅游公共服务平台，为游客提供及时、全面、细致的旅游信息指南，增加网络的 WAP 手机功能和在线咨询系统服务；将"数字旅游"作为"数字北京"建设的重要组成部分，将旅游局信息发布、资质认证、市场营销、服务品质监督等行业管理功能嵌入"数字旅游"系统的功能模块，与专业的数字公司合作，建立数字服务行业标准，推动数字景区、数字饭店、数字街区、数字购物等项目，在为旅游者提供及时、便捷、准确、全面的信息服务和建立国际化旅游目的地信息服务体系的同时，强化旅游局公共服务和质量监管功能，把全区旅游企业通过"数字旅游"网络进行统一监管和服务，提高旅游经营管理的智能化水平；推动"社区旅游网格化管理模式"的探索，尝试将旅游咨询、旅游信息宣传、旅游安全监管、社区旅游体验等功能嵌入北京市网格化管理模式，探索旅游社区化管理和发展的新模式。适应都市核心区游客国际化、构成零散化、旅游自助化的趋势，建立符合国际惯例和相关服务标准的旅游咨询服务系统，建立覆盖北京市的旅游咨询网点，形成服务网络，逐步探讨旅游咨询市场化和社会化的可持续发展途径。

再次，注重旅游公共服务的"便利化"建设。自助导览工程建设中，针对北京市历史文化遗存丰富和自助游快速增长的趋势，为了充分展示丰富的中国传统文化，提升游客的体验度，提高城市公共服务水平，利用蓝牙等技术手段，在旅游景区、文保单位、特色街区和交通枢纽等游客聚集区，建立城市旅游自助导览系统，实现文化传播、自主导览、消费引导、市场监管等多种目标；以体现老北京风情和现代都市风情为目标，在人流集中区域设置电子触摸屏，增加旅游电子地图及景区电子导游，改善旅游景点、商业街区和交通枢纽等重要游客聚集地交通微循环线路，探索城市观光巴士、旅游车的线路和停靠站规划，特色街区和文化社区规范人力车服务，建立步行游览系统，开发自行车旅游线路，提升游客到达京城各个旅游目的地的便捷性。

最后，加强旅游公共管理的"精细化"建设。制定旅游企业安全标准和应急预案，建立旅游危机预警机制和危机处理机制，提供旅游安全保障。通过制定服务标准和加强业务培训等方式引导和规范旅游企业发展，有效提高区域旅游公共服务水平。

2010年北京戏剧演出文化分析

高 音[*]

摘 要： 2010年北京戏剧演出异彩纷呈，戏剧市场运转健康，稳步繁荣。在政府对文化的大力扶持下，各大戏剧院团的生产、经营效益得到提升，戏剧生产单位强化品牌意识，戏剧节演出季应接不暇，新兴的民营小剧场用亲民的演出满足了城市文化需求；把戏剧资源转换成演出项目和演出品牌这一观念正在成为现实。

关键词： 戏剧演出　演出季　戏剧市场　戏剧节　小剧场

2010年，北京戏剧好戏连台，各大国有戏剧院团艺术生产和市场风头正健，自觉履行国有院团的使命，发挥导向性、示范性、代表性作用。北京人民艺术剧院和中国国家话剧院的品牌意识尤为突显。

一　戏剧生产强化品牌意识

有丰厚历史积淀和风格传承的北京人民艺术剧院是北京戏剧舞台和演出市场上的知名品牌。2010年新年伊始，院长张和平就摆开阵势为剧院的发展谋篇布局。授予万方、中杰英、王俭、叶广芩、过士行、刘恒、孟冰、苏叔阳、邹静之、何冀平十位作家为"北京人艺荣誉编剧"，以确立剧院同剧作家的长期合作关系。"剧之本乃院之本。剧院与剧作家的关系是水和鱼，是手心和手背。剧院失去了剧作家，无戏可唱；剧作家离开了剧院，纸上谈兵。"不同于国家话剧院导演中心制、制作人的强势格局，人艺坚持恪守对剧作家的倚重传统。"曹禺百

---

* 高音，北京市社会科学院文化研究所副研究员，主要从事当代戏剧理论与实践研究。

年诞辰纪念演出"是剧院 2010 年的重点工作。9 月 7 日至 10 月 7 日相继推出的《雷雨》、《日出》、《原野》、《北京人》打出忠诚原著向大师致敬的旗号,集结院内外的资源,用优秀剧目让观众走进剧场让明星回归舞台。由胡军与徐帆担纲的《原野》演出 13 场,票房高达 450 万元。

人艺小剧场以往对外出租,演出水平参差不齐,为维护剧院的品牌形象,2010 年年初,人艺提高门槛,严格把关进场剧目,公开宣布小剧场将不再接受"雷人的"、"恶搞的"、没有内容的剧目。在新剧不能跟上的情况下,上演《情人》、《关系》、《有一种毒药》等保留剧目。为推广小剧场演出,人艺首次联络新浪网进行《关系》网上同步直播。编剧万方认为:"《关系》是有话题性的,家庭关系、两性关系……通过直播,可以有更多的人参与进来,对剧对话题进行讨论。"① 剧院 2010 年为小剧场推出的新戏《大酒店套房》、《晚餐》、《小镇畸人》均为国外剧目移植和小说改编。"百老汇"引进剧目《大酒店套房》展现中年人情感危机;《晚餐》是希腊当代剧作家卡巴奈利斯的名剧;取材于美国小说的《小镇畸人》作为人艺的原创剧,最初以无名剧的姿态登台,其推广口号是"将命名权交给观众"。

进入 2010 年,《窝头会馆》结束了跨年演出,《鸟人》重返剧场。接下来《茶馆》"节后开张",使"淡季不淡"。然后是《骆驼祥子》和由《哈姆雷特》、《龙须沟》、《窝头会馆》组成的经典剧目演出季。走过 52 年历程的《茶馆》是人艺每年都会上演的看家大戏,张和平院长说,《茶馆》是人艺创作新老交替得以完成的象征,"我们继承的绝不仅是一个剧目,更是老艺术家对艺术的执著,我们会创作一些新剧目,但更该继承守望好老艺术家给我们留下的这份家当……"② 压轴经典剧目演出季的《窝头会馆》依然是何冰、宋丹丹、杨立新、徐帆、濮存昕组成的五星阵容。7 月复排上演的《知己》使首都剧场成为"坚守文人风骨"的现场。

与人艺既是同道战友又是同行对手的国家话剧院在 2010 年继续实施打造戏剧航母的计划。借鉴美国百老汇经营模式组建的"国话演出院线剧场联盟",利用院线内的天桥剧场、海淀剧场等 7 家剧场提供的平台。"国话之春"、"国话之

---

① 《人艺话剧网络直播》,2010 年 3 月 2 日《北京日报》。
② 《茶馆 600 场了!》,2010 年 3 月 11 日《北京晨报》。

秋"演出季，新编和复排剧目继续正剧、喜剧、先锋实验戏剧三大系列品牌路线。

1 月，国话上演了郭涛主演的孟氏先锋《堂吉诃德》。3 月，孟京辉的《琥珀》摆出刘烨、王珞丹的明星阵容。田沁鑫执导的两版《红玫瑰与白玫瑰》在北京舞台上争奇斗艳。相对于由秦海璐、辛柏青、高虎联手的大剧场明星版，新推出的小剧场时尚版注入都市 80 后新节奏，在颠覆的快感中掀起了观演互动。喜剧《都市囧人》升级版 4 月在海淀剧院继续上演。"国话小剧场"在上半年主推《向上走，向下走》与《夫妻夜话》。由 80 后创作团队制作的《向上走，向下走》因其草根人物备受关注。逆戏剧娱乐潮流而动的《这是最后的斗争》，以其尖锐的现实批判重返舞台。6 月，钢琴王子李云迪在"国话之春演出季"《肖邦》一剧中扮演"钢琴肖邦"，现场弹奏不朽的肖邦，与舞台上的"戏剧肖邦"里应外合。

"国话之秋演出季"推出的年度大戏《四世同堂》采取走出去的品牌战略，10 月底在台北首演，随后巡演深圳、上海等 10 个城市，2011 年 1 月才在北京登台演出。并入"国话之秋"演出季，主题为"华彩亚细亚"的第四届国际戏剧季在 11 月集中上演了新加坡 TOY 剧团的《咏蟹花》、韩国美丑剧团的《赤道下的麦克白》、越南青少年歌舞剧院的《玩偶之家》、日本道化座剧团的《早安，妈妈》、香港中英剧团的《相约星期二》，还有剧院的《肖邦》《霸王歌行》《恋爱的犀牛》。演出剧目 44 场，累计观众近 2 万人次。戏剧季期间，召开"亚洲戏剧人交流与合作研讨会"，参演国家艺术机构和艺术家共同探讨组建"新亚太戏剧联盟"的可行性方案。国家话剧院院长周志强总结，此演出季"在灵动的展示中实现各国间戏剧语汇的交融互动；在激情的创造中搭建起贯通各民族文化情感的桥梁"①。

媒体看好国家话剧院 2010 年面向市场、增强活力的做法，对其建立以演出季为常态演出平台、建立艺术生产制作人机制的努力予以肯定。《堂吉诃德》、《琥珀》、《红玫瑰与白玫瑰》、《空中花园谋杀案》、《简·爱》、《都市囧人》、《哥本哈根》、《霸王歌行》、《这是最后的斗争》、《恋爱的犀牛》、《两只狗的生活意见》，这些不断上演的剧目与人艺的精彩演出彼此呼应，形成了积极的竞争格局，汇成了北京戏剧舞台的主流。

---

① 《国家话剧院：从新起点上再出发》，2010 年 8 月 12 日《中国文化报》。

二 接轨市场的院团改革

2010 年 3 月 19 日，文化部长蔡武在中直院团深入推进机制改革工作会议上的讲话中明确中直院团要增强主流文化战略意识、增强精品意识、创新意识、市场意识，成为具有强大竞争力的文化市场"主力军"。中国儿童艺术剧院建立商业推广机制和公益项目策划机制，中央歌剧院建立和完善国际歌剧季，国家话剧院全面推行制作人和春秋演出季制度。国话副院长严凤琦坦言："长期以来，国有院团中存在着重创作、轻演出，重艺术、轻市场，重内部管理、轻外部营销的倾向。创作一部戏，演出几天就放起来，坐等着人家找上门。演出季制度改变了这种失衡状态，使国话的演出运营方式发生了根本性的变化。"① 有报道分析，"转企改制"不仅是把原本国家养的院团推向市场，"更深层次的变化是人心与观念，这种改变使得演出院团更加重视受众的感受和需求"。②

2010 年中国儿艺启动优秀保留剧目轮换上演制，中国儿童剧场和假日经典小剧场在每个星期同时上演两部儿童剧，用院长周予援的说法，"尝试将优秀保留剧目价值最大化"③。2010 年上半年，演出达 300 场，演出收入近 600 万元，观众近 12 万人次。儿艺还成立制作演出部，建立起从剧目制作、营销、演出的一条龙工作机制，探索儿童剧市场与公益事业的结合。近年来推出的《十二生肖》、《太阳鸟》、《西游记》舞台连续剧，与瑞典林格伦团队合作的音乐剧《皮皮·长袜子》，与童话大王郑渊洁合作的皮皮鲁鲁西西系列之《罐头小人》、《魔方大厦》、《小蝌蚪找妈妈》、《安徒生之旅》的哈欠呼噜系列；现实题材的《天蓝色的纸飞机》，日本益智趣味剧目《小吉普·变变变》、《三只小猪·变变变》深受孩子的欢迎。

歌剧是集大成的综合艺术。中央歌剧院坚持中西并举、洋为中用的方针，原创歌剧《霸王别姬》到美国巡演时被誉为一次货真价实的中国创造。歌剧季演出制度的建立，旨在"变被动生产方式为主动积极的生产方式"，打造品牌，拓

---

① 《国话向市场进发 春秋演出季搭建常态化平台》，2010 年 7 月 29 日《中国文化报》。
② 《2010 舞台艺术异彩纷呈》，2010 年 12 月 30 日《中国文化报》。
③ 《建立长效机制催生艺术精品》，2010 年 8 月 20 日《中国文化报》。

展演出市场。2010 年中央歌剧院成立艺术产业发展部，确立了以项目运作为载体的高端人才引入机制。8 月的第二届国际歌剧季，原创歌剧《热瓦普恋歌》为著名花腔女高音迪里拜尔量身定做。新疆木卡姆乐团的集体加盟，让整部歌剧新疆风格突出。作为国际合作项目，剧院从阿塞拜疆请来编导和舞台设计，重排《货郎与小姐》这部半个世纪前红遍全国的阿塞拜疆喜歌剧。

提出"民族资源、文化创意、市场效益"三合一目标的中国歌剧舞剧院，带着近年新创音乐剧《在那遥远的地方》和歌剧《青春之歌》参加了 2010 年国家艺术院团优秀剧目展演。这个近 10 年来国家艺术院团规模最大、历时最长的集中演出，其目的就是推动国家艺术院团面向市场、面向群众。在展演期间举行的推广交易会上，"9 个国家艺术院团分别与相关单位签约各类演出共 219 场，金额达到 3562 万元；共达成演出意向 379 场，金额约 4431 万元"。①

借力"转企改制"浪潮，国有院团的艺术创作与市场营销向一体化机制迈进。这一努力体现在 2010 年国有院团稳占演出市场半壁江山的局面。蔡武在文化体制改革和"十二五"文化发展规划座谈会上强调："改革的目的是重塑演艺市场主体，使国有文艺院团从行政机关的附属物变为自主经营、自我发展、自我创新、依法营运的生产经营者，成为文化市场的主体，建立起与市场接轨的体制机制。"② 2011 年国家话剧院大剧场将建成并投入运营，以此为中心，衔接北京演出院线以及重点城市演出院线，推广演出剧目，盘活剧目资源，以求演出管理、票务营销、市场开发和商业介入等项目的全面提升，逐步形成覆盖京城、辐射全国的演出运营体系。③

三 常态演出季与被培育的戏剧节

2010 年戏剧节演出季异常密集。国家大剧院歌剧节、法国戏剧荟萃、北京国际青年戏剧节、北京大学生戏剧节、中国国家话剧院"精彩亚细亚"戏剧演出季、林兆华戏剧邀请展、曹禺百年纪念戏剧展演、首届北京东城国际独角戏戏

---

① 《面向市场面向群众——2010 国家艺术院团演出推广交易会成功举办》，2010 年 8 月 24 日《中国文化报》。

② 《国有文艺院团体制改革不是"软任务"》，2011 年 1 月 10 日《中国文化报》。

③ 参见《国话确立"十二五"发展战略》，2010 年 8 月 12 日《中国文化报》。

剧节、中央歌剧院国际歌剧季、非非戏剧演出第三季、北京国际喜歌剧季……这些官方组织、主办或民间承办的演出季戏剧节此起彼伏，牵动四面八方的观众。

把北京打造成国际戏剧艺术展示的窗口，是北京作为文化中心的重要举措。北京市政府主办、北京市文化基金会承办的第八届北京国际戏剧·舞蹈演出季，14 台戏剧被赋予"精品和创新"的主题。《外套》、《如此而已》、《子了之家》、《登月》、《JUMP》让观众领略了颠覆传统的前沿戏剧的新异。孟京辉的新作《柔软》、赖声川的《宝岛一村》、林奕华的《命运建筑师之远大前程》，这些戏剧成果的集中展示，让人们在文化的自信中大饱眼福。作为北京文化创意产业基地，国家大剧院要做中国舞台艺术生产高地和世界艺术的集聚地。4 月的国家大剧院歌剧节以原创歌剧《西施》揭幕，在 70 多天的时间里汇集了 12 台剧目、47 场演出。柴可夫斯基的《叶甫盖尼·奥涅金》是来自莫斯科大剧院的豪华阵容。《卡门》、《茶花女》、《爱之甘醇》这些国家大剧院的自制经典系列，集结全球一线的国际化创作班底，将大剧院的制作水准推向了国际演艺的前沿。《卡门》吸纳了英、法、美等 6 国艺术家，为英国皇家歌剧院执导过歌剧《卡门》的弗兰切斯卡·赞贝罗担任导演；《茶花女》的指挥兼艺术指导是享誉歌剧界的洛林·马泽尔，导演是其老搭档海宁·布罗克豪斯；《爱之甘醇》由著名华裔指挥家吕嘉任指挥，整个制作班底都来自意大利。

青春和成长，现实与梦想，是青年戏剧永恒的坐标。第九届全国大学生戏剧节，主办方给予戏剧节"金刺猬"的命名，希望年轻人像一只只脚踏实地的刺猬——"用保存在内心中对美好未来的希望，去刺破现实中那一道道的藩篱。"湖南农业大学虹剧社的《寻找理想主义的花朵》、中国传媒大学形体表演工作室的《最后只好停下来》、西北大学小黑戏剧社的《人造模特》、华中科技大学蓝天剧社的《那些日子，我们一起走过》、浙江大学黑白剧社的《迷城》、北京信息职业技术学院热情话剧组的《寻找》、湖北中医药大学乐言剧社的《许三观卖血记》、郑州师范学院音乐系剧社的《原野》、天津音乐学院戏剧影视系的《利物浦的圣诞夜》、上海戏剧学院 06 创作团队的《屈原》、浙江传媒学院的《西厢错》等由 106 部报名剧目中脱颖而出的 14 部作品，显示出大学生戏剧创作的勃勃生机。

9 月，北京青年戏剧节如期而至。9 月 6～26 日，20 天时间里集中 34 部中外戏剧、3 台创意视听戏剧音乐会、12 部剧本朗读，共计 110 场演出。由北京市文联、北京市剧协、中国国家话剧院、北京团市委联合主办，北京青年戏剧工作者协会承办的北京青年戏剧节作为北京的文化名片，首次打出国际品牌，更名为北京国际青年戏剧节，最新推出的国际单元包括西班牙安格拉斯·冈萨雷斯的人偶同台《卡门》、莫斯科青年剧团的《沙滩上的船长们》、韩国竹竹剧团的《麦克白》、德国克里斯蒂安·邱普克的形体戏剧《另一边：温柔震撼睡眠》4 部作品。由台湾高雄粉剧团的《MISS TAIWAN》、台湾戏剧表演家剧团的《守岁》、香港女导演彭秀慧的《29 + 1》、香港导演陈恒辉的《卡夫卡的七个箱子》组成的港台单元也在本次戏剧节首次亮相。北京国际青年戏剧节还增"致敬大师之品特戏剧单元"，邵泽辉、裴魁山、姬沛、李建军 4 位青年导演分别用舞台阐释品特的《月光》、《回家》、《送菜升降机》和《背叛》。国内戏剧单元由两部分组成——一个是 19 名青年导演推出的 18 部舞台新作，一个是集中两届戏剧节期间出现的受到关注的青年戏剧作品。18 部舞台新作有：黄盈的音乐剧《bravo! 伟大的生活》，赵淼的悬疑肢体戏剧《鬼马电梯》，王翀的后现代拼贴《哈姆雷特机器》，康赫的《受诱惑的女人》，李凝的肢体戏剧《准备》，何雨繁、姜均的观念戏剧《真相/猫厢》，李耀林的《蟑螂》，赵小刚、张云峰的舞蹈剧场《舞在桃源》，俞露、张效的《纳豆渣》，毛尔南的独角戏《慢的艺术》，张一驰的相声剧《六里庄的艳俗生活》，胡晓庆的《璃琅村花》，崔文嶔的《戒严，或什么事情也没有发生》，阳宇峰的《魂斗罗的牺牲》，张新新的《幻想，传奇》，周龙的戏曲小剧场《还魂三叠》，萧薇的《黑幻公寓》。

"青戏节不是白领戏剧荟萃，更不是城市喜剧精粹，这些平均年龄只有二十七八岁的青年，正处于表达自我和向成熟迈进最重要的时刻，因此他们一定要养成对待戏剧美学的严肃态度。"[1] 应该说，培育良好的戏剧生态与戏剧演出市场存在的泛娱乐化倾向的对抗，是北京国际青年戏剧节的价值所在。

四　艺术价值与市场价值的张力

艺术追求与商业价值的关系是戏剧从业者无法回避的现实。黄盈在年轻观众中有相当的影响。2010 年 3 月，他的《搜神记之桃花女破法嫁周公》离开小舞台登上大剧场。年底打造的《当司马 TA 遇见韩寒》叙述清新流畅，与爆笑闹剧

---

① 《艺术总监孟京辉：越艺术越商业》，2010 年 9 月 17 日《北京青年报》。

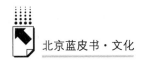

拉开距离，俨然有市场的潜力。在青戏节期间，孟京辉喊出"越艺术越商业"的口号。年底，孟氏"先锋"戏剧也植入贺岁档的理念，要与陈佩斯《雷人晚餐》、"麻花系列"分抢话剧年货市场。

孟京辉"越艺术越商业"的理念在林兆华戏剧邀请展中得以体现。2010年11月30日起在首都剧场启动的林兆华戏剧邀请展，是国内首次以个人名义举办的国际交流性质的戏剧展演活动，集中演出林兆华戏剧工作室的6个剧目《回家》、《说客》、《阅读、〈雷雨〉》、《门客》、《建筑大师》、《哈姆雷特1990》、《哈姆雷特》，旨在拓展当代戏剧表演艺术和舞台艺术的观念。远道而来的德国《哈姆雷特》撼动了熟知哈姆雷特的观众。

"民营剧场呈爆发式增长"登上了2010年《新京报》的标题档。位于东城的"聚敞艺术中心"、西城的"繁星戏剧村"、崇文的"麻雀瓦舍文艺汇演中心"在2009年底先后开张。"戏逍堂"得到枫蓝小剧场的长期经营权，年初"雷子乐笑工厂"也有了雷剧场。7月又有大隐剧院和东联艺术工社两家剧场试营业。北京剧协副主席杨乾武认为东方先锋剧场被国家话剧院收回、不再对外经营，有利于北京民营小剧场的发展。

民营剧场和民间的商业小剧场逐渐成为2010年戏剧演出不可忽视的力量。《江湖学院》、《白日梦》、《索马里海盗》组成的开心麻花系列，翠花系列，办公室有鬼系列，《隐婚男女》、《蚁族的幸福生活》、《请你对我说个谎》、《豪猪式恋爱》，这些商业小剧场善于把热点话题、网络语言和喜剧模式结合起来，用亲民的演出满足了城市小资的情感需要。一味地迎合，也会让这些剧场面临重复表达的尴尬。以《寻梦》、《打神告庙》、《徐策跑城》、《禅悟》、《痴梦》、《浮士德与魔鬼》、《一个人的莎士比亚》、《麦克白》、《揪心》、《地铁中的俄尔普斯》、《旅程在鸣响》等共16台中外独角戏构成的北京东城国际独角戏戏剧节，是首次由民营剧场承办的戏剧节。

非非戏剧演出值得推广。3月的"非非戏剧演出第三季"包括16个非职业戏剧团队的16个剧目。这些剧目关注青年群体的生存生活；反映底层劳动者的诉求；借用文学资源，不局限传统戏剧观念。"非非"不仅是奉行"非职业、非商业"的戏剧演出公益平台，而且和大戏节、青戏节一样能够促进北京民间戏剧生态的良性循环。

学院派的戏剧实验2010年也有不俗表现。第三届北京法国戏剧荟萃集中展示了法国灯笼剧团的《永远是你的玛丽露》，宁春剧社的《唐璜》、《青蛙》，比佐的哑剧《沙滩上的马戏团——30 年无声岁月之二》，法国诺叶尔剧团的现代装置剧《迷宫》等 7 部作品。其中过士行的《青蛙》吸纳了荒诞派戏剧理念，被日本媒体称之为中国的《等待戈多》。尽管剧中理发者、理发师、女人和远行者之间的话题触及恐怖威胁、生态失衡、全球变暖、女权主义和生育问题，但清冷离奇的舞台、晦涩的表达，使之与眼下热衷观演互动的观众失之交臂。6 月，由中国艺术研究院艺术硕士毕业生演出的《罗生门》，李建军、陈明昊的《斯德哥尔摩冒险家》获得好评。10 月底，以中戏沈林教授为核心的夜猫子工作室推出的《北京好人》，在当代艺术与民族气派上寻求契合点。工作室强调，当下艺术创作与舞台演出是在中与西、新与旧之间做一个平衡与组合，中而新是他们的选择。这个选择不是翻弄旧货，而是推陈出新。《北京好人》题材源自布莱希特的《四川好人》，该剧的情节只是一种借喻，反映本土问题，又不局限于本土问题。这使作品不是简单地漂洋过海，而有投胎转世的效应。戏剧评论家林克欢认为：“《北京好人》的可贵之处，也不仅仅在于它对一街（城）分南北——街北蚁族挑灯加班加点，街南豪门宴饮歌舞翩翩——的义愤与嘲讽，更在于它或多或少地触及人性善恶滑动的社会根源与制度性原因。”①

五　结语

北京戏剧演出市场正在逐步向多种所有制共同发展的格局迈进，把戏剧资源转换成演出项目和演出品牌这一观念正在成为现实。

2010 年文化部加大对民营剧团的扶持，6 月在北京启动了首届全国民营艺术院团优秀剧目展演，民营院团被定义为我国社会主义文化事业的重要组成部分，是我国舞台艺术发展的重要力量。据统计，北京从事营业性文艺表演的团体共计202 家，其中国有 59 家，占北京演出团体总数的 29.2%；民营等 143 家。民营市场的份额是显而易见的，如何在解决生存问题、保证艺术趣味多元化的前提下提升其演出品质，是一项长期的工作。

市场联系着观众的需求，长期在国家庇护下与市场保持距离的院团只有身处

---

① 《善恶滑动超乎人性》，2010 年 11 月 8 日《北京日报》。

转企改制的今天才有切身感受。戏剧创作不是一个短期行为，经典当然有其生命力，不是不能反复上演、精益求精，但是对新戏剧的渴望更是一种本能。国话《这是最后的斗争》在展演中所受到的欢迎正好说明：如何让戏剧创作真正贴近时代，是剧院面临的最严峻的现实问题。2011年，国家话剧院以"新现实主义"作为创作理念贯穿全年演出规划，正是这种认识下的调整。

自我表达重于社会关怀是青年可能存在的问题，也是青年戏剧节目前存在的问题。始于2008年的青戏节扶持戏剧新锐，培养年轻观众，在戏剧市场培育和生态建设上的功劳有目共睹。但以青年导演为单位的作品推介方式忽视文本和编剧的存在有它的弊端，导演出身的艺术总监显然意识到了这一点，孟京辉在对媒体的谈话中强调了2011年青戏节重心将向编剧偏移的想法。2010年青戏节先期启动的剧本创意工作坊是个不错的苗头，但愿借助青戏节这个平台，青年编剧和导演能成为改变北京戏剧甚至中国戏剧格局的力量。

军旅戏剧长期局限于封闭的空间与社会很少来往。2010年3月，总政话剧团走出营房，在国家大剧院演了4场《毛泽东在西柏坡的畅想》。如何利用军旅戏剧资源，建立军旅戏剧面向社会的演出机制是一个值得探讨的课题。

"多元文化语境下的歌剧联合制作"是北京世界著名歌剧院院长论坛的主题。如何在歌剧艺术与中国语境间寻找中国歌剧发展的位置与空间，是中央歌剧院、中央歌剧舞剧院和国家大剧院歌剧都需要面对的问题。歌剧的制作和演出季的推进，既要与国际接轨，也要突显中国特色民族特色。借用俞峰的说法，"要把中国的历史、文化通过歌剧这种国际普遍接受的艺术形式表现出来，同时融入符合现代人审美特点的表演和表现形式"。[①] 歌剧民族化的道路以什么兼收并蓄的形式延续下去，无论是《青春之歌》还是《霸王别姬》，为民族歌剧的生存和发展提供了一种思路，也提出了还需解决的难题。

剧场是社会意识的微观体现，这是基本达成的共识。针对剧场的特点，戏剧节演出季的设计需要考虑如下的问题：什么样的主题适应我们这个时代？什么样的主题让社会对戏剧有需求，让舞台与现实结合得更紧密？来北京参加文化交流的世界著名艺术节总监说过一句话：只有节目内容同当地环境之间有了互动的关系，这个艺术节才算得上成功。

---

① 《中央歌剧院：民族歌剧要占三分之一》，2010年8月1日《中国文化报》。

B.16
北京发展创意农业的现状及对策建议

钱　静*

摘　要: "十一五"以来,北京创意农业发展迅速,其主要特点是高科技支撑、产业高度融合、文化内涵丰富。存在的主要问题是基础建设薄弱、生态环境脆弱、产品项目雷同、技术资金短缺。为了进一步发展创意农业,必须强化生态基础建设,加大市场运作力度,完善技术服务体系和政策支持体系,积极推进产业融合。

关键词: 世界城市　创意农业　都市生态　宜居城市

一　北京建设世界城市视野中的创意农业

按照国家实现代化建设战略目标的总体部署,到 2050 年左右,北京要建设成为经济、社会、生态全面协调可持续发展的城市,进入世界城市行列。在创意农业方面,北京有着良好的条件和机遇,但与国际发达城市相比,差距还相当明显。

(一) 创意农业是农业文明的高度展示

建设世界城市,众多学者提出了许多经济和政治指标,但欠缺的是生态指标。而农业资源和文化资源正是一个世界城市生态文明的承载者。所以,农业文化和农业文明就成为不可或缺的要素之一,甚至是关键性要素。纽约、伦敦、巴黎、东京等城市的发展实践及成效表明,创意农业不只是一种经济活动,也是一种高度的农业文明展示。创意农业的发展目标,就是赋予农业丰富的文化内涵与

---
* 钱静,北京农业职业学院经济学教授。

创意，使消费者在消费农产品的同时，从中体验、享受现代农业文化的美妙与快乐。

（二） 创意农业重要是提供文化产品

农业是国计民生的基础，是生态产品的供给者；农村是现代农业文化和农业文明的承载者；农民是低碳生活创造者。和日益繁荣的巨型城市相比，城市的比较优势是经济和政治优势，而农村的比较优势是丰富的生态资源和提供的生态产品，是人类可持续发展的基础，是巨型城市日益短缺的资源，二者正好相互补充、相得益彰。并且，随着人类工业和科技的发展，越是原生态的自然资源和生态产品的价值愈益升值，创意农业所提供的不仅是物质产品，更为重要的是文化产品。

（三） 创意农业是艺术含量较高的新业态

创意农业将文化创意产业与传统农业有效对接，以市场为导向，利用科技、文化、社会、人文的创造力，围绕农村的生产、生活、生态资源，对农业生产、加工、运输、销售、服务等产业及对农业的休闲、观光、度假、体验、娱乐等功能进行创新，使农业各环节联结为完整的产业链条，形成彼此良性互动的产业价值体系，同时形成创意农产品、农业文化、农业活动和农业景观，不断满足城市居民日益增长的消费需求，从而转变农业发展方式、提高农业综合效益、增加农民就业机会、促进农民增收等活动的总称。它是一种新型的农业生产、经营和生活方式，是一种文化艺术含量高、附加值高的农业新业态。与传统农业相比，创意农业既是艺术创新与生产实践的融合，又是科技知识与营销手段的叠加；既是传统文化与现代文化的渗透，又是农耕文明与都市文明的交融。

（四） 创意农业是都市农业、生态旅游和文化创意产业的有机融合

都市农业、生态旅游和文化创意产业融合系统是创意农业的高级模式。在这个系统中，自然资源、生态资源、文化资源三者融为一体，能够综合开发和利用当地资源，改变单一开发和利用的离散结构，使其结构得以优化，使其价值得以升值；都市农业、生态旅游和文化创意产业的相互融合，形成互为一体的立体产

业体系，从根本上脱离了农业或旅游业的单维性，结构不断丰富、功能不断拓展，以满足都市居民的生活、休闲、审美之众多需求。

都市农业、生态旅游和文化创意产业相互融合的本质是三者具有质的同一性。其一是三者都以生态资源为基础；其二是三者提供的都是生态产品和绿色产品；其三是三者都符合可持续发展理念的客观要求；其四是只要三者有机融合，就能使之升华为美的天然艺术作品，进而为大都市居民提供一种能够满足现代人个性需求和高级需求的复合产品。这种产品是农产品、生态产品和旅游憩息产品等构成的复合产品，是有机食品、旅游产品、观赏产品、体验产品、文化产品等多功能的复合，是物质产品和精神产品、自然产品和社会文化产品的复合。

二 北京创意农业的发展现状和特点

与传统农业相比，创意农业既是艺术创新与生产实践的融合，又是科技知识与营销手段的叠加；既是传统文化与现代文化的渗透，又是农耕文明与都市文明的交融。以创意农业的形式来展示都市型现代农业的发展，不仅可以带动郊区特色产业的形成，开拓新的农业休闲旅游项目，还可以让消费者更深层了解农业的人文、科技内涵，体会到农业与我们生活的密切联结，进而关心珍惜首都郊区的现代农业以及生态环境，提高消费者购买乡村旅游商品、创意农产品的意愿，带动创意农产品的消费，并使消费者除了在购物上有新体验外，还可追求深度的文化经验和享受，通过开展创意设计的新生活体验，展现文化设计与地方特色结合的体验经济，诱发更多的农业创意设计灵感和行动，进而带动农业结构和农业技术的升级，增加农民收入，扩展就业机会，开拓出适应个性化市场需求的、更加多元化的现代农业发展空间。

"十一五"期间，北京都市型现代农业发展十分迅速。2009 年，北京农林牧副渔总产值为 314.95 亿元，为 2008 年 303.90 亿元的 103.6%。以创意农业为核心的观光农业和民俗旅游发展较快，其经营总收入分别增长 12.2% 和 15.1%（见表 1 和表 2）。①

---

① 资料来源：《北京市统计年鉴 2010》。

表1　2009 年北京农业观光园

项　　目	2009 年	2008 年	2009 年为 2008 年的比重(%)
农业观光园个数(个)	1294	1332	97.1
生产高峰期从业人员(人)	49504	49366	100.3
接待人次(人次)	15974427	14982287	106.6
经营总收入(万元)	152434.3	135807.8	112.2

表2　2009 年北京民俗旅游发展现状

项　　目	2009 年	2008 年	2009 年为 2008 年的比重(%)
从事民俗旅游接待的户数(户)	8705	9151	95.1
从事民俗旅游接待的人数(人)	19790	19421	101.9
本年民俗旅游接待人次(人次)	13931183	12056136	115.6
本年民俗旅游总收入(万元)	60895.4	52914.4	115.1

注：民俗旅游接待户数为实际经营的户数。

　　2010 年，北京郊区以创意农业为核心、以民俗旅游为亮点的第三产业得到进一步发展。前三季度全市观光农业园接待游客 1150.5 万人次，同比增长 13.5%，实现收入 10.6 亿元，同比增长 18.4%；民俗旅游接待游客 1141.7 万人次，同比增长 14.9%，实现收入 5.4 亿元，增长 21.8%。观光农业园和民俗旅游相关从业人员收入水平快速增长，人均分别达到 20840 元和 9907 元，分别增长 17.2% 和 23.3%。密云县仅中秋小长假就接待游客 28.2 万人次，实现旅游综合收入 3562.6 万元；民俗旅游三天时间接待游客 17.9 万人次，实现旅游综合收入 1539.6 万元。①

　　北京创意农业的产品类型有创意农产品、创意农业主题园、创意节庆活动、创意融合产业、创意异域农业文化、创意农食文化、创意医农同根等多种。其中，仅创意农产品就有 30 余种，年产值 1013 万元；有一定规模的创意农业园 113 个，其中农业主题园 50 多个，有一定影响力的农业节庆活动 60 多个，带动了本市都市型现代农业的发展。据不完全统计，截至 2009 年全市创意农业年产值已达到 22 亿多元。② 可见，北京应以文化创意为主要途径，以农产品创意和

① 资料来源：北京市经管站。
② http://www.dzwww.com/rollnews/news/200912/t20091216_5272941.htm.

节庆创意为重点，以产业融合为发展方向，以提高农产品的科技附加值、文化附加值、生态附加值、服务附加值为着力点，引导首都文化创意产业优势资源向农村和农业领域流动。重点应以北京特色文化梳理为基础，开发北京特色农业文化，加大对农产品的创意开发。其主要特点如下。

（一）科学整合资源　文化内涵丰富

创意农业通过与文化、休闲、体育、旅游等其他产业的融合，对现有资源再次整合。广大消费者消费的是商品中凝结的文化，而不是原来单一的农产品。这一整合过程依然以原本存在的资源为载体，通过加入新的辅助资源，重新开发、设计、包装，使其具有独创性，从而使其具有新的市场。

（二）依靠科技创新　着眼持续发展

创意是技术、经济和文化等相互交融的产物，创意农业并非单指某一种产业，它的价值是文化与技术相互交融的物化形式。为此，要重视农业科技成果转化率，提高产品的科技含量，不断提高创意农业和特色农产品的质量和数量，实现创意农业的高赢利性和可持续发展。

（三）产业高度融合　乘数效应显著

创意农业融入了文化和技术等无形资产，成为具有自主知识产权的高成长性、高赢利性朝阳产业。作为资金密集、知识密集的生产方式，它的高附加值体现在高起点、高投入、高质量、高安全、高产出、无污染、低能耗等方面。发展创意农业，不仅能提高创意农产品的性能，而且可以提高农业劳动生产率和资源利用率。

（四）低碳循环经济　生态效益明显

创意农业不仅体现为特色农产品与观光农业，还通过创意把文艺活动、农业技术、农产品和农耕活动、市场需求有机连接起来，形成多层次的产业链条，让人们充分享受农业价值创新的成果，提高农业劳动生产率，减少环境污染，提高生态效益和社会效益。

总之，创意农业集文化创意、科技创新和经济效益于一身，是三者相互交融

的产物和共同发展的结果。它以文化创意为内容和原动力、以科技创新为手段和支撑、以产生经济效益为最终目的，是文化、科技和经济三位一体的产物，是把文化创意、科技创新的经济价值发挥出来的有效途径。

三 对北京创意农业发展的建议

（一）强化生态基础建设

创意农业是现代农业发展的新趋势，是都市型现代农业的重要组成部分。在创意农业项目的发展过程中，要做到开发利用、保护发展的良性循环，避免因急功近利行为造成对资源的过度开发和浪费，这要树立从项目的规划、策划、建设和生产全过程的各个方面都要贯彻的观念。同时，必须加大郊区疏林地和未成林地的种植力度，在逐年增加造林面积的同时注重新林地的保育和原有林地的保护。在已经取得的小流域生态环境改造的基础上，切实加强对水源的保护和对小流域的综合治理、节水工程的建设。加强河道治理，加强沿岸污水截流建设、改善河湖水环境质量。在关停后的矿区治理过程中，采取工程与生物措施修复因采矿活动而发生退化的生态系统。大力引进电力、沼气等能源，逐步推进清洁能源替煤工程。再次，在开发的同时注重环境保护。自然景观、文化历史遗址和产业资源为农业经济发展的支撑，在开发本地自然资源的过程中，要采取切实可行的办法，减少对资源环境的破坏，实现可持续发展。支持具有发展适合本地区的项目，限制破坏生态平衡及对可持续发展造成威胁的项目及活动内容。提高从业者和游客的环保意识，使之能自觉维护生态平衡，达到农业经济的可持续发展。

（二）加大市场化运作力度

创意农业的发展，仅仅靠政府的推动是不持久的，必须加大市场化运作、企业化管理力度。①要扶持以农户为单元的微观经济体，并优先发展一批基础好的农户，通过其带头作用，帮助周边农户发展，不断复制此类微观经济体，将此类微观经济体作为农业经济发展的基础单元。②要转变思想观念和工作方式，运用市场手段和市场机制发展农业经济，扩大对外开放，引进品牌、资金、技术和人才，发展本乡农产品加工业和旅游业。③整合资源、突出特色、打造特色品牌。

积极开发整合本区域历史文化资源，提高旅游产品和服务的文化含量，努力形成特色品牌；以特色产业为依托，不断优化投资环境，促进产业升级，形成区域经济产业链。加大宣传力度、提高社会认知度。

（三）完善多元投融资体系

创意农业是技术、资金和人才相对密集型产业，所以，完善多元化投融资体系十分必要。一方面，针对建设初期资金不足现实，要建立和完善政府主导的多元投融资体系。同时鼓励和支持私人投资、股份合作制、租赁等形式融资。另一方面，通过生态农业的开发带动旅游业起步，政府在投入和扶持上注重产业体系的联动关系。要建立和完善现代农村金融制度。放宽农村金融准入政策，加快建立商业性金融、合作性金融、政策性金融相结合，资本充足、功能健全、服务完善、运行安全的农村金融体系。鼓励社会资本到农村设立小额贷款公司，允许农村小型金融组织从金融机构融入资金；通过政府注入部分资本金等方式，鼓励有条件的农民专业合作社开展信用合作。

（四）完善科学技术服务体系

创意农业以消费者为导向，必须了解消费者偏好的变化。从市场中获取消费者信息是成本最小化的选择，需要建立发达的信息基础设施，对瞬息万变的市场信息进行快速、准确的收集和扩散，为生产者和消费者的沟通互动创造条件；在创业孵化过程中，必须为农民提供融资信贷和商业保险的服务平台。提升服务水平科技销售等各类公共服务平台建设，是新农村建设的着力点和抓手。建立完善创意农业产业协会和质量认证、创新服务平台、检验检测等社会中介服务体系，积极为创意农业企业提供品牌推介、商标代理、信息咨询、人才培训、融资担保、技术服务等各个方面服务。在大力推进农业产业化布局的同时，进行制度建设，通过制度化促进农业种植、养殖户通过合作经济组织走向农业的产业化。

（五）培育创意产业人才团队

创意农业是智力密集型产业，单靠农民民间的创意资源是远远不够的。要大力培养农业创意开发的专业团队。从项目策划、价值分析、市场定位、设计建造、招商营运方面，为创意农业的发展提供智力支撑。运用创意思维、艺术手段和现代技术，开发具有知性美的体验农业产品。同时善用农村的文化资源，利用科技、文化、民俗等各种元素进行精心雕琢、巧妙包装，对之进行深耕细作式的发掘，不断拓展创意农业的内涵与外延，实现创意农业综合效益的最大化。此外，还应从以下三方面建立健全创意农业建设的人才支撑体系：第一，政府部门和企业、社会联手，着力培训创新型人才；第二，完善人才政策，鼓励和培养专业化创意人才队伍；第三，政府设立创意人才奖金，对在创意农业产业发展中作出突出贡献的创意农业人才、教育培训人才、经营管理人才等给予奖励。

（六）积极推进产业融合

产业融合是郊区产业结构升级的必然途径，都市型现代农业发展的必然趋势是都市农业、生态旅游和文化创意产业相融合，其经济价值、美学价值、生态价值的意义都十分重大。都市农业、生态旅游和文化创意产业融合的特征是资源、产业、产品和功能的一体化，融合的基础条件是都市农业功能的多样性，前提是都市消费水平的急剧升级。政府应该通过创造良好的政策环境、市场环境和人才供给等条件促进其融合。

产业融合要求政府必须密切关注受规制产业的动态发展，把握文化创新和技术融合对受规制产业的影响；产业融合要求土地、资金、科技、管理等生产要素的集聚和融合，从而要求生产要素按照市场规律自由流动，促进生产要素的集聚和融合；产业融合不可避免地要求改变产业管制框架，要尽快形成条块结合的、辐射联系的管制模式，打破部门分割及行政垄断，打破部门、行业、城乡的界限，形成统一开放的市场，在产业间形成合理的经济联系，加速推进产业之间融合的进程。

（七）完善政府支持政策

创意农业的可持续发展，必须充分调动全社会力量的积极参与支持。建议北京市政府尽快出台《北京市发展创意农业的指导意见》，明确创意农业的概念、内涵与范畴，提出北京市创意农业发展目标与发展途径，重点鼓励和支持的创意农业类型以及具体的鼓励措施。可参照《北京市促进文化创意产业发展的若干政策》，结合农业产业的特点和特殊性，制定鼓励创意农业发展的政策。主要包含农业保护和支持的产业政策，农业投入增长保障政策，农业发展融资政策，农业生态补偿政策，农业激励奖励政策，创意农业人才教育、培训、开发政策等。

各级地方政府职能部门要采取规划引导、政策扶持、龙头带动、基地建设等措施，推动主导农产品生产向优势区域集中，逐步形成各具特色的绿色农业产业带，做强、做大特色优势产业。同时，要适应时代要求，大力发展休闲观光旅游农业，遵循"高起点规划、高质量设计、高科技应用、高效益发展"的原则，建设集高效农业、科技示范、旅游观光、休闲度假、美化环境等功能于一体的创意农业集聚区。

参考文献

牛有成：《北京都市型现代农业发展的思路、内涵与途径》，2007 年 7 月 16 日《北京日报》。

果雅静等：《都市型现代农业的发展模式研究》，《生态经济》2007 年第 11 期。

章继刚：《大力发展创意农业、提高农产品附加值》，《农村建设》2008 年第 3 期。

王振如、钱静：《北京都市农业、生态旅游和文化创意产业融合模式探析》，《农业经济问题》2009 年第 8 期。

刘军萍、王爱玲：《北京创意农业发展的典型模式及其主要做法》，《农产品加工·创新版》2010 年第 1 期。

钱静：《论发展创意农业的制度安排》，《北京农业职业学院学报》2010 年第 3 期。

任珏等：《北京创意农业发展模式与机制创新研究》，《北京农学院学报》2010 年第 10 期。

B.17

北京电影消费群体需求特征分析

徐菊凤 *

摘　要：对电影消费群体的抽样调查显示，北京电影消费群体高度集中于 19~30 岁的青年群体，这一群体的消费能力不高，价格承受力不强，现行电影票价普遍高于人们的预期；消遣娱乐是人们看电影的主要动机，因此，喜剧片广受欢迎。剧情、主演、导演成为影响人们选择影片的三大关键要素，人们总体上更愿意选择观看外国影片；在影院选择上，人们一般愿意选择就近的、价格便宜的、交通便利的影院进行消费；影院的附属增值产品受到一部分群体的偏爱，但普遍反映产品价格过高。

关键词：北京　电影消费　电影市场　影片选择　影院

2009 年，全国城市电影票房收入达到 62.06 亿元，同比增幅为 42.96%。2010 年，各方均预计可突破 100 亿元大关。尽管从横向对比看，电影市场这一数十亿元的产业规模并不算大，只相当于几十家五星级酒店一年的营业额，或者一个黄金周旅游收入的 1/6 甚至 1/10。不过，电影产业在经过一段时间的低迷之后，近几年呈现出快速发展趋势和新的发展态势。有研究者认为中国电影市场发展的基本态势表现出高成长性、低竞争力、小众、适度开放与逐步开放等特点。① 面对这样一种消费市场，密切把握其市场群体的需求和态度，既有助于电影厂商制作出更多更好的产品提供参考，也有助于把握电影消费市场的动态需求。为此，我们以消费群体需求特征为核心目标，对北京电影消费市场进行了一

---

* 徐菊凤，北京联合大学旅游学院休闲与旅游发展研究所研究员，博士。主要研究方向：旅游公共服务、旅游文化、休闲旅游。
① 丁汉青：《中国电影市场特点分析》，http://media.people.com.cn/GB/22114/42328/190146/11579645.html。

次实证调研，通过在电影院发放问卷的方式，获得了340份有效问卷，调研问题包括消费者人口统计学特征、电影消费需求习惯、票价承受能力、影片选择标准、影院选择标准等方面。调查时间为2010年1月。尽管样本量不大，但作为一个城市的特定市场群体的样本数仍具有代表性，且鉴于当前影视市场研究少有直接针对消费者的一手调研（除个别咨询机构的实证调研之外），因此，本研究所获得的数据和信息自有其独特性和科学性价值。

一 电影消费市场群体特征

（一）电影市场消费的核心群体

本调查显示，北京电影市场消费群体，高度集中于19～30岁的群体中，达68.3%，其中19～25岁的青年群体最为集中，达47.4%，占电影市场的半壁江山；而31岁以后的青年群体和41岁以后的中年群体属于同一观影频率级，都只有10%左右的市场份额，大致说明有无孩子拖累是一个影响其观看电影的决定性因素；老年人群体和青少年群体则很少光顾电影院。从教育背景看，本科生成为电影市场的消费主体，占50.0%，其次是大专背景（24.1%）和高中背景（16.1%）。从收入（无收入者以零花钱代替）情况看，呈现出奇怪的反向相关关系，即低收入群体观看电影的比例远远大于高收入群体者的比例。对照年龄段比例，可以发现北京观赏电影的主力中有1/3来自学生群体（见表1）。

表1 北京电影消费群体特征

项目	分类	百分比（%）	项目	分类	百分比（%）
性别	男	51.3	教育程度	初中以下	1.7
	女	48.7		高中（大专）	16.1
年龄	18岁以下	7.4		大专	24.1
	19～25岁	47.4		本科	50.0
	26～30岁	20.9		研究生	8.1
	31～40岁	10.9	收入	1000元以下	37.4
	41～55岁	10.6		1000～3000元	29.7
	55岁以上	2.9		3000～6000元	21.5
				6000～10000元	8.8
				10000元以上	2.6

（二）电影消费习惯

1. 消费频率与消费费用

资料显示，2008 年，美国人均看电影的时间、金钱及观影次数分别为 11.83 小时、38.16 美元和 5.55 次，与 2007 年的情况相差不大。近一年北京城区居民的平均观影次数为 2.68 次，电影的平均票价为 51.32 元。[①] 本调查显示，在观影频率方面，27.4% 的人 1～2 月观看一次电影，15.3% 的人半月左右看一次，32.6% 的人视情况而定（见表 2）。在票价方面，84.7% 的北京消费者希望单场电影票价在 30～50 元以下，其中 47.9% 的人希望票价在 30 元以下，但实际上，由于电影院线统一采取高票价的高端发展路径，消费者不得不支付比这更高的费用，54.4% 的人实际支付 30～50 元的价格。25.6% 的人实际支付 50～70 元的价格，实际支付曲线远远高于希望价格曲线（见图 1）。这一研究结果验证了索福瑞咨询机构的另一项研究结论，即，北京虽然是中国首都，但电影消费群体的支付能力和支付意愿却普遍低于全国许多城市，如上海、深圳、广州、长沙、成都、武汉，仅仅略高于沈阳（见图 2）。可以认为，电影院普遍走票价较高的中高端路线，院线与院线之间、影院与影院之间缺乏错位竞争的趋同化发展模式，不但使中国电影只能面对"小众"市场，而且难以扩大电影产业的市场规模。

表 2 电影消费频率

消费频率	百分比（%）	消费频率	百分比（%）
半月左右一次	15.3	有人邀请才去	9.4
1～2 个月一次	27.4	几乎不去	5.3
半年左右一次	10.0	合　计	100.0
不一定、视情况而定	32.6		

表 3 影票的期望价格与实际价格

电影价位	希望接受百分比（%）	实际接受百分比（%）
30 元(含)以下	47.9	14.4
30～50 元	36.8	54.4
50～70 元	12.6	25.6
70 元以上	2.6	5.6

[①] 丁汉青：《中国电影市场特点分析》，http://media.people.com.cn/GB/22114/42328/190146/11579645.html。

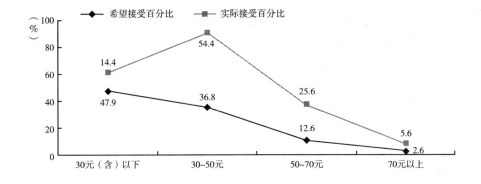

图1　影票的期望价格与实际价格双曲线图

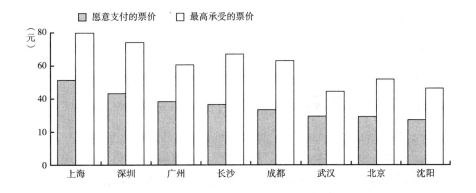

图2　全国八大城市消费者的电影票价承受能力

资料来源：索福瑞媒介研究：《中国电影发展的市场空间——电影观众测量与评估研究报告》，http：//wenku. baidu. com/view/d34b15fb770bf78a6529546a. html。

2. 消费时段

本调查显示，尽管北京电影院线普遍采取周二半价的优惠销售策略，但周末和节假日仍然是人们最愿意选择用来看电影的时间段，分别占选择比例的33.2％和32.1％；周二优惠日的被选概率略高于其他工作日（见表4）。同时，由于一些影院实行早场或夜场优惠，因此在场次选择上，人们选择看电影的时间段除早、夜场比较少之外，其他时间段比较平均。人们一般愿意按照自己的闲暇时间需求和偏好选择观影时间段，总体上选择晚场的人数略多于其他时间段的人数（见表5）。

表4 观看电影的时间段偏好

时间段	频率	百分比(%)	时间段	频率	百分比(%)
周　末	113	33.2	节假日	109	32.1
周　二	47	13.8	其他时间	33	9.7
周二以外工作日	38	11.2	合　计	340	100.0

表5 观影场次选择

场　次	百分比(%)	场　次	百分比(%)
早、夜场	5.6	不一定	37.6
上、中、下午场	23.8	合　计	100.0
晚　场	32.9		

3. 消费动机

现代社会的休闲娱乐方式多元，在与网络游戏、夜总会、酒吧、电视、影碟欣赏等多种其他室内娱乐项目比较中，人们出于什么动机选择观赏电影这种室内休闲方式？或者说，人们看重电影观赏的什么价值而前往影院"埋单"？调查结果显示，"消遣、娱乐"是人们选择电影的主要动机，占48.8%；其次是为了"约会、聚会"，占22.6%（见表6）。这一电影消费动机，在较大程度上决定了如今的观众喜欢什么类型的影片。

表6 电影消费动机

	频率	百分比(%)		频率	百分比(%)
约会、聚会	77	22.6	影片有知名度	60	17.6
消遣、娱乐	166	48.8	其　他	10	2.9
热爱电影文化	26	7.6	合　计	340	100.0

4. 观影同伴

调查结果显示，选择和朋友一起看电影的最多，占35%；其次是和家人、情侣、同事同学；也有少数人自己一人去看电影。可见，看电影成为增进友情和交际的一种重要手段（见图3）。

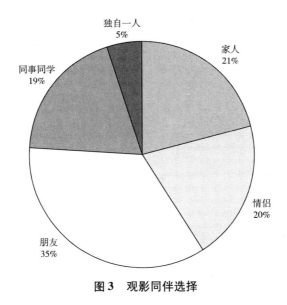

图3 观影同伴选择

二 对影片类型的偏好与选择

（一）影片制作选择偏好

过去，国内影片远远不敌国外大片的冲击力和吸引力；近几年，部分国产大片与贺岁片的影响力日渐强大，许多影片邀约多国多地演员加盟制作。这种暗含的营销手段是否一定奏效？调查结果显示，观众在影片制作上有47.1%的人没有特别选择，但是有30.6%的人偏好选择外国影片；内地片、港台片、合拍片等则很少得到人们的特别青睐（见表7）。

表7 影片制作选择偏好

	频率	百分比（%）		频率	百分比（%）
内地影片	24	7.1	合拍影片	28	8.2
港台影片	24	7.1	没有特别选择	160	47.1
外国影片	104	30.6	合 计	340	100.0

（二）影片类型与风格偏好

对于具体的影片风格和题材类型，北京观众的偏好总体上没有太大差异，相对而言，喜剧片、武打动作片、情感片、科幻奇幻片更受欢迎，战争历史片、惊悚悬疑片、动画片紧随其后，而文艺纪录片、励志片、歌舞片选择的人相对较少（见表8）。这一调研结果，与索福瑞机构对全国的调研结果类似（见图4）。

表8　影片风格和题材偏好

喜爱的电影类型	百分比（%）	多选占比（%）	喜爱的电影类型	百分比（%）	多选占比（%）
喜　剧	20.7	56.2	动画片	7.5	20.4
武打动作	15.2	41.4	文艺记录	5.	13.6
情　感	14.2	38.8	励　志	3.0	8.3
科幻奇幻	13.7	37.3	歌　舞	2.4	6.5
战争历史	9.3	25.4	其　他	0.2	0.6
惊悚悬疑	8.7	23.7			

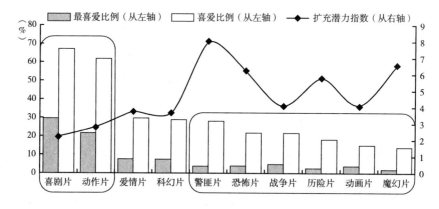

图4　中国观众对电影类型的偏好

资料来源：索福瑞媒介研究：《中国电影发展的市场空间——电影观众测量与评估研究报告》，http：//wenku.baidu.com/view/d34b15fb770bf78a6529546a.html。

（三）性别、年龄与影片类型偏好

交叉列联分析显示，喜欢武打动作片、战争历史片、科幻奇幻片的男性远多于女性，而歌舞片、动画片、情感片更受女性青睐，喜剧类电影则同时受到男性和女性的喜爱。从年龄分布看，动画片、惊悚悬疑片、科幻奇幻片、喜剧片、文艺纪录片更受19～25岁的年轻人欢迎，各类观影群众该年龄段的比例均超过总人数的50%（见表9）。

表9 不同性别与年龄对影片类型的偏好

喜爱的电影类型 a				18岁（含）以下	19～25岁	26～30岁	31～40岁	41～55岁	55岁以上	总计
						q20 年龄				
q7A_武打动作	q19 性别	男	人数	8	33	30	17	9	2	99
			占总计的比重（%）	5.7	23.6	21.4	12.1	6.4	1.4	70.7
		女	人数	6	22	6	5	1	1	41
			占总计的比重（%）	4.3	15.7	4.3	3.6	.7	.7	29.3
	总计		人数	14	55	36	22	10	3	140
			占总计的比重（%）	10.0	39.3	25.7	15.7	7.1	2.1	100.0
q7B_喜剧	q19 性别	男	人数	8	43	24	8	7	4	94
			占总计的比重（%）	4.2	22.6	12.6	4.2	3.7	2.1	49.5
		女	人数	10	55	10	6	10	5	96
			占总计的比重（%）	5.3	28.9	5.3	3.2	5.3	2.6	50.5
	总计		人数	18	98	34	14	17	9	190
			占总计的比重（%）	9.5	51.6	17.9	7.4	8.9	4.7	100.0
q7C_情感	q19 性别	男	人数	5	29	14	1	3	2	54
			占总计的比重（%）	3.8	22.1	10.7	.8	2.3	1.5	41.2
		女	人数	3	45	10	8	8	3	77
			占总计的比重（%）	2.3	34.4	7.6	6.1	6.1	2.3	58.8
	总计		人数	8	74	24	9	11	5	131
			占总计的比重（%）	6.1	56.5	18.3	6.9	8.4	3.8	100.0
q7D_惊悚悬疑	q19 性别	男	人数	2	22	9	6	2	1	42
			占总计的比重（%）	2.5	27.5	11.3	7.5	2.5	1.3	52.5
		女	人数	5	22	8	1	2	0	38
			占总计的比重（%）	6.3	27.5	10.0	1.3	2.5	.0	47.5
	总计		人数	7	44	17	7	4	1	80
			占总计的比重（%）	8.8	55.0	21.3	8.8	5.0	1.3	100.0
q7E_科幻奇幻	q19 性别	男	人数	4	26	27	9	6	2	74
			占总计的比重（%）	3.2	20.6	21.4	7.1	4.8	1.6	58.7
		女	人数	4	31	8	6	3	0	52
			占总计的比重（%）	3.2	24.6	6.3	4.8	2.4	.0	41.3
	总计		人数	8	57	35	15	9	2	126
			占总计的比重（%）	6.3	45.2	27.8	11.9	7.1	1.6	100.0

续表

喜爱的电影类型 a				q20 年龄						总计
				18 岁(含)以下	19～25 岁	26～30 岁	31～40 岁	41～55 岁	55 岁以上	
q7F_战争历史	q19 性别	男	人数	2	15	18	8	9	3	55
			占总计的比重(%)	2.3	17.4	20.9	9.3	10.5	3.5	64.0
		女	人数	4	11	5	6	4	1	31
			占总计的比重(%)	4.7	12.8	5.8	7.0	4.7	1.2	36.0
	总计		人数	6	26	23	14	13	4	86
			占总计的比重(%)	7.0	30.2	26.7	16.3	15.1	4.7	100.0
q7G_文艺记录	q19 性别	男	人数	1	12	6	0	0	2	21
			占总计的比重(%)	2.2	26.1	13.0	.0	.0	4.3	45.7
		女	人数	1	13	7	1	3	0	25
			占总计的比重(%)	2.2	28.3	15.2	2.2	6.5	.0	54.3
	总计		人数	2	25	13	1	3	2	46
			占总计的比重(%)	4.3	54.3	28.3	2.2	6.5	4.3	100.0
q7H_动画片	q19 性别	男	人数	2	14	3	4	1	0	24
			占总计的比重(%)	2.9	20.3	4.3	5.8	1.4	.0	34.8
		女	人数	4	27	7	4	1	2	45
			占总计的比重(%)	5.8	39.1	10.1	5.8	1.4	2.9	65.2
	总计		人数	6	41	10	8	2	2	69
			占总计的比重(%)	8.7	59.4	14.5	11.6	2.9	2.9	100.0
q7I_励志	q19 性别	男	人数	0	9	1	2	1	3	16
			占总计的比重(%)	.0	32.1	3.6	7.1	3.6	10.7	57.1
		女	人数	1	6	0	0	4	1	12
			占总计的比重(%)	3.6	21.4	.0	.0	14.3	3.6	42.9
	总计		人数	1	15	1	2	5	4	28
			占总计的比重(%)	3.6	53.6	3.6	7.1	17.9	14.3	100.0
q7J_歌舞	q19 性别	男	人数	0	0	1	1	0		2
			占总计的比重(%)	.0	.0	4.5	4.5	.0		9.1
		女	人数	2	4	7	5	2		20
			占总计的比重(%)	9.1	18.2	31.8	22.7	9.1		90.9
	总计		人数	2	4	8	6	2		22
			占总计的比重(%)	9.1	18.2	36.4	27.3	9.1		100.0
q7K_其他	q19 性别	女	人数	2						2
			占总计的比重(%)	100.0		100.0				
	总计		人数	2				2		2
			占总计的比重(%)	100.0				100.0		

（四）影响影片选择的因素

人们依据什么看或者不看某一部影片，在"剧情、主演、导演、制作成本、档期、影片有否得过奖项、电影宣传和广告、朋友或家人推荐、影评推荐"这9项要素中，人们选出的三项最重要影响因素是：剧情、主演、导演，总被选率分别为87%、59%、34%。此外，家人推荐占比也较高，为40%；其次是电影广告宣传和影评推荐，分别占33%。电影档期、制作成本，影片是否获得奖项这几个因素总体上不被认为重要（见图5）。

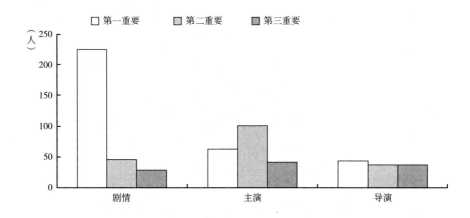

图5　影响影片选择的重要因素排序选择

三　对影院的选择与评价

（一）对影院的选择与服务评价

多选调查结果显示，人们首先考虑就近观看，其后的选择是"价格便宜"，再就是"交通便利"，影院档次和环境条件是次要考虑因素，使用兑换券是少数人群和影院的选择（见图6）。

对于北京电影院的服务质量，被调查者给予了这样的评价：绝大多数人认为"比较好"（42%）或者"一般"（41%），认为"很好"的人只有9%，认为"不太好"的人占8%，没有人认为很差（见图7）。

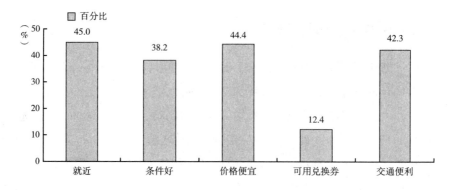

图6 对影院的选择

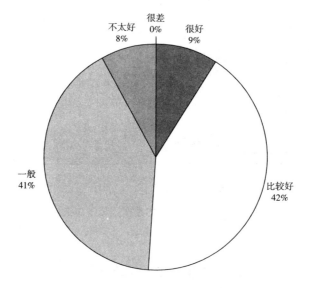

图7 对影院服务质量的评价

（五）对影院相关服务及产品的需求与评价

电影院一般都有自己售卖饮料食品的经营业务，有些还售卖与影片内容相关的附属增值产品，还有一些影院经常举办影片首映等活动。对于影院的这些附属经营业务，人们兴趣不同。调查结果显示，25.6%的人对影院售卖食品饮料有需求，1/3的人对此没有需求（见表10）；约1/3的人对电影的附属增值产品没兴趣，有兴趣者中较多人认为附属产品很好，但价格偏贵，还有较多人认为产品和价格都不好（见表11）。对影院举行的活动，大多数人表示没兴趣（见表12）。

表10 影院售卖的食品、饮料的需求

选 项	百分比(%)	选 项	百分比(%)
有需求,有必要	25.6	无回答	0.6
无需求,没必要	30.6	合 计	100
无所谓,有没有都行	43.2		

表11 电影的附属增值产品

选 项	百分比(%)	选 项	百分比(%)
产品很好,但价格偏贵	26.8	价格尚合理,但产品一般	10.0
产品不错,价格也合理	14.4	没留意过	29.7
产品不怎么好,价格也贵	19.1	合 计	100.0

表12 对影院举行的活动兴趣

选 项	百分比(%)	选 项	百分比(%)
喜欢,很有兴趣	18.8	不一定	10.9
兴趣一般	40.9	合 计	100.0
没兴趣	29.4		

四 结论

从上述实证调查中，得出如下结论。

（1）北京电影消费群体高度集中于19～30岁的青年群体，学历背景以大学为主。这一群体的消费能力不高，相反，高收入群体不是电影市场的主体消费力量。

（2）北京电影票价远高于其主体消费群体的承受能力和预期值，由此或在较大程度上制约了北京影视产业的发展规模。

（3）人们看电影的主要动机是消遣娱乐。同时，人们更愿意选择朋友作为电影消遣娱乐的同伴。

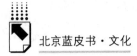

（4）北京观众更倾向于选择外国影片，对于其他地方和方式制作的影片没有特别偏好，剧情、主演和导演成为人们选择是否观看电影的三大核心决策要素。影片风格上，喜剧片广受欢迎，其他类型影片各有其偏好群体。

（5）人们愿意选择就近的、价格便宜的、交通便利的影院进行消费。影院的条件不是人们选择的主要因素。影院的附属增值产品受到一部分群体的偏爱，但普遍反映产品价格过高。

B.18

2007~2010 年 "798" 艺术区发展调查

赵继敏*

摘　要: "798" 艺术区是北京对外文化交流的重要窗口。近年来,特别是国际金融危机爆发以来,"798" 艺术区艺术机构的比例、艺术市场状况、艺术品的风格以及政府的管理方式都发生了一定程度的变化。艺术作品风格更为多样化,各类艺术机构进行了重新洗牌,画廊和艺术家经营状况有所下滑,艺术区租赁成本不容乐观。对于 "798" 以及类似艺术区的管理举措有待调整和进一步完善,以更好地促进艺术集聚区的合理保护、有序发展。

关键词: "798"　艺术区　艺术机构　艺术市场

一　调研背景

大约在 2001 年以后,在首都机场高速公路旁,一个叫做 "798" 的艺术区突然兴起。"798" 是原 "北京华北无线电联合器材厂",即 718 联合厂(包括 706 厂、707 厂、718 厂、797 厂、798 厂及 751 厂)所在地。2000 年底,相关工厂重新整合为七星集团。为了响应城市规划的需要,企业迁出一些产业,空闲出一批厂房。从 2001 年开始,一些艺术家发现此处对于从事艺术工作独具优势,开始在这里集聚。他们对原有的德国包豪斯建筑风格(厂房高大、采光好)的厂房稍作装修,即变为富有特色的艺术展示和创作空间,形成了 "798" 艺术区。这里艺术氛围浓厚、艺术品销路甚好,艺术家、画廊、艺术相关公司越聚越多,名声也越来越大。到 2007 年左右,"798" 已经引起了国内外媒体和大众的广泛关

---

* 赵继敏,博士,北京市社会科学院城市问题研究所助理研究员,主要从事城市发展、文化创意产业研究。

注，并成为北京都市文化的新地标，甚至与故宫、长城并列，成为外国游客到北京旅游必去的三个观光场所之一①。作为北京对外文化交流的重要窗口，"798"对于北京建设世界城市和实现城市文化的繁荣发展具有重要价值。笔者于2010年10~11月再次到"798"艺术区进行调研，特别关注近两三年来"798"艺术区的发展变化情况。

二　调查方法

"798"艺术区中的艺术家、收藏家、游客有很大的流动性，画廊等各类机构的新旧更替比较频繁，相关资料没有全面的统计。笔者除了通过期刊和互联网获得大量二手资料外，还分别于2007年和2010年两批次对"798"的艺术家、收藏家、政府工作人员进行了访谈。

表1　2007年"798"艺术区受访人员

单位：人

	艺术家	收藏家	画廊经理	画廊老板	政府管理人员	"798"艺术网维护者
国外			1			
港澳台		1		1		
大陆其他地区	1		2			1
北京本地	1				1	

三　2007年的"798"艺术区考察

（一）艺术机构和艺术家

截止到2007年4月，"798"艺术区已经有250余个画廊、工作室、公司、饭店等各类机构，其中艺术机构（画廊和工作室）占到70%以上。与北京的宋庄、上苑等艺术家集聚区有所不同，在艺术机构中，画廊的数量（47%）明显

---

① 宁泽群、金珊：《"798"艺术区作为北京文化旅游吸引物的考察：一个市场自发形成的视角》，《旅游学刊》2008年第3期，第57~62页。

多于工作室的数量（27%）。可以说，这时"798"已经成为以集聚画廊为主的艺术品交易市场，是中外游客购买艺术品的首选艺术区。

表2　2007年"798"艺术区各类机构

单位：家，%

机　构	数目*	比重	数目**	比重
画　廊	120	47	74	45
工作室	69	27	43	26
公　司	29	11	22	13
饭店或咖啡屋	17	7	6	4
其　他	21	8	20	12
总　计	256	100	165	100

注：由于很多机构没有到政府管理办公室登记，所以"798地图"中的数据数量更多，也与实际情况更为接近。

　*"TimeOut乐"杂志数据。

　**政府管理办公室数据。

资料来源：分别根据艺术区杂志"TimeOut乐"中的"798地图"和"798"政府管理办公室提供的资料整理而得。

根据"798"艺术区政府管理办公室提供的资料计算得到，在"798"艺术区165家艺术机构中，84%来自中国大陆，7%来自东亚其他国家和地区，8%来自欧洲，1%来自其他大洲，外来艺术机构占到16%，已经具备一定规模。这些国际画廊往往是国外画廊在中国的分支机构，由于中国当代艺术市场尚处于起步阶段，这些画廊的收入往往以国外画廊为主，建在中国的画廊更多的是作为联系本地艺术家的手段和看好今后升值空间的一个提前投资。

中国在视觉艺术领域的影响力较西方还有较大距离，国外艺术家直接到我国大陆从事艺术创作的人数很少。但是，很多建在中国内地的国内外画廊，都代理了一些世界知名的国外艺术家的作品。笔者通过对"798"艺术区11家画廊①网站资料的整理，统计了这些画廊代理的156位艺术家来自的省区或国家。结果显示，北京本土的艺术家最多，占到将近9%。艺术家来源涵盖了除西藏和新疆外中国内地所有29个省区，还有少数代理艺术家来自法国、瑞士、美国等西方国家。

---

① 在2007年，"北京798艺术区"网站上，仅可以查到这11家有艺术家介绍的画廊的网址。

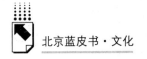

（二）艺术市场

2007 年，包括"798"艺术市场在内的中国当代艺术市场存在两个显著特征：其一是艺术品价格飞涨，其二是高度依赖海外藏家。

自 2004 年开始，伴随海外资本的大量介入以及之后中国本土资金的参与，很多本来默默无闻的中国当代艺术家的作品价值飞速增长。2005～2008 年，中国当代艺术品在总成交额增加的基础之上提供了非常令人吃惊的回报率：中国当代艺术的价格指数增长了 500%[①]。这种高增长有中国当代艺术受到藏家喜爱，收藏价值增长的原因，也有部分原因源于中国内地艺术市场尚不成熟，不是一个常态的发展。所谓常态的发展，是先有第一市场（画廊等艺术品直接交易），再有第二市场（拍卖），慢慢发展的一个态势。第一市场有了至少 10 年以上的积累、培育的过程，才能形成第二市场。第二市场的作品应该享有一定的声誉，它的价格有一定的增长。可是，中国内地先有第二市场，没第一市场（真正的藏家还很少），炒作心态十分普遍。正如"798"一位收藏家所说："以前一家画廊都没有，就先有拍卖公司，拍来拍去，就是炒作心态，对艺术的一个不规范的心态。所以说中国内地市场到今天还是非常的不成熟"。

除了炒作之外，中国内地当代艺术市场的另一个特点是高度依赖海外的藏家。由于中国本土藏家对于当代艺术的收藏还没有形成传统，主要的收藏家是以国外的为主。很多本地人购买之后，最后还是会转手卖给欧美、港台的人士。

（三）艺术风格

2007 年，"798"艺术区乃至整个中国艺术市场的作品以当代艺术（也称前卫艺术、先锋艺术等）为主。这是一种源自美国的艺术形式，它的突出特征是不注重写实，而是体现艺术家的观念和思想。常见的有政治波普、超现实主义等。先锋艺术内部流派也有不少差别。中国当代艺术中，方力钧的玩世泼皮主义、张晓刚的新现实主义作品最受市场欢迎。除了这类作品外，"798"的艺术作品中很多有关"文革"和"主席"的政治波普类艺术品和有关"性"的艺术品特别受国外藏家的欢迎，一定程度有迎合国外市场的倾向。至少有 4 位受访者

---

① 李晓阳：《中国当代：资本热捧的"火箭"》，2009 年 11 月 7 日《上海证券报》。

明确地指出这一点：

> "'798'艺术家比较多，什么样的都有，迎合的肯定有一些，甚至是一部分。"

> "你看作品能看出来，你看'798'很多展览，关于政治啊，或者性啊，你就会觉得它更商业一点，通过作品呢，也大概能够看到艺术家的思想。"

> "这里洋派居多，当代艺术居多，商业化居多。他们已经失去了民族的灵魂。只是迎合外国人的喜好。"

> "这边很多艺术品是有政治色彩的，毛泽东的、'文革'的。这也是因为西方画廊的关系。他们认为这是比较能代表中国的东西。"

简单地说艺术家迎合市场也许有些武断，然而，像其他任何商品一样，艺术产品与市场需求有着较高的一致性是不争的事实。在 2007 年，"798"艺术品中那些带有政治波普意味的作品随处可见。

（四）政府管理

"798"由艺术家自发集聚形成。按照原有的城市规划，"798"地区将拆迁建设写字楼。艺术家再三呼吁，最终得到了政府的重视，于 2006 年在这里建立了北京文化创意产业集聚区，于 2007 年被列入《北京优秀近现代建筑保护名录（第一批）》，艺术区得到了保留，其建筑更是受到了法律的保护。2006 年 3、4月份，响应北京市大力发展第三产业的需要，"798"厂厂主"七星集团"与政府部门合作成立了民营机构"798 艺术区建设管理办公室"。办公室主要工作包括"798"艺术节的组织，"北京 798 艺术区"网站的建设管理，为一些新开的店联系在"北京 798 艺术区"网站的介绍，为艺术家的出国培训联系资金支持，对政治问题进行审核、监督等。

政府的干预保护了艺术区的合法存在，对于"798"的持续发展起到了重要推动作用。与此同时，也有包括黄锐等艺术家对于政府组织艺术节持不同看法，认为"798"作为一个民间发起的组织，应该具备更大的独立性。还有艺术家认为，"798"作为民间团体会更好一些，束缚更少。

四　近两年的"798"艺术区

2008 年爆发了席卷全球的金融危机，一定程度上依赖于海外收藏市场的当代艺术受到了明显冲击。笔者 2007 年访谈一位台湾的画廊老板时，他就有过这方面的预测："下面的 3～5 年会有一个极大的调整期，那些炒作上去的人，从哪儿起来，还从哪儿摔下来。"2008～2009 年，笔者曾先后多次拜访"798"。2010 年，又选择了若干典型的艺术家和画廊经营者进行访谈，对艺术区的变化予以了多方位的关注。

（一）艺术机构和艺术家

表3　2009 年"798"艺术区各类机构

单位：家，%

机　构	数目	比重	机　构	数目	比重
艺术机构	147	74	商　店	15	8
咖啡厅、茶室	25	13	书　店	4	2
餐　厅	9	5	总　计	200	100

表4　2010 年"798"艺术区各类机构

单位：家，%

机　构	数目	比重	机　构	数目	比重
艺术空间/画廊/工作室	198	66	商　店	66	22
餐厅/咖啡馆/书店	37	12	总　计	301	100

尽管"798"艺术区建设管理办公室指出，截至 2009 年"五一"，搬离"798"的画廊只有 8 家①，并且"798"画廊的进进出出、优胜劣汰一直比较频繁，但"798"艺术区艺术生态开始恶化的传言仍旧流传广泛。笔者统计了 2009 年和 2010 年"798"艺术区地图上的各类机构，2007～2009 年，"798"艺术区

---

① 王岩：《798 回应"画廊倒闭风潮"：金融危机没根本性威胁》，2009 年 5 月 6 日《北京青年报》。

内艺术机构（画廊和工作室）占全部机构的比例变化不大；但是在 2010 年，的确有一些减少。相反，商店的比例明显增加。近两年为游客画像的地摊、书店、各类小商店等商业机构随处可见。值得注意的是，虽然商店的比例明显增加，"798"并没有像纽约的苏荷区那样由艺术区变为集聚专业品牌的商业区，品牌店的数量并不多。

2010 年 11 月，"798"艺术区网站①可查到 70 余位艺术家的介绍。虽然样本很少，还是看出北京本土的艺术家在"798"仍然占有最大的比例，其他来自全国各地的艺术家以及少数来自国外的艺术家这样一个格局基本没有变化。

（二）艺术市场

金融危机半年内就波及了"798"的当代艺术。2008 年 11 月，"798"艺术区爆发了有史以来最大的"危机"，转租画廊的广告随处可见。② 也有人指出，画廊倒闭的数量有限，更多的画廊采取减少展览数量，增加常规展的展期和缩减广告投入的手段渡过难关③。随着国内的房地产商、煤老板等富人开始介入到艺术收藏，民间资本、流动性资金大量涌入，中国艺术市场并没有出现绝对意义上的萧条。④

"798"中的各类机构受到的影响程度不一，这场危机对艺术机构进行了重新洗牌。在"798"艺术区，绝大多数大画廊还能够继续维持。仅有"中国当代"和"协民艺术公司"等少数国际画廊选择退出中国内地市场，离开"798"。但仍有一些有实力的画廊，比如来自台湾的"八大画廊"，营业状况仍然较好，甚至扩大了营业的面积。

（三）艺术风格

当前的中国艺术市场与前几年相比加入了大量国内的民间资本，新兴起的富

---

① http：//www. 798. net. cn/index. htm.

② 李培：《北京 798 画廊遭倒闭潮　广州沙面最大画廊"关门"》，http：//news. 163. com/08/1118/16/4R20PK6U000120GU. html，2008 年 11 月 18 日。

③ 夏彦国、唐莉：《关于 798 有多少家画廊倒闭》，2009 年 2 月 28 日《北京商报》。

④ 潘清：《艺术品交易暴天价　流动性成幕后"推手"》，http：//news. xinhuanet. com/2010 - 11/14/c_ 12772936. html，2010 年 11 月 14 日。

人限于知识结构、认知水平以及文化传统，收藏方向多是近现代绘画，写实油画，以及一些年轻艺术家的当代艺术作品，特别是写实油画成了他们关注的新热点①。反映在"798"区中，那些政治波普类的、"揭露"社会问题的、迎合西方文化倾向的作品明显少了很多（也有艺术家认为这与政府加大了对那些带有西方文化渗透性质的艺术作品的管理有关）。相反，其他各类，包括更为传统的作品，甚至国画都出现在艺术区的画廊中。

（四）政府管理

"798"近年来的一个显著变化是商业机构的比例有所扩大，这与相关管理不无关系。有艺术家指出："2008 年的时候，物业卡的就是不是做艺术的就不能进来，但是 2008 年末之后，也就是金融危机之后，一些小的画廊撤出去了，空间空了，能给钱的就能进来了（商店、书店等）"。政府管理的变化与大的环境背景有关。这一阶段，国际国内艺术市场状况不理想，画廊和艺术家的经营状况普遍不好。然而，随着"798"艺术区在国际国内知名度的提高，房租水平却水涨船高。2008 年底，围绕租金、租期以及物业管理等问题，艺术家与管理办公室的矛盾不断扩大，甚至一度演变为法律纠纷。

笔者曾试图再次拜访"798"政府管理办公室了解艺术区的管理情况，但是听到的消息是"798"已经成立了由新的一批人马组建的管理委员会，而新的管委会对于"798"近年的发展了解不多。可见，政府对于相关问题可能已经引起重视，但是，新的管理举措仍然有待出台和完善。

五 结 论

2007 年艺术品市场极好、艺术品价格飞涨，"798"一片繁荣景象。由于当时的买家更多来自西方，最流行的艺术题材是政治波普、性等方面的内容。随着 2008 年金融危机的来临和国内资本更多地进入艺术市场领域，"798"艺术区内的艺术作品风格更为多样化，政治波普类明显减少，其他各种作品，甚至一些国画在艺术区内占有了一席之地。经过这次危机，各类艺术机构进行了重新洗牌。

---

① 夏彦国：《写实绘画市场行情及收藏》，2009 年 9 月 22 日《北京商报》。

长远看，中国视觉艺术及其产业正在向着积极的方向发展。

　　在金融危机背景下，画廊和艺术家经营状况有所下滑，同时，艺术区的房租不降反升，艺术家和租赁方出现了一些矛盾，甚至一度演变为法律纠纷。事实上，艺术区的管理在世界其他国家和城市也同样是一个富有争议的话题。从国际经验看，艺术机构的减少并不一定就是坏事。某些艺术区随着商业机构的入驻，性质发生改变。然而，艺术家们又会在新的地方聚集，形成新的艺术区。由于艺术区的租赁方引入商业机构可能会获得更大的收益，艺术家与租赁方、管理者的矛盾在纽约等欧美城市也同样存在。对于艺术区该如何保护，以及保护到何种程度并没有一致的答案。需要引起注意的是，"798"艺术区近年的变化是在金融危机这样一个特殊背景下的产物。长期看，"798"的艺术生命力仍然非常旺盛，政府给予扶持、帮助艺术家和画廊渡过难关可能是最好的选择。在这一过程中，协调各方利益，通过对话和广泛参与建立一套完善的规则体系，是避免矛盾、促进艺术区有序发展的正确途径。

文化保护与文化传播

Cultural Preservation and Cultural
Communication

$\mathbb{B}$. 19

2010 年北京文化保护的政策措施、
成就、问题与发展方向

许海 孙苹*

摘 要： 2010 年北京市在文化保护方面出台了一系列新的政策、措施，制定了较为完备的文化保护法规、文件，初步形成了全面的文化保护体系，探索出有针对性的文化保护经验方法。未来北京的文化保护还应该建立新的文化保护理念，继续有针对性开展文化保护活动，调动公众参与，深入文化保护方面的科学研究，加强人才队伍建设。

关键词： 文化保护 政策法规 历史文化名城 公众参与

2010 年，北京文化保护工作在科学发展观的指导下，按照十七大"推动社

---

* 许海，中国人民大学新闻学院博士后；孙苹，博士。

会主义文化大发展大繁荣……重视文物和非物质文化遗产的保护"的要求，依据《中华人民共和国文物保护法》、《北京历史文化名城保护条例》、《北京历史文化名城保护规划》的有关规定，积极落实《国务院关于加强文化遗产保护工作的通知》、《国家"十一五"时期文化发展规划纲要》、国家文物局《文化遗产保护科学和技术发展"十一五"规划》，取得了新的进展。

一　2010 年北京文化保护的政策措施

2010 年北京文化保护工作在组织机构、宏观指导、具体措施、科学研究等方面都推出了新的举措，为文化保护工作提供了有力保障。

（一）组织机构方面，成立北京历史文化名城保护委员会

2010 年 10 月，北京成立历史文化名城保护委员会。市委书记刘淇任委员会名誉主任，市委副书记、市长郭金龙任主任。委员会还专门成立了专家顾问组，与此前享有盛名的"北京历史文化名城保护专家顾问组"不同，此次成立的专家顾问组不仅包括旧城保护方面的专家，还包括非物质文化遗产、老北京风俗等方面的专家。按照机构设置，此前的"北京历史文化名城保护专家顾问组"归属于市规委，而市规委仅是北京历史文化名城保护委员会的办事机构。这样的层级和专家阵容都是前所未有的，意味着北京将历史文化名城保护提到了前所未有的高度。

委员会成立后，将结合制定"十二五"规划和编制历史文化名城保护规划，研究功能核心区的"道路红线"（指道路用地的边界线），按照现有胡同肌理、街道走向等进行重新完善、科学规划。重新研究"道路红线"，在哪些胡同能加宽、哪些胡同必须严格保持现状等问题上进行重新界定，将使盲目加宽胡同、拆房修路的问题得到缓解。

（二）宏观指导方面，出台《关于大力推动首都功能核心区文化发展的意见》

首都功能核心区是政治、文化中心功能和重要经济功能集中体现的地区，也是历史文化传统与现代国际城市形象集中体现的重要地区，具有十分深厚的文化底蕴，包括原东城、西城、崇文、宣武四个中心城区。2010 年 11 月，为全面实

施"人文北京、科技北京、绿色北京"战略，加快首都功能核心区文化发展，推进中国特色世界城市建设，根据《北京城市总体规划（2004~2020)》，北京出台了《关于大力推动首都功能核心区文化发展的意见》（以下简称《意见》)，对文化保护工作提出了许多新的要求。

首先，阐明了新时期核心区文化保护的重要意义、指导思想及原则目标，提出了"实施旧城整体保护"，"统筹规划古都风貌保护、文化事业建设、文化创意产业发展，形成推动文化发展的整体合力"等思想。《意见》要求在坚决保护好历史文化名城的基础上，实施保护性利用，在挖掘和利用中弘扬传承历史文化，通过保护挖掘利用历史文化资源，大力发展文化事业和文化创意产业，使核心区成为中国文化和古都风貌的展示区。

其次，提出了核心区文化保护的具体工作目标。要求在古都风貌保护利用上实现重大突破，在旧城地区，一般不再安排重大建设项目，现有历史文化保护区不再进行拆建，"十二五"期末，具备利用条件的文物保护单位基本完成修缮腾退工作，有效实施人口疏解，在缓解旧城人口压力的基础上，创新历史文化名城保护利用的发展模式。

再次，提出了核心区着力打造"一核、一线、两园、多街区"的文化保护发展思路。"一核"即以紫禁城为核心的皇城文化区；"一线"即明清北京城的中轴线，通过实施规划改造，优化产业布局，在建筑形制、人文景观、产业业态等多方面再现古都风貌；"两园"即中关村科技园区德胜园和雍和园，作为高新技术和文化紧密结合的产业园区，两园要通过发展高端文化创意产业，形成对接现代文化的辐射区；"多街区"即以孔庙、国子监为中心的国学文化展示区，以天桥为中心的演艺文化区，以前门、大栅栏、琉璃厂为中心的民俗文化展示区，以安徽会馆、湖广会馆为中心的会馆文化传承区，以商务印书馆、中华书局、三联书店为中心的出版文化区，以什刹海、南锣鼓巷为中心的四合院休闲文化区，以龙潭湖为中心的体育文化区等。《意见》提出的新型工作思路体现了北京对于旧城保护的决心。

（三）具体措施方面，制定落实文化保护文件

1. 公布《北京市〈文物认定管理暂行办法〉实施细则》

2010年3月15日，北京市文物局公布了《北京市〈文物认定管理暂行办

法〉实施细则》（试行），对文物的申请、认定等程序进行了具体规定，从 4 月 10 日起施行。其中明确规定，北京市各级文物行政部门只接受北京居民（户籍所在地为北京市）的可移动文物认定申请。文物行政管理部门受理文物认定申请后，应在 20 个工作日内作出决定，还提出可移动文物认定须由京籍居民提出申请，不可移动文物认定应通过网上公示等形式听取公众意见等要求。

2. 颁布《北京市文物行政部门规范行政处罚裁量权办法（试行）》

2010 年 10 月 28 日，为规范文物行政执法行为，正确行使行政处罚裁量权，确保公平、公正、文明执法，根据有关法律、法规、规章，结合文物保护工作实际，北京颁布了《北京市文物行政部门规范行政处罚裁量权办法（试行）》，对本市具有文物行政执法权的各级行政机关对文物违法行为，在法律、法规和规章的规定范围内，合理选择处罚方式、幅度的权限及其程序作出了规定。《办法》收录了北京市文物行政处罚裁量权参照执行标准（试行）共 59 条，列出不同的行政处罚事项名称、处罚依据、处罚种类、处罚幅度适用范围、自由裁量细化标准，使得文物违法行为的处罚种类、幅度、程序有了详细参照标准。该办法从 2010 年 12 月 1 日起实施。

3. 发布《北京市文物保护单位保护范围及建设控制地带管理规定》

2010 年 11 月 1 日，北京市文物局发布《北京市文物保护单位保护范围及建设控制地带管理规定》。该规定根据 2007 年 11 月 23 日北京市人民政府第 200 号令修改，将文物保护单位周围的建设控制地带分为五类，提出了不同管理要求：一类地带为非建设地带，地带内只准进行绿化和修筑消防通道，不得建设任何建筑和地上附属建筑物，地带内现有建筑，应创造条件拆除，一时难以拆除的，须制订拆除计划和年限。二类地带为可保留平房地带，地带内现有的平房应加强维护，不得任意改建添建，不符合要求的建筑或危险建筑，应创造条件按传统四合院形式进行改建，经批准改建、新建的建筑物，高度不得超过 3.3 米，建筑密度不得大于 40％。三类地带为允许建筑高度 9 米以下的地带，地带内的建筑形式、体量、色调都必须与文物保护单位相协调；建筑楼房时，建筑密度不得大于35％。四类地带为允许建筑高度 18 米以下的地带，地带内靠近文物保护单位一侧的建筑物和通向文物保护单位的道路、通视走廊两侧的建筑物，其形式、体量、色调应与文物保护单位相协调。五类地带为特殊控制地带，地带内针对有特殊价值和特殊要求的文物保护单位的情况实行具体管理。

此外，2010年北京积极落实国家有关部门《关于颁发第四批文物保护工程甲、一级资质单位名单的通知》、《关于开展第三届"中国历史文化名街"评选推荐活动的通知》、《关于把握正确导向做好文化遗产保护开发工作的通知》等文件精神，还针对非物质文化遗产推出了新措施。据了解，北京市级非物质文化遗产保护名录中共有216个项目，其中72个项目入选国家级名录。这些项目中有些因传承单位经济效益不佳、技艺后继乏人、代表性传承人年岁较大、年轻人不愿潜心学习而传承状况令人担忧，为鼓励并协助急需保护的非物质文化遗产项目，向社会，尤其是大专院校公开招募学徒，并将根据情况给予传承单位一定资助。2010年5月14日，北京非物质文化遗产保护中心向社会发出招募公告，面向社会公开招募非遗项目学徒，推进非物质文化遗产保护。

（四）科学研究方面，推进《北京市文物局文化遗产保护科学与学术研究规划》

2009年11月，制定了《北京市文物局文化遗产保护科学与学术研究规划（2009～2011年）》，2010年是推进该规划落实的重要一年。在"保护为主、抢救第一、合理利用、加强管理"的物质文化遗产保护方针和"保护为主、抢救第一、合理利用、传承发展"的非物质文化遗产保护方针下，规划制定了北京文化遗产保护科学与学术研究的基本任务，包括全力推进北京城市发展史专项研究，北京历史文化名城保护专项研究，文物建筑合理利用专项研究，大遗址保护专项研究，世界文化遗产保护和管理专项研究，非物质文化遗产保护专项研究，博物馆及博物馆学专项研究，文物市场管理专项研究，文化遗产科普和执法工作专项研究，文化遗产保护技术的科技化，数字化专项研究十项学术专项研究；贯彻落实国家文物局第三次全国文物普查、文物保护单位规划编制、长城测绘调查、考古发掘报告整理出版、大运河调查研究、文物保护行业标准体系建设等工作部署；构建文化遗产保护科研队伍，建设文化遗产保护科研基地等任务。2010年在推进该规划落实上取得了进展，促进了文化保护科研工作。

二 "十一五"期间北京文化保护工作的成就与问题

"十一五"期间，北京非常重视加强和改进历史文化名城保护工作，通过制定保护规划、颁布保护条例、划定保护街区等，明确了文化保护的基本依据和内容，并不断加大资金投入。"十一五"以来一共投入 12 多亿元并引导社会资金 50 多亿元用于古都风貌保护，取得了较好的保护效果。

（一）具备较为完善的文化保护法规政策依据

北京作为我国历史文化名城，一直不断加强文化保护法规政策建设，并根据城市发展实际，把文化保护和城市规划实践结合起来。2005 年出台的《北京城市总体规划 (2004～2020)》将历史文化名城的保护作为重点内容列入总体规划之中。北京市规划委员会与文物局等有关部门先后组织编制了《北京旧城 25 片历史文化保护区保护规划》、《北京历史文化名城保护规划》、《北京皇城保护规划》、《北京第二批 15 片历史文化保护区保护规划》、《北京旧城规划》等规划，有力加强了文化保护工作。

2005 年制定的《北京历史文化名城保护条例》明确了具体的保护要求和策略，提出北京历史文化名城保护工作应当坚持"统筹规划、统一管理、保护为主、合理利用"的原则，明确了文物、规划、土地、建设等各部门在北京市历史文化名城保护工作的职能。2008 年，《历史文化名城名镇名村保护条例》经国务院第 3 次常务会议通过并于 2008 年 7 月 1 日起实施，为北京进一步做好历史文化名城保护工作提供了强有力的法律依据。北京市在修订《北京市城乡规划条例》的过程中也对历史文化名城的保护工作进行了充分的调研，2009 年 10 月 1 日起实施的《北京市城乡规划条例》明确提出了"本市城乡规划和建设应当尊重城市历史和城市文化，保护历史文化遗产和传统风貌，城乡规划和建设涉及历史文化名城保护的，应当遵守法律和《历史文化名城名镇名村保护条例》、《北京历史文化名城保护条例》等法规"的规定。同时，北京有关文化保护部门不断制定出台和修改更新规范性文件，为北京市历史文化名城保护工作提供了政策法律上的保障。

（二）初步形成全面协调可持续发展的文化保护体系

经过近几年的工作实践，北京的历史文化名城保护已经从过去单一的对文物保护单位的保护发展到对历史文化保护区的保护和对历史文化名城的整体保护，保护思想不断发展；从重点保护古代建筑到保护优秀近现代建筑、工业文化遗产，保护内容不断丰富；从"整旧如旧"、"原汁原味"的保护到"保护和再利用"的有机结合，从对一点一滴的保护发展成为点、线、面结合的系统性保护，保护方法越来越多样性；从重视公共建筑到重视四合院，从物质遗产到非物质遗产，保护内涵不断拓展。随着不断的努力与探索，目前北京已逐渐形成了"三个层次（文物保护单位、历史文化保护区和历史文化名城的保护）、两个拓展（优秀近现代建筑和工业文化遗产的保护）、一个重点（旧城整体保护）"的全面协调可持续的保护体系①。

（三）探索出有针对性开展保护的经验方法

在实施整体保护的同时，北京依据文化遗产不同对象的特点，有针对性开展保护，探索积累了一些有益的经验方法。

一是重点加强建筑保护。2007年北京市规划委员会与北京市文物局共同组织编制完成了《北京优秀近现代建筑保护名录（第一批）》，要求对列入优秀近现代建筑保护名录的建筑原则上不得拆除。建设工程选址，应当避开优秀近现代建筑，确因公共利益需要不能避开的，应当对优秀近现代建筑采取迁移异地保护等措施。该名录已经市政府批准。

二是发挥利用价值促进工业遗产保护。北京市针对"798"、"二热"、"北焦"、"首钢"四处各具特点的优秀工业文化遗产进行了保护及再利用的专题研究。在保留传统的历史建筑形态和提升空间商业价值的同时，利用这些老工业建筑创建"工业文化园区"或注入现代文化与历史文化相融合创建"创意产业园"，使老工业厂区在城市发展中成为更具有地域特色与历史文化厚度的新区。这项工作的开展不仅丰富了"人文北京"的内涵，也吸引了文化创意群体，促进了文化创意产业发展。充分挖掘工业遗产的再利用价值，建设节约型城市，建设环境友好型城市，是北京城市风貌保护的重要内容，也在全国起到了示范作用。

三是推进规划编制加强村落文化保护。建设部和国家文物局分别于2003年、2005年、2007批准门头沟区斋堂镇爨底下村、门头沟区斋堂镇灵水村、门头沟

① 文辑：《保护历史文化遗产，打造人文北京——北京历史文化名城名镇名村保护经验谈》，2009年12月20日《中国建设报》。

区龙泉镇琉璃渠村 3 个村落为国家历史文化名村。2010 年 12 月 13 日，住房城乡建设部与国家文物局公布了第五批中国历史文化名镇名村名单，北京市顺义区龙湾屯镇焦庄户村入选第五批中国历史文化名村。为加强具有特色文化风貌村落保护工作，结合社会主义新农村建设，在经费困难的情况下，北京市规划委员会每年组织开展北京远郊区具有特色文化风貌村庄的编制保护规划。目前，已初步编制完成门头沟琉璃渠、门头沟斋堂镇灵水村、密云新城子吉家营、怀柔九渡河镇鹞子峪的保护规划。

（四） 文化保护科研工作取得新进展

为了更好地保护北京市丰富的历史文化遗产，充分体现"人文北京、科技北京、绿色北京"理念，积极探索文化遗产保护的新方法、新技术。近年来，北京重视文化遗产保护科学和技术研究工作，科研经费投入不断加大，开展了壁画保护、丝织品保护、石质文物保护等一系列卓有成效的科研课题，支持出版了《日下访碑录》、《北京古钟》、《圆明园含经堂遗址发掘报告》 等多部重要的科研成果、专著和考古发掘报告[①]。

近年来，北京在贯彻落实文化保护政策法规，加强历史文化遗产保护方面取得了一定成绩，但也必须清醒地看到，在全球经济一体化和现代化进程加快的发展趋势下，随着城市建设的发展和旧城改造的推进，历史文化遗产不可避免地会受到影响，主要依赖口传心授方式加以传承的非物质文化遗产不断消失，许多传统技艺濒临消亡，这是普遍性的共同问题。同时，由于缺乏操作性强的法规支持、保护资金相对匮乏、旧城疏解难度大、科学保护意识缺乏等原因，重申报开发，轻保护管理，保护措施不落实，甚至出现超负荷利用和破坏性开发等问题依然存在，北京历史文化名城保护面临的形势仍然很严峻。例如：在旧城改造过程中，由于旧城内的部分单位因自身发展的需要，要求增加土地使用强度，使旧城景观、环境、交通压力等不断恶化；历史名村、古村由于规模小、历史遗迹较少，其历史价值一直很难得到足够重视等。

此外，在文化保护研究方面还存在一些问题。如文化遗产保护基础研究工作有待提高；鼓励科学研究的相关法律法规和工作机制有待进一步完善；研究经费

---

① 参见《北京市文物局文化遗产保护科学与学术研究规划（2009～2011 年）》。

投入不足；专业人才匮乏，基础条件薄弱，解决热点、难点、瓶颈问题的能力不强；文化遗产保护科学和技术研究较为薄弱，先进的实验设备和手段缺乏，科研成果转化不足等，有待加强多学科的交叉综合研究，培养文化遗产保护专业技术人才，建立适合北京文化遗产特色的科技支撑体系等①。

三 北京文化保护的发展方向

结合新的文化保护形势，北京将切实履行好保护历史文化名城的职责，进一步做好文化保护工作。

（一）制定"十二五"保护规划，体现文化保护新理念

结合制定"十二五"总体发展规划，北京将高质量地编制历史文化名城保护规划，使"十二五"期间的历史文化名城保护工作上一个大台阶。保护规划已从2010年下半年开始着手编制，预计2011年3、4月份能完成并统一部署公布。

1. 将保护范围拓展到整个北京区域

在"十二五"保护规划中，北京历史文化名城保护将坚持整体保护理念。过去北京的历史文化名城保护，主要是针对旧城这一区域，"十二五"保护规划则在全市的范围加强对历史文化资源的保护，把保护范围拓展到整个北京市域，各区县的古村镇也会启动保护试点，并加强京杭大运河（北京段）、房山文化线路、京西古道等文化线路的整体保护。而且，新扩展的地区根据不同的情况采取适合的保护方式，不套用旧城保护的单一标准②。

2. 将文化保护与文化发展相结合

在对首都功能核心区的保护中，将努力走出一条通过保护历史文化名城实现科学发展之路。在工作中，不仅要围绕保护好历史文化名城，统筹规划、建设、管理各项工作，保护好重点街区、重点单位，保护好北京的优秀历史文化遗产，而且还将按照延续历史文脉、保护整体风貌、发挥区域特色的原则，科学规划建

---

① 参见《北京市文物局文化遗产保护科学与学术研究规划（2009～2011年）》。
② 《北京历史文化名城保护委员会成立》，2010年10月23日《新京报》。

设文化功能街区。形成传统文化、旅游文化、休闲文化、演艺文化、出版文化、体育文化等特色鲜明、功能完备的文化街区，使之成为传承历史文化、丰富群众生活、带动区域经济的重要载体和引擎。

3. 将文化保护与文化利用相结合

在工作中，将依据历史文化名城保护规划的要求，充分挖掘文物景观、名人故居、四合院等历史文化资源，更好地发挥其社会效益和文化效益。对年久失修、濒临毁损的文物，进行抢救性修缮；对具备开发利用条件的文物保护单位，增加新的社会功能。支持一批文化经纪机构、文化经营公司开展名人故居、四合院的挖掘利用工作，出台相关扶持政策①。

（二）继续有针对性开展文化保护

在"十二五"期间，北京将根据《北京历史文化名城保护规划》的思路，做好文物保护单位的保护、历史文化保护区的保护、历史文化名城的保护，并根据不同保护对象特点，实施分类指导，有针对性开展保护。

1. 实施"一轴一线一带多片"重点保护

"十二五"期间，北京将重点推动"一轴一线一带多片"有关保护工作。"一轴"指7.8公里的传统中轴线；"一线"指加强朝阜路沿线历史文化资源的挖掘与整治；"一带"指促进长安街至前三门大街之间带状区域的融合发展和历史文化资源的创新利用。"多片"是指各区县可结合"十二五"时期工作，每个区县至少选取一个重点项目，支撑和丰富全市历史文化名城保护工作。比如西郊清代皇家园林历史文化保护区、石景山模式口历史文化保护区、丰台宛平城历史文化保护区、密云县古北口老城等区域②。

2. 在旧城人口疏散、交通等方面出台特殊政策

北京将提出针对旧城人口疏散、交通等方面的特殊政策集合，包括制定促进旧城人口疏解的综合配套实施政策，完成人口疏解目标；创新土地和房屋产权交易政策，提高土地和房屋流转效率；加快推进旧城交通政策的研究和实施，削减和引导机动车出行需求等。

---

① 参见《关于大力推动首都功能核心区文化发展的意见》。
② 《北京历史文化名城保护委员会成立》，2010 年 10 月 23 日《新京报》。

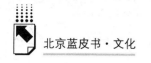
3. 对传统文化区，以保护、复兴为目的，保护利用文化遗产

对鼓楼—地安门、前门—永定门段的中轴路统一规划，建设古都传统文化景观，对传统商业店铺按历史风貌升级改造，恢复中轴两个主要地段的历史文脉，综合沿线文化、商业要素，开发"北京中轴旅游线"。对孔庙、国子监进行文化功能复兴，修建高规格、高品位、高质量的"进士题名碑展示廊"和"十三经碑林展示廊"，进一步提升文物环境和基础设施品质，建设世界儒学研究、传播中心，举办有影响力的弘扬国学活动，传承国学文化。提升琉璃厂—大栅栏街区功能，贯通大栅栏、琉璃厂，改善基础设施环境，扶持百年老店发展，加快台湾会馆、琉璃厂艺术大厦、国家艺术品交易中心等重点项目建设，提升传统商业，大力发展艺术品鉴赏、交易业，打造国家级诗书画印鉴赏交易中心，给特色鲜明的老文化街区注入新的发展活力。

4. 切实保护近现代建筑和工业文化遗产

在对已经公布的优秀近现代建筑编制保护规划和制定管理办法基础上，适时公布第二批优秀近现代建筑名录，还将开展工业文化遗产的认定、登录工作，公布一批工业文化遗产名录，编制专项保护规划、明确保护重点，利用首钢主厂区、首钢二通、焦化厂、京棉二厂等老工业厂房改造的契机，引导创造一批新的城市活力地区。

5. 做好文物修缮保护，完善胡同院落保护

对于名城保护中涉及不可移动文物的保护工作严格按照文物保护法律法规的规定执行，做好文物普查及具有保护价值的建筑相关认定、修缮标准的编制工作，继续积极推进旧城区胡同四合院整治修缮，在胡同肌理和原有格局不变的情况下，重点解决基础设施配套问题，特别是旧城群众如厕、取暖等，进行节能环保平房试点工作。积极配合有关部门制订公房承租户的改造标准和办法，制定私房居民的房屋自行修缮和补助配套办法，真正做到发展成果由人民共享，更好地体现对老百姓的人文关怀。

6. 抢救腾退修缮名人故居

挖掘历史资料，开展普及宣传，出版北京名人故居录、名人故事集，增强名人故居承载的历史文化内涵。对名人故居实施保护性利用，优先对梅兰芳、齐白石、曹雪芹、老舍等世界级名人故居进行合理利用，建立展陈改造的示范点，利用现代化科技手段，丰富展示内容，创新展现形式，提升展陈水平。按照"四

有"，即"有标识、有讲解、有展示、有多媒体"的工作要求，建设一批高水平现代化的名人故居博物馆。开发名人故居的教育、旅游功能，设计开发"北京名人故居游"旅游线路，开展有针对性的旅游线路营销。配合中小学教学，策划"北京名人故居现场课"，运用多种形式，创造名人故居利用的新途径。

7. 加强非物质文化遗产保护

坚持"政府主导、社会参与、长远规划、分步实施、明确职责、形成合力"的原则，抢救保护非物质文化遗产。在大栅栏地区策划建立非物质文化遗产传承博物馆、非物质文化遗产展示推广中心，集中展现优秀的非物质文化遗产。探索创新保护和传承机制，对适合产业化运作的非物质文化遗产进行合理开发，组织文化研究机构、市场营销力量与非物质文化遗产进行对接，实现产学研一体化的传承开发，形成新的传承活力。增强老字号文化企业的发展活力和市场化运作能力。探索建立非物质文化遗产生产性保护基地，推动老字号企业体制机制创新，走品牌保护和现代商业协同发展之路。推动非物质文化遗产进校园，建立非物质文化遗产传承人的有效培养机制，推进市级非物质文化遗产传承示范校建设①。

（三）完善工作机制，鼓励公众参与保护

1. 加强组织领导，提高保护实效

在文化保护中建立健全政府统一领导，相关部委办局分工负责，社会团体、企事业单位积极参与的工作格局，形成推动整体保护、文化事业和文化产业发展的合力，并将文化发展纳入国民经济和社会发展总体规划，作为评价区域发展水平、衡量发展质量和领导干部工作实绩的重要内容。同时，加大对历史文化名城保护工作的考核力度，强化层级管理，建立考核、评价和责任制度，促进政府各职能部门认真履行促进文化发展的职责，转变职能，强化服务，提高保护实效。

2. 积极发挥市场机制作用

在文化保护中深化改革，创新体制机制，充分发挥市场机制的作用，不断创新历史文化遗产保护修缮方式，积极鼓励多元化运作，建立历史文化遗产保护的

---

① 参见《关于大力推动首都功能核心区文化发展的意见》。

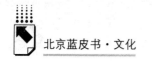

长效机制，使首都文化遗产实现可持续保护，并得到新的弘扬和繁荣。

3. 调动社会力量开展保护

建立健全社会力量参与文化发展的体制机制，疏通社会捐助渠道，探索建立文物保护基金、文化发展基金，拓宽融资渠道。放宽市场准入，开放社会资源，通过政策引导、资金扶持等方式，鼓励支持民营企业从事公共文化服务、历史名城保护、文化创意产业发展、重大文化活动组织等，进一步增强文化市场活力，努力形成政府引导、社会力量广泛参与的文化发展格局。同时，充分发挥人民群众的主体作用，使历史文化名城保护工作得到群众的拥护和支持，支持公众参与文化保护实践，形成历史文化名城保护的合力①。

（四）加强文化保护科学研究

按照面向需求、合理规划，加大投入、突出重点，完善机制、加强管理的原则促进文化保护科学研究。落实国家文化发展规划纲要，继续加大对历史文化名城保护、古都风貌保护、古村落保护利用、城市发展史、文物基础资源调查、考古发掘报告的编写整理、文物保护技术等重点课题的支持力度。通过多种渠道筹集资金，鼓励相关学术论文、专著和考古发掘报告的发表出版。积极筹措和推动科研成果转化，利用自主知识产权的文化遗产保护技术获取市场收益，发展文化创意产业。切实加强科研工作的管理，建立、完善科研工作规章制度。设立科研工作主管领导和联系人登记制度，加强科研经费管理，完善科研工作奖励机制，掌握在研课题动态，督促课题负责人按时结项，提高科研成果转化率，切实为文化遗产保护工作服务，在建设"人文北京"和构建社会主义和谐社会首善之区中发挥重要作用②。

（五）发挥专家作用，加强人才队伍建设

在制订规划、决策参考、深度挖掘文化内涵中充分发挥专家作用，将专家委员会工作制度化，以开发北京历史文化名城的文化精华，提高北京历史文化名城保护的文化品位和水准，为北京历史文化名城保护提供重要决策智慧。与此同

---

① 参见《关于大力推动首都核心区文化发展的意见》。
② 参见《北京市文物局文化遗产保护科学与学术研究规划（2009~2011 年)》。

时，加强人才培养工作。通过各种形式培养造就保护首都历史文化的高素质专门人才，发挥工艺美术大师、"老字号"传人的作用，培训"老字号"、传统工艺的接班人，使首都丰富的文化遗产能够得到传承和保护①。利用北京市教育资源，加强文化人才培养，落实市政府关于鼓励和吸引海内外优秀文化人才的优惠政策，加大高端文化人才引进力度。创新人才使用机制，打破所有制、区域界限，汇集体制内外、区域内外的智力资源，以先进的市场经验、管理才能、专业技术助推文化保护发展，为北京文化保护和发展提供强有力的人才支撑。

---

① 刘淇：《增强保护历史文化名城的紧迫感责任感》，2010 年 10 月 22 日《北京日报》。

B.20
合理利用历史文化资源，
彰显北京城市文化特色

孙 玲*

摘　要：北京的文化资源丰富多彩，合理利用文化资源既可以提升北京的城市形象，又可以拓宽北京对外宣传的途径。但是北京依然存在着文化资源浪费，文化资源利用形式单一，对开发利用文化资源的单位和个人缺少政策指导和扶持力度等问题，政府及相关部门应及时制定可行的、便于操作的细则，使有限的文化资源转化成丰富的精神财富和物质财富。

关键词：历史文化名城　文物保护　文化遗产　文化特色

北京这座具有 3000 多年建城史、800 多年建都史的历史文化名城，要建设成世界城市，面临许多问题。如何合理利用北京的文化资源，彰显北京城市文化特色，把北京建成既有历史厚度，又有现代气息的城市是一个值得深入研究的新课题。

北京从金代正式建都开始，经过近九百年的不断发展，特别是明、清最后两个封建王朝在六百多年的时间里，精心建造了这座举世闻名的东方古城，留了一处处令世界仰慕的文物建筑。北京的历史遗迹十分丰富，从远古时期到现在都有历史遗迹留存下来，通过考古发现距今 70 万年前的猿人遗迹；距今十几万年旧石器时代的"新洞人"和"山顶洞人"的遗迹；距今 2 万年和 1 万年前的"东胡林"人类遗迹；6 千年前人类从山区向平原迁移的上宅文化遗址以及西周、春

---

* 孙玲，副研究员，北京市文物保护协会秘书长。长期从事文物保护政策、法规的研究。主持制定了多项地方法规和规章，参加了《中华人民共和国文物保护法》、《中华人民共和国博物馆条例》等法律、法规的起草工作。

秋战国、秦、汉、隋、唐等朝代遗留下来的各类遗迹，这些珍贵的历史遗迹证明了北京悠久的历史和人类文明发展脉络。特别值得一提的是，辽、金、元、明、清等朝代在北京地区遗留下来的皇家宫殿陵寝、王府衙署、坛庙祠观、皇苑楼宇、学府贡院、名人故居、会馆戏楼等地上文物古迹，使人们直接看到北京城市历史的变迁，亲身感受到北京与其他城市不同的国都文化特色。1987年联合国教科文组织批准中国六处文化遗产列入世界文化遗产名录，其中北京就有三处。1982年国务院公布全国第一批历史文化名城，北京居首。这些丰富的文化资源使北京具有独特的城市魅力，是北京迈向世界城市的桥梁。

一　北京文化资源的保护实现了战略转移

北京的文化遗产等级高、门类全、数量多。但是"文化大革命"期间当做"四旧"被破除了一些，年久失修坍塌一些，20世纪90年代房地产开发拆除了一些，使北京的文化资源受到较大的损失。随着北京城的建设与发展，不同时期针对文物保护出现的问题，社会上都有保护文物古迹的呼声，先是以专家学者为主，而后是政协委员、人大代表，再后是平民百姓。这些呼声对市政府的决策产生了一定影响，改革开放后，北京的城市发展规划曾进行多次修改。

为了保护北京的文化资源，进入新世纪后市政府先后批准实施了"3.3亿工程"、"人文奥运"—文物保护计划。在十年的时间里，由政府财政出资全市共计修缮139处文物建筑，解除了66个文物保护单位的100余处安全隐患，搬迁了880个占用文物保护单位的部门和14200户占用文物保护单位的居民，经腾退、搬迁、修缮后有41处文物古迹向社会开放，利用文物古迹开辟为博物馆、文物管理所、群众参观游览场所的有140余处。在保护文物古迹的同时，市政府依照历史名城整体保护的理念，开展了历史文化保护街区的保护整治工作，先后恢复了永定门城楼、整治了中轴线两侧的传统建筑，完成了北京传统文化街区——什刹海白米斜街、烟袋斜街、鼓楼东大街、三眼井、御河、南锣鼓巷、前门大街、琉璃厂大街和北二环路的整治和保护工程，以此来展示北京城的传统风貌。与此同时，市政府把历史文化名城保护工作列入政府折子工程，先后完成了元大都城墙遗迹、明城墙遗迹、皇城墙遗迹及北御河遗址的整治、维修、保护工程。

"十一五"期间北京文化资源的保护工作进一步向纵深方向发展。市政府根据北京城胡同、四合院锐减的情况，拿出 10 亿元全面修缮老城区内的传统住宅，并分步骤对老城区进行保护。首先保护的是老城区历史风貌保护区中的重点院落、街巷；其次是探索平房区小规模渐进式保护更新的改造方式，即在不改变胡同肌理和房屋风貌的基础上，对房屋进行翻新，完善市政设施。2007 年北京市建委、规划委和文物局制定了《北京旧城房屋修缮与保护技术导则》，明确北京城区旧房改造的指导思想是进一步保护北京古都风貌。

近年来，市政府在北京城市改造中做了大量保护文物古迹的工作，各级文物保护单位的保存现状得到了较大的改善。但是全面看，北京文化资源的保护还有不尽如人意的地方。近年来普通百姓通过行政复议、行政诉讼的方式反对拆迁胡同、四合院的案件在逐年增加。一年一度的人代会、政协会上对保护北京文化资源、合理利用文物古迹的提案、议案仍很多，有的还相当尖锐。2010 年是"十一五"最后一年，为了实现保护北京文化资源的战略目标，北京市政府在综合考虑北京城市发展的基础上，权衡利弊，作出了新的重大部署，出台了《关于大力推动首都功能核心区文化发展的意见》，提出今后北京旧城地区将不再安排重大建设项目；现有历史文化保护区不再进行拆建。"十二五"期末，具备利用条件的文物保护单位基本完成修缮腾退工作。这项重大决策是全面保护北京文化资源的号令，是保护北京历史文化名城的重要举措，是彰显北京城市文化特色的重要手段，是推进北京建成世界城市的重大战略部署。

二 合理利用文化资源，提升北京的城市形象，拓宽对外宣传途径

据抽样调查，首次来北京观光旅游的国内外人士首选的观光点依次是：天安门、故宫、长城、天坛、颐和园；多次来北京观光的，选择的游览点多为王府、名人故居、历史文化保护区、民居。据 2010 年 10 月 2 日《法制晚报》报道：2009 年故宫全年接待游客 1187 万人次，日均接待量超 3.2 万人次。2010 年 10 月 3 日《北京青年报》报道：国庆节前颐和园的日入园游客数量约为 4 万人次，预计国庆期间日入园人数将超过 8 万人次。除此之外，北京的天坛公园、北海公园、景山公园、恭王府、雍和宫、八达岭长城、慕田峪长城、南锣鼓巷、什刹海

等文物景点、历史文化保护区在节日期间都达到了人员饱和状态。由此可以看出北京的历史文化资源是北京城市的特色，是发展北京旅游业的重要支撑，是宣传北京的重要平台。北京的文化资源不仅给游客提供了精神享受，而且为北京的经济建设作出了巨大贡献。故宫每年可以使一千多万人接受中国传统文化的教育，人们通过游览故宫，了解中国古代的典章礼仪、欣赏传统工艺的精湛技艺，感受中国古代建筑的辉煌与壮美。故宫每年数亿元的经济收益不亚于一个大中型企业创造的财富。八达岭长城几十年来接待了许多国家的元首和政要，接待了数亿的中外游客，人们记住了长城也就记住了北京。长城已成为北京和中国的名片。八达岭长城开放以来每年的经济收益几乎占了整个县财政收入的40%。改革开放后，随着改革的深度发展，北京的文化资源发挥了重要作用，搭建了重要的交流平台，特别是一些高规格的对外文化交流项目大多依托古老文化资源，收到事半功倍的效果。如在北京举办的世界瞩目的三大男高音演唱会就在午门举行，歌剧《图兰朵》在太庙举行，这些活动通过全球电视转播，全世界都看到了北京辉煌壮丽独具中国文化特色的文物建筑，这对于提升北京的城市形象起到了极大的促进作用。

近年来，除了政府投资修缮文物外，北京文化资源自身潜在的价值也吸引了有实力的社会团体的关注，不少企业把开拓事业与北京的文化资源紧密相连在一起，在合理利用文化资源中既保护了文物古迹也取得了可观的经济效益。如南新仓是明、清两朝的皇家粮仓，距今已有600年的历史。粮仓外墙是用坚固城墙砖砌筑的，既朴素自然又宏伟大气，即使它坐落在现代化的高楼大厦之中，也丝毫不显得落伍，反而有一种与生俱来的恢弘气派。1949年后，这里成为北京百货公司储存各种日用品的仓库，其作用和价值与一般仓库没有任何区别。进入新世纪以来一家民营企业看中了这座粮仓潜在的文化价值，进行投资开发，在没有改变建筑主体的情况下，对仓内进行了可逆性装修，将粮仓改建成了"乐府俱乐部"。在这个充满文化底蕴的空间里，古老的剧种昆曲在这里上演，当《牡丹亭》优雅婉转的唱腔围梁环绕时，使游客得到完美的精神享受。企业负责人说南新仓和欧洲的很多古城堡相比，一点也不逊色，是一个无价之宝，要百般地呵护它，挖掘出它的内在美。到古粮仓听昆曲已成为高雅与时尚的追求。古粮仓此时所体现的价值是任何一座仓库都无法比拟的。

坐落于前门外西河沿的正乙祠戏楼也是一座有300余年历史的浙江同乡会馆

中的古戏楼，是北京现存的四座会馆戏楼中，建成年代最早的古戏楼。新中国成立后这座会馆成了本单位的招待所，会馆厅堂四边的楼廊隔成了客房，厅堂成了食堂，戏台成了卖饭的场所，后台则成了厨房。20世纪90年代，有民间资本看中了古戏楼的文化价值，投资开发了戏楼，但因当时会馆周边环境较差、配套设施不完善等原因，经营状况不好，投资者又因与招待所发生租赁纠纷，最后被迫中止了对戏楼的利用。十几年过去了，正乙祠的文化价值被重新重视起来，宣武区政府全力将正乙祠打造成本区文化创意产业示范，并打算以此拉动前门西河沿地区的改造。现在正乙祠已完成了改建，排椅取代池座中的圆桌板凳，二楼的回廊和一楼的侧面包厢都改造为表演区，古老剧种昆曲在这里上演。来这里看戏的观众，感受到与在普通剧场不同的观赏体会。这座历史建筑被不合理利用时只是一座无名的招待所，现如今恢复建筑的历史功能后，已经成为向外国游人推荐中国传统文化的重要场所。

秦唐客栈位于南锣鼓巷历史文化保护区内，是一座占地近2000平方米的清中期的四合院，曾为国家机关的领导住房。为了发挥这座百余年历史院落的文化价值，国家机关另择住宅安排了领导，把该院落进行整修、利用。在修缮中管理单位本着"修旧如旧"的文物保护理念，尽可能多地保留原建筑的原风貌，并在房间内配上了相应的文物复仿制品，传统的灯具、字画、瓷器，使修缮后的院落充满了古朴、典雅的中国传统文化气息。2008年客栈开业后，由于它有别于世界统一标准的星级饭店，具有独特的文化内涵，来自美国、英国、德国、法国、意大利、澳大利亚、加拿大、日本、丹麦、荷兰、挪威、比利时、西班牙、韩国、以色列、新西兰、委内瑞拉等50多个国家和地区的两千多人来这里入住。这些游客在这里出门看历史文化保护区，进门体验中国传统建筑的居住环境，加深了对中国文化的了解。这座普通的民宅由于被合理利用成为宣传北京的一个窗口。

北京还有许多文物建筑通过合理利用后，一方面展示了建筑本身的文化内涵；另一方面对彰显北京城市文化特色起到了重要作用。如恭王府腾退后辟为参观游览场所，这座北京地区唯一一座对外开放的王府及花园，标准的王府建筑规格，展示了北京特有的王府文化。由于王府地处北京核心区，前与皇家宫宛北海相邻，后与什刹海历史文化保护区相连，使这里成为北京特色旅游的重点区域。再如，湖广会馆修缮后被辟为中国戏曲博物馆。阳平会馆修缮后引进刘老根大舞台，成为北京一个重要文化场所。

事实证明，通过合理利用文化资源，使北京的城市形象得到提升，对开拓北京的文化产业，拓宽对外宣传北京的途径，促进北京走向世界十分有利。

三　文化资源浪费现象依然存在

北京的文化资源十分丰富，新中国成立后国务院先后公布了六批全国重点文物保护单位，北京有98处文物古迹被列为全国重点文物保护单位。北京市政府先后分七批将224处文物古迹公布为市级文物保护单位。各区县政府也根据本地区的文物资源公布了区县级文物保护单位，共567处。北京现有挂牌保护的宅院680多座。如果这些文化资源能够充分合理利用，北京城的文化内涵将得到进一步彰显。据最新统计，目前全市98处全国重点文物保护单位中，被社会不合理使用的比例约为15%；224处市级文物保护单位中，不合理使用的比例约为33%；567处区县级文物保护单位中，不合理使用的比例约为72%。

除了各级文物保护单位外，北京的文化资源之多是许多城市望尘莫及的。据不完全统计，现在有迹可循的王府、公主府、官宦府邸仅东、西城就有50多处，名人故居更多，茅盾、梁实秋、田汉、冰心、老舍、朱启钤、蔡元培、张伯驹、程砚秋、马海德、纪晓岚、林则徐、康有为、谭嗣同、林白水、邵飘萍等学者大师都曾在北京居住过。据《北京市宣武区志》统计："至清末民初，宣南地区170条街巷中建有会馆511处，其中明代33处，清代至民国初年478处。"其中比较著名的安徽会馆、湖广会馆、湖南会馆、江西会馆、泾县会馆、浏阳会馆、南海会馆、番禺会馆、蒲阳会馆、绍兴会馆等都与北京的历史有着千丝万缕的联系。但是这些王府、名人故居、会馆等文化资源除少数合理利用外，大部分被不合理占用，多数成为居民大杂院，建筑年久失修、残破不堪，安全隐患十分突出。北京的胡同和旧宅院是老北京城规划理念的重要组成部分，是北京城特有的地域风格，这些宝贵的文化资源应该体现出应有的价值，发挥出应有的作用，显示出北京独特的城市文化特色。

四　开发利用文化资源存在的问题

北京的文化资源十分丰富，在开发利用中还存在着一些问题。

（一）没有相应的配套措施保证文化资源的合理利用

《文物保护法》规定："国家指定保护的纪念建筑物、古建筑、石刻、壁画、近现代代表性建筑等不可移动文物，除国家另有规定的以外，属于国家所有。"据调查，北京地区列入各级文物保护单位的文物建筑 90% 以上是国家所有，这些建筑除部分对社会开放外，由于历史原因，大部分用作国家机关、军队、学校、企事业单位办公、生产或居民租赁使用。新中国成立后，北京市政府为了丰富群众的文化生活，曾通过合理置换的手段，将占用属于国家所有的文物建筑的单位置换到非文物建筑中，将腾退出来的文物建筑进行修缮并对社会开放，如大钟寺、五塔寺、大觉寺、孔庙、正阳门、德胜门箭楼、万寿寺、团城演武厅、报国寺、先农坛等文物建筑都是通过这种形式实现了对社会开放。改革开放后，多种经营形式的房地产开发，抬高了地价和房价，也抬高了占用文物建筑的单位和个人索取期望值。现阶段想通过合理置换的方式腾退文物建筑基本无法实现了。占用单位、占用人漫天要价，使拆迁费用一涨再涨，涨得文物建筑的腾退工作不敢擅动。虽然法律对文物保护作了明确规定，但由于缺少相应的配套措施、缺少对合理置换文物建筑的明确规定，执行起来非常艰难，致使许多宝贵的文化资源无法实现其应有的价值。如皇城内的大高玄殿是明、清两代皇家的道观，宣仁庙（风神庙）、凝和庙（云神庙）、昭显庙（雷神庙）、福佑寺、静默寺等是故宫的外八庙，它们是皇城文化的重要组成部分，如果全部对社会开放，完整展示皇城文化体系，其文化资源的价值将会得到最充分体现。但是目前这些建筑因由各部门使用都不能对外开放，造成文化资源的巨大浪费。

（二）文化资源利用形式单一，对社会投资吸引力不强

长期以来，对文化资源的利用问题，文物行政部门一直持谨慎态度。《文物保护法》规定：核定为文物保护单位的属于国家所有的纪念建筑物或者古建筑，除可以建立博物馆、保管所或者辟为参观游览场所外，如果必须作其他用途的，应当经核定公布该文物保护单位的人民政府文物行政部门征得上一级文物行政部门同意后，报核定公布该文物保护单位的人民政府批准；全国重点文物保护单位作其他用途的，应当由省、自治区、直辖市人民政府报国务院批准。建立博物馆、保管所或者辟为参观游览场所的国有文物保护单位，不得作为企业资产经

营。根据法律规定，当年南新仓开发利用时，文物行政部门依法多次下达停工通知书。近年来，北京市政府逐年增加文物保护资金，腾退修缮了一批文物建筑，辟为参观游览场所对社会开放。但是由于一些文物建筑的知名度不高，活动场地不大，展览内容不丰富，辟为博物馆对社会开放后观众很少，有的平均一天只有十几个人，维持开放举步维艰，有的只能通过租房、租场地来解决行政经费。这种形式虽然使文物建筑得到保护，但是文化资源的价值没有得到充分体现。单一的开放形式，使投资回报率低、经济效益较差，致使一些地方政府把腾退、修缮、开放文物古迹当做包袱，积极性不高。

保护北京文化资源是政府的事，也是全社会的事，吸引社会资金参与文化资源保护是文化事业的发展趋势。社会资金参与文化资源保护其最终目的是通过利用文化资源来扩大自己事业的发展，寻求较高的投资回报率，因此，社会资金修缮传统建筑后最关心的是能否多途径使用。目前对文化资源的利用形式比较单一，打算以"办博物馆、保管所、群众参观游览场所"以外的形式利用文物建筑，申请手续十分复杂，因此，社会资金参与开发利用文化资源的并不多。文物古迹修缮的经费基本来自财政拨款，文物保护基金会近年来公募文物保护费是零。政府的财政收入虽有了很大的提高，但用于文化资源保护方面毕竟是有限的，目前北京地区仍有相当多的文化资源处于无人管理、无人利用的状态。

（三）对不可移动文化资源利用正面宣传力度不够，对开发利用文化资源的单位和个人缺少政策指导和扶持

改革开放以来，媒体对文物市场宣传力度大，"捡漏"、收藏品价格翻倍几乎成了宣传的主流，一些权威宣传机构制作的文物收藏方面的节目，基本通过专家对收藏品估价的方式来提高收视率，从客观上造成社会各界人士把收藏文物当做资产升值保值的一种手段，吸引大量社会资金流向文物市场。但是从综合效益看，保护利用好北京地区不可移动文物，对推动北京建成世界城市意义更重大，效果更明显。但是，纵观近年来对不可移动文物的宣传，除了介绍修缮工程开工消息外，就是知名景点人满为患的消息，或者是文物建筑隐患严重、文物建筑被破坏、被拆除的消息，很少有大量正面宣传合理利用不可移动文物取得的经验和成果。

另外，近年来城市改造和新农村建设大量拆除胡同、四合院及古村落，使社

会资金不敢贸然参与传统建筑改造利用也是其中原因之一。加上政府相关部门工作滞后，使社会资金参与不可移动文化资源保护的热情远不及参与可移动文化资源热情高。据查，目前北京地区没有一份指导社会资金投入开发利用不可移动文化资源的投资指南，没有一份参与传统建筑修缮、利用申报程序的宣传材料，没有一项相关的扶持政策出台。因此，在多数人的印象里都认为修缮文物、传统建筑、改造历史文化街区是政府的事，与民间关系不大。对想参与北京历史文化保护区微循环改造，开发利用民居的投资人，没有渠道了解如何办理相关手续。对北京核心区内的平房私房主按照传统建筑方式修缮房屋，能否获得相应的补助，企业赞助历史文化保护区改造，能否获得减少税收的优惠等相关政策少有制定，在一定程度上制约了投资者的热情。再有，北京核心区传统建筑的管理使用权由多部门负责，在解决具体问题上，经常是部门间相互推诿，对投资者缺乏指导，有的事前咨询无人回答，事后以罚以主，严重挫伤了投资者的积极性。

四　推进合理利用文化资源的几项措施

（一）切实落实市政府《关于大力推动首都功能核心区文化发展的意见》

"十二五"时期，市政府决定不在北京旧城地区安排重大建设项目，不再进行胡同、四合院的大面积拆除；将具备利用条件的文物保护单位基本完成修缮腾退。这是确保北京古都风貌不再消失的重要措施。北京地区现存的文化资源已经是十分有限了，保留下来的都是重要的文化资源。对这些文化资源要通过合理、有效的方式进行改造。目前有一种倾向需要引起重视，即不能为改变现在传统平房区建筑破旧、环境脏乱、市政设施老化的现状，采取街区居民整体搬迁，全部建筑拆除后重建四合院的办法，这种方式虽然能在短时间内收到城市面貌改观的效果，但从长远看将会斩断城市文化发展的脉络，不利于北京传统文化的传承。

（二）制定社会资金参与核心区胡同、四合院微循环改造、开发利用的细则，加大扶持力度，实行税收优惠政策

当前北京核心区内的胡同、四合院，正逐步成为国内外游人参观的具有国

际影响的游览、休闲区域，如什刹海、南锣鼓巷、国子监街、烟袋斜街等历史街区的多种开放利用方式，成为北京文化产业的重要组成部分。北京共公布了40片历史文化保护区，如何引导社会资金踊跃参与这些保护区改造、开发、利用，市政府及相关部门应尽快制定出实施细则和办法，应尽快制定出投资指南类的宣传材料，使有意参与的社会团体或个人能够方便了解到相关的政策、办事的渠道以及参与该项事业所得到的利益、优惠政策等。现在我市关于发展文化产业的规划制定了不少，应在此基础上及时制定出具体的实施细则和办法。

（三）制定国有文物保护单位腾退细则，确保国有文物保护单位的公益性

北京地区的文物建筑丰富多样，因历史原因许多文物建筑被占用。随着国家经济的发展，许多文物建筑都建了新的办公楼、学校、厂房，但这些占用单位仍然不向国家移交文物建筑的使用权，在政府实施文物建筑腾退工作中还以此向政府索要巨额费用，使国家拥有所有权的文物建筑成为部门财产。《中华人民共和国文物保护法》规定："国家指定保护的纪念建筑物、古建筑、石刻、壁画、近现代代表性建筑物等不可移动文物，除国家另有规定的以外，属于国家所有。"法律规定属于国家所有的不可移动文物，是国家的重要文化资源，但是如何保证国家所有的文化资源能够合理利用并发挥其最大的文化价值，目前在北京市还没有有效的解决方法。如皇城的外八庙、东城区的崇礼住宅、帽儿胡同三十七号院、段祺瑞执政府旧址、朝内大街孚王府、西城区的礼王府、郑王府、庆王府、克勤郡王府、醇亲王府、福建汀州会馆、安徽会馆戏楼、湖南会馆、中山会馆、可园等一大批文物建筑都是构成北京城市文化特色的重要组成部分，但是它们不是被当做普通办公场所，就是被当做普通住宅或是普通的生产场所，文物建筑内含的文化价值没有得到体现和利用，是文化资源的极大浪费。因此，政府相关部门应将思想统一在建设世界城市的远景规划下，尽快制定出不合理占用国有文物保护单位的部门置换到非文物保护单位或新建场所的实施细则，使管理者与被管理者在公开透明的社会监督下，尽快完成腾退、修缮、对外开放工作，使北京市政府制定的《关于大力推动首都功能核心区文化发展的意见》得到落实。

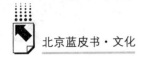
（四）允许在保护文物的前提下多途径利用文物，通过文化资源的利用，扩大传统文化的影响力

多途径利用文化资源是保护文化资源的一个重要手段。2010 年 10 月 14 日《北京青年报》发表了《俄罗斯保护利用古迹重创新》的报道，对我们合理利用北京文化资源有很大的启发。该文章介绍了俄罗斯让古老的文化遗产重现活力的做法。俄罗斯利用古迹的形式多种多样，一是"古为今用"对历史古迹"推陈出新"。如圣彼得堡尤苏波夫家族的官邸有近二百年的历史，现在辟为博物馆，官邸里的歌剧院被"原汁原味"地保留下来，并成为对外开放的音乐厅。二是宣传名人与城市的联系。莫斯科、圣彼得堡等城市建筑物上有许多铭牌，上面有的写着此处曾发生某个历史事件，有的写着某某名人曾在此生活或者逝世。这些铭牌吸引了许多游人，也显示了这座城市的文化内涵。三是保持历史建筑外观。俄罗斯的法律规定在大城市中心区内的历史遗迹和名人故居是不能拆迁的，建筑内部可以装修，但外观不能改动。因此俄罗斯许多大城市最繁华的街道上尽管高档商店和购物中心林立，但城市始终保持着古朴的风貌。

北京是历史文化名城，文化资源丰富多彩，多系列文化有待深入挖掘，有待通过合理利用来宣传其文化价值。为了尽快实现文化资源的合理利用，对有志于投资开发利用文化资源的社会团体和个人应给予政策支持、技术指导，在法律允许的前提下，在"不改变原状"的条件下，在审批利用文化资源方面多开绿灯少亮红灯，使文化资源助推北京城市建设向历史深层发展。

北京是历史文化名城也是国际化大都市，要把北京建出特色，就要珍惜北京的文化资源。文化资源是有限的，只有把有限的资源充分利用起来，变成无限的精神财富和物质财富，才能推进北京建成世界城市。

B.21

北京市非物质文化遗产的保护与传承

李荣启 *

摘　要：非物质文化遗产的保护与传承是一项功在当代、利在千秋的事业。北京市的非物质文化遗产保护与传承工作进展与成效主要表现在：建立健全保护工作机构，形成了保护工作队伍；已完成第一次非物质文化遗产的普查工作；初步建立起各级非物质文化遗产名录体系，代表性传承人得到有效的保护；通过开展丰富多彩的非物质文化遗产保护宣传活动，增强了全社会的文化遗产保护意识；非物质文化遗产展示和传习基础设施建设初具规模。

关键词：非物质文化遗产　名录体系　代表性传承人　文化遗产日

中国是历史悠久的文明古国。在长期的历史发展过程中，56 个民族创造了灿烂辉煌、丰富多彩的物质文化遗产和非物质文化遗产。非物质文化遗产是指各族人民世代相承、与群众生活密切相关的各种传统文化表现形式（如民俗活动、表演艺术、传统知识和技能，以及与之相关的器具、实物、手工制品等）和文化空间。非物质文化遗产是中华民族文明与智慧的结晶，是联结民族情感的纽带和维系国家统一的基础，是当代文化发展与创新的基石。它承载着民族特有的思维方式、心理图式、审美观念，凝聚着中华民族深层的文化基因，展现了中华民族充沛的文化创造力，是值得倍加珍惜的精神家园。保护与传承非物质文化遗产，是传承中华文明、确立我国文化身份的必然要求，是落实科学发展观、繁荣社会主义先进文化、构建社会主义和谐社会的必然要求。

新世纪以来，党和政府把非物质文化遗产保护视为功在当代、利在千秋的大

---

* 李荣启，中国艺术研究院马克思主义文艺理论研究所研究员。

事，并把这项工作纳入重要议事日程，给予了高度重视，统一部署、全面推进，在政府主导和社会广泛参与下，非物质文化遗产保护工作健康发展，取得了显著成就。在文化部及相关部门的统一领导下，北京市非物质文化遗产的保护与传承同样取得了可喜的进展，组织开展了一系列卓有成效的工作。

一 建立保护工作机构，形成保护工作队伍

机构和队伍建设是非物质文化遗产保护工作的关键环节。为了有力地推动和落实非物质文化遗产保护工作，强化保护工作基础，北京市领导高度重视，设置与完善保护工作机构，并逐步形成科学的管理机制。2006 年 1 月，北京市人民政府办公厅下发了《北京市人民政府办公厅关于加强本市非物质文化遗产保护工作的意见》。同年成立了由 14 个委办局组成的"北京市非物质文化遗产联席会议"并形成制度，每年定期召开工作会议，研究和协调保护工作中的一些重大问题。目前，北京市各区县也已建立了以主管区长或宣传部部长为组长的区（县）级非物质文化遗产保护工作领导小组，并相应建立了区（县）级非物质文化遗产保护中心。2006 年 9 月，北京市编办批准北京市文化局所属北京文化艺术活动中心加挂非物质文化遗产保护中心的牌子。随着北京市非物质文化遗产保护工作的深入开展，非物质文化遗产保护工作的管理机制不断增加，2009 年，北京市编办正式批准北京非物质文化遗产保护中心编制，定为全额拨款事业单位，干部编制为 15 人。同年底，市编办正式批准成立非物质文化遗产处。全市各区县也依托文化馆相继成立了区（县）级非物质文化遗产保护中心。目前，市、区县两级政府专门从事非物质文化遗产保护的专职工作人员共 77 人。随着各级保护工作机构的建立，市、区县两级责任明确、运转协调的保护工作机制逐步形成，做到分级负责，层层落实，使北京市的非物质文化遗产保护工作得以正常开展。

为了加强非物质文化遗产保护工作队伍建设，提高工作人员的业务素质和工作能力，自 2004 年以来，北京市连续举办了 6 期非物质文化遗产培训班，约有近千人次参加了业务培训。18 个区县的相关非物质文化遗产保护机构也举办了培训班。仅 2009 年就分别举办了对项目申报单位、申报人员、区县业务人员的培训 10 余场，参训人员约 200 名。此外，还组织 48 名参与申报国家级非物质文

化遗产项目的工作人员参加了中国艺术研究院·中国非物质文化遗产保护中心举办的"中国非物质文化遗产项目申报培训班";组织四批区县工作人员参加了中国艺术研究院·中国非物质文化遗产保护中心在江苏、山东组织的非物质文化遗产保护工作培训班;组织相关人员参加了第三届非物质文化遗产保护苏州论坛和第三届运河名城博览会。通过各种形式的培训、观摩、交流等活动,进一步开阔了本市非物质文化遗产保护工作专职干部的眼界,使其业务素质有了较大提高。保护工作机构和队伍的建设,有力地推动了非物质文化遗产保护工作的开展。

二 全面、扎实地推进非物质文化遗产的普查工作

为了摸清我国非物质文化遗产的家底,全面了解和掌握各地区、各民族非物质文化遗产资源的种类、数量、分布状况、生存环境、保护现状及存在的问题,文化部于 2005 年 6 月部署了全国非物质文化遗产普查工作。这次普查工作,是我国 21 世纪之初在全国范围内开展的第一次大规模的非物质文化资源的全面、深入调查。

为了贯彻落实文化部的普查工作部署,做好北京市的非物质文化遗产普查工作,2005 年 6 月,北京市文化局下发了《关于开展非物质文化遗产普查工作的通知》,正式在全市范围内启动非物质文化遗产普查工作。同时,成立了以北京市文化局局长为副组长,市发改委、文化局、财政局、教育局、民委、建委、旅游局、宗教局、文物局、文联、民协、北京群众艺术馆等相关部门和单位的领导,以及全市 18 个区县文化委员会主任为成员的"北京市非物质文化遗产普查工作领导小组"。领导小组下设指导组和办公室,邀请有关专家担任指导组副组长。全市 18 个区县的文化委员会也相应成立了"非物质文化遗产普查工作办公室",并建立了以主管区长或宣传部部长为组长的区县非物质文化遗产普查工作领导小组。为了保证普查工作的实施,普查工作领导小组组织制定出普查工作方案,并以街道、乡镇为基点,建立起一支 8000 余人的普查工作队伍。同时,加强经费保障。普查工作启动之初,北京市文化局确定了西城、海淀、平谷等普查试点区县,并给予每个区县 5 万元的资金补助。据不完全统计,自 2005 年 7 月正式启动普查工作到 2007 年底,市、区两级财政及相关单位,仅用于购买普查工作所需设备、组织前期培训和普查员费用 3 项,就投入资金 1400 余万元。

为了做好普查工作，北京市非物质文化遗产保护中心根据文化部相关工作要求，编纂了《北京市非物质文化遗产普查工作手册》，明确了普查工作标准、政策要求等一系列问题，并发放给全市普查员，作为开展工作的基本依据。北京市还与各区县多次举办非物质文化遗产普查培训班，邀请专家、学者就普查工作的重要意义、普查原则、范围、要求、方法和具体步骤等问题，对全市普查工作人员进行了理论培训和业务指导。各区县也先后举办了普查员培训班 300 余次，培训 15000 多人。

北京市各区县普查工作人员按照"不漏线索"、"不漏村镇"、"不漏项目"的要求，采用多种方式进行普查：一是广泛搜集线索。通过召开座谈会、发放调查表、发动社会力量、走访民间艺人和民俗专家等方式，获取普查线索和信息。二是开展田野调查。普查员深入各乡镇、街道进行认真细致的调查、走访、录音、摄像、文字记录，搜集第一手资料。如昌平区为了搞好非物质文化遗产资源田野调查工作，工作人员走遍了昌平的 300 多个村庄，采访村民，文字记录，对实物进行采录拍照，把相关内容记录备案。三是采录文字与音像资料，征集珍贵实物。除了对当地非物质文化遗产项目进行记录，各区县还对一些具有重要价值、资料较为齐全的非物质文化遗产项目进行了整理，对一些重要的资料、实物、人物、活动等进行了采录、拍摄、录像和补录，有的还制成了光盘及影像资料，收入档案。

经过两年的普查，至 2007 年底北京市的非物质文化遗产普查工作基本完成。据不完全统计，这次普查走访相关人士 11843 人，普查到的项目共计 12623 项，文字记录 699.88 万字，采集图片 62417 张，采访录音 1621 小时，采访摄像 1687.2 小时。已制作成的档案 5972 卷，音像资料 691 盒，电子文件 858.422GB，其他形式文件 222 件，共搜集实物 6904 件，已登记实物 13662 件。普查之后，各区县普遍对项目进行立档。据初步统计，各区县已完成立档 5972 卷，北京市非物质文化遗产保护中心完成 301 卷，形成项目论证报告 534 篇。普查中各区县搜集到的 6904 件非物质文化遗产实物，已得到有效保护。普查成果正在相继汇编出版，目前，北京市已编纂《北京市非物质文化遗产普查项目汇编》20 卷。各区县也按照北京市文化局的要求，编纂了《北京市非物质文化遗产普查项目汇编》区县分卷，并在大量普查资料基础上，编辑了一批与本区县相关的非物质文化遗产书籍。如崇文区编写了《关于崇文区民间手工艺现状的调查》，朝阳区编写了《北京市通惠河（朝阳区段）文化遗产资源调查评估报告》、《温榆水经》、《北京东岳庙楹联匾额注释》、《北京东岳庙与北京泰山信仰碑刻辑录》等书籍，门头沟区编辑出版了《门头沟区民间花会舞蹈集成》、《门头沟歌谣谚语集成》、《门头沟民间器乐曲集成》、《门头沟民间戏曲音乐集成》。

三 建立非物质文化遗产名录体系，
认定和保护代表性传承人

建立和完善非物质文化遗产名录体系，是我国保护非物质文化遗产具有开创性意义的重要举措。2006 年、2008 年国务院已批准公布了两批国家级非物质文化遗产名录，共计 1028 项。北京市从 2005 年开始就着力加强非物质文化遗产名录体系的建设。经过几年不断的摸索、探讨，现在已经形成了严格的市、区（县）两级非物质文化遗产名录申报制度、论证制度和评审制度。凡是列入市级名录、区（县）级名录的非物质文化遗产项目须履行申报、审核、评审、公示和认定程序，再由北京市或区县人民政府正式向社会公布。目前，国家级、市级、区（县）级三级非物质文化遗产名录体系初步形成。北京市已有国家级非物质文化遗产项目 72 项，市级项目 216 项，区（县）级项目 586 项，初步实现了非物质文化遗产的分级保护。

非物质文化遗产是一种活态文化，它的传承是以人为载体的。传承人承载着非物质文化遗产的薪火，如果不对他们进行抢救与保护，非物质文化遗产就成了无源之水、无本之木。因此，加强对非物质文化遗产代表性传承人的保护，是非物质文化遗产保护的关键环节。为了有效地传承和保护国家级非物质文化遗产项目，鼓励和支持代表性传承人开展传习活动，进而建立起一套科学有效的传承机制，我国文化部已命名公布了三批国家级非物质文化遗产项目代表性传承人共 1488 名。目前，北京市已公布了两批市级非物质文化遗产项目代表性传承人共 160 名，涵盖了传统音乐、传统舞蹈、传统戏剧、曲艺、传统体育、游艺与杂技、传统美术、传统技艺、传统医药、民俗 9 大类，其中有 57 人入选国家级非物质文化遗产项目代表性传承人。

为了加强对非物质文化遗产名录项目和代表性传承人的保护，北京市采取了多项行之有效的措施。

首先，组织有关人员开展调研，深入了解非物质文化遗产名录项目及其代表性传承人的现实状况，为制定保护工作政策提供依据。2008年，北京市文化局根据市委组织部、市委宣传部关于"北京市非物质文化遗产传承人才保护与培养工作研究"课题论证的要求，组织力量对市文化局系统直接负责的民间音乐、传统戏剧、曲艺、杂技与竞技、民俗等五个类别的非物质文化遗产代表性传承人进行了调研，从传承人才队伍现状、人才队伍保护和培养工作中存在的问题及原因分析、人才培养的对策与建议等方面进行了调查研究，并完成了《非物质文化遗产传承人才保护和培养工作专题调研报告》。调研中发现，非物质文化遗产代表性传承人具有传承热情高涨、作用发挥良好、实践活动丰富等特点，但也存在着生存条件欠佳、文化素质不高、年龄结构失衡、管理手段缺失、服务渠道匮乏、政策保障不足的问题。根据这些情况，提出了设立生活津贴和传承资助、完善传承人的劳动保障措施、建立社会荣誉授予机制、提高传承人的社会待遇等建议，为今后制定和落实对传承人的各项保护政策理清了思路，提供了依据。

其次，逐年加大对非物质文化遗产保护工作的财政投入。2004年以来，北京市财政对全市非物质文化遗产保护工作累计投入8500多万元，各区县也不断加大对名录项目和代表性传承人保护的投入。例如，2007年，宣武区投入了120万元，门头沟区投入220万元，顺义区投入110万元，大兴区投入26万元，密云县投入10万元，崇文区投入340万元。这些经费主要用于名录项目保护、为代表性传承人发放补贴、普查调研、出版书籍以及非物质文化遗产展厅建设等方面。尤其是在名录项目和代表性传承人保护上经费投入力度较大，北京市已开始着手制定《北京市非物质文化遗产项目及代表性传承人传习活动经费补贴实施暂行办法》，提出了对非物质文化遗产名录项目和代表性传承人的补助政策，初步确定市级代表性传承人每年可获得补贴8000元。崇文区政府对非物质文化遗产名录项目加大了资金补贴的力度，连续两年投入资金400多万元对名录项目进行补贴，其中国家级名录项目20万元，市级名录项目5万元，区级名录项目5万元。西城区也按照同样的补贴办法，给予本区内的非物质文化遗产名录项目相应的资金补贴。政府还通过采购、"买单"的办法，收购一些优秀老艺人的作品，用作政府对外交流的礼品，以支持代表性传承人的传习活动。此外，北京市工业促进局2008年正式出台了对传统工艺美术技艺、珍品、工艺美术大师、民间工艺大师的认定办法，办法包括：工艺大师带徒2名以上教授学艺的，按照三级、二级、一级、特级 4 个级别，分别给予每月 100 元、300 元、500 元、800 元的带徒津贴。景泰蓝制作技艺、雕漆制作技艺、象牙雕刻等项目的国家级非物质文化遗产代表性传承人均为中国工艺美术大师，带徒弟传授传统技艺的传承人每月将可领取最高 800 元的政府津贴。

第三，搭建宣传展示平台，扩大非物质文化遗产名录项目和代表性传承人的影响。北京市借助春节、清明节、端午节、中秋节等传统节日和"文化遗产日"、奥运会、建国 60 周年庆典等契机，通过举办专题展览、组织代表性传承人现场演示技艺绝活等方式，充分展示非物质文化遗产的魅力，使广大民众在参展观艺中，增强对非物质文化遗产的认识和保护传承的自觉性。如，2008 年北京奥运会召开之际，"北京祥云小屋"以"集皇城京韵，展燕京绝技"为特色，吸引了大批中外游客。2009 年初，在北京农展馆举办的"中国非物质文化遗产传统技艺大展"活动中，北京市文化局组织了雕漆技艺、内联升千层底布鞋制作技艺等国家级和市级项目参加展示、展演。2010 年春节期间，北京市还组织 38 个国家级、市级项目，在室内庙会金源新燕莎 MALL 举办"北京市非物质文化遗产传统技艺展"。

四　丰富非物质文化遗产的保护宣传活动，增强全社会的文化遗产保护意识

2005 年 12 月，国务院颁发了《关于加强文化遗产保护工作的通知》，决定从 2006 年起，每年 6 月的第二个星期六为中国的"文化遗产日"。北京市十分重视"文化遗产日"活动。每年"文化遗产日"期间，都组织开展一系列宣传和纪念活动，展示从政府到民间开展的非物质文化遗产抢救与保护的重要成果。2010 年的"文化遗产日"，北京市以"非遗保护，人人参与"为主题，从"文化遗产日"开始到端午节，在全市 18 个区县开展了 119 项非遗主题活动，仅代表性活动就有 12 项。6 月 12 日，举办了隆重的"2010 年北京市文化遗产日系列活动暨北京空竹文化节"启动仪式，几百名空竹爱好者身着民俗特色服装，伴着欢快的乐曲，在现场竞相抖起空竹。其中，广内空竹文化艺术团更是重现了三进鸟巢的绝活：用双轮空竹抖出的"晴空挂月"、"青龙摆尾"、"凤凰点头"，更有空竹高手举起巨型大龙空竹，作出"力拔千斤"、"天地合一"、"巨龙飞行"、

"双龙绕飞"等高难动作，将空竹的绝技绝活尽展无遗。一时间，空竹如天外晨钟般鸣响声声，现场几千名观众喝彩阵阵，与古色古香的街景相映生辉。启动仪式上颁发了"北京市年度非物质文化遗产保护贡献奖"，表彰了金漆镶嵌、象牙雕刻、景泰蓝制作等18个非物质文化遗产保护先进集体和景泰蓝大师钟连盛等17名先进个人。命名了海淀区民族小学等5所学校为首批"北京市非物质文化遗产传承示范校"。在活动现场，国家级和北京市级代表性传承人文乾刚、柴慈继和王冠琴举行了收徒仪式，所收的徒弟将分别跟随大师学习三年，以期学得真本事。活动现场还为非遗代表性传承人发放了传习补贴经费。仪式启动当天，财政局和文化局还颁布了《北京市非物质文化遗产保护专项资金管理暂行办法》，专项资金由保护项目补助经费、市级代表性传承人保护传承补助经费和非物质文化遗产实物征集经费三部分组成。此规范性文件的出台为更好地保护和传承非物质文化遗产提供了切实保障。2010年"文化遗产日"期间，各区县均围绕"非遗保护，人人参与"的主题，开展了各具特色的宣传、纪念活动。在亚运村文化广场上举行的"我的朝阳我的家"清茶广场故事会上，邀请刘兰芳、孔令谦等名人讲民俗和传说，500位中外社区居民围坐在100张八仙桌前喝茶听故事；丰台主办的北京市蹴球邀请赛也吸引了大批爱好者前来一决高下；怀柔区满族风情节开展传统手工技艺大赛评选和展览；许多精彩的讲座、展览和互动活动走进社区和学校，拉近了人们与非物质文化遗产之间的距离。

为了在广大青少年中加强非物质文化遗产的教育，以增进学生的传统民族文化和乡土文化观念与知识。从2005年起，北京市委宣传部、教育工委和文化局等部门共同努力，开展了民族传统艺术进校园活动。截至2008年，共举办了3000场民族传统艺术进校园专场演出，覆盖全市18个区县、70多所高校、2500所中小学，共有100多万人次的大、中、小学生观看了昆曲、京剧、评剧、木偶剧、河北梆子、杂技等非物质文化遗产项目。在"非遗"进校园展演、展示的同时，还通过学校教育，使青少年进一步认识非物质文化遗产。如：门头沟区把"太平鼓"引进中小学校；顺义区将杨镇沙岭学校确定为"曾庄大鼓"的传承单位；宣武区把抖空竹和琴书引进老墙根小学，定期对学生进行培训；通州区西集小学把非物质文化遗产项目编成学校教材，进入课堂；东城区以区文化馆、区少年宫及部分中小学等13家为成员单位，成立了北京市青少年非物质文化遗产教育基地，以授课、讲座、展示、交流等丰富多彩的形式，向青少年进行民族民间文化艺术的教育。这些做法将非物质文化遗产的传承与培养中小学生的兴趣、爱好和素质教育结合起来，有效地促进了非物质文化遗产保护与传承工作长期、扎实地开展下去。此外，还在北京师范大学、赵登禹中学举办了"北京市非物质文化遗产专题图片巡回展"。这些措施和活动，有效地促进了非物质文化遗产保护与学校教育的结合，使非物质文化遗产的传承后继有人。

五 非物质文化遗产展示和传习基础设施建设初具规模

非物质文化遗产在长期发展和传承过程中，留下了大量珍贵的实物和物质载体，如民间美术中的绘画、雕塑、手工艺品；民间戏曲中的剧本曲谱、乐器、戏服、古戏台等，可谓包罗万象、丰富多样。每一件非物质文化遗产的实物和载体，都是劳动人民智慧和创造力的结晶。只有设立相关博物馆、传习所等基础设施，才能将这些稀少而又珍贵的实物分类进行收藏、展示、研究、传习。所以，非物质文化遗产博物馆、传习所，是开展非物质文化遗产保护传承工作的重要场所。

北京市积极创建以非物质文化遗产资源为主的综合或专题博物馆，努力搭建全市非物质文化遗产宣传展示平台，以加强对非物质文化遗产项目的保护，提高全民的保护意识。截至2009年8月，北京市已建成非物质文化遗产专题博物馆、民俗博物馆、传习所共76个。专题博物馆19个（其中市级4个，区县级15个），既有国家级非物质文化遗产项目智化寺京音乐博物馆、全聚德展览馆、同仁堂博物馆、空竹博物馆等专题博物馆，也有市级项目"面人汤"雕塑艺术馆。还有综合博物馆，如东岳庙民俗博物馆、中华民族艺术珍品博物馆、延庆博物馆等民俗博物馆共6个（其中市级1个，区县级5个）。另有北京评书传习所等各类传习所共51个。全市还有15个文化馆建立了非物质文化遗产展厅。这些博物馆、传习所作为社会共有资源，有23个进入了北京市教委公布的中小学生大课堂，成为中小学生开展校外活动、研究性学习、社会实践等的示范性基地。目前，本市已把筹建北京市非物质文化遗产博物馆和传承基地作为下一阶段的重要工作，将全面向社会征集非物质文化遗产珍贵的实物资料，并妥善保存到展馆。博物馆式的收藏展示，不仅有效地抢救和保护了一大批濒危珍稀的物质文化遗产和非物质文化遗产，而且能通过展示和演示，使民众直接欣赏甚至触摸到大量的

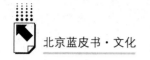
民间瑰宝，唤起民众强烈的自觉保护民族文化遗产的意识。

通过广大文化工作者的不懈努力，北京市非物质文化遗产保护工作成效显著。但是，随着非物质文化遗产保护工作的深入展开，也凸现出一些问题，需要进一步探讨和解决。如理论研究滞后，对非物质文化遗产保护的认识仍有待提高；保护工作人员流动性大，急需建立一支稳定的、高素质的保护工作队伍；在保护工作实践中还存在着重申报轻保护的倾向，名录体系建设和代表性传承人的保护仍需进一步加强；与保护工作相关的法规政策还有待完善；等等。可见，北京市的非物质文化遗产保护工作虽然有了良好的开端，但依然任重而道远。

总之，在保护与传承非物质文化遗产的实践中，北京市政府和有关部门坚持正确的保护原则和保护理念，注重采取合理有效的保护方法与措施，使北京市非物质文化遗产保护工作逐步走向科学化、规范化。同时，通过加强舆论宣传和举办丰富多彩的活动，唤起广大民众的文化自觉，逐步使保护文化遗产深入人心，成为全社会的自觉行动。如今，北京市非物质文化遗产的抢救与保护工作已形成了前所未有的新局面，并正在科学而有序地向前发展。

B.22
2010年北京网络传播与传统文化发展

徐 翔 韩文英*

摘 要：传统文化在网络空间中的传播与发展，是推进中国特色网络文化建设与管理、弘扬传统文化的战略性诉求。2010年度，北京在文化遗产的数字化转换与移植、传统仪式和活动的电子化移位、传统节庆的网络化发展、传统文化推广网站与营销网站平台的建设等方面，取得一定成效。传统文化与网络新媒介、新技术的结合更为紧密，传播主体显现多元助推和双轮驱动机制。北京要加强政策制定和战略规划，提升网络文化与传统文化的融合程度，丰富网络中传统文化建设的电子形态，打造具有持续影响力和社会效应和品牌项目，以新的战略途径推动首都文化软实力的进一步提升。

关键词：传统文化 网络 数字化 文化遗产

一 传统文化的网络发展新战略

"弘扬中华文化，建设中华民族共有精神家园"，是关系到我国文化大发展大繁荣的文化问题，也是在全球化冲击下关系到我国文化安全和意识形态安全的重大政治命题。2010年北京市发布的《人文北京行动计划（2010~2012年）》中，把"历史文化遗产得到有效保护、利用，优秀传统文化进一步弘扬"，纳入打造首都文化软实力、建设世界城市的重要目标。在当前互联网迅猛发展，日益成为影响深刻的强势文化的背景下，如何利用网络媒介传播和弘扬传统文化，成

---

* 徐翔，博士，北京市社会科学院文化研究所助理研究员，北京市社会科学院首都网络文化研究中心副主任；韩文英，国内贸易工程设计研究院高级工程师。

为新的重要时代诉求。传统文化如何与电子文化更好地互动和融合，以及如何利用传统文化促进网络文化的建设与发展，也是新的重要时代课题。党和政府从加强网络文化建设和管理、推进中国特色网络文化建设、弘扬民族传统文化的战略高度，对利用网络和数字化技术传承、发展中华传统文化，提出了新的要求。

2007 年 1 月，胡锦涛总书记在中共中央政治局第三十八次集体学习中，提出加强网络文化建设和管理的五项要求，其中很重要的一方面，是要求"把博大精深的中华文化作为网络文化的重要源泉，推动中国优秀文化产品的数字化、网络化"。2007 年 6 月，在全国网络文化建设和管理工作会议上，中央相关领导指出中华民族传统文化在建设中国特色网络文化中的重要意义，强调要加强民族网络文化重点项目等的建设，凸显了传统文化与网络文化结合的重要性。《国家"十一五"时期文化发展规划纲要》中，提出了推进文化资源数字化，发展中国古籍的电子、网络出版物，扶持民族网络文化产品等一系列举措，以拓展民族网络文化的发展空间。2010 年初，北京市副市长蔡赴朝同志总结和强调了北京市运用网络新媒体对传统文化的弘扬，肯定了网络视频春晚等新传播形式对增强传统文化凝聚力的积极作用。①

网络中的传统文化，是网络文化如何建设的问题，也是如何处理传统文化与数字文化的关系的问题，是如何依托传统文化构建网络文化软实力的问题，更是城市文化发展在网络时代深远的适应和转型问题。2010 年，北京在网络平台中的民族传统文化建设与弘扬，体现了一些新气象和新生态，开拓着首都网络文化建设和文化名城建设的新战略和新思路。

二 文化遗产的数字化保存和展演

2010 年，北京市在物质文化遗产、非物质文化遗产、传统文化典籍的数字化推广和展演方面，呈现一系列新发展。文化遗产的网络化传播，与多样的媒体形态、无线网络、三维模拟等技术的结合更为紧密，网络传播的形式、途径和产品更为丰富，促进了首都历史文化名城的保护与建设。

---

① 蔡赴朝：《发挥首都优势　重视弘扬民族传统文化》，《文明》2010 年第 2 期。

（一）多媒体形态在文化遗产保存和展示中的综合、有效运用

视频、音频等多媒体手段在首都的文物展示、非遗展演、数字典藏、远程漫游等文化遗产保存和开发形态中，运用程度得到提升。2010 年 6 月 12 日，在 2010 年文化遗产日的北京明城墙遗址主会场，故宫、长城、颐和园、周口店遗址、天坛、明十三陵 6 处世界文化遗产的"声音标签"向公众亮相。这是一套"无线数字文物语音平台"，通过对文化遗产古迹进行文学艺术脚本创作、大师作曲、名家献声等创意方式，通过无线数字运营和网络化承载，可以随时随地通过手机、电脑网络登录和下载，为群众提供"音景漫游"的文化产品和服务。北京市 50 余处重点开放文保单位都将陆续贴上声音标签。北京在 2010 年度上海世博会所展示的网上北京馆，通过网络化多媒体手段，使观众可以在远程终端"畅游北京"，欣赏古迹名胜。2010 年 6 月，首都博物馆举办了中国非物质文化遗产数字化成果展，展出了一系列非遗的数字化成果，包括国家级非物质文化遗产名录展示、"人类口头和非物质文化遗产代表作和保护名录"展示、数字典藏、数字展示、文化遗产视频演播室、北京专区。观众可通过点击鼠标来了解北京的传统手工艺项目，包括木作、珐琅作、雕漆作、盔头作（戏装）、花作（绢花）等。北京专区展台中还展示了由首博策划筹办的非物质文化遗产项目——北京声音，19 种具有北京特色的城市声音，例如列入国家非物质文化遗产名录的京剧，通过数字化手段得以整理成辑地保存和展示。

（二）三维模拟、虚拟现实等新技术的运用更为广泛和普遍

对于北京这样拥有丰厚历史遗迹与文物资源的历史名城和文化古都，三维模拟、数字模拟技术的有效应用具有充分的必要性和重要性。2010 年，北京市地理信息共享服务平台已基本建成，此工程可以使人们在互联网上看到基于地理信息数据的三维北京。有着悠久历史与丰富历史文化古迹的西城区三维动态立体地图将在 2010 年底首先推出，便于人们直接在网上免费游览西城，东城、通州等城区也在陆续进行数字城市地理空间框架建设试点。2010 年 9 月 28 日，值前门大街开市一周年之际，3D"前门游"正式上线，使市民在网上就能实现观光游览和购物。这里有完全模仿实体店的虚拟商店，有 3D 店员"招呼"顾客，实现了对历史文化街区的高度数字化模拟。在视频化和模拟化、互动化的博物馆发展

上，也有新的发展。2006 年的国务院《全民科学素质行动计划纲要》就已指出，要建设一批虚拟博物馆，第一次将博物馆的数字化形态纳入国务院重点扶持对象。近年来，北京的优秀数字化文化遗产项目不断涌现，例如"数字故宫"获首届文化部创新奖，"虚拟紫禁城"引起了业界广泛关注，并已开通无线网址。2010 年 5 月 17 日，世界博物馆日前夕，北京市宣武区的数字空竹博物馆正式开通。该网站应用先进的三维技术，采用了虚拟讲解员、多角度观看等设计，有空竹制作、空竹表演的在线演示等板块，使人们在虚拟世界即可淋漓尽致体味空竹的魅力。

（三）传统典籍文本的数字化推广和"电子记忆"的发展

传统典籍是文化传承的重要对象和载体。近年来，《中国历代基本典籍库》、《国学宝典》、《龙语瀚堂典籍数据库》等一系列重要数字化古籍及其网络版本陆续面世和扩充、完善。北京国学时代文化传播有限公司依托首都师范大学组织专家编撰的《国学宝典》具有网上阅读和网上检索功能，也已实现手机无线上网平台的移植开发，已收入古籍总字数逾 10 亿字，近 10 万卷，目前每年还在增加。近年来，家谱网站的建设发展逐渐引起了政府和社会的重视。各种民间自发的姓氏家族网、家谱网不断涌现；政府也统筹建设了一些具有大型规模和影响力的家谱网站，积极提倡和维护中国传统的家族文化形态及其社会凝聚功能。如国家图书馆与澳门基金会合作的"中华寻根网"项目在 2010 年初步上线，第一期工程包括 500 多个姓氏渊源、30000 多条家谱书目数据、500 部家谱影像和全文数据，实现网络寻根、家谱编纂互动、家谱在线阅读等功能，为中华传统的家族伦理与家谱文化提供了权威的网络平台文化支持。2010 年共青团北京市委起草制定了《"人文北京"青年行动计划》，提出要开展中华优秀传统文化传习活动，全力推进"青少年国学文化网络博物馆"阵地建设。这些文化元素的数字转化为其网络化传播提供了技术上的不可或缺的电子形态基础，创新了文化遗产保护手段，促进了传统文化的当代传承与发展。总而言之，网络媒介的发展为传统的文化文本找到了在新技术时代背景下的"电子记忆"的传承方式，赋予了传统文本以新的存在形式，将古典更好地融入现代的电子生活中，也使得当代"去民族化"、"去历史化"的社会文化获得更多的传统文化氛围。

三 传统仪式与文化活动的电子化移位

（一）传统仪式的电子移植

带有中华历史与民族文化特征的传统仪式，是渗透着中华民族认同感与凝聚力的重要传统文化因素。2010 年 2 月 5 日，共青团北京市委邀请新浪网、千龙网、北青网、首都之窗等首都 30 家媒体，共同发出倡议书，希望青少年和市民注意学习传统礼仪、熟悉传统习俗，培养国家民族文化认同感。近年来，在北京以及全国各地纷纷出现了一些传统仪式的"复苏"。而网络新媒介的特性，也促进了传统仪式在当代的传播与变异、发展，对电子仪式和电子民俗的当代形态构建起到了推动作用。

蒋原伦教授对电子贺卡和网上拜年等"电子时代的民俗"进行了分析，强调电子互动习俗、网络仪礼的重要当下意义。① 近年来，电子形态的习俗方式越来越多地渗透到网民的仪式行为中，虚拟饺子、虚拟鞭炮、电子月饼、视频拜年等各种电子互动中介在网民生活中日益强势，日渐成为传统交流互动之外的显著方式。在拜年仪式上，电子贺卡和电子邮件早已成为盛行的网络交流形态。2010 年新春，网易等网站启动多样化的许愿祝福、搭"祈福墙"等活动，受到广大网友关注。在祭奠与纪念仪式上，网络化的虚拟与模拟方式正在取代一些实体性仪式，网络公祭、网上纪念馆、网上葬礼、网络新纪念仪式不断出现。正如国外学者凯茨和莱斯所说，"在互联网上，人们可以通过纪念已过世的亲人寻找慰藉。大量商业网站甚至提供网上葬礼服务"。② 在网络纪念中，出现了对名人、革命英烈、公共事件、社会群体、家族、个人的各种自发性或有组织性的纪念馆形式，3D、视频、动画模拟等技术得到日益广泛的应用，模拟仿真的纪念方式成为重要发展趋向。2010 年 11 月 19 日，由北京慈恩天下公司历时 4 年研发、多位国内风水学专家教授规划设计的首款大型 3D 祭祀平台《天国文明》正式上线。多形态、多层面的礼仪网络化与模拟化移植，对倡导和传播中华传统礼仪、

---

① 蒋原伦：《电子时代的民俗》，《文艺争鸣》2009 年第 3 期。
② 詹姆斯·E. 凯茨、罗纳德·E. 莱斯：《互联网使用的社会影响》，郝芳、刘长江译，商务印书馆，2007 年，第 208 页。

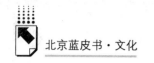

传统社会规范与伦理观念将起到重大的诠释和推动作用。传统婚庆仪式的网络移植愈见盛行，既有完全虚拟化的方式，也有现场与网络传播相结合的方式，"网络新房"等文化形态将仪式当事人以及各参与者营构到新型的远程互动中。这些习俗的网络移植呈现了电子流程对仪式现场事件的取代。

（二）弘扬传统文化的电子活动平台

与中华民族文化传统相关的诸多文化活动与文化事件，超越现场与实体的限制，在电子虚拟平台上体现了现实向虚拟的移植、文化互动与电子机制的融合，拓展了传统文化在文化活动与文化事件上的行为范式与形态空间。这种电子活动平台，表现为与传统文化活动相关联的网络化集体活动、网络化行为方式、网络化公共领域等方面。

由北京网络媒体协会、北京文艺广播和北京电视台联合千龙网、新浪、网易、百度、第一视频、北广传媒网等诸多首都网络媒体承办的年度性原创新春祝福短信大赛，到 2010 年初已举办了五届，该活动具有网络参赛、网民投票、网络 PK 等网络化活动特点，积极实现民众性民族文化活动向虚拟网络空间的移植，并取得良好的社会反响。为弘扬中华传统文化，北京网络媒体协会、北京人民广播电台、北京电视台、中国移动通信集团北京有限公司于 2010 年 6 月 12 日共同启动网络新民谣创作大赛，央视网、千龙网、网易网、139 移动互联等 14 家国内知名网站参与承办，积极促进网络平台中的文化活动与文化建设。2010 年 7 月 9 日，"时代与孔子的对话"网络活动在北京启动，网友可以通过网络表达的方式参与该活动，登录指定网站创建自己的"格子"，并有机会参加当年的祭孔大典，有效实现网络平台与现实活动的互动。2010 年 9 月 16 日，首届"中华孝星大道网络共建公益行动"在京启动，由网民和专家共同评选中华孝星，并打造中华孝心大道网络版，同时将之收纳入"孝文化网络影像博物馆"中，体现了网络新平台对传统文化伦理的建设和推动。通过这些网络上的文化活动和集体在线互动，传统文化因素以潜在的方式得到了传播，并很好地融入当代社会生活中。

四 传统节庆的网络化发展

传统节庆是中华文化和民族集体记忆的重要组成部分。早在 2005 年，国务院公布了《关于加强我国非物质文化遗产保护工作的意见》，随后把春节等传统节日列入我国非物质文化遗产保护范围。同年，中央宣传部、中央文明办、教育部、民政部、文化部联合发出《关于运用传统节日弘扬民族文化的优秀传统的意见》，突出传统节日的中华民族文化内涵。2010 年 4 月 6 日正式公布的《人文北京行动计划（2010～2012 年)》中，指出要"利用春节、清明、端午、中秋等传统节日，积极开展各具特色的文化活动，弘扬中华优秀文化"。2010 年度，春节、中秋节、清明节等一系列传统节庆在首都网络平台中呈现出良好态势和新的发展特征。由于北京的网络春晚的成功举办和巨大影响，出现了将 2010 年称为"网络春晚元年"的提法，网络化节庆在 2010 年度迎来了新型发展态势与转折契机。网络时代的群众在进行节庆活动时，具有新的多样化媒介形态，获得了更好的群体性、"狂欢化"的草根文化特征。

（一）传统节庆与多样态电子媒介的结合

具有浓重民族凝聚力的中华传统节庆与互联网媒介的关联日益紧密，移植与结合方式愈趋多样化，网络视频、微博、三维模拟、音频、电子邮件、虚拟互动等数字媒介形态赋予了传统节庆文化以新的时代内涵与文化形式。

2010 年春节期间，北京的网络媒体涌现了一系列多形式、多主题与多媒介融合特征的文化庆贺事件。北京电视台网络春晚从 2010 年 2 月 6～12 日连播 7 天，观众不但能在北京卫视以传统方式欣赏高清晰电视画质的网络春晚，还可在新浪网、BTV 在线观看，并实现网络传播途径的即时互动。2010 年 8 月 10 日，由中华文化促进会、节庆中华协作体、中国科学院国家天文台共同主办，新浪微博进行网络支持的 2010 "七夕·中华"系列活动正式在北京启动。这次七夕节日活动突破传统的七夕模式，在微博上进行爱情表达，与新浪网合作，开展主题为"'献给未来的爱情'新浪'围脖'大汇"。通过把七夕-情话-网络-微博等关键文化形态联动起来，打造中国式的网络新时尚与发展新动态。

清明节期间，网上祭扫、网络墓园、网上纪念馆、时空邮箱等新型节日纪念方式得到鼓励和支持。2009 年初，中央文明办以 1 号文件的形式发出《关于广泛开展"我们的节日——清明节"主题活动的通知》，要求各地"通过组织开展网络祭扫……等活动，将中华民族慎终追远的内容融入现代文明的形式之中"。北京的八宝山公墓网络墓园、首都殡葬公益服务网络墓园、八达岭陵园网上纪念馆等虚拟墓园，在清明节期间迎来较高的点击量，推动着新型网络祭奠的兴起和发展。2010年3月26日，96156首都殡葬公益服务网站开通，并启动免费网络墓园，可进行点歌、献花、祭酒、上香等网络祭扫和"委托祭扫"活动，还可将逝者照片、资料和友人纪念文章上传到网络空间进行纪念追思，实现着多媒体化的节庆行为形态。网络墓园在今后还将进一步与实体墓园对接。2010年4月，交道口等社区开通社区网站祭扫堂，用时空邮箱等形式为辖区内的流动人口提供网络祭扫活动。清明节的网络化移植和平台建设，不仅具有对绿色、低碳、文明祭扫方式的提倡意义，还显示了传统节日实体活动与网络虚拟空间的对接可能和发展形态，为网络节日的新发展提供了良好的范式意义。

（二）电子节庆活动与草根文化的良性互动

大众性和互动性是节庆活动在网络化移植中得到更显著体现和强调的重要特点。在北京的各种网络节庆晚会中，这种网络草根性与普遍的互动性尤其表现出不同于电视晚会以及传统节日庆贺活动的显著特征。北京电视台网络春晚自2009年12月启动以来，在官网上进行的节目创意、主持人、导演以及娱乐明星的推选活动，不断引发广大网民的积极参与和热烈回应。虎年春节前夕，从腊月二十三农历小年到年三十，北京市网络媒体协会协同千龙网、新浪网、百度、第一视频、搜狐、网易、凤凰新媒体、TOM网等九家网站，策划开展了"风景这边独好·虎年网络大过年"民俗专题活动。网站专题总点击量突破2.6亿次，独立IP超过2000万，境外独立IP接近60万；收到网民互动作品几千件，留言祝福1548万余条，参与网民遍布在全国27个省份，以及日本、马来西亚、印度尼西亚、美国、加拿大、新加坡、澳大利亚等国家。该活动中，网友们可以通过多方式、多渠道参与一系列网络互动，例如"盖楼"决定明星的去留、给小老虎起名字等。广泛的直接参与和节庆直接互动，成为网络节庆不同于传统节庆下相互隔绝的"共同体"方式的重要新特征。

2010年9月21~23日，以"国圆、家圆、人圆"为主题的三台中秋晚会《月上紫禁城》、《月圆青春梦》、《月洒万家情》陆续推出，此次中秋晚会具有高度的网络驱动性，有50%以上的节目从网络选拔。"时空胶囊"活动采用网络上风行的"漂流日记"概念，征集网友们对未来的寄言。由于网络媒介的特殊性，网络春节庆贺活动还具有强烈的生活化与草根化特征。全球召选"苏珊大妈"、悬赏"寻找纯爷们"等活动，小品《贾君鹏回家》等具有浓厚网络草根语言特色与民间文化特征的节目，"西单女孩"、"后舍男生"、"暴走妈妈"等草根人物，通过网络春晚的平台获得了广泛传播。2010 年北京网络中秋晚会重视鼓励网络草根原创，通过网络选拔"草根达人"，形成草根与明星、民间与荧屏的良性联动；征集网友心情故事与"一封家书"等内容，邀请网友及其家人到晚会现场共话团圆，与全球网友实现多媒体互动。网络以其多媒介的现代技术形态，互动性、草根化的文化形态，成为传统节庆文化传承与发展的新的传播空间，并开启了一些新的社会互动方式与群体行为方式。

五　传统文化推广网站与营销网站的发展

在国家和北京市相关政策的鼓励和推动下，大批传统文化典籍、传统文化产品、传统文化元素等纷纷上线网络传播平台，相关传统文化推广网站以及营销网络平台得到重视和强化。

（一）传统文化主题网站多元发展

从运作主体来说，传播传统文化的中文网站可以分为三类：一类是以知识界为主要创办者的研究型文化网站，如中华五千年、国际儒学联合会；第二类是政府主办的文化网站及媒体网站的文化频道或栏目，如中华文化信息网、中国网文化频道；第三类是商业网站的文化频道和读书频道，如搜狐网文化频道、腾讯网文化频道等。① 就北京的状况而言，这三类主体在网络传统文化传播中都有显著体现。老北京网是民间力量自行兴办的北京地域文化与传统文化网站，具有充分的民间活力，产生了相当的影响，促进着广泛的圈内交流。首都师范大学电子文献研究所、首都师范大学中国诗歌研究中心等机构合办的国学网等国学传播推广电子平台，以综合性的国学信息服务平台为依托，进行国学电子产品、网络化产品的营销推广，显现了良好的社会和文化效应。北京文网、北京老字号非物质文化遗产网等政府为主体主办的网站，显示了在文化资讯、文化政策传播方面的权

---

① 张丽萍：《网络空间中中华文化图景的拼贴式呈现——以国学网及中国网、搜狐网的文化频道为例》，《内蒙古大学学报》（哲学社会科学版）2009 年第 5 期。

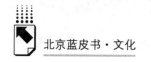

威性。2010 年第八届民族传统体育运动会官方网站等的开通，体现了政府在此类专门性主题网站上的重要作用。

就网站的主题形态而言，综合性门户网站、主题网站、论坛、在线数据库等形式从各个角度对传统文化进行着保存、集成和传播。从传播内容而言，除了一般的综合性传统文化门户网站、国学网站、传统典籍网站、主题论坛外，一些具有地域特色的传统文化因素得到了很好的传播，成为北京网络文化建设的重要方面。北京胡同、北京小吃、纳兰性德等形形色色的文化要素，都成了北京传统文化网站的重要主题。北京的传统文化网站在发展过程中形成了一些高端品牌，例如北京记忆——大型北京文化多媒体数据库，它由首都图书馆依托互联网技术和数字化馆藏开发，成为包含诸多北京历史文化文献与信息的知名公共文化服务网站平台，并于 2010 年 5 月获得文化部颁发的"第十五届群星奖公共文化服务项目奖"。它们共同繁荣着传统文化的网络传播空间。

（二）传统文化网络营销和推广平台建设

营销性的网站平台更多地与文化商品、电子商务以及文化营销进行产业化的结合，成为北京网络传统文化推广的重要方式与产业渠道，也是北京文化创意产业发展的一个重要特点。2010 年 6 月 12 日，北京工艺美术大师网正式开通。该网站是由北京工美集团承建的工艺美术大师数据库专业网站，汇集了近年来北京工艺美术行业国家级，北京市一、二、三级近 200 名工艺美术大师和民间工艺大师，以及他们的千余件作品的数据资料，用网络平台促进北京工艺美术的当代发展。2010 年 7 月 22 日，融在线资讯和电子商务为一体的电子商务平台系统——琉璃厂文化商城正式揭牌。琉璃厂文化商城一期主要销售包括文房四宝、书画瓷器在内的文化用品和工艺品，而其二期——网上画廊也于同年陆续上线。文化商城使琉璃厂老字号商品的销售从有限的实体店面延伸到北京以外的全国各地甚至海外。大大扩大了老字号和传统文化产品的传播范围和影响力，促进了老字号传统的延续、发展。这些网站继中华老字号网、老字号网店等已有较大影响的网站之后，进一步拓展传统文化营销与网络平台的结合方式与程度，推动网上传统文化产品的传播，并且将传统文化网络营销与北京的艺术品交易、古玩交易等在全国占据优势地位的创意产业进行融合，实现了网络平台下创意文化与传统文化、经济效益与社会效益的双重发展。

六　问题和对策建议

北京传统文化在网络空间中的传播和发展，体现了网络文化建设与传统文化弘扬的双重战略诉求，促进了二者的融合，在传播动态和传播方式上取得了新的进展，在许多方面引领国内之先，丰富着传统文化建设的格局和路径。总的说来，2010 年北京传统文化的网络化传播发展中，传统文化与网络新技术、新媒介的结合形态更为紧密，传播机制显现文化财政与文化产业资本、金融资本的有效双轮驱动，传播主体显现官方、商业、民间力量相互补充的多元助推。

针对北京市当前传统文化网络发展的实际问题，需要着重强调以下几个方面的工作和举措：

（一）加强政策制定和战略规划

北京市《人文北京行动计划（2010～2012 年)》、《中共北京市委关于制定北京市国民经济和社会发展第十二个五年规划的建议》等重要文件和若干重要会议中，虽然把"深入挖掘和弘扬传统优秀文化"和"加强互联网文化建设与管理"都作为北京文化战略和文化目标的重要部分，但没有明确地把这二者的结合及其实施路径纳入相关专项政策与规划。为此，可以考虑在"十二五"期间，把传统文化与网络传播战略及其配套措施体系、发展形态、重点项目、品牌工程、实施路径等，纳入政府专项政策和规划中，加大引导和扶持力度。

（二）提升网络文化与传统文化的融合程度

当前，多数传统文化的网络化只是机械地利用网络新技术、新媒介对传统的数字转换和移植，而缺乏二者深度的融合。要及时探讨总结新型网络传统文化的形态、特征，深入探索传统文化与电子文化结合的新途径、新方式与新表现，促进二者充分有机融合的"电子传统"的建设与发展。

（三）进一步丰富网络中传统文化建设的电子形态

北京的电子形态传统文化发展虽然在许多方面居于国内引领地位，但在多形态性、多层次性、多要素性、多媒介性上，还有很大发展空间。要充分重视网络民俗、网络交往、网络化节庆、网络化事件、网络多媒体记忆等诸多文化形态的繁荣，加快发展文化遗产的 3D 数字模拟与多媒体影音展演，推动包含大量文化遗产在内的虚拟城市建设，抢注和保护、开发一批具有民族文化特色的中文域名，进一步丰富网络游戏、网络互动、网络博物馆等电子新空间中的传统文化表现力和影响力，促进历史文物资源以及非物质文化遗产在网络中的保存、转换和推广。

（四）打造具有持续影响力和社会效应的品牌项目

加强政府对重大项目的主导和支持，大力融合多元社会力量，倡导财政支持与商业营销结合的综合开发，做大做优现有的传统文化网络平台。加大政策和资金的鼓励方向及扶持力度，加大整合力度，加快技术改造和升级，升级和完善重点网络节庆、文化遗产的 3D 虚拟和网络游览、数字文史资源库、重点数字化博物馆等部分项目的建设，集中力量建设一批具有权威性和持久性的品牌工程。

B.23
北京市文化贸易与文化
"走出去"状况分析

贾 佳 葛夏欢*

摘 要："十一五"期间，北京市文化贸易迅猛发展，居全国前列。2010年世博会、文博会召开，为北京市对外文化交流和文化贸易提供了良好契机，金融扶持文化产业出口日益创新，网络游戏出口快速增长，北京地区文化出口重点企业的国际化合作向纵深、高端发展。借鉴伦敦打造世界创意之都的经验，应鼓励文化企业创新出口模式，在出口项目奖励上严把质量关，在打造首都历史文化品牌的同时，重视开发北京当代文化出口项目。

关键词：文化贸易 文化"走出去" 出口扶持政策 伦敦经验

"十一五"时期，我国积极推进文化、广播影视等有中国特色的服务出口，出口潜力得到进一步发掘。我国文化服务出口虽然起步较晚，但数量增速快，内涵逐步深化，海外市场日渐扩大。近年来，我国围绕游戏、动漫、文艺演出等行业，针对重点企业落实支持政策，积极开展重点国别促进活动，文化出口绩效日益提升。北京市文化贸易走在全国前列，发展迅速。据统计，2010年1～8月，北京文化贸易额为85.8亿美元，同比增长36%。

一 北京文化产业出口及对外文化交流现状与特点

近几年来，北京制定出台促进文化创意产业和文化贸易发展的扶持政策20

---

* 贾佳，博士，对外经济贸易大学公共管理学院讲师，主要从事文化创意产业与文化政策、文化传播研究；葛夏欢，对外经济贸易大学硕士研究生。

余个。北京市促进文化贸易发展的政策充分体现了重点扶持文化出口企业的原则，明确加大财政支持力度，鼓励优秀文化产品的创作、研发，支持公共服务平台搭建、产业基地建设和人才的培养，促进北京市文化贸易的快速、稳定发展。

（一）以世博会、文博会为窗口，推动北京文化产业走出去

1. 世博会：打造"魅力北京"

2010 年 5 月，上海世博会"北京周"将"魅力首都"形象推向世界，北京市副市长苟仲文表示，两年前，北京成功举办了第 29 届夏季奥林匹克运动会，向世界展示了一个开放、友好、繁荣、自信的北京。借助世博会，再一次集中展示一个充满活力、商机无限的北京，一个面向世界、开放包容的北京，一个科学发展、和谐宜居的北京。"十二五"期间，将深入落实"人文北京"行动计划，大力发展文化创意产业，进一步提升北京作为全国文化中心和文化创意产业主导力量的影响，建设文化创意之都。

2. 文博会：善用政策，走向世界

自 2006 年创立以来，中国北京国际文化创意产业博览会的国际影响力不断提升。据不完全统计，2010 年，第五届中国北京国际文化创意产业博览会期间，共签署合作协议 478 亿元人民币，比上届增长 30.3%。本届文博会北京签约项目 224 个，占签约总数的 68%，较往届有较大幅度增长。

北京市文化产业引进来与走出去的脚步和谐互动，国际合作向纵深发展，是本届文博传出的另一信号。与往届相比，第五届文博会凸显的一大效应是境外参与深入。共有来自 26 个国际组织和 39 个国家和地区的 63 个政府和专业代表团组 600 多境外来宾参加了第五届文博会活动，境外参与为历届之最。文博会的多场推介会为境内外文化企业合作搭建了桥梁，例如，正大集团国际音乐制作中心与北京市平谷区达成入住中国"乐谷"合作协议。

"善用政策，走向世界"。2010 年 11 月 12 日，北京文化贸易政策推介会暨文化贸易专家顾问委员会成立大会在京召开。大会以创新与发展为主题，从政府、商协会、银行业金融机构、企业四个层面，分析、解读相关文化贸易鼓励政策，指导企业进一步用好政策，用足政策。文化贸易专家顾问委员成立之后，将利用北京服务贸易协会贸易促进工作渠道，推荐北京市文化出口企业及项目进入国家重点文化出口企业和项目名录，协助重点文化出口企业及项目申请政府扶持

资金。同时，根据北京服务贸易发展战略，通过政策建言、资源整合等多种方式，搭建文化贸易行业管理、信息服务、多渠道沟通的互助平台。

（二）金融扶持政策立体化、专门化

融资难一直是制约文化出口企业发展的瓶颈。由于中小企业居多，资产和信用受限，核心产品或无形资产价值难以评估，文化出口企业难以获得金融支持。但近年来，随着金融扶持政策的不断出台和金融实践的不断创新，这种情况正在得到改善。

2009 年 3 月，中国进出口银行与文化部签订了《关于扶持培育文化出口重点企业、重点项目的合作协议》。根据协议，在 5 年的合作期内，中国进出口银行计划向中国文化企业提供不低于 200 亿元或等值外汇的信贷资金。2009 年 11 月 27 日，中国对外文化集团公司与中国进出口银行北京分行在京签署战略合作协议，标志着国家政策性银行助力国内文化央企及重大文化产业项目的序幕正式拉开，中国进出口银行北京分行提出，将充分发挥该行的专业优势，探索创新金融产品，为符合走出去战略的项目提供评估咨询和融资顾问服务。2010 年初，中宣部等九部委联合出台了《关于金融支持文化产业振兴和发展繁荣的指导意见》，这是近年来第一个从宏观层面提出金融支持文化产业发展繁荣的政策性指导文件，为金融支持文化产业发展构建了更为立体的支持通道，明确地指出了文化领域金融产品的创新方向。2010 年第五届文博会期间，银企签署合作协议金额超过 40 亿元人民币，比往届翻了三番，标志着金融创新服务文化创意产业结出硕果。

近年来，创新金融服务持续为以文化出口重点企业、重点项目为龙头的北京市文化贸易注入活力。2008 年 5 月以来，华谊兄弟传媒有限公司多个电视剧项目获北京银行 1 亿元贷款；电影公司保利博纳 2008 年下半年至 2009 年的近 20 部电影项目的制作与发行，获得北京银行 1 亿元贷款；光线传媒的电视节目制作及构建全国性的电视节目网获得北京银行 1 亿元贷款；北京歌华文化发展集团、北京圣彩虹制版印刷技术有限公司、北京元隆雅图文化传播有限责任公司等，也获得北京银行现场发放的 5400 万元贷款。截至 7 月底，北京银行、交通银行北京分行共发放贷款 40 笔，共 6.6 亿元，支持北京市文化企业发展。

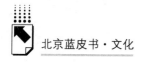

（三）北京动漫网游出口增长迅速

目前，盛大、完美时空、搜狐畅游等全国网游行业前十名大都落户北京，搜狐畅游与盛大游戏先后在纳斯达克成功上市。据了解，2006～2009年，北京动漫网游企业的产值一直保持着40%的增幅，预计2010年增幅将达30%，达到100亿元。

近年来，国内网游企业纷纷主动出击，争夺海外市场。据有关统计，我国动漫产品的出口收入从2008年的不足2亿元增加到2009年的3亿元，2010年国内网游产品的出口收入将达到15亿元左右。以2009年为例，我国网游出口规模稳中有升，共有29家中国企业自主研发的64款网络游戏进入海外40多个国家和地区，实现销售收入1.09亿美元。其中，北京网游企业出口金额占全国网游企业出口总额的2/3。①

首都网游企业的欣欣向荣，离不开行业主管部门在政策、资金等方面提供的有力支持。仅2009年，北京市针对动漫游戏行业就连续出台4个文件，坚持政府引导、行业指导、市场主导、企业主体，坚持扶持原创、培育重点，鼓励多出网络游戏精品、多出网络游戏人才，促进网络游戏产业做强做大。2010年10月出台的《北京支持网络游戏产业发展的办法》指出，鼓励网络游戏企业开发海外市场，自主知识产权网络游戏服务出口境外销售额当年累计达到800万美元及以上，给予一次性奖励200万元。正如《2010中国文化品牌报告》所言，以往中国在动漫和网游产业内的国际合作主要是代理国外游戏，现在中国逐渐从海外代理向自主研发转型，国内的动漫及网游企业开始推出国际合作研发产品，国际合作渐渐转向研发与营销合作。例如，2009年，北京完美时空网络技术有限公司旗下的休闲舞蹈网络作品《热舞派对》，以国际市场为目标，与迪斯尼强强联手展开国际合作，开启了国际品牌与国产休闲舞蹈网络游戏合作的序幕。截至2010年11月底，国内主流网游业中8家网游公司首次单季度营业收入总和超过10亿美元。其中，腾讯、网易、盛大前三网游总额达7.36亿美元，占八大网游商总营业收入的72.6%。后5家网游公司完美时空、畅游、巨人网络、金山、网龙第三季度营业收入2.77亿美元，较上年同期增长13.3%。

---

① 数据来源：《2009年中国游戏产业报告》。

（四）北京地区文化贸易企业活跃，各行业发展不平衡

过去的五年，是中华文化走出去空前活跃的五年，市场化、商业化、产业化的对外文化交流合作取得积极进展，文化贸易企业在逐渐做大做强。2009 年 11 月发布的《2009～2010 年度国家文化出口重点企业和重点项目目录》中，共评选出国家文化出口重点企业 211 家，文化出口重点项目 225 个。其中，北京地区重点企业为 56 家，占 26.54%；北京地区重点项目 102 个，占 45.33%。在北京地区重点项目中，网游项目 4 个，占 3.92%；数字出版项目 5 个，占 4.90%；图书出版项目 24 个，占 23.53%；演出（舞台剧、杂技、歌舞）项目 9 个，占 8.82%；影视剧（电影、电视剧、动画片、纪录片）项目 38 个，占 37.25%；影视相关服务项目 16 个，占 15.69%；其他类型项目 6 个，占 5.88%。尽管在总量上占据优势，但产业内部各门类发展的不均衡也向首都文化贸易整体战略布局提出挑战。

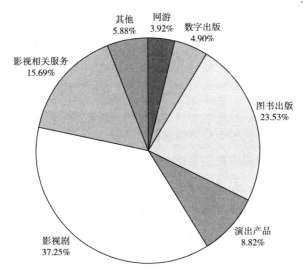

图 1　2009～2010 年各类型项目占北京地区文化出口重点项目的百分比

二　2009～2010 年国家及北京市文化产业出口扶持政策提要

2009 年 4 月，商务部、文化部、广电总局、新闻出版总署、进出口银行联

合出台了《关于金融支持文化出口的指导意见》。2010 年 2 月 1 日，商务部等十部门联合下发了《关于进一步推进国家文化出口重点企业和重点项目相关工作的指导意见》，从加大资金支持力度、实行税收优惠政策、提供金融支持、提高出口便利化水平、加强国际营销网络建设、建立并完善文化贸易中介组织、支持企业赴境外投资、支持技术创新、加强信息平台建设、建立表彰奖励机制、加强组织领导十一个方面提出了保障措施。

2009 年 8 月 11 日，北京市文化创意产业领导小组办公室发布《北京市关于支持文化产品和服务出口的实施办法（试行）》，办法所指文化企事业单位包含在北京市注册登记、生产文化产品和提供文化劳务的企事业单位。

2010 年 1 月 8 日，"北京文化创意产业金融服务中心"在北京银行宣武门支行挂牌，这是中国首家金融服务文化创意产业特色支行，提供"创意贷"品牌下的 10 大类系列贷款子产品。

2010 年 1 月 12 日，中国工商银行北京市分行与北京市文化创意产业促进中心签订战略合作协议。依据协议，工行北京分行每年将为北京市文化创意企业贷款提供 100 亿元的授信额度。

2010 年 1 月 14 日，北京银行与北京市文化局签署战略合作协议。根据协议，北京银行将在未来 3 年为北京以动漫、文艺演出、古玩与艺术品交易为代表的文化创意企业提供 100 亿元的专项授信额度，并优先对北京市文化局推荐的优秀文化创意企业和重点项目提供融资支持和绿色通道。

三 北京地区文化贸易先进企业解析

2009～2010 年国家文化出口重点企业名录中，北京地区所属的有 56 家，占 26.5%。这些企业在北京文化贸易中发挥着龙头和骨干作用。俏佳人传媒股份有限公司与中国对外文化集团公司是其代表。

（一）俏佳人的并购美国国际卫视与多元发展

俏佳人传媒股份有限公司成立于 1994 年，是中国文化企业进军海外市场的开路先锋。从 1998 年开拓外海市场至今，经过十几年的探索，俏佳人已形成集音像城、网络、电视播出等多方面于一体的海外推广平台。

2002 年俏佳人开始大规模向海外传播中华文化，最初与当地销售商合作，进军北美音像制品市场。2005 年，俏佳人在洛杉矶拥有自己的销售实体店。2006 年，通过与全球最大的网上书店——亚马逊的合作，俏佳人进一步丰富了自己的销售平台。2009 年，俏佳人并购美国国际卫视并拥有了自己的电视台——ICN，成为中国第一个进入美国数字无线电视的中国文化传媒企业，为进入美国主流媒体奠定了基础。在拥有立体销售网络后，俏佳人开始寻求市场转型，即由原来的发行商升级为内容提供商。俏佳人所实践的，是一条以音像产品制作为产业链开端、逐渐拓展产业链上游和下游开发的差异化道路。

（二）中国对外文化集团公司的多种商业模式

中国对外文化集团公司成立于 2004 年，是中国对外文化交流与贸易的国家队，有着丰富的国际文化交流经验和雄厚的文化活动策划运营实力，该公司旗下的功夫舞台剧《武林时空》、杂技舞台剧《如梦》、超级多媒体梦幻剧《时空之旅》和现代舞剧《舞动无界》，是北京乃至全国文化出口的名牌项目。

中国对外文化集团公司正由传统文化中介商转变为国际文化集成商，延伸产业链，投资制作拥有自主知识产权的国际化剧目。旗下已经拥有众多知名的演出产品如《时空之旅》与《龙狮》。多媒体舞台剧《ERA——时空之旅》是由中国对外文化集团公司与上海文广新闻传媒集团、上海杂技团、上海马戏城联合投资制作，全面引进国际大师团队担任主创班底，创造了"中国元素，国际制作；中国故事，国际表述"的新型运作模式。据统计，截至 2009 年 11 月 30 日，《时空之旅》已连续演出 1650 场，票房收入超过 1.6 亿元，观众近 170 万人次，60% 以上为海外观众，被誉为"出口不出国"的中国高端演出产品。从 2011 年 1 月起，《时空之旅》将赴韩国巡演 100 场，为韩国观众带来原汁原味的演出。作为中外合作的剧目，《龙狮》融合了东西方文化的内涵，其吉祥物"龙狮"从中国杂技传统的狮子舞节目演化而来。《龙狮》自 1999 年 4 月首演以来，一直在欧美市场巡演，2007 年 2 月开始移师日本演出，目前已在全球 52 个城市演出 2800 余场，观众超过 600 万人次，创下了在国际市场中，一台以中国杂技艺术为主体的大型晚会的票房、上座率、演出场次、演出时间、演出地区等六项最高纪录。该剧还获得了代表美国电视艺术和电视科学最高成就的艾美奖的优秀演出奖、优秀导演奖、优秀服装奖三项大奖。

由俏佳人传媒股份有限公司和中国对外文化集团公司进军海外市场的历程可见，北京地区文化贸易企业正在逐渐做大做强。但是，怎样真正进入北美、欧洲等主流文化消费市场，如何在消耗性历史文化资源之外开发能够体现当代文化特色的出口项目，都是急需探索和解决的重要课题。

四 伦敦建设创意之都的政策及其实践

英国是世界上第一个提出创意产业理念的国家，也是第一个用政策来推动创意产业发展的国家，首都伦敦是其创意产业发展的代表。目前，创意产业是伦敦主要的经济支柱，年产值为 250 亿~290 亿英镑，仅次于金融服务业，从业人员超过金融服务业。伦敦被公认为全球三大广告中心之一，2/3 的国际广告公司将欧洲总部设在伦敦；伦敦是全球第三大最繁忙的影视摄制中心；伦敦拥有世界级的教育机构和设计机构，其中近 3/4 的机构有全球客户；伦敦艺术品拍卖销售额仅次于纽约，位居世界第二。此外，全世界每年有 1 亿人次来伦敦参观各类博物馆和画廊。① 预计到 2012 年伦敦奥运会时，其创意产业产值会达到 300 亿英镑，将超过金融服务业成为最大的产业部门。显然，创意已经成为伦敦的新标签，其政府扶植创意产业飞速发展，使伦敦从世界上最大的加工厂变为世界创意基地的经验值得借鉴。

（一） 艺术委员会的管理方式

英国政府在文化管理过程中奉行"一臂之距"原则，即在中央政府部门与其接受拨款的文化艺术团体和机构之间，设置了一级作为中介的非政府公共机构即各类的艺术委员会。艺术委员会负责执行文化政策和分配文化经费。②

这类组织往往由艺术和文化方面的专家组成，它虽然接受政府委托，但却独立履行职能，保证文化经费由那些最有资格的人进行客观公正的分配。这种管理方式使得各级文化行政主管部门避免了大量微观、具体的事务性工作，可

---

① 上海市文广局：《英国及瑞典创意产业发展经验和启示》，http：//wgj. sh. gov. cn/node2/node741/node743/node763/node1072/u1a29369. html。

② 毕佳：《英国文化产业》，外语研究与教学出版社，2007，第 11 ~ 16 页。

以集中精力把工作重点放在全局性的宏观政策制定上。同时，为保证政府资助取得良好效果，艺术委员会通过各种方式对享有政府长期资助的文化团体进行监督。例如，政府每年与享受政府资助的艺术团体签订协议，规定签约的艺术团体需要达到的水准并设立具体的指标；此外，还对受助的团体采取年度评审、持续评审等方式进行评估，以此作为政府未来提供资助的依据。因此艺术团体必须努力争取票房收入，如果没有创新节目，就争取不到政府的资助，有倒闭的可能。

（二）彩票融资方式

文化产业的发展需要巨额的文化投资。在英国，文化投资的渠道是多样的，有政府拨款、准政府组织资助、基金会资助等。英国政府运用了一种非常规的投资方法，就是用发行彩票来筹集文化基金。例如，伦敦泰特现代创意馆、Rich Mix 两个项目以及英国科学、技术及艺术基金会（NESTA）的资金主要来自彩票。

（三）充分开发历史中的文化因素，促进文化资源向文化资本转变

文化资源要转换成现实的文化生产力必须进行商业化运作和进行文化创新。《2010～2014 伦敦文化战略》①中进一步提出，要通过表演及艺术展览等活动激活那些不被公众所熟知的历史遗迹，从而吸引更多的观众以及更好地为伦敦市民服务。

（四）面向公众，鼓励公众积极参与

英国不仅把发展创意产业作为提升经济发展水平的重要手段，而且作为增强民族凝聚力的重要因素。政府希望用文化的发展来增强人们对国家的认同感，强化民族向心力和凝聚力。为此政府提出，文化产品要面向大众，鼓励广大民众尤其是青少年积极参加各种文化活动，并为广大民众提供尽可能多的参与机会。

---

① City of London Cultural Strategy 2010 – 2014，http：//www. cityoflondon. gov. uk/Corporation/LGNL_ Services/Leisure_ and_ culture.

《2010~2014 伦敦文化战略》强调："要鼓励各种组织更加紧密地合作，促使更多不同年龄及背景的人们参与，并且从我们所提供的文化产品中受益。"① 例如，英国政府鼓励博物馆和画廊实行免费入场制度，艺术开始走下神坛，人们也可以尽情享受艺术带来的欢愉并激发自身潜在的创造力。10 年来，英国文化部对博物馆和画廊的投入年均增长率达到 28%，2008 年总额达到 3.36 亿英镑。此外，伦敦市政府还积极利用 Twitter、Facebook 等新媒体手段发布创意城市信息，与市民亲密互动，营造良好的创意城市生活氛围。

五 促进北京市文化产业出口的政策建议

（一）鼓励文化企业以多种方式实现出口

北京地区重点文化出口企业的实践表明，实现文化产业"走出去"的模式不是单一的，而是在创新中不断丰富。据新华网调查，当前文化产业"走出去"呈现三种新模式："出口不出国"模式、"集成创新"模式、"借船出海"模式。"出口不出国"，即首先在国内常年演出站稳脚跟，吸引源源不断到中国旅游的外国观众，不出国门就实现中国演出产品"出口"。"集成创新"模式是指"以集成的方式创新，以创新的手段集成。通过集成国内与国外的创意、资本等优势资源，融合中国多种元素，实施国际化制作，实现中国文化的国际化'表述'，为中国文化产品'走出去'创造和谐的语境"。"借船出海"模式主要是与国外合作伙伴共同投资，借助国际营销网络打进国外主流文化市场。中国对外文化集团公司总经理张宇说："我们过去有一种误区，以为文化'走出去'就是要把演员带出国，但这种'硬出口'的方式，有的即使走出国门也只是在海外华人中演出，没有进入外国主流社会。"

就文化产业"走出去"的方式，龙永图曾提出，在发展电影方面，可以采用从国外融资，与国外院线签订合同，用外国先进的技术、优秀的演员，拍摄中国题材的影片，然后出口到国外，这样可以充分利用国外资金、技术和人才，加

---

① City of London Cultural Strategy 2010 – 2014，http：//www.cityoflondon.gov.uk/Corporation/LGNL_ Services_ and_ culture.

280

快中国文化走向世界。因此，在制定文化贸易扶持政策时要考虑到文化企业出口方式的创新，并为这些创新的实施提供便利。

（二）奖励文化项目出口，关键在质量而不在数量

在网络游戏等文化产业门类投资趋热的环境下，管理部门更需保持冷思考。据易观国际监测数据显示，2010 年第三季度中国网络游戏市场收入规模 77.58 亿元，环比下滑 0.3%。此前二季度环比下滑 0.5%。据悉，第二季度也是两年来国内网游市场季度环比首次出现下降。总体来看，第三季度新网游虽然数量众多但是创新不足，同质化极其严重，不仅题材、核心玩法、日常任务相似，甚至游戏架构与场景设计都大同小异。

目前，动漫游戏产业已经成为北京文化创意产业的重要组成部分，政策的支持力度较大，产业发展特色鲜明。北京市已经建成由中关村海淀园、石景山园、雍和园构成的国家动漫游戏产业发展基地，在全国具备一定的影响力。在这种情况下，在制定有关奖励措施时，更要把质量放在第一位，把有限的资源用于奖励优秀的原创人才和内容，避免企业为获得奖励而盲目追求数量的做法，促进北京动漫网游出口的长远发展。

（三）打造首都历史文化品牌，重视开发北京当代文化出口项目

历史文化资源是北京发展文化贸易的宝贵财富。中共北京市委十届八次全会提出，"十二五"期间北京要大力发展文化创意产业，增强文化创意产业的整体竞争实力。要特别注意保护好历史文化名城，打造首都历史文化品牌，展示首都历史文化的魅力。但是，对历史文化资源的开发具有一定风险，如文化旅游可以减少贫困，但对传统人文价值的保存可能产生负面影响，因此，对北京历史文化资源必须以保护为主，开发次之。

同时，注重开发北京当代文化项目。随着中国的崛起和北京奥运会的成功举办，越来越多的海外消费者对当代中国文化、当代北京文化产生了浓厚兴趣。正如墨尔本国际艺术节艺术总监布雷特·希伊所说："事实上，中国不少传统民间艺术已经走进了澳大利亚，几乎澳各地区在春节期间都会推出相关活动。然而，我相信这些艺术形式只是中国文化艺术中很小的一部分。近年来，中国经济有了长足发展，我们更希望看到经济发展给中国的社会文化

以及生活在这片土地上的艺术家们带来的影响，希望能够看到反映中国现代生活的艺术。"布雷特·希伊以《恋爱的犀牛》为例，认为这台话剧在舞台设计上采用了现代的中式风格，诗意的语言又不失传统的美感，给他留下很深的印象。由此可见，在政策导向上，有必要鼓励文化企业以北京当代文化为题材进行开发、创作，向海外市场推出具有代表性和影响力的北京当代艺术家、作家、文化作品等，向世界展现当代北京独具魅力的文化风貌和创新成果。

B.24
北京会展业发展与会展之都建设

申金升　郭万超　刘建　彭支援*

摘　要： 会展业是北京文化产业的重要组成部分。北京会展业具有首都优势明显、政府主导型展会影响力大、品牌效益日益显现、规模化趋势增强、行业发展特色突出等特点，但也面临着场馆设施尚不能满足大型展会办展需求、政策支持力度仍显不足、发展促进体系有待完善以及面临来自国内兄弟省市的竞争等问题。为了加快北京会展业发展，需要加强政府引导调控，加大政策支持力度；完善会展场馆及配套设施、优化会展资源配置；建立协调机制，健全会展业服务体系；促进会展企业集群发展，扩大产业集聚效应；提升会展业发展的国际化水平；强化会展业基础工作；设立北京会展业投资发展基金。

关键词： 北京　会展业　文化交流　会展场馆

会展经济是指通过举办各种形式的会议、展览或展销以获取直接或间接经济效益和社会效益的一种经济现象和经济行为。会展业是北京"十一五"期间文化产业、创意产业的重要组成部分，对首都北京的文化中心建设、创意之都建设发挥着日益重要的作用。

对于北京当前阶段的城市发展，会展业具有如下的功能与意义。首先，直接经济效益的增长。从国际上看，在瑞士日内瓦、德国汉诺威、美国纽约、法国巴黎、英国伦敦、新加坡和我国香港等世界著名的"展览城"，会展业为其带来了

---

* 申金升，教授，北京市商务局副局长，民盟市委经济委员会副主任；郭万超，副研究员，首都文化发展研究中心副主任；刘建，民盟北京市委经济委员会参政议政部干部；彭支援，民盟市委经济委员会副主任。

巨大的直接收益和经济繁荣。其次，产生显著的产业带动作用。国际性会展不仅是商品展示和交易的平台，而且也是各种商业思想、技术、文化的交汇地。通过举办具有世界影响力的大型展览会、交易会、新品发布会和国际会议，能吸引大批来自全球各地的企业和参观者，使得会展中心城市能够引领世界消费时尚，引导经济、文化创新，掌握社会文化话语权。会展经济涉及交通、旅游、广告、装饰以及餐饮、通信等诸多部门，可以直接或间接带动一系列相关产业的发展。据测算，国际展览业的产业带动系数约为1:9。最后，城市形象的塑造。现在，许多城市都将会展业视作塑造城市形象的重要依托，世界各国城市对国际展会举办权的竞争也日趋激烈。就北京而言，加快会展业发展，可以强化首都国际交往中心的功能，助推文化创意等新兴产业的发展，带动商业、餐饮业、运输业、旅游业、咨询业、广告业等服务产业的发展，对北京建设中国特色世界城市具有重要意义。

一　北京市会展业发展现状

北京作为国内会展业起步最早、发展最快的城市之一，其会展业已经粗具规模，形成了较为完整的产业体系，成为国内最重要的会展中心城市。北京市办展、办会环境不断改善，会展业发展势头良好。

（一）会展硬件设施逐步改善

近年来，北京市会展场馆数量及面积逐年增长，场馆周边配套设施不断完善。2009年北京市宾馆饭店、展览场馆等会议室数量达到5718个，其中，超过五百座的大型会议室179个，分别比2008年增长5.8%和14.7%（见图1）。

从2004年开始，北京加快了展览场馆的改建新建工作。2005年，全国农业展览馆新馆正式投入使用，展厅面积为13000平方米，有效提升了农展馆承接大型展览的能力。2008年，北京中国国际展览中心新馆、北京国家会议中心先后建成并投入使用。截至2009年底，北京市共有商务展览场馆15个，数量居全国之首，展厅面积共35.4万平方米、室外展览面积21.5万平方米。

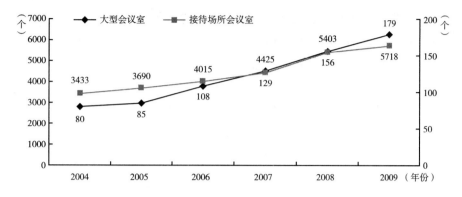

图1 2004～2009 年北京市会议室及大型会议室数量

资料来源：根据相关年份《北京市统计年鉴》整理。

表1 北京市展览馆情况

单位：平方米

场馆名称	室内展览面积	室外展览面积	总展览面积	建成时间(年)
中国国际展览中心	35675		35675	1985
北京展览馆	22000	10000	32000	1954
中国国际科技会展中心	8200		8200	2001
全国农业展览馆	26229	8000	34229	1959
中国国际贸易中心	10000		10000	1990
北京国家会议中心	22000		22000	2009
国家体育馆	3800		3800	2007
中国国际展览中心新馆	100000	50000	15000	2008
北京海淀展览馆	8000	13000	21000	
北京国际会议中心	5500	14000	19500	1990
金桥艺术会馆	13200		13200	
九华国际会展中心	66200	120000	186200	
北京民族文化宫展览馆	3780		3780	1959
北京市东六环展览中心	20000		20000	2006
北京绿港花都国际会展中心	98609	53000	151609	

资料来源：王方华、过聚荣主编《中国会展经济发展报告（2010）》，社会科学文献出版社，2010。

此外，北京市酒店、交通、通信等支撑能力国内一流。截至2009年底，北京市共有星级饭店815家，其中三星及以上饭店454家，酒店客房数量在纽约、伦敦、东京等21个国际大都市中排名第一；首都机场民用航空线路216条，其中国际航线101条，旅客吞吐量2010年上半年跃升全球第二。这些都为北京会展业的发展提供了良好的配套设施基础。

（二）会展数量不断增多，综合效益稳步提升

近年来，北京市宾馆饭店、展览场馆承接会议数量总体保持上升趋势（见图2），会议收入不断攀升（见图3）。2009年北京接待会议数达到22.4万个，实现收入72.54亿元，其中大型国际会议5174个，实现收入3.9亿元。在国际大会及会议协会（ICCA）2010年公布的国际会议目的地城市最新排名中，北京是中国唯一入选前10名的城市。

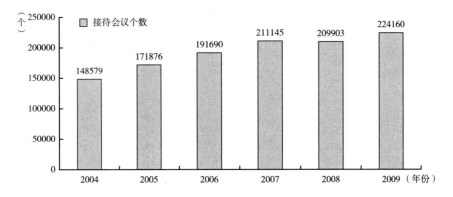

图2 2004~2009年北京市接待会议数量

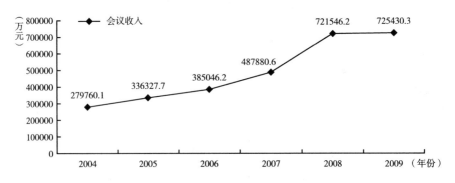

图3 2004~2009年北京市会议收入情况统计

资料来源：根据相关年份《北京市统计年鉴》整理。

2009 年北京接待展览 1216 个，实现收入 51.90 亿元，其中国际展览 246 个，实现收入 21.37 亿元。与 2007 年相比分别增长 26.53%、57.17%、0.81%、90.40%。另外，接待展览中大中型展览所占比例由 2008 年的 13.89% 上升到 15.87%。

（三）会展业发展政策环境不断优化

早在 2004 年，《北京会展业发展规划（2004～2008 年）》就提出了把北京建成广告和会展中心等九大中心的目标。之后，《北京市"十一五"时期旅游业及会展业发展规划》、《北京市"十一五"时期文化创意产业发展规划》等进一步明确了会展业发展的总体思路，为推动北京市会展业发展指明了方向。近期，北京市政府又明确提出了建设国际会展之都的目标，从建设世界城市的战略高度全面谋划和推动会展业的发展。

二 北京市会展业发展的主要特点

（一）首都优势特色明显

北京市聚集众多国家级机构和各类境内外会展服务企业，体现了首都会展业发展的独特优势。全国共有约 500 个国家级行业组织，其中一大半在北京，具有主办国际展览资格的单位有 143 家位于北京，占全国的近 60%。据有关资料显示，在 2009 年举办的国际展览中，中央在京单位占 51.5%。

（二）政府主导型展会影响力不断提升

由政府主导、培育的综合性、国际化品牌会展规模大、层次高，成为国内最具影响力的会展。如科技博览会、文化创意博览会、金融博览会等，不仅集中代表了北京会展业的发展水平，还成为展示首都产业发展方向、带动新兴产业发展的重要推动力量。

（三）品牌效益日益显现

北京部分大型国际展会整体水平已居世界前列。例如，北京国际汽车展与底特律、法兰克福、日内瓦、东京车展并列成为世界五大车展；北京国际印刷技术展览会已成为世界四大印刷展之一；北京中国制冷展等代表了该行业全球发展趋势，在国际上享有较高知名度。2010 年最新统计显示，北京市共有 21 个展览通过国际展览联盟（UFI）认证，占全国 26.6%。同时，越来越多的世界顶级会议在北京市举办。这些会议均集中了各领域的世界级专家。2009 年，由国际大会及会议协会成员组织的高端会议，在京举办的占全国39.2%。

（四）规模化趋势增强

北京接待的展览中 1 万平方米以上的大中型展览个数逐年增多，会议会展接待观众人数也不断上升。2009 年北京接待展览中面积 1 万平方米以上的个数有193 个，比 2008 年增长了 6%，其中 5 万平方米以上的展览有 13 个。2009 年北京接待会议人数 1615.3 万人次，比 2008 年增长了 7.78%。平均单个展览接待观众人数 4802 人次，比上年增长了 6.84%。

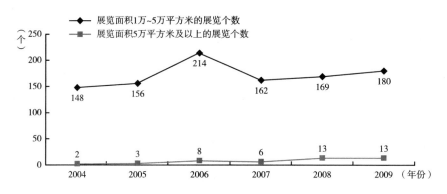

图 4　2004～2009 年北京市大中型展览个数

资料来源：根据相关年份《北京市统计年鉴》整理。

（五）行业发展特点突出

在北京市举办会展中，文化类会展优势明显，充分体现了北京全国文化中心的地位。2006 年以来，教育、培训、艺术类展览会一直独占鳌头，所占比例远远大于全国平均比例。2009 年北京市主要会展场馆接待教育、培训、艺术类展览会 58 个，占总展览数的 22.92%，而同期全国平均占比仅为 2.72%。

表2 北京展览会类型统计表

单位：个

排名	2009 年		2008 年	
	展览会类型	展览会数量	展览会类型	展览会数量
1	教育/培训/艺术	58	教育/培训/艺术	46
2	化工/环保/能源	24	房产/建筑/装潢/	23
3	房产/建筑/装潢	22	机械/工业/加工	19
4	汽车/交通工具	18	化工/能源/环保	17
5	通信/通讯/电子	16	通信/通讯/电子	15
6	机械/工业/加工	9	食品/饮料/酒	10
7	家电/家具/日用品	8	影视/娱乐/体育	8
8	农/林/渔/牧	8	生物/医药/保健	9
9	服饰/皮革/纺织	7	汽车/交通工具	8
10	影视/娱乐/体育	7	服饰/皮革/纺织	8

资料来源：中国国际贸易促进委员会编《中国会展经济发展报告（2009）》，中国经济出版社，2009；中国国际贸易促进委员会编《中国会展经济发展报告（2008）》，中国经济出版社，2008。

三 北京会展业存在的问题及面临的挑战

虽然北京市会展业已取得长足发展，但与建设世界城市的要求还有一定差距，也面临着来自国内其他发达省市的竞争。

（一）场馆设施尚不能满足大型展会办展需求

虽然北京会展专业性场馆数量较多，但场馆规模结构不够合理。与上海、广州相比，北京展馆单体规模较小，展厅面积大于 30000 平方米的展馆数约占总展馆数的 26.7%，上海为 33.7%，广州为 58.3%。目前，北京市场馆最大单体面积 10 万平方米，在国内仅排第八位，同世界发达国家城市相比更有差距（见表4），这使得一些大型展会在京举办受到限制。同时考虑到外省市目前尚有多个大型场馆在建，未来硬件制约将更加突出。

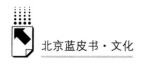

表3 国内部分大型会展场馆展厅面积

单位：万平方米

序号	现有馆名	展厅面积	序号	现有馆名	展厅面积
1	广交会琶洲馆	33.8	5	昆明国际会展中心	12
2	广交会流花路展馆	17	6	成都世纪城新国展中心	11
3	上海新国际博览中心	12.65	7	深圳国际会展中心	10.5
4	义乌国际会展中心	12			

资料来源：中国展览信息网等。

表4 世界会展场馆面积前十名列表

单位：平方米

城 市	室内面积	室外面积	城 市	室内面积	室外面积
汉诺威（德国）	496963	58070	瓦伦西亚（西班牙）	220000	20675
米兰（意大利）	375000	—	巴黎（NORD，法国）	191000	—
法兰克福（德国）	320551	89436	伯明翰（英国）	190000	—
科隆（德国）	286000	52000	Utrecht（荷兰）	162780	120766
杜塞尔多夫（德国）	234398	32500	慕尼黑（德国）	160000	280000
巴黎（EXPO，法国）	226011	—			

资料来源：德国贸易展览协会 http：//www. auma. de。

表5 国内会展城市单体场馆及规划

单位：万平方米

序号	在建展馆	规划面积	序号	在建展馆	规划面积
1	重庆西部国际会展中心	30.0	3	武汉国际博览中心	18.5
2	沈阳展览中心	14.37	4	杭州和平国际会展中心	11.9

资料来源：中国会展网、百度百科等。

虽然北京相对于其他省市会展场馆数量相对较多，但就其自身而言，现有场馆数量仍然不能满足巨大的办展需求。北京市会展场馆的出租率大都高于50%，处于"高负荷运转"状态。中国国际展览中心的出租率则高达70%，北京国际会议中心使用率更是高达80%以上。加强硬件设施建设仍是今后一段时期的重要任务。

（二）会展业的政策支持力度仍显不足

北京市对会展业的政策支持力度，与上海、重庆等地相比仍显不足，尤其是促进全行业发展的扶持政策尚属空白。近年来，重庆、宁波等市相继出台了一系列措施鼓励会展业的发展。深圳、大连等城市设立了会展业发展专项资金，宁波、郑州等城市由财政出资修建了大型会展设施，大大改善了当地会展环境，降低了企业运营成本，提高了城市会展竞争力。通过表6的对比，可以呈现北京的会展业政策支持力度与方式在全国大环境中的处境。

表6　国内主要城市对会展业扶持政策

地方	政策文件	政策要点
上海	浦东新区促进会展旅游业发展的财政补贴意见	无论主办方的公司是否注册在上海浦东新区，只要在浦东主办了三次以上品牌展会，就有机会享受最高100万元的政府补贴
重庆	重庆市人民政府关于加快会展业发展的意见（渝府发〔2010〕40号）	设立重庆市会展业发展专项资金2000万元。主要用于培育和引进大型品牌会议展览、扶持会展企业和会展业发展研究等 凡引进举办750个国际标准展位以上的会展活动和国际国内重要会议、落户重庆的国际性或全国性会展活动，对引进者实行奖励 对500个国际标准展位以上的会展项目，该项目当年贷款发生的利息，按年利率2%、贴息时间不超过1年的标准给予一次性贴息，每个项目贴息额最高不超过5万元
大连	大连市展览业发展资金管理暂行办法（大财企〔2007〕58号）	展览业专项资金原则上实行补助支持方式，主要用于展览项目及相关会议的广告宣传、综合布展、政府接待等所需的部分经费，其余由展览业务主管部门或项目承办单位自行承担
杭州	专项资金	对引进举办大型国际性、国家级会展活动者给予5万~10万元奖励，对国际展位按每个标准摊位给予200元的政策补助。2009年，杭州市还设立了100万元专项资金用于奖励年度优秀会展节庆活动企业和优秀会展节庆活动
厦门	厦门市鼓励会展业发展专项资金使用管理办法（厦府办〔2008〕242号）	在厦门举办一场展览，只要符合条件，就可以享受最高50万元的资金资助，展览的规模最低只要200个展位，资助年限则长达6届。展览的规模超过650个展位还将获得10万到20万元不等的资金奖励。与此同时，在厦门组织一次国内大型会议或者国际性会议，根据在星级酒店住宿人数、境外客人的人数，能获得5万元到20万元不等的资金奖励
温州	2009年度鼓励开放型经济发展若干扶持政策	共安排1.5亿元财政资金，扶持开放型经济发展。其中对会展业的具体帮扶措施包括：温州企业参加省、市政府或外经贸部门组团的境外重点展会，摊位费将给予全额补贴；境外支持类展会，每个摊位补贴2万元；哈洽会、西洽会、海交会、中博会、消博会、南宁东盟博览会、哈尔滨温州产品展览会，每个摊位补助8000元

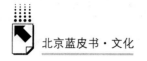

（三）会展业发展促进体系有待进一步完善

尽管北京会展发展的公共服务环境有所改善，但与建设国际化会展之都的要求仍有相当的差距。由于多种原因，在北京市举办会展的综合成本较高，加之会展业分属多部门管理，缺乏高效的协调机制，在一定程度上影响了北京市会展业的竞争力，直接导致部分知名展会面临外流风险。近年来相继有中国纺织机械博览会、中国国际制冷展览会等展会流失到外省市。

表7 北京近期部分流失展会

序号	展会名称	外流城市	序号	展会名称	外流城市
1	中国国际制冷展览会	2010 上海	3	中国纺织机械博览会	2008 上海
2	中国医疗器械博览会	2009 上海	4	中国国际机电工业博览会	2008 宁波

（四）面临来自国内兄弟省市的竞争

北京作为首都，会展业发展一直走在全国前列。但近年来，上海、广州等兄弟城市会展业发展明显加速。2004～2008 年的四年间，北京展览面积共增加了 45.27%，而上海增长了 131.05%。尤其是最近两年，上海展览面积更是呈现快速增长势头。通过图5 京沪之间的对比，可以看到这种较为严峻的竞争态势。

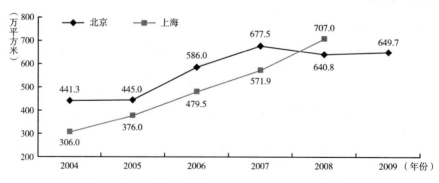

图5 2004～2009 年京沪接待展览累计面积对比

四 加快北京市会展业发展的对策建议

面对建设世界城市的新形势、新要求，北京会展业需要进一步发挥首都优势，加大政策支持力度，完善产业发展的体制机制和公共服务体系，在更高水平上推动国际会展之都建设。

（一）加强政府引导调控作用，加大政策支持力度

加强战略研究，加快制定会展业的发展规划，明确发展目标、重点和措施。建立健全地方性法规，出台相关鼓励政策，重点支持会展业发展环境优化和综合竞争力提升。

（二）完善会展场馆及配套设施，优化会展资源配置

合理规划场馆总量、布局，支持大型会展场馆设施建设，同时，注重对现有场馆进行设备升级和资源整合，完善其配套设施和办展环境。

（三）建立协调机制，健全会展业服务体系

建立各有关部门间的协调机制，简化行政审批环节，提高公共服务水平。探索建立参展参会客商展品、展具进出的绿色通道，加强会展业知识产权保护，强化安全监管工作。

（四）促进会展企业集群发展，扩大产业集聚效应

扶持会展企业发展，引导会展企业在公平竞争中实现资源共享、优势互补，实现会展企业的竞合发展。推动组建会展企业联盟，实现产业链集聚发展，提升行业整体竞争力。

（五）提升会展业发展的国际化水平

扶持培育品牌会展，扩大北京会展业的国际影响力；引进和申办国际著名会议和展览，加强与国际著名会展企业的合作；吸引世界更多地区的参展商和专业观众前来参展，不断提升北京会展业的规模和展会层次。

（六）强化会展业基础工作

加强对会展行业的统计调查和统计分析，为制定产业政策提供依据。加快会展业高端人才的培育与引进，为国际会展之都建设提供人力资源保障。

（七）设立北京会展业投资发展基金

设立会展产业投资发展基金，以国有企业为主导发起人，吸引聚拢社会资金，通过专业投资管理方式，实行市场化运作，实现投入与增值的良好循环，不断扩大资金规模。扶持会展专业公司发展成为大型、专业、国际化的企业；组织会展产业联盟，形成资源共享平台；通过兼并收购整合北京已经拥有的各种展览品牌与实力资源；充分运用北京的宣传资源，促进企业和行业走上会展国际化、品牌化道路，使会展行业推动首都经济发展。

B.25

2010 年北京大型文化活动综述

季剑青 *

摘 要：2010 年是"十一五"的最后一年，北京市的大型文化活动得到了长足发展。文艺演出场次和市场容量不断增加，演出内容和市场运作日益突出文化创意，更加注重艺术普及和教育活动；各类代表性的文化活动品牌的文化品位获得进一步的提升，品牌的认知度和成熟度不断提高；群众性文化活动被提升到新的战略高度，通过"群众文化年"、传统节日活动、文化节等多种形式，丰富了市民群众的文化生活，促进了优秀传统文化的传承与传播。2010年北京市大型文化活动的发展，有效实现了"十一五"时期文化发展规划的预定目标，为建设"人文北京"和世界城市打下了坚实的文化基础。

关键词：大型文化活动 文艺演出 文化活动品牌 群众文化活动

文化活动是首都公共文化和文化创意产业的重要组成部分。北京市"十一五"相关发展规划中，指出要大力发展各种类型的文化艺术节、文艺演出、群众文化活动、传统文化节日活动等，着力打造具有广泛影响力的文化活动品牌，强化首都北京作为中国文化中心、国际文化交往中心的功能。2010 年是"十一五"的最后一年，北京市的各类文化活动得到了长足发展，有效实现了"十一五"时期文化发展规划的预定目标，推动着"人文北京"和"世界城市"建设向纵深的发展。

一 文艺演出

北京拥有全国最为丰富的演出团体和剧场资源，已经成为全国的文艺演出中

---

* 季剑青，博士，北京市社会科学院文化研究所副研究员。

心和具有一定影响力和辐射力的国际演出城市。2010 年，北京的文艺演出异彩纷呈，精彩的演出活动层出不穷。从类型上看，文艺演出大体可分为以下三类：以京剧、相声为主体的民族传统艺术演出，以流行音乐演唱会为主体的时尚文艺演出，以交响乐等古典艺术为主体的高雅艺术演出。另外还有以话剧、歌剧为主体的戏剧艺术演出，因另有专文探讨，此不赘述。

（一）民族传统艺术演出

1. 京剧

北京是京剧艺术的发源地，京剧在北京拥有深厚的文化传统和广泛的群众基础，在演出市场上占有重要的地位。2010 年，北京各京剧院团在传统的基础上不断推陈出新，运用种种新的运作模式和文化创意，巩固和扩大京剧的受众群体，取得了可喜的成绩。

国家京剧院是京剧创作和演出的重镇，2010 年国家京剧院采用"演出季"这一崭新的演出模式，集中推出和展示了一大批优秀的传统剧目和新创剧目，取得了良好的社会效益和经济效益。4 月 23 日至 5 月 23 日，国家京剧院推出了以"新作·经典·名家·新秀"为主题的"五一"演出季，在一个月的时间里演出近 20 场。演出季期间，国家京剧院还举办了三场"名家经典"专场演出，将名家与经典相结合，着力打造剧院品牌。[1]

除了大型的商业演出外，一些特色的京剧演出也颇引人注目。位于前门的老舍茶馆每晚都有精彩的京剧唱段表演，此外还有相声、单弦、琴书等综艺表演，深受旅游者和外国客人的喜爱，已经成为北京对外文化传播中的"城市名片"。[2]2010 年 10 月 12 日，有数百年历史的古戏楼正乙祠也恢复了它戏楼的原有功能，由六出梅兰芳经典折子戏组成的《梅兰芳华》开始在此长期演出。古老的传统戏曲与历史环境相结合，赋予听众以新鲜而又充满传统韵味的观赏感受。[3]

2. 相声

相声演出近年来在北京呈现蒸蒸日上的趋势，据不完全统计，北京市现有的

---

① 成爱国：《新作·经典·名家·新秀 国家京剧院"五一"演出季综述》，《中国戏剧》2010 年第 6 期。
② 《北京 京剧的日常欢娱》，2010 年 4 月 15 日《南方都市报》。
③ 《老戏园子看大戏 感觉新鲜又讲究》，2010 年 10 月 13 日《北京晚报》。

相声团队已达到了 20 多个。这些相声团队大多有自己固定的演出场所，如德云社在天桥茶园乐剧场，嘻哈包袱铺在鼓楼广茗阁笑剧场，周末相声俱乐部在东城区文化馆，挚友相声俱乐部在湖广会馆，北京相声会堂在北京地质礼堂。2010 年 10 月，新组成的"星夜相声会馆"以建国门附近的"北京之夜文化城"作为长年的演出阵地，这是北京成立的又一个相声团队。它们通过长年的演出逐渐积聚人气，形成品牌，丰富了北京的演出市场。

相声演出的繁荣，很大程度上要归功于一批青年相声演员的精彩表现，他们清新自然且贴近现实的表演风格，符合流行趋势的时尚特色，吸引了大批的年轻观众。2010 年 5 月 4 日在北展剧场举行的五四北京青年相声大会，是这批青年相声演员的一次集中展示。8 月 11 日至 9 月 11 日，在北京曲艺家协会的推动下，第一届北京青年相声节顺利举行，周末相声俱乐部、嘻哈包袱铺等十个相声团队在一个月的时间里奉献了 20 多场精彩演出。相声节的举办，标志着相声演出开始走向品牌化之路。

在繁荣的背后，北京的相声演出也面临着一些困难和挑战。首先是演出理念上存在分歧和冲突，自身定位还不够清晰。以德云社为代表的相声团队主张走商业化之路，而周末相声俱乐部、"相声乐苑"等团队则认为相声艺术应面向普通群众，以低票价和高水准的相声表演继承和完善传统曲艺的艺术，坚持公益化取向。① 如何在商业化和公益化之间求取平衡，兼顾经济利益和艺术传承，仍然是摆在众多相声团队面前的难题。其次是演出资源分散，品牌化和产业化程度有待提高。目前北京的相声团队数量虽然不少，但大多各自为政，无法形成合力。除德云社等少数知名相声团队外，大部分相声团队都没有固定的演出场所，演员也多是兼职演出，大约 70% 的相声团队经济上处于亏损状态。② 要改变这种现状，必须将现有的演出资源进行整合，形成有影响力和认知度的相声品牌，提升行业的产业化程度。有鉴于此，北京曲艺家协会组织举办第一届北京青年相声节，在品牌化和产业化的道路上迈出了坚实的一步。

（二）时尚文艺演出

作为时尚文艺演出的主要形式，演唱会历来占据了北京演出市场相当大的份

---

① 《相声小剧场经营频现理念之争》，2010 年 6 月 28 日《北京商报》。
② 《北京"相声小剧场"面临洗牌困局》，2010 年 7 月 20 日《中国商报》。

额。① 本年北京的演唱会市场继续呈现繁荣景象，费玉清、林忆莲、刘若英、周杰伦、王杰、周华健、齐秦、蔡琴等港台重量级歌手纷纷在京举办演唱会，内地歌手汪峰、郑钧、王菲、崔健也不甘落后，其中有天后之称的王菲在退出歌坛多年之后，于10月29日在五棵松体育馆再次开唱，更是轰动一时。另外，杀手乐团、后街男孩、迈克尔·波顿、亚瑟小子等欧美著名流行乐团和歌手也来京频繁开唱，体现了北京消费市场对国际流行音乐的吸引力。

2010年北京的流行音乐舞台上还出现了一些具有实验性质而又不失时尚特色的演唱会，如"子曰秋野"乐队6月29日、30日在保利剧院上演的"戏剧摇滚演唱会"《活在北京》，7月18日在鸟巢举办的"绿色环保·健康新时代"大型环保演唱会等。这些演唱会大多能融合时代理念，突出创意特色，打破流行音乐和其他音乐形式之间的壁垒，给人以耳目一新的感觉。

演唱会的繁荣说明北京演出市场的日趋成熟，但是在演出会的制作和管理上，北京与国外大都市相比仍有差距。在商业运作上，由于演唱会前期投入大，在众多演出形式中和商业企业结合程度最为紧密，这就需要一套成熟的商业运作理念和机制作为保障，这方面北京还有所欠缺。据业内人士分析，2010年由于国际金融危机的威胁尚未解除，再加上通胀的压力，大型演唱会的企业赞助呈下滑趋势，虽然演唱会场次比2009年有所增长，但大多数演唱会处于亏损状态。② 在演唱会的制作上，从前期策划、灯光音响到现场管理诸多层面，技术水准也有待提高。例如在鸟巢举办的"绿色环保·健康新时代"大型环保演唱会，台下六万观众制造的垃圾、拥堵和光电污染与晚会倡导的绿色、低碳、健康理念相去甚远，引起了媒体的质疑和批评。显然，大型演唱会对主办方组织和管理能力提出了更高的要求。③

（三）高雅艺术演出

国家大剧院是北京最重要的高雅艺术演出中心，已经逐渐成为"世界精品剧目、国际一流表演院团和国内外优秀表演艺术家竞相展演的国际大舞台"，在

---

① 《去年北京演出市场首破10亿》，2010年3月12日《北京青年报》。
② 《一年百部戏剧上演 贺岁扎堆没有档 北京演出市场面临洗牌》，2010年12月20日《北京商报》。
③ 《别把"环保"整成狂欢》，2010年7月19日《北京晚报》。

北京演出市场上几乎占据了半壁江山。① 而以交响乐、歌剧、芭蕾舞剧等为主要形式的高雅艺术，一多半都是在国家大剧院演出。2010 年，国家大剧院继续保持着它对世界一流院团的强大吸引力，吸引了莫斯科人剧院、都柏林爱乐乐团、布达佩斯节日交响乐团等世界一流院团纷纷登台。国家大剧院还以音乐节、歌剧节、打击乐节、"漫步经典音乐会"等形式，集中推出特色鲜明的高雅艺术演出。与此同时，国家大剧院继续致力于艺术教育和普及工作，通过"周末音乐会"、"大师会客厅"等系列活动，让高雅艺术走近普通市民和青少年。

同样致力于高雅艺术普及的还有中山公园音乐堂一年一度的"八喜·打开艺术之门"的系列演出。2010 年 7 月 9 日到 8 月 29 日，"八喜·打开艺术之门"在 52 天时间里推出了 60 场演出，包括交响乐、合唱、打击乐、民乐、爵士乐等各种艺术门类。其中"打开音乐之门"自 1995 年推出以来，一直秉持"高水准、低票价"的方针，旨在提高市民尤其是青少年的音乐素养和品位，受到普通市民的热烈欢迎，已经成为北京重要的高雅音乐演出品牌。②

近年来，户外演出成为拉近高雅艺术与普通市民之间距离的一种重要形式。2010 年 10 月 1 日在通州运河广场举办的户外古典音乐会，让普通市民真正近距离地感受到了古典音乐的魅力。在此之前的 8 月 24 日，北京天坛祈年殿前，著名钢琴家朗朗和三位百老汇当红音乐家，在中国爱乐乐团的伴奏下进行了一场西洋交响乐与蓝色爵士的即兴对话。③ 在户外演出之外，这种古典音乐和流行音乐"混搭"的形式也充满了创意和想象力。高雅艺术和其他艺术形式相互结合彼此渗透，正在成为一种新兴的表演形式，它不仅使高雅艺术更加贴近普通观众，而且在各种艺术形式之间的对话中打开了新的创造和表现空间，给观众带来了别样的审美感受，也为文化创意产业的发展提供了新思路。

综上所述，2010 年北京的文艺演出大体呈现三个方面的特点。首先是演出市场日益成熟，演出场次和市场容量不断增加，演出形式多样，覆盖面广。以前北京的文艺演出大多聚集在节假日前后，现在则向常态化方向发展，欣赏文艺演

---

① 刘墨非：《国家大剧院打造北京文化新名牌》，《北京观察》2010 年第 1 期。

② 张葆迪：《近年北京地区高雅音乐演出市场培育方法研究》，天津音乐学院艺术管理系硕士学位论文，2010，第 11 ~ 13 页。

③ 《天坛对接百老汇》，2010 年 8 月 25 日《北京晚报》。

出正在成为北京市民日常文化生活中的一部分。① 伴随着演出市场容量的扩大，也出现了一批新的演出场所，鸟巢、水立方、五棵松等奥运场馆得到充分利用，正在成为北京文艺演出的新地标。② 其次是在演出内容和市场运作上都日益突出文化创意，品牌化和产业化程度不断提升。内容上力求贴近时代生活，融入新鲜理念，打破各艺术形式之间的壁垒，追求创新和创意，市场运作上则引入演出季、音乐节、相声节等作为平台，整合演出资源，加速激活产业链。③ 第三是更加注重与观众的互动，注重艺术教育和普及，使文艺演出从单纯的欣赏变成日常生活的一部分，为提高市民文化素质和文化修养，促进"人文北京"建设作出了新的贡献。也要看到，由于金融危机和通胀压力的影响，2010 年北京的文艺演出市场的盈利收入较之上年出现了一定程度的下滑，④ 北京的文艺演出在商业运作的成熟度和制作与组织的技术水准上与发达国家大都市仍有一定差距，在国际上享有盛誉的演出品牌尚不多见，在追求经济利益的商业化取向和服务市民文化生活的公益性取向之间还存在着矛盾和不平衡现象，这些问题都需要通过相关机制的完善和创新加以解决。

二 文化活动品牌

拥有具有广泛影响力的文化活动品牌，是一个城市文化产业发展至成熟水平的标志。"十一五"时期，北京已经形成一些影响力较大、认知度较高的文化活动品牌。2010 年这些文化活动品牌在原来的基础上进一步提升自身的文化品位和品质，它们提高了北京文化活动的国际性水平，促进了北京文化创意产业的发展，为北京建设世界城市打下了基础。

（一） 北京国际音乐节

迄今已举办了十二届的北京国际音乐节，是北京最具国际知名度的文化活动品牌，已经成为萨尔茨堡音乐节、琉森音乐节之后的第三大国际音乐节。2010

---

① 《北京演出市场节后不淡》，2010 年 3 月 2 日《中国文化报》。
② 《奥运场馆与文艺演出"联姻" 打造北京新地标》，中国新闻社，2010 年 8 月 18 日。
③ 《演出季 各大院团加速激活产业链》，2010 年 4 月 9 日《中国商报》。
④ 《热点频出难掩"滑坡"叹调》，2010 年 1 月 10 日《北京商报》。

年 10 月 11～31 日，第十三届北京国际音乐节在为期 21 天的时间里，22 场音乐演出涵盖了歌剧、交响乐、协奏曲、室内乐、独奏会、合唱、爵士乐等诸多形式。《赛魅丽》、《白蛇传》、《咏·别》三部前卫歌剧引领音乐艺术时尚，而以肖邦、舒曼诞辰 200 周年为主题的纪念演出更首次云集了郎朗、李云迪、陈萨三位中国钢琴新锐。本届音乐会的主题是"从巴洛克到新当代音乐"，多种音乐风格齐头并进，并不局限于古典音乐，追求创新和突破，尝试将各种音乐形式加以有机融合。肯尼·加瑞特四重奏的爵士"超越长城"音乐会，以临场发挥的形式上演即兴爵士四重奏，叶小纲的原创歌剧《咏·别》则把西洋歌剧的音乐张力融入中国戏曲的空灵写意中，都给听众带来耳目一新的别样感受。①

北京国际音乐节一直坚持通过委约作品的形式推出原创新作品，新作品在北京国际音乐节上进行首演能够迅速在国际上引起广泛关注，也扩大了北京国际音乐节的国际影响力，提升了品牌知名度，可以说是双赢的结果。2010 年北京国际音乐节也上演了大量原创新作，包括霍华德·肖的钢琴协奏曲《毁灭与回忆》、周龙的歌剧《白蛇传》和叶小纲的歌剧《咏·别》等。② 特别是中国音乐家的原创歌剧《白蛇传》与《咏·别》的首演，表明北京国际音乐家在本土的古典音乐文化的现代创新方面已经达到了国际水平。

本届北京国际音乐节另外一个重要特点是主题化，"从巴洛克到新当代音乐"是北京国际音乐节首次推出贯穿始终的完整主题。以前北京国际音乐节很少做主题，只是把优秀的演出曲目集中推出和展演，主题化则意味着以主题的形式对曲目作精心的选择，提炼出崭新的创意和理念，它提示了音乐节未来的发展方向。主题化标志着北京国际音乐节这一文化品牌又上升到了一个新的高度。③

（二）北京现代音乐节

与北京国际音乐节相比，北京现代音乐节更加注重专业性以及音乐教育和普及。由中央音乐学院主办的北京现代音乐节自 2002 年创办以来，已经成功举办了七届，得到了教育部、文化部和财政部的大力支持。2010 年 5 月 22 日，第八

---

① 《北京国际音乐节的创新与变革　第 13 届北京国际音乐节完美收官》，2010 年 11 月 1 日《北京商报》。
② 《北京国际音乐节推广"委约作品"和低票价政策》，中国新闻社，2010 年 11 月 8 日。
③ 《北京国际音乐节标高提升》，2010 年 10 月 11 日《北京晚报》。

届北京现代音乐节在国家大剧院拉开帷幕，在一周的时间里推出了23场音乐演出，同时还举办了2010中国美育论坛、送校歌计划、青年作曲家发展计划、西藏专题等系列活动。

2010年是北京现代音乐节"转型之年"。在八年时间里，北京现代音乐节依托中央音乐学院丰富的学术和演出资源，逐步形成了以演出、交流、教育为三大板块的富有特色的发展模式，形成了具有一定知名度的音乐艺术品牌。2010年北京现代音乐节更加关注向社会大众和青少年普及高雅音乐文化，本届音乐节为此推出了一系列新的计划，如"送校歌计划"是以送校歌的方式，扶植贫困地区的艺术教育；"2010中国美育论坛"的子项目"全国中小学音乐教育论坛"旨在与全国中小学音乐教育工作者代表共同探讨基础音乐教育中的相关问题。①

2010年北京现代音乐节是内容最为丰富、形式最为多样、影响最为广泛、参与人数最多的一届。学术品质更高，国际影响力更大，普及性更强，受益面更广。② 从2010年开始，北京现代音乐节将从一个重要的年度音乐活动，向代表着具有高度社会意识的更大的文化盛会转型，开始跻身于全国关注、全球知名的现代音乐节之列，成为有影响力的北京文化活动品牌。③

（三）丰富多彩的各类音乐节

北京不仅拥有如北京国际音乐节、北京现代音乐节这样的大型音乐节，还有众多民间的以时尚和先锋为特色的小型音乐节，这些音乐节虽然规模不大，影响力有限，但是以原创音乐为主，形式自由，风格多样，充满活力，深受年轻人喜爱。它们在北京已经形成主流文化的一部分，拥有巨大的市场潜力和品牌上升空间，对音乐产业乃至文化创意产业的发展起到了积极的推动作用。

发源于北京的迷笛音乐节是国内第一个原创音乐节，迄今已举办十一届。2010年迷笛音乐节于5月1~4日在海淀公园举办。第一晚演出结束后就创下11

---

① 《2010北京现代音乐节：高也成，低也就，大爱小爱聚心头》，2010年5月4日《中国文化报》。
② 杨正君：《展现时代的声音——2010年北京现代音乐节综述》，《人民音乐》2010年第7期。
③ 《2010北京现代音乐节向文化盛会转型》，2010年5月5日《音乐周报》。

年来观众人数之最。与此同时，摩登天空旗下的草莓音乐节也于 5 月 1 日在通州运河公园拉开帷幕，此次草莓音乐节的阵容也是国内原创音乐节有史以来规模最大的一次。①

北京是全国最大的原创音乐节市场，与演唱会相比，音乐节的投资门槛比较低，市场前景广阔，业内人士普遍看好音乐节的发展潜力。从演出资源上看，原创音乐节会聚了大量乐队和艺人，不像演唱会仅仅依靠某一位歌手，音乐节的音乐非常多元化，涵盖各种类型，基本上都是原创音乐，既有大牌乐队，也有数量众多的新人，所以不会出现资源枯竭吃老本的问题。音乐节的低门槛为大量音乐新人提供了表演的舞台，也为音乐公司提供了发掘人才的平台，有利于整个音乐市场的培育。另外，原创音乐节多在户外举行，现场的互动和交流远远高于演唱会和一般的文艺演出，音乐节正在成为融旅游、娱乐和演出为一体的新型业态，成为年轻人的一种时尚的生活方式。② 目前北京的原创音乐节虽然还处于起步阶段，在品牌化和产业化方面还有漫长的道路要走，但是巨大的市场潜力将使它在北京文化创意产业的发展中扮演越来越重要的角色。

（四）北京新年音乐会

由北京市演出有限责任公司创办的北京新年音乐会是北京又一重要文化活动品牌，迄今已走过 15 个年头。2010 年 12 月 31 日，2011 年北京新年音乐会在人民大会堂上演，此次音乐会继续坚持"名家、名团、名曲"的风格，邀请到了世界顶尖级交响乐团——莫斯科爱乐乐团前来演出。作为北演公司历年的重点文化项目，北京新年音乐会从创办时起就以维也纳新年音乐会为标杆，集合制作公司、演出经纪机构、票务公司等多种产业力量来推进这一品牌。投资也从最初的100 多万元上升至 300 余万元，邀请的乐团从起初以国内名团为主，过渡到坚持以世界一流交响乐团为主，邀请的指挥大师也誉满全球，如祖宾·梅塔、辛奈斯基、伯格斯等。根据北演公司提供的数据显示，新年音乐会举办至今，已经邀请了 14 个交响乐团、16 位中外顶级指挥家，聚集了 17 万观众，共计 28 场演出中，

---

① 《北京三场户外音乐节同唱　摇滚雷鬼怀旧都受认可》，中国新闻社，2010 年 5 月 4 日。

② 陈祥蕉、张小龙：《音乐节，中国新时尚》，2010 年 5 月 16 日《南方日报·文化周刊》。

累计投资规模已超 8000 万元，累计收入达到 1.5 亿元，成为拥有国际影响力的北京文化活动品牌。①

（五）"相约北京"联欢活动

创办于 2000 年 5 月的"相约北京"联欢活动，是以弘扬中华民族文化、引进外国艺术精华、促进国际文化交流为宗旨的一项集广泛性和多样性为一体的国家大型综合国际艺术表演。据不完全统计，自首届"相约北京"联欢活动举办以来，共有 110 个国家和地区的 1000 多个艺术团体、30000 多名艺术家和上千万观众参加。经过十年的发展，"相约北京"联欢活动已经成为国内外越来越多的知名艺术团体每年五月相约北京的盛会，不但在国内成为万众期待的活动，在全球范围也成为备受关注的文化交流盛事。"相约北京"联欢活动和上海国际艺术节一道，已经成为我国目前最大的两个综合性国际艺术节。②

2010 年"相约北京"联欢活动在 4 月 30 日到 5 月 28 日为期一个月的时间里，邀请了来自英、法、美、西班牙等 16 个国家和地区的近 2000 名艺术家、30 多个艺术团体参加，演出场次超过 150 场。历届"相约北京"联欢活动都强调面向普通大众，坚持联欢特色，本届活动则以"艺术因你而改变"为主题，更加突出参与性和互动性，同时凸显艺术形式的多样性和国际性。③ 本届"相约北京"联欢活动的另一大特色，是把联合国教科文组织的世界多样文化艺术节纳入到联欢活动中来，以"多样性奇迹"为主题，通过表演艺术、现场演示等多种方式，展示一个充满奇迹的世界多样性文化图景。④

综上所述，2010 年北京有代表性的文化活动品牌，在原来的基础上都获得了进一步的提升，品牌的认知度和成熟度不断提高，为北京文化资源的整合和创意产业的升级作出了新的贡献。不过也要看到，与北京拥有的丰富的文化资源和演出资源相比，北京成熟的文化活动品牌数量上还远远不够，影响力也有待进一

---

① 《北京新年音乐会 15 年锤炼"金字招牌"》，2010 年 11 月 29 日《北京商报》。
② 《装扮春天的北京——写在第十届"相约北京"联欢活动开幕之日》，2010 年 4 月 30 日《光明日报》。
③ 《第十届"相约北京"风格多样》，2010 年 3 月 24 日《北京青年报》。
④ 《十年"相约北京"艺术因你改变》，2010 年 3 月 24 日《北京晚报》。

步提升，目前的文化活动品牌大多还是集中在音乐、戏剧等传统艺术形式方面，具有鲜明的创意特色的文化活动品牌尚不多见。

三 群众性文化活动

群众性文化活动是文化活动的重要组成部分。《北京市国民经济和社会发展第十一个五年计划发展纲要》特别指出要"丰富群众文化活动"，"建设一支高素质的基层文化工作者队伍，组织开展内容丰富、形式多样的群众文化活动"。2010 年北京市《人文北京行动计划（2010～2012 年)》提出，围绕建设"人文北京"的目标，着力实施"市民文明素质提升工程"等十大工程，"坚持以文化人，普及优秀传统文化和现代文化知识，开展丰富多彩的文化活动"，"强化人文意识，倡导人文关怀，营造浓厚的人文氛围"。① 2010 年，市委、市政府高度重视群众性文化活动的组织和开展，通过"群众文化年"、传统节日活动、文化节等多种形式，推出了一系列群众性文化活动，同时加快公共文化服务设施建设，积极创造条件，鼓励社区开展自发性的文化活动。这些活动丰富了市民群众的文化生活，促进了优秀传统文化的传承与传播，营造了和谐良好的社会氛围，为"人文北京"建设打下广泛的群众基础。

（一）群众文化年和传统节日文化活动

传统节日是民族传统文化和民俗文化的重要载体。2010 年，市委、市政府以春节、清明节、端午节、中秋节等传统节日为主线，组织了一系列节日文化活动，并推出了以节日文化活动为主体的"群众文化年"主题系列活动，受到市民群众的热烈欢迎和积极响应。

2010 年春节期间，市委宣传部、市文化局、崇文区委区政府启动了 2010 年北京春节系列文化活动，历时一个多月的"2010 年北京春节系列文化活动"紧紧围绕春节这一盛大传统节日，以城市社区、农村、企业、学校、军营等基层单位为中心，充分利用文化广场、公园等公共文化设施，以庙会、灯会、百姓才艺表演、社区文艺表演等为主体开展一系列春节文化活动，营造出北京欢乐祥和、

---

① 《人文北京行动计划（2010～2012 年)》，《前线》2010 年第 5 期。

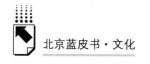

和谐宜居的文化氛围。[1]

2010 年 4 月 25 日，"我的北京 我的家"北京市群众文化年系列活动正式启动。活动从 4 月一直持续到 12 月，紧紧围绕构建社会主义和谐社会首善之区以及建设"繁荣、文明、和谐、宜居"北京这一主题，以群众自主参与为主的文化活动为主体，充分展示了本市公共文化服务体系建设的成果，建立了百姓自娱自乐、展示才华的平台，为"人文北京"行动计划的顺利实施奠定了良好基础。

群众文化年系列活动以传统节庆活动和重大节日活动为切入点，以"百姓家庭才艺大赛"形式贯穿全年，举行了迎端午、迎中秋、迎国庆以及全民阅读、"印象北京"书画摄影大赛、奥运文化广场和城市名园系列文化活动，并以"百姓春晚"收官。[2] 除了节日文化活动之外，市委、市政府还组织了一系列以群众参与为主的特色文化活动，它们也构成了群众文化年系列活动的重要组成部分。2010 年 7 月，"社区京剧票友大赛"在西城区文化馆落下帷幕，同时"2010 百姓 DV 大赛"正式启动，两项活动都属于群众文化年系列活动。[3]

（二）社区性的文化活动

2010 年群众文化年系列活动还带动了社区性文化活动的蓬勃发展，这些文化活动大多是由群众自发参与和组织的，文化不再是消费品，而是成为日常生活实实在在的一部分。社区性文化活动不仅丰富了市民群众的日常文化生活，而且有利于传统民俗文化的传承和保护。只有在日常生活而非博物馆中，悠久的文化传统才能得到真正的保留和传承。在房山区鸿顺园社区，社区文艺演出队的演员们擅长各种门球、剪纸、戏曲表演等各种传统文化技艺，甚至专门成立河北梆子艺术团。群众文化年有力地推动了民俗艺术的复苏。[4] 石景山区广内街道在 2010 年举办了一系列推广空竹的活动，这一老北京的传统技艺和国家级非物质文化遗

---

[1] 《我的北京我的家欢欢喜喜过大年 2010 年北京春节文化活动启动》，2010 年 2 月 1 日《北京晨报》。

[2] 《"我的北京 我的家"群众文化年系列活动启动》，2010 年 4 月 26 日《北京日报》。

[3] 《社区票友大赛落幕，百姓 DV 大赛启动——"我的北京 我的家"你方唱罢我登场》，2010 年 7 月 8 日《中国文化报》。

[4] 《京城喜推群众文化年市民载歌载舞展才华——北京市群众文化年活动见闻》，2010 年 5 月 7 日《人民政协报》。

产，在社区和民间又重新获得了生机。①

为配合群众文化年系列活动的推行，东城区也组织了一系列社区性的群众文化活动，包括以"文化东城、欢乐社区"为主题的群众文化艺术节、"百姓周末大舞台"，以及夏日文化广场三项活动。② 其中夏日文化广场尤其具有特色，社区群众利用广场这一公共舞台，自发开展各种户外文化活动。东城区东四街道的奥林匹克广场上，经常举办合唱、舞蹈和晚会等文艺活动，社区为此专门建立了社区文化大舞台作为演出平台。2010 年东城区的夏日文化广场活动从 5 月一直持续到 9 月，以"群众文化年"为主线，东城区的 10 个街道文化广场全部设为分会场。夏日文化广场活动的开展，为市民的夏日文化生活带来了清爽和愉悦，也为社区性文化活动树立了典范。③

（三）内容多样的文化节

2010 年，文化节开始成为群众性文化活动的重要形式，标志着群众性文化活动开始向品牌化方向发展。内容多样形式活泼的文化节为北京的文化生活增添了新的风景。2010 年 10 月 12 日，北京西城宣南文化节拉开帷幕，这一届是新西城区成立后的首届宣南文化节，也是有史以来规模最大、参与剧场、团体最多、演出周期最长的一届。本届宣南文化节以"弘扬历史文化，建设人文西城"为主题，通过"北京传统文化演出月"系列活动、"宣南纪事"书画展览等各种形式，集中展示了西城区深厚历史文化底蕴和鲜明人文特色。④ 同样以传统历史文化为主要内容的还有 10 月上旬举办的首届北京前门历史文化节、民俗表演、"非遗"继承人工艺展示等系列活动让参与者感受到前门独特的历史文化魅力。⑤

与宣南文化节和前门历史文化节注重民俗和历史文化不同，2010 年 5 月 28 日至 6 月 25 日举办的海淀文化节则充满了时代气息。本届海淀文化节"创新文化年服务核心区"为主题，以剧场演出、广场联欢、展览、论坛、影像记录等形式为载体，组织了包括基层群众文化活动在内的 300 多场文化活动。与往届相

---

① 《京城传承民间文化》，2010 年 6 月 9 日《人民日报》（海外版）。

② 《东城区启动系列群众文化活动》，2010 年 5 月 12 日《北京青年报》。

③ 《夏日文化广场：展现多姿多彩的群众文化生活画卷》，2010 年 8 月 29 日《经济日报》。

④ 《2010 北京西城宣南文化节盛大开幕》，中国新闻社，2010 年 10 月 12 日。

⑤ 《北京前门历史文化节》，2010 年 10 月 8 日《浔阳晚报》。

比，本届海淀文化节更加贴近群众生活，注重群众参与，在 32 个精品活动项目中群众参与广泛的项目达 22 项，占到 69%。①

2010 年还首次举办了具有鲜明特色和时尚气息的文化节，即首届北京奥运城市体育文化节。这也是将奥运遗产与广大市民的文体生活紧密结合起来的一次成功尝试。在 8 月 8 ~ 22 日为期 15 天的体育文化节期间，主题论坛、纪念晚会、足球赛事等系列活动把人们重新带到了两年前的激情时刻，奥运城市夏日广场的露天影院、主题展览等活动吸引了数十万市民和游客。本届奥运城市体育文化节是奥运会后北京市举办的以奥运为主题的又一项大型综合性活动，凸显了奥运特色和国际视野，体现了全民参与和大众健身，展示从奥运城市向世界城市迈进中的北京的独特魅力以及奥运遗产惠及百姓的丰富成果。②

四 评价与建议

2010 年北京各类文化活动主要表现了以下方面的特点和优势。①种类繁多，形式多样，覆盖面广，涵盖了不同的文艺形式和不同的受众群体。文化活动和普通市民的关系日益密切，开始成为市民日常生活的一部分。②内容新颖，更加注重创新和创意。无论是文艺演出还是群众性的文化活动，都包含了大量的创意元素，打破了各种文艺形式之间的壁垒，打破了主办方和参与者之间的界限，以充满创意的形式增强了文化活动的互动性和参与性。③市场运作更为成熟，运用演出季、音乐节、文化节等各种形式，有效地整合和配置文化资源，文化活动的品牌化与产业化程度不断提升，极大地推动了北京市文化创意产业的发展。④传统文化活动和群众性文化活动受到充分重视，得到了巨大发展。京剧、相声和其他曲艺作为老北京的传统艺术形式，无论是在演出市场上还是在社区家庭中，都呈现复兴的趋势。⑤群众文化年系列活动的推出，表明市委、市政府把发展群众性文化活动提升到了一个新的战略高度。这些活动不仅丰富了市民的日常文化生活，也使得传统民俗文化焕发出勃勃生机，为传统文化的传承与弘扬打造了制度性的平台和

① 《今晚共赴海淀文化节》，2010 年 5 月 28 日《北京晨报》。

② 《奥运的激情　夏天的节日——2010 第一届北京奥运城市体育文化节综述》，http：//www. beijing2008. cn/boda-news/s214609305/n214614879. shtml，2010 年 8 月 22 日。

渠道，这些都为"人文北京"行动计划的实现奠定了有力基础。

2010 年北京市文化活动也存在着一些问题和不足。①文化资源和演出资源的配置还不够合理，一些国有院团占据了大量资源，群众性和民间自发的文化活动在市场上仍处于边缘地位。"虽然国有院团在改制，市场的观念也在转变，但国有院团一方面享有政府补贴，又占有着真正的社会文化资源，就院线来说比如排练、演出场地等，基本都属国有。"① ②文化活动的经营、组织和管理水平仍有待提高，一些文化活动在经济上处于亏损状态，存在着因为追求表面效果而造成铺张浪费的现象，操作和管理上也存在着诸多漏洞，在鸟巢举办的"绿色环保·健康新时代"大型环保演唱会就是一例。③经济效益和社会效益之间的不平衡现象比较突出。部分文化活动存在着低俗现象，而高雅艺术演出的高票价问题也没有得到根本解决。一方面既要提升文化活动的产业化和品牌化程度，促进文化市场的繁荣；另一方面又要充分考虑文化活动的公益性属性，注重文化活动在提升市民文化修养、营造和谐社会氛围方面的重要作用，这对北京市文化活动的发展确实提出了挑战。

为了应对以上问题，北京市文化活动的开展，需要采取双轮驱动的发展方式，在不同的领域扮演好不同的角色。一方面，在文化市场上扮演引导者的角色，充分调动和引导市场自身作为资源配置的基本机制的作用，加快文化体制改革，加快国有院团改企的进程，鼓励社会资本和民营资本进入文化市场，改变目前资源配置不均衡的局面；另一方面，在公共文化领域则要扮演服务者的角色，加强公共文化服务设施建设，加大公共文化投入，通过财政补贴的形式，努力为普通市民群众提供物美价廉的精神文化食粮，积极扶植和鼓励群众自发性和公益性的文化活动，推动优秀文化的传承与传播。此外，还要进一步提高文化活动组织、运作和管理的技术水平，总结成功经验，汲取失败教训，学习发达国家文化活动的发展模式和先进理念，注重培养相关人才和建立相关机制，提升文化活动组织、运作和管理的效率和专业化水平。虽然还面临着许多困难和挑战，但是我们有理由相信，在"十一五"期间积累的丰富经验的基础上，北京各类文化活动的发展必将迈上一个新的台阶，为建设"人文北京"和世界城市，作出更大的贡献。

---

① 《一年百部戏剧上演 贺岁扎堆没有档 北京演出市场面临洗牌》，2010 年 12 月 20 日《北京商报》。

B.26
北京户外音乐节发展述评

郑建丽*

摘　要：北京是我国户外音乐节的发起地和中心重镇，拥有我国户外音乐节最著名和成功的品牌、深厚的观众基础和丰富的演出资源。户外音乐节已经成为北京文化活动、文化交流中的重要文化符号。本节就户外音乐节的流变、当前北京户外音乐节的发展态势和户外音乐节存在的主要问题进行系统梳理和分析，指出它在塑造新型城市文化和当代大众文化中所具备的重要影响力。户外音乐节也成为推动以唱片为核心的传统音乐产业向以现场音乐为核心的新音乐产业链转型的一个重要推动力。

关键词：户外音乐节　现场音乐　产业链　连锁演出

音乐节是通常在固定地点、按照某一主题而持续举行数天甚至数周的音乐艺术聚会。它最早可以追溯到 18 世纪的英国，即 1784 年专为韩德尔在西敏寺举行的音乐节。萨尔茨堡音乐节、拜鲁伊特音乐节、爱丁堡音乐节以及切尔腾汉姆音乐节等都是世界著名的音乐节。但这些以古典音乐、歌剧、戏剧等为主要表演艺术形式的音乐节主要在室内演出，其风格与精神都更像音乐会。本节针对的是一种与此类室内音乐节不一样的概念，叫户外音乐节。拥有 41 年历史的美国伍德斯托克音乐节和具有 40 年历史的英国格拉斯顿伯里音乐节，就是其中最为典型和知名的两个品牌，而前者因为承载着 20 世纪 60 年代美国青年一代"和平、反战、博爱、平等"的梦想，以 45 万青年的群体狂欢，在历史上写下了充满文化意义的浓重一笔。

户外音乐节概念来到中国并成为现实不过十年时间。在这十年里，这种以青

---

* 郑建丽，中央财经大学文化与传媒学院讲师，北京师范大学文学院博士生。

年为参与主体，以音乐为传播媒介，以露天场地为演出平台，张扬自由与狂欢精神的音乐演出形式从无到有，从极小众的艺术演出尝试迅速成长为当今许多青年人欣赏音乐、文化生活的一种重要方式。在这个成长过程中，作为中国的首都和文化艺术中心，北京不仅成为中国户外音乐节的滥觞之地，自始至终更是当之无愧的核心重镇，它拥有最长的举办历史、最响亮的音乐节品牌、最深厚广泛的群众基础和最成功的举办范例。

如今，由北京辐射至全国多个地区的户外音乐节已经成为音乐演出市场中一股令人瞩目的新生力量，以现场音乐板块为核心的新产业链正在形成，而以唱片为核心的传统音乐产业链已经被打破。音乐节，以其独有的精神内涵和艺术表演形式，成为当今艺术文化和文化生产的代表产品之一。北京作为文化之都的先锋性，在其众多的户外音乐节中得到体现。

一 户外音乐节的流变

纵观音乐节在北京和中国十来年的发展历程，最令人关注和最深刻的一个变化是：以摇滚为主要表演形式的音乐节已经由当年的地下、小众开始靠近主流并走向大众。此处的主流并非指的主流意识形态文化，而是指乐迷群体的大众化和政府认可的广泛度。

2000年，北京的迷笛音乐学校举办的一场摇滚乐队演出，成为如今大名鼎鼎的迷笛户外音乐节的滥觞。之后，绿色北京露天音乐节、北京流行音乐节等纷纷举办。2006年，迷笛经过长达7年的坚持，从亏损中走出，开始实现收支平衡。2007年，摩登天空音乐节横空出世，多元化是这次音乐节的最大特色，它也标志着中国户外音乐节开始由单一的摇滚演出形式向多元化趋势发展。超过120组的国内外乐队艺人涵盖了多种音乐风格，如重金属、摇滚、后朋克、流行摇滚、Indie-Pop、Hip-Hop、Beat-Box、民谣、世界音乐等，充分体现出对音乐多元性的包容。更为重要的是，从音乐中，衍生出关于娱乐、艺术、创意等各种形式，这意味着音乐节不仅意味着音乐艺术，更意味着一种生活方式和文化消费方式，而这也是现代音乐节概念中的重要内涵之一。

2007年以来，国内音乐节经历了较为显著的数量增长时期。2008年，中国户外音乐节开始进入快速扩张期，内地举办音乐节的数量大幅度上升。2009年，音乐节的数量已经达到 44 场，增长速度为 52%。2010 年，国内的户外音乐节继续急剧膨胀，截止到 11 月份，音乐节的数量已经飙升到 92 场，增加量比 2009 年音乐节总数还多，增长速度高达 109%。北京是音乐节发展最为显著的聚集中心，其次是重庆、福建、浙江、辽宁、广东等地。①

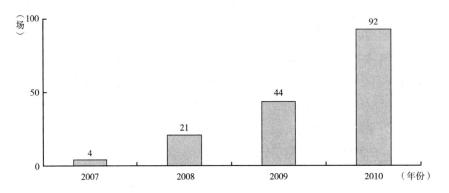

图 1　2007~2010 年国内音乐节增长数值示意

数据来源：道略数据库。

户外音乐节在中国的发展体现出以下特点和后果。

其一，遍地开花的局面和急剧膨胀的数量，体现着音乐节已经由小众走向大众，尽管它同时也带来音乐节不可避免的鱼龙混杂。这是观众群体的变化。

其二，流行音乐巨星开始频繁出现在音乐节上，如罗大佑等，"从相对小众的乐队、乐手到顶级音乐人，被认为只适合文艺、摇滚青年的音乐节与主流音乐圈的距离越来越短，逐渐向大众市场靠近"。② 这是演出主体的变化。

其三，地方政府的积极参与甚至主导，导致音乐节与地方旅游产业的捆绑日益密切，同时也使政府接受以摇滚乐为主要音乐表演形式的音乐节的尺度越来越大。如海淀区政府对迷笛音乐节的资金扶持等。这是政府认可度的变化。

其四，在雨后春笋般的音乐节里有日益增多的投资机构的身影。如延庆探戈坞音乐谷举行的长城音乐节、顺义安利隆山庄举办的杭盖音乐节就是与当地地产开发商的合作成果。这是产业资本的变化。

---

① 毛修炳、石锐、唐铭：《音乐节市场急速升温的背后》，2010 年 12 月 14 日《中国文化报》。
② 王琳：《内地音乐节数量疯狂增加　主办方大多仍亏本》，2010 年 8 月 30 日《北京晨报》。

观众群体由小众走向大众，地方政府由视音乐节为意识形态的对立面到积极扶持甚至主导，社会商业资本也在以各种形式参与音乐节运营，曾经在地下苦苦挣扎的摇滚乐音乐节如今已是登堂入室，成为当代青年群体追逐的一种时尚和生活方式，户外音乐节的主流色彩日益鲜明。

二 2010 年北京户外音乐节的发展态势分析

（一）由北京向周边辐射

2010 年，北京大牌音乐节开始较大规模地把触角伸向北京以外的地区：迷笛音乐节把举办范围已经扩大到镇江以外的福建泉州、福州与厦门等地，摩登草莓音乐节也首次在西安举办，北京周边的河北和天津更是首次举办多场音乐节。这无疑充分体现了北京音乐节强大的辐射能力和社会影响力。

1. 向北京周边地区辐射

例如，2010 年"五一"期间，河北的千年古县易县举办了首届易县露营音乐节，谢天笑、唐朝、瘦人、果味 VC、窒息、二手玫瑰、扭曲的机器、指人儿、跳猴等国内外知名乐队及歌手悉数到场。7 月 30 日至 8 月 1 日，又举办了张北音乐节，此次音乐节的口号是"最具号召力的演出阵容，最顶尖的舞台设备，最严谨的执行团队，最伍德斯托克，最有机，最 Natural High，最花田草海的张北草原音乐节"。尽管此次音乐节的管理备受诟病，但并不妨碍它聚集了近 10 万人的庞大乐迷队伍，成为"国内参加人数最多的音乐节，国内整体规模最大的音乐节"。9 月 22 ~ 23 日，天津蓟县盘龙谷又举办了国际音乐节。

很显然，这几个地区的共同特点是：它们都属于环绕北京城市带，尤其是河北易县和张北，不仅距离北京非常近，而且都是北京人经常光顾的旅游景点，张北的草原也正是因为有来自京城的庞大旅游人群而名声在外。有着全国最为深厚和广泛的音乐节群众基础，有强大的乐队和演艺人员资源，北京城的这两大优势足以给这两个地区的音乐节提供强有力的资源支持。可以说，这是北京音乐节对其卫星城市与周边地带的影响力辐射。

2. 利用品牌号召力实现跨区域连锁演出模式

北京的户外音乐节另一个扩散影响力的方式，是利用品牌效力实现跨区域的连锁演出。这是不同于众多地方音乐节的突出特点。目前，中国地方的音乐节大多只是停留在本区域范围内，但北京的一些规模较大、影响力较强的音乐节已经尝试区域突破。迷笛音乐节和草莓音乐节即代表着此类演出方式。2010 年，迷笛音乐节多次进行跨区域演出，不仅在北京举办，还将范围扩展到江苏镇江及福建的福州、泉州和厦门等地。摩登天空旗下著名的品牌音乐节草莓音乐节，也在 2010 年 5 月中旬登陆西安，举办 2010 草莓（西安）音乐节。

随着中国音乐节的发展，这种跨区域连锁演出模式将占据越来越重要的地位。这是我国音乐节在发展过程中对有效营销方式的有益探索。

（二）由摇滚走向多元

多元化的音乐风格是音乐节走向成熟的重要特征之一。中国的音乐节在经历多年发展后，开始逐渐摆脱当初单一摇滚的演出形式，呈现多元化趋势。如今，音乐节主要形式包括以乐队演出为主的摇滚音乐节，以古筝、交响乐、民族音乐等为主的古典音乐节，具有现代风格的爵士音乐节和以音乐比赛、综合音乐等为主的其他音乐节形式。其中，以摇滚乐为主要表演形式，2010 年就有 57 场摇滚音乐节。[①] 关于这一特点，我们可以从以下道略数据库的数据分析中清晰看到。在 2010 年举办的近百余音乐节中，摇滚以 73% 的高额比例占据着演出市场的统治地位，但同时，古典、爵士、民谣等音乐类型也占据了近 30% 的演出份额。

北京作为中国音乐节的绝对中心，更早地、更典型地体现了这种多元化发展趋势。2007 年，摩登天空音乐节的出现被业界人士认为是中国音乐节的一个拐点，"因为它在单纯的音乐意义上融入了更多元化的文化含义，注重时尚元素的融入，让音乐真正成为音乐搭台、时尚唱戏的大型娱乐活动"。[②] 2010 年 5 月 8~9 日，北京地坛公园举办的第二届某 party 音乐节的口号是"兴民谣"，这是国内以民谣为主题的重点户外音乐节；8 月 27~29 日，北京延庆县水关长城脚下的探戈坞音乐谷举办的北京长城探戈坞森林音乐节，则设置了 3 个舞台，分别展现了从流行到民谣、从舞曲到摇滚的诸多音乐风格；10 月 9 日，目前国内最

---

① 毛修炳、石锐、唐铭：《音乐节市场急速升温的背后》，2010 年 12 月 14 日《中国文化报》。
② 李红艳：《中国户外音乐节走过十年》，2010 年 8 月 19 日《北京日报》。

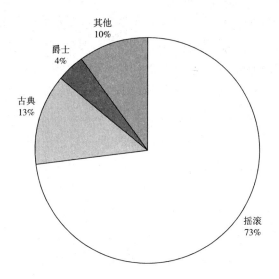

图2　中国音乐节举办类型分布

数据来源：道略数据库。

具影响力的爵士音乐节九门国际音乐周，突破以往固定不变的演出方式，选择了以大剧场、小剧场、俱乐部、Live House、酒吧、时尚地标、户外广场、著名高校多种方式呈现，用以彰显不同的音乐风格；10 月 11 日，第十三届北京国际音乐节包括了交响乐音乐会、歌剧、独奏音乐会、室内乐音乐会、经典爵士乐音乐会、歌舞剧、演唱会等多种世界水平的艺术演出活动；最为著名的两个老牌摇滚音乐节迷笛音乐节和草莓音乐节，也纷纷加入了多元化元素。这种多样化发展趋势，更为全面地展现现代音乐的魅力，为多种音乐风格的乐队和演艺人员提供了表演的机会，满足了乐迷多元的欣赏口味，使音乐节更加有效地贴合了现代青年群体的多重文化需求。

（三）逐步显现的品牌化倾向

相对于西方悠久的音乐节历史来说，中国音乐节是个地地道道的晚辈。历史最为悠久的迷笛也不过刚刚走完第 11 个年头，而其他绝大部分的音乐节都是2009 年，尤其是 2010 年涌现的。历史的短暂，数量的过快增长，都使音乐节的品牌建设面临巨大挑战。就目前来说，真正具有品牌美誉度、影响力和忠诚度的只有迷笛。当然，摩登天空也迅速崛起，目前成为国内继迷笛之后的第二大品

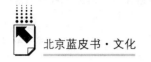

牌。作为拥有这两大品牌的北京,引领着中国户外音乐节的品牌化意识和建设。

北京的迷笛音乐节作为著名的摇滚乐音乐节品牌和中国第一个原创音乐节,具有重要的国内外知名度和影响力。2010 年的迷笛音乐节上,有来自美国、德国、英国、法国、芬兰、荷兰、以色列、西班牙、挪威、瑞典、瑞士、澳大利亚、日本、新加坡等遍布世界各地的乐队艺人参加。丰富的原创资源和国际音乐交往资源使迷笛的业界地位难以撼动。自 2008 年始,迷笛音乐节获得了海淀区政府的文化创意产业扶持基金,为一年一度的迷笛音乐节的顺利开办提供了更加有力稳定的支持。除了迷笛,北京还有摩登天空音乐节和草莓音乐节、北京爵士音乐节、北京现代音乐节等品牌,它们各具特色和影响力。长时间的品牌培育,对音乐品质的执著追求,耐心的观众培养,合理的商业运营理念以及结合北京城市、区域特点的恰当定位,与当地政府的有效合作,等等,都是北京户外音乐节成长并打造自身品牌的重要途径和手段。

三 北京发展户外音乐节的主要问题

户外音乐节,这种新生事物在中国落户不过短短 11 个年头。尽管其数量增长在近两年尤其是 2010 年表现得十分惊人,但其质量却是良莠不齐。过分注重数量的增长反而使发展中的短板和问题暴露得更加突出。

(一) 音乐品质与文化内涵有待提升

在历史上的 1969 年 8 月 15 ~ 17 日,美国伍德斯托克音乐节以符合当时美国时代背景的"和平与音乐"的反战主题、45 万人的巨大观众规模、几乎囊括美国的众多著名艺人和乐队、三天盛大而彻底的尽情狂欢、当时以及后来所产生的巨大社会影响,成为当今历史上最为著名且不可复制的户外摇滚音乐节。如今,它已经不仅仅是一场音乐节,而更是成为 20 世纪 60 年代象征性的标志之一,成了一种文化符号和精神标志。创办于 1970 年的英国格拉斯顿伯里音乐节作为世界上规模最大的露天音乐节,在其举办最成功的 2003 届上,有上百个来自英国本土和欧洲其他国家的知名乐队和歌手、音乐人的到来,例如 REM、电台司令和戴维·格雷等,音乐风格更是丰富多元,包括欧洲的民间音乐、爵士、布鲁斯、印地、摇滚和流行音乐等。从这些世界著名的音乐节来看,多元精致的音乐品质和丰富的社会文化内涵，是一个成功的户外音乐节之所以能够成功的关键因素，而这正是国内诸多户外音乐节所忽略和欠缺的，也足以引起北京诸多音乐节的警醒。

除了少数著名品牌外，北京的多数音乐节也存在着音乐品质和文化内涵等方面的缺失。首先，大多数音乐节在近两年的"井喷"而出，使国内那些有限的乐队和艺人像走马灯似的穿梭于众多音乐节，带来了音乐节的重复化、同质性，不利于精品的打磨；其次，举办时间和场所的不固定，国际大牌乐队和艺人加盟的缺乏，也影响着音乐节的品质；再次，户外音乐节的举办过多与地方政府、旅游产业捆绑，仓促上马，对音乐节的商业效益、政绩效益的追逐大过对音乐品质的追求，带来音乐精神的弱化。

（二）音乐节产业链尚未完善

尽管音乐节的发展在 2010 年被众多业界和研究人士用"井喷"来形容，但在一片数量繁荣的表象之下，其实是大多并不盈利的窘境。业界人士这么形容我国音乐节发展的前景：短期悲观，长期乐观。应该说，这是一个比较理性和客观的判断。短期悲观是因为目前音乐节的狂飙突进，大多都是盲目上马，甚至是为了拉动当地旅游业的发展而搞的短视项目，无论是音乐品质还是管理营销理念都不尽如人意，而且很多都是一锤子买卖，这种泥沙俱下的局面势必会让很多音乐节迅速被市场淘汰。长期乐观是因为，音乐节在我国刚刚进入蓬勃发展阶段，未来市场空间非常大。在培养音乐节的过程中必须认识到：音乐节背后具备着一个完整的产业链，只有把这个产业链完善了，户外音乐节作为音乐产业、文化创意产业的重要组成部分才能持续健康发展。

目前北京音乐节的盈利渠道主要有两个，一个是门票，一个是赞助商。就国外通行的音乐节营销来看，这的确是音乐节两块非常重要的收入来源，但仅有这两块还不够。美国现场音乐会的收入来源主要有：演出本身，即门票；相关产品零售，如 T 恤衫、CD 等；赞助商赞助，如 Kool 烟草公司是在纽约和新港举办的 Kool 爵士乐音乐会的主赞助商，百威啤酒、百事可乐、可口可乐等资助了许多室外音乐会，向他们提供长期的培养费用和直接的赞助费用，[①] 同时，他们还有

---

① 埃尔·李伯曼、帕特丽夏·埃斯盖特：《娱乐营销革命》，中国人民大学出版社，2003，第 159 页。

唱片公司和艺人经纪公司的加盟，还有巡演，这就使音乐节的产业链条从幕前到现场到幕后有效地循环起来。很显然，北京乃至中国目前的音乐节缺乏衍生品的开发，缺乏整个链条的有效衔接。正如沈黎辉说："音乐节只是提供一个瞬间的舞台，音乐产业是个完整的产业，从前端的唱片公司、艺人经纪到 livehouse（现场音乐演出场地）等小型演出，再到巡回中型演出，最后再到音乐节，实际上这是一个体系。"要以现场音乐为核心，打通唱片公司、艺人经纪公司以及周边各个环节的界限，使整个产业链循环起来。①

（三）多元化和数量增长潜藏着同质化风险

北京的户外音乐节在当前发展中体现出显著的多元化态势。但多元化并不等于千节一面，不等于同质化和忽视音乐节的特色差异，更不是让所有的音乐节都办成大型综合类。目前处于数量急剧上升期的北京音乐节，在乐队和艺人资源储备并不丰富的情况下，数量的急剧膨胀不可避免地带来音乐节的同质化。例如，北京在 2010 年举办的音乐节多达二十来个，但其中摇滚音乐节就占了一半。正如摩登天空负责人沈黎晖所表示的："我们现在就在研究解决在北京做音乐节同质化的问题，我们希望将摩登音乐节和草莓音乐节分化为两种不同风格的音乐节。"他指出，"音乐节发展到一定程度就会走向细分化，不是所有音乐节都要做成大型综合类音乐节，音乐节需要思考怎么根据城市的气息来细分市场，最后可能真的存活下来的大型音乐节不会超过 10 个。"② 在北京大力搭建音乐节平台、促进城市创意产业发展的过程中，需要警惕这种同质化、一窝蜂的风险，有效引导户外音乐节的类型分布和市场细分，保障首都音乐节领域的健康发展和音乐节功能的正常运行。

---

① 李媛：《音乐节遍地开花　产业链尚待重塑》，2010 年 10 月 28 日《中国经营报》。
② 李媛：《音乐节遍地开花　产业链尚待重塑》，2010 年 10 月 28 日《中国经营报》。

附　录

Appendix

B.27
2010 年北京文化发展纪事

1 月 1 日

石景山区《促进中关村科技园区石景山园产业集聚和企业发展办法》开始实施。

1 月 8 日

"北京文化创意产业金融服务中心"在北京银行宣武门支行正式挂牌，该中心是全国首家金融服务文化创意产业专营机构。

1 月 12 日

北京市文化创意产业促进中心与中国工商银行北京分行举行《北京市文化创意产业与金融资本对接战略合作协议》签约仪式。

1 月 14 日

北京市文化局与北京银行在北京银行总行新闻发布厅举行《支持文化创意产业发展全面战略合作协议》签约仪式。

1 月 20 日

北京市委常委会召开会议，讨论通过《人文北京行动计划（2010～2012年）》。

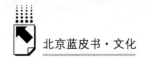

2月11～20日

北京市文化局在金源新燕莎 MALL 内举办"北京市非物质文化遗产传统技艺展"。

3月10日

北京市下发《北京市促进软件和信息服务业发展的指导意见》。

3月15日

北京市文物局发布《北京市〈文物认定管理暂行办法〉实施细则》（试行），从4月10日起施行。

3月16日

中国传媒大学与北京中视东升文化传媒有限公司签约，共同揭幕"中国传媒大学东亿国际创意园"。

3月19日

中宣部、中国人民银行、财政部、文化部、广电总局、新闻出版总署、银监会、证监会和保监会九部委联合发布《关于金融支持文化产业振兴和发展繁荣的指导意见》。

3月26日

由北京市社区服务中心、北京市民政局殡葬管理处联合主办的 96156 首都殡葬公益服务网站开通，并启动免费网络墓园服务。

3月28日

中国藏学研究中心西藏文化博物馆开馆仪式暨"雪域宝鉴——见证西藏历史、弘扬藏族文化"大型主题展览在京举行。

3月31日

由北京市委宣传部、首都文明办、北京市文化局、北京电视台、石景山区委区政府主办的第三届北京清明诗会开幕。

4月1日

北京市委宣传部、首都精神文明办等单位，在北京中国人民抗日战争纪念馆举办"清明节的铭记——缅怀祭奠革命先烈"活动。

4月6日

北京市委、市政府编制的《人文北京行动计划（2010～2012年）》正式向社会公布。

4 月 18 日

北京市文化创意产业领导小组办公室发布《关于公开征集 2010 年度北京市文化创意产业发展专项资金支持项目的公告》，征集 2010 年度北京市文化创意产业发展专项资金支持项目。

4 月 22 日

由中国文化部和捷克文化部主办、捷克驻华大使馆承办的捷克文化节在北京举行新闻发布会。5 月 8 日至 6 月 30 日在中国举办的捷克文化节，在北京、上海等地开展诸多文化交流项目。

4 月 25 日

北京国粹苑·国粹艺术银行全球创意节在北京开幕。

"我的北京　我的家"北京市群众文化年系列活动正式启动。活动从 4 月一直持续到 12 月。围绕构建社会主义和谐社会首善之区以及建设"繁荣、文明、和谐、宜居"北京这一主题，开展一系列以群众自主参与为主的文化活动。

4 月 28 日

2010 年"百姓周末大舞台"启动仪式暨首场演出举行。这是继京郊"周末场演出计划"和农村"文艺演出星火工程"之后，本市推出的又一项公益惠民演出活动。

北京旅游商品市场首个"北京礼物"旗舰店开业。"北京礼物"旗舰店坐落在北京城标天坛附近，由北京市旅游局和北京市崇文区人民政府主办。

4 月 30 日至 5 月 6 日

由北京音乐台、中国对外文化集团公司、朝阳流行音乐周组委会主办的第五届朝阳流行音乐周在北京朝阳公园举行。

4 月 30 日至 5 月 28 日

2010 年"相约北京"联欢活动在京举行。本届活动以"艺术因你而改变"为主题，邀请了来自英、法、美、西班牙等 16 个国家和地区的近 2000 名艺术家、30 多个艺术团体参加，演出场次超过 150 多场。

5 月 1~4 日

2010 年迷笛音乐节在海淀公园举办。

5 月 2 日

"2010 北京郁金香文化节"在北京国际鲜花港拉开帷幕。

5 月 6 日

首届北京民族团结专题电影展正式开幕。

5 月 7 日

由北京文化发展基金会与欧盟艺术机构中国—欧洲当代艺术与文化国际协会共同主办的"2010'国际艺术与设计工作室开放日",在北京 751 时尚创意广场举行开幕仪式。

5 月 14 日

文化部"文化产业投融资公共服务平台"上线。

第二届全国"文化企业 30 强"名单在第六届中国国际文化产业博览交易会上发布。其中,北京歌华有线电视网络股份有限公司、北京演艺集团公司、华谊兄弟传媒股份有限公司等北京企业入选。

北京首批社区美术馆正式启动。首批开幕的社区美术馆包括北京西城文化中心美术馆、麦子店街道美术馆、六里桥美术馆、爱家红木大观楼、凤凰苏源美术馆 5 家。

北京非物质文化遗产保护中心宣布,向社会特别是大专院校公开招募急需保护的非物质文化遗产项目学徒,并将根据情况给予传承单位一定资助。

5 月 16 日

北京市东城区风尚美术馆举行开馆仪式。

5 月 17 日

北京市宣武区广内街道开发建设的数字空竹博物馆正式开通。该网站应用三维技术,使人们在虚拟世界即可体味空竹的魅力。

5 月 19 日

2010 年联合国教科文组织文化多样性节在国家大剧院拉开帷幕。

"多面肖邦"音乐会在北京梅兰芳大剧院举行,为波兰文化节拉开帷幕。

5 月 20 日

"2010 非洲文化聚焦"活动开幕式在京举办。从 5~11 月,由文化部、国家广电总局、国家新闻出版总署、国家体育总局和国家文物局联合主办的"2010 非洲文化聚焦"活动陆续走入北京等 6 个国内城市。

中国北京出版创意产业园正式揭牌。北京市委副书记、市长郭金龙与新闻出版总署署长柳斌杰,代表双方签署了《新闻出版总署和北京市人民政府关于共同推进首都新闻出版业发展的战略合作框架协议》。

5 月 22 日

"爱北京·青年汇"北京青少年社团文化节在朝阳公园举办,京城 200 余家青少年社团及服务机构开展了多项活动。

5 月 22 ~ 28 日

2010 年北京现代音乐节在北京举行。

5 月 23 日

东城区"第二届皇城文化旅游节"在北京孔庙开幕。

5 月 24 日

文化部第十五届群星奖揭晓。在全国三大类千余参评作品和项目中,北京奥运文化广场、北京市文化志愿者体系、北京记忆——大型北京文化多媒体数据库获得公共文化服务项目奖。

5 月 25 ~ 28 日

第十届世界旅游旅行大会在北京召开。本届大会由中国国家旅游局和北京市人民政府主办,以"旅游,世界第一大产业,迈向新领域"为年度主题。

5 月 27 ~ 31 日

"第十三届中国北京国际科技产业博览会"在北京举办。

5 月 27 日

数字出版联盟举行成立大会。数字出版联盟由北京出版集团公司牵头,40 余家国内出版单位、民营出版商、技术服务商等共同发起,是开放的、非赢利性的行业联盟组织。

5 月 28 日

由北京市政府新闻办主办的"北京沙龙"正式成立,今后将每月举办活动。"北京沙龙"的成立沿用北京奥运会"领导媒体接待日"的做法,为北京市政府及相关部门领导与境外媒体驻京记者和外国驻华使馆官员、各国际组织驻华代表、外国留学生等搭建面对面沟通和交流的平台,内容覆盖文化、商务、旅游、文化等多个领域。

5 月 28 日至 6 月 25 日

第七届海淀文化节举行。本届海淀文化节以"创新文化年　服务核心区"为主题,组织了 32 个精品活动项目,300 多场活动(包括基层群众文化活动)。

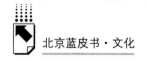

5月31日

北京广播电视台举行成立大会暨揭牌仪式。新成立的北京广播电视台，由北京北广传媒集团、北京人民广播电台、北京电视台整合组建而成。整合后的北京广播电视台，业务范围涵盖广播电视的采编、制作、播放、传输以及新媒体开发等全部领域，形成较为完整的产业链。

北京市宣武区文化创意企业孵化园举办开园揭牌仪式。仪式现场，北京银行北京管理部和宣武区文化创意产业领导小组办公室签订了《关于推动宣武区文化创意企业孵化园建设的框架合作协议》。

6月1日

共青团北京市委发布《"人文北京、科技北京、绿色北京"少年行动计划》。

后街美术与设计园在东城区正式揭牌。后街美术与设计园位于亮果厂胡同，总建筑面积12000平方米。目前已有30余家画室、设计公司、工作室入驻。

6月2日

北京文化金融中介服务平台在北京东方雍和国际版权交易中心正式启动。

北京市通过《全面推进北京设计产业发展工作方案》，将全面实施"首都设计创新提升计划"，以申报"世界设计之都"为核心，推动设计产业发展。

6月5日

旨在为中国、巴西当代艺术家提供交流平台的"中巴对话——巴西艺术家联展"在北京开幕。

6月7日

北京银行与中国文化传播集团签署合作协议，将为文化传播集团在中国内地的五家企业意向性授信10亿元，用于文化创意产业发展。

6月8日

以展示中华民族冠帽文化历史为宗旨的盛锡福中国帽文化博物馆在北京开馆。

6月11日

中国北京出版创意产业园首批32家入驻企业签约仪式在北京新闻出版局举行。首批32家企业签约入驻园区，其中有6家数字网络出版企业，26家以传统出版为主的民营文化企业。

丰台区"国际文化会都"正式启动实施。该项目总面积2500多公顷，预计总投资约 500 亿元，计划 7 年建成。

6 月 12 日

长城、故宫、颐和园、周口店遗址、天坛、明十三陵 6 处世界文化遗产的"声音标签"首次亮相。

值我国第五个"文化遗产日"之际，北京非物质文化遗产保护中心挂牌成立，北京市"文化遗产日"系列活动暨"北京空竹文化节"同时启动。挂牌仪式上，北京非物质文化遗产保护中心颁发了"北京市年度非遗保护贡献奖"。该奖今后将每三年颁发一次。

北京市财政局、市文化局颁布《北京市非物质文化遗产保护专项资金管理暂行办法》。专项资金由保护项目补助经费、市级代表性传承人保护传承补助经费和非物质文化遗产实物征集经费三部分组成。

我国第五个"文化遗产日"主场城市活动在苏州闭幕。闭幕式上举行了第二届"中国历史文化名街"揭晓及授牌仪式，北京市什刹海烟袋斜街入选第二届"中国历史文化名街"的 10 条街道（区）。

由北京房山区政府和中国雕塑学会共同主办的首届中国汉白玉文化艺术节在中华世纪坛开幕，活动历时五个月。

6 月 13 日至 7 月 4 日

"2010 年京台文化节"在北京举行。文化节以"两岸中华情，京台世博行"为主题，由北京市台办、北京市广播电视电影局、北京演艺集团和北京歌华文化发展集团主办，台北市文化基金会和台北市电影委员会合办。

6 月 14 日

由北京市委宣传部、北京市文化局等单位联合主办的第二届北京端午文化节暨"临空经济区杯"龙舟赛，在顺义奥林匹克水上公园举行。

6 月 16 日

文化部、农业部、中国文联联合主办的首届中国农民艺术节在全国农业展览馆开幕。首届中国农民艺术节为期 6 天，主要内容包括：全国农民文化艺术"一村一品"展示、广场乡土艺术会演、农民非物质文化遗产展演及世界农业文化遗产保护研讨会。12 月，北京市文化创意产业领导小组奖励"中国农民艺术节"项目 100 万元，以鼓励首届中国农民艺术节对北京市文化创意产业发展的贡献。

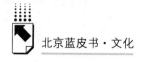

6 月 18 日

北京"2010 年中关村科教旅游节"在中关村广场拉开帷幕。2010 年中关村科教旅游节由北京市海淀区政府和北京市旅游局共同主办。活动中推出的精品线路为动感科普游、修学立志游、历史文化游和地球生物游四个主题产品。

6 月 19 日

全国唯一的国家级文化展示平台——中国民族传统文化展览展示基地在北京市宣武区正式揭牌成立。该基地集展览展示、文化互动、文化交易等功能为一体,依托大栅栏、琉璃厂、天桥地区丰富的老字号、非物质文化遗产和会馆等丰富文化资源。

6 月 22 日

由中国文化部主办、中国对外文化集团公司承办的中阿文化论坛在北京举行。本次论坛的主题是"文化交流在中阿合作关系中的地位及其影响"。

6 月 24 日

北京市发布《建设中关村国家自主创新示范区行动计划(2010～2012 年)》。

6 月 25～27 日

2010 年北京国际旅游博览会暨北方旅游交易会在北京举行。

6 月 26 日

由北京美术家协会、北京画院等发起的"北京意象·如诗如画门头沟"艺术创作活动在门头沟举行,标志着将持续 10 年的"北京意象"大型美术创作工程正式启动。

6 月 29 日

值第三个世界工业设计日之际,北京市委书记刘淇、市长郭金龙共同为中国设计交易市场揭牌,标志着国内首家设计交易市场正式启动建设。中国设计交易市场位于中关村德胜科技园,总建设面积达 6 万平方米。

7 月 1 日

国务院正式批复首都功能核心区行政区划调整,原东城区与原崇文区合并成为新的东城区,原西城区、原宣武区合并成为新的西城区。

7 月 4 日

首届"十大新京味旅游名片"评选结果揭晓。国家体育场("鸟巢")、798 艺术区、什刹海、国家游泳中心("水立方")、恭王府、琉璃厂、南新仓、南锣鼓巷、北京大观园和北京礼物旗舰店十家单位入选首届"十大新京味旅游名片"。"十大新京味旅游名片"评选活动由北京市旅游局指导,北京商报社主办,北京市文化创意产业促进中心为支持单位。评审会还评选出了"新京味创意旅游名片",分别是:湖广会馆、烟袋斜街、拉斐特城堡酒店、石景山游乐园、尚8文化创意产业园。

7月8日

由北京市政协主办,北京市文联和北京文化发展基金会协办的2010年首都文化创意产业发展论坛在尚8创意产业园开幕。

7月10日

中华文化促进会、北京皇晟文化艺术有限公司在京联合举行"中国非物质文化遗产园"开园仪式。

北京中华国际美食文化节开幕。

7月15日

北京世界城市研究基地成立大会暨揭牌仪式在北京市社会科学院举行。

7月16日

北京市三网融合试点工作正式启动。

7月19日

文化部办公厅发布《国家级文化产业示范园区管理办法(试行)》。

7月22日

电子商务平台系统——琉璃厂文化商城正式揭牌。

7月26日至9月10日

由中共中央统战部、国家民族事务委员会主办的"中国少数民族文化博览"在北京民族文化宫举行。展览分设中国少数民族概况、中国少数民族文物精品、中国少数民族服饰、中国少数民族乐器、民族文化宫宫藏民族书画作品五大专题展厅。

7月28日至8月2日

第十届中国国际合唱节在北京举行。合唱节由文化部外联局和中国对外文化集团公司主办,中国对外演出公司、中国合唱协会等承办。中国国际合唱节是经国务院批准的国家级艺术节,每两年在北京举办一届。

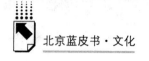

8月6日

满族文化抢救开发项目在北京正式启动，黑龙江大学、香港意得集团有限公司、香港大学饶宗颐学术馆，将合作加大对满族文化的抢救、保护与开发。

8月8~22日

2010年北京奥运城市体育文化节在京举行。本届体育文化节由第二届北京奥运城市发展论坛、第六届北京国际体育电影周、奥运城市夏日广场活动、奥林匹克教育系列活动、体育赛事等内容组成。

8月16日

文化部公布2010年第一批通过认定的重点动漫产品名单，其中入选的有《三国演义》（北京辉煌动画公司）、《快乐奔跑》（北京梦幻动画科技有限公司、北京电影学院、无锡广播电视集团、北京卡酷动画卫视等）、《美猴王》（央视动画有限公司）等产品。

8月16~22日

由中关村科技园区雍和园管委会主办的"创意点亮北京"文化艺术周在地坛公园举办。

8月17~19日

主题为"服务——网络价值之本、绿色——网络发展之道"的2010年中国互联网大会在北京国际会议中心召开。

8月18日

以"展现皇家园林文化，丰富城市现代生活"为主题的第五届北京公园节在颐和园拉开序幕。

8月18日至11月16日

北京皇家园林文化节暨第五届北京公园节在北京举行，主题为"展现皇家园林文化，丰富城市现代生活"。公园文化节期间，参加活动的21家历史名园共举办大型文化活动10项，文化展览55项，群众文化活动10项，共接待游客2879.9万人次。其中，政策性免票游客达到近1/4。

8月19日

北京市委常委会召开会议，研究贯彻落实全国文化体制改革工作会议精神和本市文化体制改革等事项。

8 月 21 日

北京市第八届民族传统体育运动会开幕式在丰台区举行。本届民族运动会共设竞赛项目 14 大项 112 小项，设表演项目 4 大类。运动会集体育比赛、民族传统文化展示为一体，先后开展少数民族服装展、民族团结书画长卷及民族书画家笔会等系列文化活动。

8 月 23 日

习近平到北京市中关村国家自主创新示范区、北京金融街、北京商务中心区进行调研。他指出，要努力把北京打造成国际活动聚集之都、世界高端企业总部聚集之都、世界高端人才聚集之都、中国特色社会主义先进文化之都、和谐宜居之都。

8 月 23 ~ 26 日

北京市残疾人文化活动周举行。本次活动由北京市残联、北京市文化局联合主办。

8 月 26 日

由扶持动漫产业发展部际联席会议办公室主办，中国文化传媒集团承建的国家动漫产业信息服务平台暨国家动漫产业网正式上线投入运行

8 月 28 日至 9 月 4 日

2010 年北京首届世界武搏运动会举行。2010 年北京首届世界武搏运动会由世界体育总会主办，国家体育总局和北京市人民政府承办，是继 2008 年奥运会后北京举办的水平最高、参加人数最多、影响力最大的国际综合性体育赛事，吸引了来自 106 个国家和地区的 2059 人报名。中国代表团共派出 64 名运动员，参加 9 个大项、54 个小项的比赛，获得了 15 金、3 银、13 铜的成绩。

8 月 30 日至 9 月 3 日

第十七届北京国际图书博览会在中国国际展览中心举办。今年是中印建交 60 周年，印度以主宾国身份参加本届图博会。

9 月 8 日

北京市政府召开专题会议，研究加快建设中关村科学城等事项。会议原则通过了《加快建设中关村科学城的若干意见》。

9 月 6 ~ 26 日

2010 年北京国际青年戏剧节在北京举行。本次戏剧节由北京市文联、北京

市剧协、中国国家话剧院、共青团北京市委联合主办。

9 月 11 日

"第三届新工人文化艺术节"在朝阳区打工文化艺术博物馆开幕。

9 月 12 ~ 14 日

"第一届北京王府井国际品牌节"在王府井商业街举行。本次品牌节由北京市商务委员会、北京市人民政府外事办公室、北京市文化局、北京市投资促进局、中国国际贸易促进委员会北京市分会和东城区人民政府主办。

9 月 14 日

北京文化发展基金会与瑞士驻中国大使馆联合主办"中瑞摄影展",以纪念中瑞建交 60 周年。

9 月 15 日

北京市文化局举办北京中秋兔儿爷形象发布暨推广仪式。

9 月 16 日至 10 月 15 日

首届两岸汉字艺术节在北京举行。本次活动主旨为"汉字艺术 源远流长",由中华文化联谊会、中国艺术研究院、河南省安阳市政府及台湾"文化总会"主办,中国艺术研究推广中心、台湾中华新文化发展协会承办。

9 月 19 日

第三届北京卢沟晓月中秋文化节在卢沟桥广场开幕。

9 月 19 ~ 21 日

第 12 届北京国际旅游节在北京举行。该旅游节由北京市人民政府、国家旅游局主办,北京市旅游局、东城区人民政府、西城区人民政府、朝阳区人民政府承办。

9 月 20 日

以"生态·家园"为主题的第四届北京国际美术双年展,在中国美术馆开幕。展览了 85 个国家 535 位艺术家的 562 件作品,用艺术作品呼吁人类保护生态家园。

9 月 21 日

"我的北京 我的家"2010 年"庆中秋 迎国庆"系列文化活动正式启动。

9 月 25 日至 10 月 31 日

"2010 北京菊花文化节"在京举行。

9 月 27 ~ 28 日

首届北京孔庙国子监国学文化节在北京孔庙和国子监举行。文化节包括首届中国历史文化名街揭碑仪式、非物质文化遗产展示、国学高峰论坛、国粹儒学经典书画艺术展、大成礼乐文艺展演以及海峡两岸师生联合祭祀孔子等系列活动。

9 月 28 日

北京市发布《北京市人民政府关于贯彻落实国务院加快发展旅游业文件的意见》。

值前门大街开市一周年之际，全新的 3D "前门游"上线，市民在网上就能实现观光游览和购物。"前门游"的网址为 www.qianmenyou.com。

9 月 29 日

北京举行意大利"中国文化年"文化项目新闻发布会暨官方网站开通仪式。

9 月 29 日至 10 月 28 日

由北京市房山区委、区政府主办的首届北京（房山）大地文化艺术节在房山区举行。艺术节以"鲜活的大地，创意的房山"为主题，通过大地艺术创作的手法进行艺术创作。

10 月 10 日

国家新媒体产业基地北京新媒体联合实验室在大兴正式挂牌成立。

经北京市民政局批准，北京故宫博物院会同一批知名企业和文化机构发起的"北京故宫文物保护基金会"正式成立。

10 月 11 日

深圳市委、市政府在北京举办的深圳文化周活动开幕。

10 月 11 ~ 31 日

第 13 届北京国际音乐节在京举行，北京国际音乐节以"从巴洛克到新当代音乐"为主题，其间共有 22 场演出，吸引观众近 3 万人次。

10 月 12 日

以"弘扬历史文化，建设人文西城"为主题的"2010 北京西城宣南文化节"开幕。

10 月 15 ~ 17 日

第五届南锣鼓巷胡同节在京举行。胡同节包含创意集市、老北京叫卖、非遗展示等一系列项目和活动。

10 月 16 日

"爱在重阳——北京首届重阳文化节"在孔庙国子监拉开帷幕。

10 月 20 日

北京市委召开扩大会议,传达、学习、贯彻中共十七届五中全会精神。

10 月 21 日

北京历史文化名城保护委员会成立并召开第一次会议。市委书记刘淇任委员会名誉主任,市委副书记、市长郭金龙任主任。

10 月 21 ~ 24 日

第八届中国国际网络文化博览会在北京展览馆举行。该活动由文化部联合科技部、工业和信息化部、国家广电总局、新闻出版总署、国务院新闻办公室、共青团中央和北京市政府共同主办。

10 月 21 日

第二届北京·中国文物艺术品国际博览会在北京国际会展中心开幕。此次博览会展品全部来自国内著名文物商店和海内外的顶级收藏家,全部珍品都源于社会流散文物。

10 月 22 日至 11 月 22 日

以"享苹果盛宴、游生态美景、创科技未来"为主题的北京市昌平区第七届苹果文化节举行,苹果文化节由昌平区人民政府和北京市园林绿化局联合主办。

10 月 26 日

北京国际音乐节艺术基金会和美国国家录音与科学学会暨格莱美品牌建立合作伙伴关系并签订合作协议。

10 月 28 日

第四届中国北京文化创意产业投融资论坛在京召开。论坛上,北京市文化创意产业促进中心与中国农业银行北京市分行签订文化创意产业与金融资本对接的战略合作协议,农行北京市分行每年将为首都文化创意产业提供 200 亿元的融资额度。

北京市颁布《北京市文物行政部门规范行政处罚裁量权办法(试行)》。

10 月 30 日

北京首届非物质文化遗产博览会在地坛公园开幕。

11 月 1 日

北京市文物局发布《北京市文物保护单位保护范围及建设控制地带管理规定》。该规定根据 2007 年 11 月 23 日北京市人民政府第 200 号令修改。

11 月 4 日

北京市制定《关于大力推动首都功能核心区文化发展的意见》。

11 月 5 ~ 12 日

第 12 届威尼斯建筑双年展北京呼应展在 798 艺术区举办。该展览以"东西文化在建筑中相遇"为主题。

11 月 12 日

北京文化贸易政策推介会暨文化贸易专家顾问委员会成立大会在京召开。

11 月 16 日

北京市东城区举行"2010 年东城区文化创意产业政策兑现会"。

11 月 17 ~ 21 日

第五届中国北京国际文化创意产业博览会在北京举行，共有 26 个国际组织和 39 个国家和地区的境外来宾参加了该活动。

11 月 18 日

北京文化创意产业投融资项目推介会在北京产权交易所举行。北京银行、交通银行、中国工商银行、中国农业银行与 100 多家文化创意企业共签约 41.65 亿元。

11 月 19 日

北京市为 9 家市级文化创意产业集聚区授牌，分别为首钢二通厂中国动漫游戏城、北京奥林匹克公园、八达岭长城文化旅游产业集聚区、古北口国际旅游休闲谷产业集聚区、斋堂古村落古道文化旅游产业集聚区、中国乐谷—首都音乐文化创意产业集聚区、卢沟桥文化创意产业集聚区、北京音乐创意产业园、十三陵明文化创意产业集聚区。至此，本市文化创意产业集聚区已达到 30 个。

国际版权博览会在京举行，并开通了目前国内作品类型最齐全的版权交易网上平台——国家版权交易网。

11 月 20 日

第五届中国创意产业年度大奖在京揭晓。

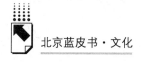
11 月 21 日

京宝行博物馆开馆典礼在京举行。

中国人民大学文化创意产业研究中心在"文化创意产业与品牌城市"国际论坛上发布中国省区市文化产业发展指数。北京以综合指数 78.6 的得分居国内首位,在生产力指数、影响力指数和驱动力指数 3 项指标分别得分 83、84.6 和 69.9,均居国内首位。

11 月 25 日

纪念巾帼英雄花木兰书画作品展在北京开幕,并以此拉开了"木兰文化北京行"系列活动序幕。此次展览由河南省商丘市委、市政府,虞城县委、县政府和中国将军诗书画院共同主办。

11 月 26 日至 12 月 6 日

第七届北京青年学习节暨北京冬季书市在地坛公园举行。

11 月 29 ~ 30 日

中共北京市委十届八次全会在京召开。会上审议通过了《中共北京市委关于制定北京市国民经济和社会发展第十二个五年规划的建议》和《中共北京市委第十届委员会第八次全体会议决议》。

12 月 1 日

北京市发布《关于加强北京市文物商店管理的暂行规定(试行)》。该规定自 2011 年 2 月 1 日起试行。

12 月 3 日

"书香北京,阅读进万家——首届北京社区读书节"启动。

12 月 6 日

2011 年北京博物之旅通票开始发售,通票共收入 65 家博物馆和景点。

12 月 8 日

北京市通州区政府与派格华创在北京举行签约发布会,宣布"京华水韵"派格 5D 秀文化置业项目集群落户通州,其中包含全球最大的影城。

12 月 9 日

第四批国家文化产业示范基地命名授牌仪式在天津举行。70 家行业龙头企业入选国家文化产业示范基地,包括北京数字娱乐发展有限公司、北京京都文化投资管理公司、北京贯辰传媒有限公司、北京人大文化科技园建设发展有限公司、北京钧天坊古琴文化艺术传播有限公司、北京中外名人文化产业集团有限公司等在京企业。

12 月 10 日

中印文化节在北京开幕。本次中印文化节为期 4 天，将举行中印文化艺术表演、印度美食展、印度摄影展、印度电影展等多项活动。

12 月 11 日

以"我的音乐我的城"为主题的"新乐城"项目落户通州签约典礼举行．全国首个音乐主题产业城——新乐城项目正式落户通州区。

12 月 12 日

北京文艺评论家协会成立。

12 月 13 日

住房城乡建设部与国家文物局在北京公布第五批中国历史文化名镇名村名单，共有 99 个镇、村入选。北京市顺义区龙湾屯镇焦庄户村入选第五批中国历史文化名村。

12 月 19 日

由文化部文化体制改革工作领导小组办公室与北京第二外国语学院共同建设的学术研究机构——国家文化发展国际战略研究院在北京成立。

12 月 24 日

北京市昌平区文化创意产业协会成立。

12 月 27 日

北京"台湾文化商务区"举行开街仪式。该区域地处前门历史文化展示区的中心地段，以台湾会馆为核心，总建筑面积约 4 万平方米。

12 月 28 日

北京市民政局启动 2011 年度"情满两节，爱在社区"两节服务暨"社区之声"文化节的活动。

北京市文化局发布《北京市文化局开展原创漫画作品扶持申报工作实施方案》。

12 月 28～29 日

由北京市文化局、北京市委农工委、北京市农委主办的"北京市第 21 届农民艺术节暨首届北京乡村戏剧、曲艺大赛复赛"在怀柔区举行。

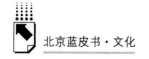

12 月 29 日

为落实《东城区关于推进首都戏剧文化城建设的若干意见》，东城区举行
2010 年戏剧产业引导资金支持项目单位、2010 年戏剧发展公益补贴资金支持优
秀剧目和优秀剧场的扶持资金发放仪式。

12 月 30 日

中国民间文艺家协会、北京大学国家软实力研究院与北京文化生态城在京签
约。2.7 公里长的"非物质文化遗产一条街"将进驻怀柔的北京文化生态城。

迄今为止我国口头文学资料最集中的民间文学数据库——"中国口头文学
遗产数字化工程"在北京正式启动。

B.28

后　记

北京蓝皮书《北京文化发展报告（2010~2011）》，如本书目录的基本结构、文章篇目所示，与往年相比有较大的调整，力图在基本框架、主题设置、专题分析、问题考察和资讯参考等方面，更符合蓝皮书的要求，更好地体现蓝皮书的性质和发挥蓝皮书的功能。

对于本年度蓝皮书的编撰，北京市社会科学院领导和社科文献出版社相关部门领导都提出了指导性的意见和更高的要求。本年度《北京文化发展报告》的编者和作者们可谓尽力而为，但仍有诸多不尽如人意之处。理想的开端，最后总会出现不那么理想的结果。有些约稿最终失约而使个别专题遗憾阙如，有些稿件不合要求而只能弃用，有些文章有所欠缺而不得不作较大删改。在此，对这些作者谨表谢意和歉意。在本报告组稿和编辑过程中，北京市社会科学院文化研究所徐翔博士和杨震博士，尤其是徐翔博士，做了大量工作。本所大多数研究人员积极参与了本报告的工作，体现了良好的团队意识和合作精神。

蓝皮书作为具有实证性、实效性、资讯性、前瞻性的研究报告，作为集体性的研究成果，需要依靠集体性的智慧和力量。今后《北京文化发展报告》的编撰工作，更需要在相关领域有深入研究、对相关领域有持续关注的专家、学者和相关部门同志的大力支持，欢迎提出宝贵意见和建议，欢迎赐稿。

李建盛

2011 年 1 月 18 日

图书在版编目（CIP）数据

北京文化发展报告. 2010～2011/李建盛主编. —北京：
社会科学文献出版社，2011.5
（北京蓝皮书）
ISBN 978－7－5097－2241－1

Ⅰ.①北… Ⅱ.①李… Ⅲ.①文化事业－发展－研究
报告－北京市－2010～2011 Ⅳ.①G127.1

中国版本图书馆 CIP 数据核字（2011）第 048165 号

北京蓝皮书

北京文化发展报告（2010～2011）

主　　编/李建盛

出 版 人/谢寿光
总 编 辑/邹东涛
出 版 者/社会科学文献出版社
地　　址/北京市西城区北三环中路甲 29 号院 3 号楼华龙大厦
邮政编码/100029
网　　址/http://www.ssap.com.cn
网站支持/（010）59367077
责任部门/皮书出版中心（010）59367127
电子信箱/pishubu@ssap.cn
项目经理/周映希
责任编辑/周映希
责任校对/刘　静
责任印制/董　然
品牌推广/蔡继辉

总 经 销/社会科学文献出版社发行部
　　　　　（010）59367081　59367089
经　　销/各地书店
读者服务/读者服务中心（010）59367028
排　　版/北京中文天地文化艺术有限公司
印　　刷/北京季蜂印刷有限公司

开　　本/787mm×1092mm　1/16
印　　张/22
字　　数/376 千字
版　　次/2011 年 5 月第 1 版
印　　次/2011 年 5 月第 1 次印刷

书　　号/ISBN 978－7－5097－2241－1
定　　价/59.00 元

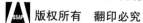

中国皮书网全新改版，增值服务大众

中国皮书网
http://www.pishu.cn

图 书 ▼　在此输入关键字　🔍

页　皮书动态　皮书观点　皮书数据　皮书报道　皮书评价与研究　在线购书　皮书数据库　皮书博客　皮书留

规划皮书行业标准，引领皮书出版潮流
发布皮书重要资讯，打造皮书服务平台

中国皮书网开通于2005年，作为皮书出版资讯的主要发布平台，在发布皮书相关资讯，推广皮书研究成果，以及促进皮书读者与编写者之间互动交流等方面发挥了重要的作用。2008年10月，中国出版工作者协会、中国出版科学研究所组织的"2008年全国出版业网站评选"中，中国皮书网荣获"最具商业价值网站奖"。

2010年，在皮书品牌化运作十年之后，随着"皮书系列"的品牌价值不断提升、社会影响力不断扩大，社会科学文献出版社精益求精，对原有中国皮书网进行了全新改版，力求为众多的皮书用户提供更加优质的服务。新改版的中国皮书网在皮书内容资讯、出版资讯等信息的发布方面更加系统全面，在皮书数据库的登录方面更加便捷，同时，引入众多皮书编写单位参与该网站的内容更新维护，为广大用户提供更多增值服务。

www.pishu.cn

中国皮书网提供： ·皮书最新出版动态　·专家最新观点数据

·媒体影响力报道　·在线购书服务

·皮书数据库界面快速登录　·电子期刊免费下载

盘点年度资讯 预测时代前程

从"盘阅读"到全程在线阅读
皮书数据库完美升级

· 产品更多样

从纸书到电子书，再到全程在线网络阅读，皮书系列产品更加多样化。2010年开始，皮书系列随书附赠产品将从原先的电子光盘改为更具价值的皮书数据库阅读卡。纸书的购买者凭借附赠的阅读卡将获得皮书数据库高价值的免费阅读服务。

· 内容更丰富

皮书数据库以皮书系列为基础，整合国内外其他相关资讯构建而成，内容包括建社以来的700余部皮书、20000多篇文章，并且每年以120种皮书、4000篇文章的数量增加，可以为读者提供更加广泛的资讯服务。皮书数据库开创便捷的检索系统，可以实现精确查找与模糊匹配，为读者提供更加准确的资讯服务。

· 流程更简便

登录皮书数据库网站www.i-ssdb.cn，注册、登录、充值后，即可实现下载阅读，购买本书赠送您100元充值卡。请按以下方法进行充值。

充值卡使用步骤：

第一步
· 刮开下面密码涂层
· 登录 www.i-ssdb.cn
点击"注册"进行用户注册

第二步
登录后点击"会员中心"进入会员中心。

SSDB
社科文献资源库
SOCIAL SCIENCE
DATABASE

社会科学文献出版社
SOCIAL SCIENCES ACADEMIC PRESS (CHINA) 皮书系列

卡号：30965785322357
密码：

（本卡为图书内容的一部分，不购书刮卡，视为盗书）

第三步
· 点击"在线充值"的"充值卡充值"，
· 输入正确的"卡号"和"密码"，即可使用。

如果您还有疑问，可以点击网站的"使用帮助"或电话垂询010-59367071。